한국남북문학100선

유정 · 꿈

이광수/지음

■ 작품 해설
이광수의 문학세계
송하섭

일신서적출판사

序　文

　나는 인생 생활을 움직이는 힘 중에 가장 힘있는 것이 인정인 것을 믿습니다. 그리고 인생을 높게 하고 깨끗하게 하는 것도 인정인 것을 믿습니다. 돈의 힘으로도 권력의 힘으로도 군대의 힘으로도 할 수 없는 힘을 인정의 힘으로 할 수 있으리만큼 인정에 신비한 힘이 있는 것을 믿습니다.
　나는 순전히 정으로만 된 이야기를 써 보고 싶습니다. 사랑과 미움과 질투와 원망과 절망과 회한과 흥분과 침울 등등 인정만으로 된 이야기를 쓰고 싶습니다.
　최석(崔晳)이라는 지위 있고 명망 있고 양심 날카로운 중년 남자와 남정임(南貞妊)이라는 마음 깨끗하고 몸 아름다운 젊은 여자와의 사랑으로부터 생기는 인정의 슬픈 이야기를 써 보자는 것이 이《유정》이라는 소설입니다.
　나는 이십이삼 세의 드무지 아무 것에도 구속을 받지 않는 열정에 타는 어리던 시절로 돌아가서 열정이 솟는 대로 이 이야기를 써 보려고 합니다.
　'이 이야기가 뜨겁고 아름답고 재미있는 이야기가 되어지이다' 하고 빌 뿐입니다.

춘　원

유정·꿈
차례

유정 …… 9
꿈 …… 159
단편 …… 261
이광수의 문학세계 …… 329
作家年譜 …… 337

유 정

작가소개

이광수(李光洙 : 1892~1950)

　호는 춘원(春園). 평북 정주에서 출생했다. 소작농 가정에서 태어나 1902년 부모를 잃고 고아가 된 후 동학(東學)에 들어가 서기(書記)가 되었으나 관헌의 탄압이 갈수록 심해지자 1904년에 상경하였다. 다음해에 친일단체인 일진회의 추천으로 일본으로 건너가 메이지학원에 편입하여 공부하면서 소년회를 조직하고 회람지 〈소년〉을 발행하는 한편 시와 평론 등을 발표하기 시작했다. 1910년에 일시 귀국하여 오산학교에서 교편을 잡기도 했으나 다시 도일하여 와세다대학 철학과에 입학하였다. 1917년에는 우리 나라 최초의 근대 장편소설인 《무정(無情)》을 매일신보에 연재하여 일대 센세이션을 일으키며 우리 나라 소설문학의 새로운 지평을 열었다. 1919년에는 도쿄 유학생의 독립항쟁의 상징인 2·8 독립선언서를 기초하기도 하였다. 그 후 상하이로 망명하여 임시정부에서 활동하다가 1923년 동아일보에 입사하여 편집국장을 지내고 1933년에는 조선일보 부사장도 역임하는 등 언론계에서 활약하기도 했다. 이 당시에 《마의태자》《단종애사》《흙》 등의 많은 작품을 썼다. 1937년에 수양동우회 사건으로 투옥되었다가 병보석으로 석방되었는데 이때부터 급격히 친일행위로 기울어졌다. 1939년에는 친일어용단체인 조선문인협회 회장이 되었고 가야마 미쓰로오라는 일본 이름으로 창씨개명도 하였다. 광복 후 반민법으로 다시 투옥되었다가 석방된 후 작품활동을 계속하다가 6·25 사변 때 납북되어 자강도 만포시에서 병사하였다. 그는 한국 근대문학사의 선구적인 작가로서 계몽주의·민족주의·인도주의의 작가로 평가되는데 전기한 작품 외에도 《원효대사》《유정》《사랑》《무명》 등의 장편소설과 많은 작품들을 남겼다.

유 정

　최석(崔晳)으로부터 최후의 편지가 온 지가 벌써 일 년이 지났다. 그는 바이칼 호수에 몸을 던져버렸는가. 또는 시베리아 어느 으슥한 곳에 숨어서 세상을 잊고 있는가. 또 최석의 뒤를 따라간다고 북으로 한정없이 가버린 남정임(南貞姙)도 어찌 되었는지, 이 글을 쓰기 시작할 이때까지에는 아직 소식이 없다. 나는 이 두 사람의 일을 알아보려고 하르빈, 치치하르, 치타, 이르쿠츠크에 있는 친구들한테 편지를 부쳐 탐문도 해보았으나 그 회답은 다 '모른다'는 것뿐이었다. 모스크바에도 두어 번 편지를 띄워보았으나 역시 마찬가지로 모른다는 회답뿐이었다.
　이만하면, 나는 이 사람들(그들은 둘이 다 아까운 사람들이다)은 이 세상에 없는 사람으로 인정할 수밖에 없다. 설사 이 세상에 살아 있다 하더라도 그들은 다시는 조선에 들어오지 아니할 것이다. 그렇다 하더라도 친구의 정에 남과 자별하게 친함을 가졌던 나로는 어디든지 살아 있기를 아니 바랄 수 없다. 그 두 사람이 죽어 버렸다고 어떻게 차마 생각하랴.
　나는 이 글을 다 쓰고 나서는 바이칼 호숫가에 최석과 남정임 두 사람의 자취를 찾아서 떠나보려고 한다. 다른 모든 사람이 다 못 찾더라도 나만은 그들을, 남달리 알아주고 사랑하는 나만은 꼭 그들의 자취를 찾아낼 것만 같다. 만일 그들의 무덤이 있다고 하면 비록 패를 써 박은 것이 없다고 하더라도 나는 이것이 최석의 무덤, 이것이 남정임의 무덤이라고 알아낼 것만 같다. 설사 그들이 시체가 되어 바이칼 호수의 물밑에 잠겨 있더라도 내가 가서 그들의 혼을 부르면 반드시 그 시체가 떠올라서 내가 서서 목메인 소리로 부르짖고 있는 곳으로 모여들리라고 믿는다. 아아 세상에 저를 알아주는 벗이 몇이나 된단 말인가. 서로 믿고 사랑하는 벗이 몇이나 된단 말인가. 내가 부를 때에 그들의 몸이나 혼이 우주 어느 구석에 있기로 아니 나타날 리가 있겠는가.

그러나 나는 그들의 자취를 찾기 전에 하지 아니하면 아니 될 한 가지 일이 있으니, 그것은 곧 이 글을 쓰는 일이다. 왜?

세상에서는 최석과 남정임에 대하여 갖은 험구와 갖은 모욕을 가하고 있다. 세상 사람의 말에 의지하건대 최석은 나이가 십여 년이나 틀리는, 그러고도 제가 아버지 모양으로 선생 모양으로 감독하고 지도하지 아니하면 아니 될 어떤 여자를 농락해서 버려준 위선자요, 죽일 놈이요, 남정임은 남의 아내있는 남자, 아버지 같은 남자와 추악한 관계를 맺은 음탕한 계집이다. 이 두 남녀는 도덕상 추호도 용서할 점이 없는 죄인이라고 세상은 판정하고 있다. 최·남 두 사람의 친구들조차 이제는 이 잘못 판단되는 모욕되는 두 사람을 위하여 한마디도 변명하려고 아니하고 도리어 나간 며느리 흉보는 모양으로 있는 흉, 없는 흉을 하나씩 둘씩 더 만들어내어 최석, 남정임 두 사람을 궁흉 극악한 그야말로 더럽고도 죽일 연놈을 만들고야 말려 한다. 만일 최석, 남정임 두 사람이 금시에 조선에 나타난다고 하면 그들은 태도를 돌변하여 최석, 남정임 두 사람에 대하여서는 세상은 다 무에라고 하든지, 저만은 두 사람의 깨끗함을 아노라 하여 두 사람을 시비하는 세상을 책망하는 사람도 적지 않게 나타나리라고 믿는다. 도무지 이 세상이 이렇게 무정하고 반복 무상한 세상인가 보다. 더구나 최석의 은혜를 받고 최석의 손에 길려났다고 할 만한 무리들까지도 최석이, 최석이 하고 마치 살인 강도 죄인이나 부르듯하는 것을 보면 눈물이 난다.

나는 어찌하면 이 변명을 하여 주나 하고 퍽 애를 썼지마는 도무지 어찌할 길이 없었다. 몇 번 변명하는 말도 해보았으나 그러할 때마다 핀잔만 받았다.

바로 이러한 때다. 작년 이맘 때 초추의 바람이 아침 저녁이면 쌀쌀할 때에 나는 최석의 편지를 받았고 그 후 한 달쯤 뒤에 최석을 따라서 떠났던 남정임에게로부터 또한 편지를 받았다.

내가 지금 쓰려는 글은 이 두 사람의 편지 사연이다.

두 사람의 편지는 이름이 편지지마는 일종의 자서전이었다. 특히 최석, 남정임 두 사람의 관계에 대하여서는 두 사람이 다 극히 담대하게 극히 자세하게 죽으려는 사람의 유서가 아니고는 쓸 수 없으리만큼 솔직하고 열렬하게 자백이 되어 있다.

나는 최석의 편지를 보고 어떻게나 슬펐고 어떻게나 분개하였던고. 더구나 남정임의 편지를 볼 때에 어떻게 불쌍하고 어떻게 가슴이 아팠던고. 나는 이 사람의 편지를 다만 정리하는 의미에 다소의 철자법적 수정을 가하면서 될 수 있는 대로 본문을 상하지 아니하도록 옮겨쓰려고 한다.

나는 믿는다. 아무리 완고한 사람이라도 양심의 뿌리가 바늘 끝만치만 붙어 있는 이면, 반드시 지금 여기 옮겨 베끼는 두 사람의 편지 사연을 보고는 다시 두 사람의 시비를 하지 못하리라고, 반드시 동정의 눈물을 흘리고야 말리라고. 왜 그런고하면, 사람의 세상에서 동정할 만한 곳에 동정의 눈물을 흘리지 아니하게 되면 그 세상은 망할 것이니까.

나는 부질없는 내 말을 많이 쓰고자 아니한다.

곧 최석의 편지를 옮겨 베끼기를 시작하려고 한다.

최석의 편지는 무론 봉투에 넣은 것이 아니라 소포로 싸온 것인데 겉봉에는 '바이칼리스코어'라는 일부인이 맞고 다시 '이르쿠츠크'라는 일부인이 맞은 것을 보고 이르크트 도내에 있는 바이칼 호반에 있는 어떤 동네에서 이것을 부친 것은 얼른 알 수가 있는 것이다. '바이칼리스코에'라는 중성의 형용사는 '셀로'라는 아라사 말에 붙은 것은 내 부족한 아라사 말로도 짐작할 수 있는 것이다. 최석은 이 소포를 바이칼리스코에라는 동네의 우편소에서 부치고 나서는 어디로 가버린 모양인 것이 분명하다.

이로부터는 최석이 편지 실연이다.

믿는 벗 N형!

나는 바이칼 호의 가을 물결을 바라보면서 이 글을 쓰오. 나의 고국 조선은 아직도 처서 더위로 땀을 흘리리라고 생각하지마는 고국서 칠천 리 이 바이칼 호 서편 언덕에는 벌써 가을이 온 지 오래요. 이 지방에 유일한 과일인 '야그드'의 핏빛조차 벌써 서리를 맞아 검붉은 빛을 띠게 되었소. 호숫가의 나불나불한 풀들은 벌써 누렇게 생명을 잃었고 그 속에 울던 벌레 웃던 가을 꽃까지도 인제는 다 죽어버려서, 보이고 들리는 것이 오직 성내어 날뛰는 바이칼호의 물과 광막한 메마른 풀판뿐이오. 아니 어떻게나 쓸쓸한 광경인고.

남북 만리를 날아다닌다는 기러기도 아니 오는 시베리아가 아니오? 소무나 왕소군이 잡혀 왔더란 선우의 땅도 여기서 보면 삼천 리나 남쪽이어든……당나라 시인이야 이러한 곳을 상상인들 해보았소?

이러한 곳에 나는 지금 잠시 생명을 붙이고 있소. 연일 풍랑이 높은 바이칼 호를 바라보면서 고국에 남긴 오직 하나인 벗인 형에게 나의 마지막 편지를 쓰고 있소. 지금은 밤중. 부랴트 족인 주인 노파는 벌써 잠이 들고 석유 등잔의 불이 가끔 창틈으로 들이쏘는 바람결에 흔들리고 있소. 우르르 탕하고 달빛을 실은 바이칼의 물결이 바로 이 어촌 앞의 바위를 때리고 있소. 어떻게나 처참한 광경이오?

무슨 말부터 써야 옳을까. 지금 내 머릿속은 용솟음쳐서 끓어오르고 있소. 중년 남자의 자랑인 자존심과 의지력으로 제 마음을 통제하려 하나 도무지 듣지 아니하오. 아마 나는 이 편지를 다 쓰지 못하고 정신과 육체가 함께 다 타버리고 말는지 모르겠소.

다른 말은 다 그만둡시다. 내가 이 편지를 쓰는 것이 오직 남정임과 나와의 관계를 분명히 하려는 데 있으니까 남정임과 나와의 관계를 형도 대강은 짐작하리라고 믿지마는 역시 다 아신다고 할 수는 없을 것이오. 인제 와서 내가 형께 이런 말을 다 한댔자 세상을 하직하는 나에게야 무슨 이해 관계가 있겠소마는 세상에 남아 있을 정임의 누명을 씻는데 한 도움이나 될까 하고 구차스럽게 이 편지를 쓰는 것이오.

아아 머리가 아프오.

형도 아시겠지마는 남정임은 내 친구 남백파(南白坡)의 외딸이오. 백파는 남화(南火)라는 가명을 가지고 중국 각지로 표랑하다가 바로 기미년 전해에 천진서 관헌에게 체포되어 ○○감옥에서 복역 중에 병으로 형의 중지를 받고 퇴옥하여 ○○병원에서 세상을 떠날 때에 그는 내게 그의 유족인 아내와 딸을 맡긴 것이오. 남화는 나의 친구라 하나 기실은 아버지와 더 친하고 내게는 부집은 못 되지마는 노형 연배로, 이를테면 내 선배였소. 그래서 나는 관헌의 양해를 얻어 가지고 북경으로 가서 남화의 유족을 조선으로 데리고 왔소. 그때의 정임의 나이 여덟 살이었소. 정임은 중국 계집애 모양으로 앞머리를 이마에 나불나불하게 자르고 푸른 청옥 두루마기를 입은 소녀였소. 말도 조선말보다 한어를 잘하고 퍽 감정적인 미인 타입의 소녀였소. 그때에 정임은 나를 부를 때에는 '초이시엔성'하고 중국말로 불렀소. 최 선생이란 말이오.

남화는 본명을 상호(相灝)라 하고 호를 백파(白坡)라고도 하고 태백광노(太白狂奴)라고도 하여 백암 박은식(白巖 朴殷植)과 함께 강유위(康有爲), 장병린(章炳麟) 같은 중국의 지사들과 교유하며 비분강개한 시와 글을 짓고 다니던 이요. 그 초취인 조선 부인은 남백파가 중국에 유랑하는 동안에 죽고, 정임을 낳은 부인은 장병린의 친척이라는 중국 여자로서 장씨요. 이 장씨 부인이 남백파의 글을 보고 사랑하였다느니만큼 글을 잘하였소.

나는 북경서 장씨 부인에게 어디로 가겠느냐고 의향을 물었더니 장씨 부인은 내가 묻는 뜻을 의아하는 듯이,

"물론 고국으로 가지요."

하고 단연한 결심을 보였소. 장씨는 비록 상해의 중서여숙(中西女塾)에서 서양식 교육을 받은 여자라 하지마는 그의 도덕 관념은 장씨가 중지학인 동양 사상을 기초로 하였던 모양이오. 남편이 조선 사람이니 아내도 조선 사람이다. 남편이 죽었으니 아내는 남편의 고국에 돌아가 남편의 분묘를 지키는 것이라는 것을 거의 본능적으로 생각하는 것 같습디다.

이리해서 나는 남정임 모녀를 조선으로 데리고 온 것이오. 나도 장씨 부인의 그 깨끗하고 굳은 마음에 얼마나 탄복하였는지 모르오. 나는 이 장씨 부인 한 사람을 본 후로는 중국 사람을 존경하고 그 문화를 존경하는 마음

이 아니 날 수 없었소.
　서울에 돌아와서 일시 내 집에 남정임 모녀를 유숙하게 하였으나 언제까지 그리 할 수도 없어서 필운동 내 집에서 얼마 멀지 아니한 곳에 집 하나를 얻어 두 모녀를 우접하게 하였소.
　그 이듬해가 기미년 아니오? 그때에 내가 옥에 들어갔다가 삼 년 만에 집에 돌아오니 장씨 부인은 그 동안에 죽어버리고 정임은 내 집에 와 있지 않겠소?
　내가 옥에서 나온 날 저녁에 내 아들 딸들이 '아버지'를 부르고 내게 와서 매어달릴 때에 정임은 방 한편 구석에 우두커니 서서 훌쩍훌쩍 우는 것을 보고 나는 창자가 미어지는 듯이 불쌍한 생각이 나서 정임을 안고 머리를 쓸어주며 위로하였소. 이때에 정임의 나이가 열두 살. 그는 아비를 여의고 어미마저 여의고 그 다음에는 가장 친하고 믿는 나마저 감옥에 있어서 외로운 세상을 살고 있던 것이오.
　나는 내 아내가 결코 보통 여자이라고는 생각지 아니하오. 그는 좋은 가정에서 자라났고 상당한 교육도 받았고 내게 대해서도 그리 순종하는 아내는 아니라 하더라도 또 그리 남편을 못 견디게 굴고 망신을 시키는 아내는 아니었소. 그는 나를 위하고 인사 범절도 그만하면 흠잡을 것은 없는 아내라고 나는 믿소. 형이 내 아내를 잘 알지마는 내 아내는 결코 보통 조선 여성보다 못한 여성은 아니라고 믿소.
　그렇지마는 형아, 내 아내는 정임을 제 친딸과 같이 사랑하지는 못하였소. 정임이가 내 딸들과 차별을 받을 때에 슬퍼하는 양을 보면 내 가슴을 찔리는 듯하였소. 어미를 본받아 내 딸들이 정임을 구박하는 양을 볼 때에는 나는 내 딸들이 미웠소.
　정임이가 보통학교를 졸업하던 해 봄에 내 아내와 나와의 사이에 마침내 정면 충돌의 시기가 왔소. 이러한 내막은 아마 형도 모르시리다. 형도 아시는 바와 같이 내 맏딸년이 바로 정임과 동갑 아니오. 나는 정임을 내 딸이 다니는 보통학교에 넣어서 졸업도 함께 하게 되었소. 그런데 문제는 어디 있는고 하니 내 딸 순임이가 정임이만 못한 데 있던 모양이오. 정임은 학교에서 수석이요, 내 딸 순임은 부끄러운 말이지마는 열째 이상에 올라가 본일이 없구려. 게다가 정임이가 창가를 잘 해서 학교에서 귀염을 받는데 순임이 년은 나를 닮았는지 창가와 그림이 아주 말이 아니오. 게다가 정임은 그 아버지 남씨 집과 그 외가 장씨 집의 미인 계통을 받아서 얼굴이나 몸이나 모두 미인이란 말이오. 내 딸년은 머리가 노랗고 길지를 못한데 정임은 동양식 미인의 특색으로 칠 같은 머리가 치렁치렁하지 않소. 이런 것이 모두 이유가 되어서 내 아내는 정임을 미워하였던 모양이오. 또 내 딸 순임이 년도 제가 제 집에 붙어 있는 정임이만 못한 것이 마음에 불쾌하였던 모양이오.

"집도 없는 년이?"

하고 순임이가 정임을 울리는 꼴을 내가 밖에서 들어오다가 여러 번 보았소.

"정임이는 어느 학교에 보낼라오?"

하고 하루는 내 아내가 유쾌하지 못한 낯으로 바로 옷을 입고 나가려는 내 앞을 가로막고 물었소.

"순임이와 한 학교에 들여보내지."

하고 나는 물을 필요도 없다는 듯이 대답하였소.

"K학교에?"

하고 아내는 또 묻소.

"그럼."

하고 나는 아내를 못마땅스러이 바라보았소.

"정임이를 K학교에 넣는다면 우리 순임이는 M학교에 넣을테요."

하고 내 아내는 뾰로통하였소.

나는 다만 한숨을 한 번 쉬고 나와 버렸소.

그러나 나는 아내의 속을 알아줄 양으로 아내의 말대로 정임을 K학교에 넣고 순임을 M학교에 넣었소.

그랬더니 의외에 하루는 내 아내가,

"순임은 학교에 아니 보낼라오."

하고 청천 벽력의 딴소리를 하였소.
"왜? 당신 하라는 대로 했는데 또 무엇이 못마땅해 그러오."
하고 나도 저으기 불쾌함을 느꼈소.
"그까짓 년은 학교에 보내서 무엇하오? 재주있는 정임이나 좋은 학교에 넣어서 공부를 시키면 그만이지, 우리 순임 같은년이 공부는 해서 무엇하오? 순임이 년은 집에서 바느질이나 가르치고 부엌일이나 시켜 먹지."
하고 내 아내는 울기를 시작하오.
나는 깨달았소. 내 아내의 생각에는 정임이가 입학한 학교보다 내 딸 순임이가 입학한 학교가 지위가 낮은 것으로 아는 모양이오. 여자의 말이란 흔히 뒤집어 들어야 되는 것인데 나는 철없이도 내 아내의 말을 바로 들어서 정임을 K학교에 순임을 M학교에 넣었던 것이오.
"그럼 어떡할까? 순임도 K학교에 넣어볼까. 그렇지 아니하면 정임을 M학교로 옮겨올까."
하고 나는 아내의 마음의 화평과 가정의 화평과 또 정임이가 내 아내와 순임에게서 미움을 덜 받게 하는 것과 이러한 여러 가지 사정을 생각하고 아무쪼록 아내의 비위를 맞추기로 결심을 하였소.
"싫어요. 순임이는 학교에 안 보낼 테야요."
하고 아내가 이성의 판단력을 잃어버린 때에 순임이가 뛰어들어오지 않았겠소?
"아버지 나도 K학교에 가. M학교는 싫어!"
하고 떼를 쓰오.
"이년. 네까짓 년이 학교가 무슨 학교야!"
하고 내 아내는 순임을 노려보고 낯에 핏대를 돋치며,
"정임이 같이 재주있고 부모없는 애나 학교에를 다니지 너 같이 소같이 생긴 년이 학교가 무슨 학교야? 인제부터는 부엌일이나 하고 걸레질이나 쳐!"
하고 소리를 지르지 않겠소.
K학교는 입학 기일이 지나면 도무지 변통할 수가 없으니 어찌하오? 그

래서 별별 운동을 다해 가지고 M학교에 사정을 해서 정임이를 K학교에서 끌어다가 M학교에 넣었구려.

그러나 정임과 순임은 도저히 한반에서 경쟁할 재질이 되지 못하지 않소? 시험만 치르면 정임은 첫째, 순임은 열다섯에서 스무째 안으로 오르락내리락하니, 이 때문에 내 아내의 불평은 끊일 날이 없었소.

나는 정임에게 너무 시험을 잘 치르지 말아서 순임이보다 한두 자리 밑으로 가라고도 하고 싶었으나 차마 어떻게 그런 말이야 하오? 또 정임이나 순임이나 어느 어 하나를 다른 학교로 옮겨볼까 하기도 하였으나 그겐들 차마 어떻게 하오? 누가 보든지 웃을 것 아니오. 내 아내와 내 집안의 망신이 될 것 아니오.

"정임이는 K학교에 입학했다가 왜 M학교로 옮겨왔어요?"
하고 묻는 이가 있으면 내 아내는 영절스럽게,
"아이, 기애들이 잠시나 떨어지랴나요? 둘을 딴 학교에 넣는다고 순임이 년이 지랄을 해서 기예 정임이를 다려오고야 말았답니다."
하고 설명하는 것을 나는 여러 번 들었소.
"아이 참 어쩌문."
하고 듣는 사람들은 모두 두 아이가 서로 사랑한다는 것에 탄복하였소.
"나도 순임이하고 정임이하고 어느 애가 내 친딸인지 모르겠어요."
하고 내 아내는 더욱 신이 나서,
"순임이나 정임이나 무엇이나 꼭같이 해준답니다. 옷감을 바꾸더라도 꼭같이 먹을 것이 있어도 꼭같이 저희들이 동갑이니깐 쌍둥이 같지요. 또 순임이 년이 끔찍하지요. 생일이 정임이가 먼저라고 언니, 언니하고 그건 아주 친형제 같답니다. 또 이 애 아버지는 순임이보다도 정임이를 더 귀애하시지요."
이러한 선전까지도 하였소.

내 아내의 이러한 말을 나는 믿지 아니하지마는 남들 중에는 아마 더러 믿는 이도 있고 아니 믿는 이도 있었을 것이오. 그러나 내 아내의 이러한 거짓말에서 나는 오직 한 가지 고맙게 여긴 것이 있었소. 그것은 내 아내도

'이렇게 하는 것이 옳다'하고 관념으로 알고 있다는 것이오. 나는 내 아내가 관념을 행위로 표현하게 되기를 하나님께 빌고 단군 할아버지께 빌었소.

이런 문제로 내 집에는 옥신각신이 끊일 날이 없었소. 아침 밥상을 대할 때부터 벌써 암투가 일기 시작하여 저녁에 내가 사무를 끝내고 돌아올 때와 저녁 밥을 먹을 때와 침실서까지 아내와 나와의 충돌은 끊일 줄을 몰랐소. 나는 어디까지든지 참자, 그저 참자 하고 꾹꾹 참았지마는 어떤 때에는 더 참을 수가 없어서 나도 폭발되는 때도 있었소.

아시다시피 우리집이 그리 큰 집이 아니니까 우리 내외가 언쟁을 하게 되면 온 집안이 다 알 수밖에 없지 않소? 순임이나 정임이도 알 것이요, 집안 하인들도 다 알게 되지 않소? 또들 싸운다 하고 다들 시끄럽게 생각했겠지요. 정임이가 만일 우리 내외가 싸우는 원인이 자기인 줄 알면 얼마나 괴롭겠소? 나는 그것을 생각하면 가슴이 아팠소.

정임이가,

"학교 갑니다."

하고 책 보통이를 끼고 우리 내외가 낯을 붉히고 앉았는 곳에 와서 인사를 하고 돌아설 때마다 나는 눈물이 쏟아질 듯하였소.

"그년이 왜 하필 이런 때에 들어와서 인사를 해? 암말도 말고 학교에를 가든지 말든지 하지."

하고 내 아내는 정임의 댕기 꼬리가 중문에서 스러지듯 마듯 이렇게 중얼거립니다.

순임이 년은 날더러는 학교에 간다는 인사도 다녀왔다는 인사도 안 하고 내가 안방에 있으면 힐끗 보고는 다른 방으로 달아나버리고 마오. 그년이 제 어미 이상으로 나를 미워하고 정임을 미워하는 모양이오.

"글쎄 왜 불쌍한 어린 것을 미워하오?"

하고 나는 참다 못 하여 한 마디를 던져 보오.

"어린 것? 흥."

하고 내 아내는 조롱하는 어조로,

"나이가 열여섯인데 어린게야?"
하고 심히 아니꼬운 빛을 보이오.
"나이가 열여섯인데 어린게야?"
하는 아내의 말에서 나는 놀라운 무엇을 발견하였소. 그리고 하도 의외요, 또 무서워서 몸에 소름이 끼침을 깨달았소.
　내 아내의 눈에는 정임이가 점점 자라는 것을 무심하게 보지는 못하였던 것이오. 인제는 다만 정임이가 딸 순임보다 학교 성적이 좋다는 것만이 아내의 마음을 괴롭게 하는 것이 아니요 정임에게 대하여 일종의 불안과 질투를 느끼는구나 하는 것을 발견할 때에 내가 어떻게 놀라지를 않겠소.
　나는 이것 큰일났구나 하고 여러 가지로 방침을 생각해 본 결과로 하루는 내 아내가 좀 기분이 좋은 때를 엿보아서,
　"여보 정임이를 기숙사로 들여보냅시다."
하는 제안을 해보았소. 내 생각에는 이 제안은 반드시 아내의 환영을 받으리고 믿었던 것이오.
　"기숙사에는 왜요?"
하고 아내는 내 말의 진의를 의심하는 듯이 신문을 보던 눈을 들어서 나를 바라보오.
　"당신도 그 애 때문에 늘 노심이 되는 모양이니 그 애를 기숙사로 들여보내면 문제가 없지 않소? 당신도 요새 몸이 늘 약하고 불편한 모양인데 한 가지라도 근심을 더는 것이 좋지 않소? 우리 그렇게 합시다. 정임이를 내일이라도 기숙사로 들여보냅시다."
하고 내 아내의 비위를 아니 거슬리도록 좋은 말로 권유하는 태도를 취하였소. 내 아내는 정임이를 차마 내어놓지 못하는 데 내가 우겨서 기숙사로 보냈다는 형식이 되어야만 세상 체면에도 괜찮고 내 아내의 비위에 맞을 것같이 진단을 하였던 것이오.
　"내가 정임이를 미워하니까, 정임이가 내 미움받는 것이 애처로워서 그러시는구려?"
하고 내 아내의 히스테리의 검은 구름이 또 일기를 시작하였소.

"왜 그렇게 말을 하오?"
하고 나는 내 진단이 오진이요, 내가 쓴 약이 예상과 반대되는 효과를 발한 것을 발견하였소. 이렇게 오진되고 약을 잘못 쓰는 일은 가끔있는 일이지마는 이번만은 내가 무척 생각해내어서 한 일인데 참 내 아내의 마음은 신변 불가측인 것을 깨닫지 아니할 수 없소.

"왜? 내 말이 당신 생각을 꼭 알아맞혔으니깐 좀 가슴이 뜨끔하오?"
하고 내 아내는 둘째 살촉을 내 심장을 향하고 들여 쏘았소.

"그럼 어떡허면 좋단 말요?"
하고 나는 역습하는 태도를 취하지 아니할 수 없었소.

"그럴 것 있소."
하고 내 아내는 더욱 날카롭게,

"당신이 어디 집을 따로 얻어 가지고 정임이를 데리고 사시구려. 그러면 좋지 않아요? 당신도 집이라면 지긋지긋한 모양이요, 또 내나 아이들이 다 미워서 못 견딜 모양이니 당신만 정임이를 데리고 따로 나가 살면 좋지 않아요? 꺼릴 것 무엇 있소? 그러면 소원 성취 아니오? 내야 아이들 데리고 죽든지 살든지 당신 관계하실 것 없지 않아요?"

이렇게 나오는구려.

"그게 무슨 말법이란 말요?"
하고 나는 성을 내지 아니할 수 없었소. 나는 아내의 마음이 이처럼 벌써 정임에게 대하여 마치 시앗이나 되는 것같이 질투의 불길을 뿜으리라고는 생각지도 못하였소. 정임은 내 딸이나 마찬가지 아니오. 딸 같은 정임에게 대하여 어미 같은 아내가 아비 되는 나에게 대하여 질투를 가진다고 생각하면 참으로 불쾌함을 금할 수가 없었소. 그도 내가 원체 허랑한 사람이어서 이 계집 저 계집 함부로 따라다니는 사람이라면 모르겠소. 형도 아시다시피 아내나 내나 다 같은 열여덟 살 동갑으로 부모가 짝을 지어 주셔서 혼인한 뒤로는 나는 어느 여자 하나 팔목 한 번 만져 본 일도 없는 사람이 아니오? 나는 사십 평생에 일찍 외입이라는 외자나 연애라는 연자도 모르는 사람이 아니오. 나는 교회의 직원으로 학교의 교원으로 그래도 똑바로 깨끗한 길을 걸어오느라고 애를 쓴 사람이오. 그야 나도 사내니까 유시호 마음에 일종의 적막을 느끼는 때도 없지는 않았소마는 그러나 내 의지력과 내 신앙은 그 모든 것을 눌러버리고 살아온 사람이 아니오. 그런데 어쩌면 내 아내가——생각하면 기가 막히는 일이오.

그러나 나는 가만히 생각해 보았소. 아내도 그때 벌써 나이 사십을 바랐소. 그는 아이를 다섯이나 낳았고 또 빨리 늙는 부얼부얼한 타입의 여자여서 삼십이 얼마 안 넘어서부터 얼굴에는 중년의 빛이 보였소. 더구나 늑막염을 앓고 난 뒤로는 몸이 바짝 수척해지고 신경만 날카로울 대로 날카로워져서 제 속을 제가 끓이고 있었소. 이러한 아내이니까 정임과 나에게 대해서 그런 잘못된 상상을 하는 것도 무리는 아니라고 생각하고 다만 혼자 한탄하고 혼자 기도할 뿐이었소. 이럭저럭 순임이와 정임이는 고등보통학교를 졸업하였소. 내 딸 순임이는 스물째로, 정임이는 첫째로, 그리고 정임이는 학교의 규정에 의해서 교비생으로 동경 여자 고등 사범학교로 유학을 보내기로 학교에서 작정하고 내게 동의를 구하였기로 나는 기뻐서 동의하였소. 정임이가 경예로운 교비 유학을 가게 된 것이 기쁘다는 것보다는 우리집에 가정불화거리가 없어진 것이 기뻤소. 정임이가 동경으로 가버린 뒤에야 다시 무슨 내외싸움의 거리가 있겠소. 그리 되면 아내의 건강도 회복되고 과민한 신경도 가라앉아서 지나간 삼사 년간에 마음 편한 날없던 내 생활도 좀 안정되리라, 그리 되면 정돈되었던 내 사업도 좀 진전되리라 하고 기뻐하였던 것이오.

내일 아침 차로 정임이가 일본으로 떠난다는 날 나는 정임에게 대한 송별의 의미로 정임과 아내와 순임과 또 M학교 교장 L씨와 여자 교원 두 사람을 조선 호텔로 청하여 단찬을 대접하였소. 아직 진달래가 필락말락한 봄이요, 바깥에는 찬 바람이 부나 호텔 안은 여름날과 같이 따뜻하였소.

나는 택시 하나를 불러 내 아내와 정임과 순임을 뒤에 앉히고 나는 운전사 곁에 앉아서 지극히 유쾌한 기분으로 육조 앞으로 황토마루로 자동차를 몰아 조선 호텔 현관으로 달려들었소. 진실로 이 날같이 기쁜 듯, 몸이 가뿐한 날을 나는 그때까지 삼사 년내에 경험한 일이 없었소. 우리 식당은 조그마한 별실이었소. 밝은 전등에 비친 고전식 붉은 방 장식과 카펫과 하얀 식탁보와 부드럽게 빛나는 은칼과 삼지창과 날카롭게 빛나는 유리 그릇과, 그리고 온실에서 피운 가련한 시클라멘, 모두가 몽상과 같고 동화의 세계와 같았소.

"자 잡수시지요."

나는 손님들에게 권하였소.

내 아내도 유쾌하게 손님들과 이야기하고,

"저 어린 걸 혼자 동경으로 보내니깐 마음이 아니 놓입니다. 또 이 애가 몸이 좀 약한데 원, 수토 불복이나 안 될지 모두 염려가 되어요."

하고 애정 가득한 눈으로 정임을 돌아보면서 선생들께 걱정을 하오.

그것이 어떻게나 나를 기쁘게 하였던지 이루 형언할 수가 없었소.

"그럼요, 참 쌍동 따님과 같이 기르셨는데 친따님인들 어떻게 그렇게 귀애하실 수가 있어요?"

하고 내 집에 늘 가정 방문 오던 여선생이 감격에 넘치는 듯이 입으로 가던 삼지창을 멈추고 내 아내와 정임을 번갈아 보아 가면서 말하오.

"무얼 잘해 준 게야 있나요."

하고 내 아내는 겸양의 수삽한 빛을 보이며,

"정임이는 원체 얌전하니까 도무지 말을 일리지 아니 하였답니다. 되려 순임이가 말을 일리지요."

하고 순임을 돌아봅니다.

다들 순임을 보고 웃었소. 나도 하도 유쾌하여서 소리를 내어 웃으며,

"우리 순임이는 남자 칠분에 여자 삼분이어든. 하하하하."

하고 농담을 하였소.

또 다들 웃었소.

그러나 나는 순임의 낯빛이 파랗게 질리고 눈이 샐쭉하는 것을 보았소. 그리고 내 아내의 낯빛에도 불쾌한 빛이 도는 것을 보았소. 나는 '아차' 하고 놀랐으나 엎지른 물을 다시 주워 담을 수는 없었소.

이때에 정임은 삼지창을 들다가 도로 놓으며 고개를 숙이는 모양이 내 눈

에 띄었소. 아 과연 정임은 미인이로구나 하는 생각이 번개같이 내 몸에 찌르르하고 돌았소.

내 아내가 작별 선물로 지어준 진달래꽃 빛나는 양복과 틀어올린 검은 머리는 정임을 갑자기 더 미인을 만든 것 같았소. 그 투명한 살이 전깃불에 비친 양은 참 아름다웠고 가벼운 비단 양복이 그리는 몸의 선, 그리고 고개를 푹 수그린 양은 말할 수 없이 아름다웠소. 나는 처음 이렇게 아름다운 정임을 발견하였소.

다음 순간에 정임이가 혼란하던 어떤 감정을 진정하고 고개를 가만히 들어 정면을 정향없이 바라볼 때에는 그 두 뺨에는 홍훈이 돌고 검고 큰 눈에는 눈물이 빛났소.

정임은 다시 고개를 숙여 하얀 목덜미를 보이며 소매 끝에 넣었던 손수건으로 두 눈을 잠깐 눌러 눈물을 찍어내었소. 어떻게도 가련한 동양적, 고전적 미인의 선인고! 리듬인고!

식당은 조용하였소. 사람들의 시선은 다 정임에게로 모였소.

저 자신으로 감정으로 바쁘던 내 아내와 딸 순임의 시선도 마침내 정임에게로 돌아왔소.

나는 지금까지 가졌던 모든 유쾌한 것, 모든 몸이 가뿐하던 것을 다 잊어버리고 머릿속과 가슴속에 무겁게 막히는 듯함을 깨달았소.

나는 은집게로 호두를 깨뜨리며 전신에 힘을 주어서 내 혼란한 감정을 눌러버렸소.

내가 왜 이랬나 나는 지금도 모르오. 그러나 그때 생각을 하면 지금도 꼭 그때와 같이 머릿속과 가슴속이 뻐근하여짐을 깨닫소.

"순임이는 음악을 배우나?"
하고 교장 선생이 입을 열었소. 이 말은 식당 무거운 침묵을 깨뜨렸소.
"네에."
하고 순임이가 들릴락하게 대답하였소.

사람들은 가까스로 무겁고 괴로운 감금에서 풀려나온 듯이 다시 유쾌하게 이야기를 시작하였소.

나는 이때에 이 교장의 현명한 처치를 무한히 감사하고 속으로 칭앙하였소.
"가사과를 하라고 애 아버지는 그러시지만 음악을 배운다고 떼를 쓴답니다."
하고 내 아내도 이 자리의 중요성을 깨달아서 낮에 나타났던 불쾌한 빛을 거두고 웃으며 말을 하였소.
"제가 하고 싶어하는 것을 시키시지요."
하고 교장은 점잖게 말하였소.
"그것 보세요. 교장 선생님도 안 그러세요?"
하고 내 아내는 후원자를 얻은 자랑으로 나를 보고 웃었소.
나는 순임이가 음악에 재주가 없는 것을 잘 아오. 원체 나와 내 아내가 둘이 다 도레미파도 분명히 구별할 줄 모르는 귀를 가진 사람들이니 그 속에서 음악가가 어떻게 나오겠소. 우리 조상 중에라도 음악가가 있다면 격대 유전이라도 될 수 있겠지마는 내가 아는 한에서는 우리 조상 중에는 시조 한 마디 부를 줄 알았다는 말을 듣지 못하였소. 그래서 나는 순임이 년이 음악을 배운다는 것을 반대하고 가사과를 배워서 중등 교원 자격이라도 하나 얻어주려고 하였던 것이오.
이것은 내 아내는 내가 순임이가 음악과에 들어가는 것을 반대하는 것은 순임이를 미워하는 까닭이라고만 해석하고 있었던 것이오.
"당신더러 피아노 사 달라고 안 할 터이니 순임이를 제 소원대로 음악과에 들어가게 해요. 정말 피아노가 필요하면 내가 친정에 가서 돈을 얻어라도 오리다."
이 모양으로 내 아내는 나를 딸을 미워하는 아비로만 만들어놓은 것이오.
"글쎄, 교장 선생께서 음악과로 가라시면 가려무나."
하고 나는 이 좌석을 유쾌하게 하기 위하여 즉석에서 허락하는 뜻을 표하였소.
"아버지 나 음악과에 가요?"

하고 순임은 갑자기 희색이 만면하여 내게 물었소. 나는 오륙 년 내로 딸년한테 이렇게 기쁜 낯으로 말을 부침받아 본 적이 없었소.
"그래 내일 청원해라."
하고 나는 선선하게 대답하였소.
"나 음악과에 가!"
하고 순임은 뛸듯이 제 어머니와 정임을 바라보았소.

이날 밤의 만찬회는 이 모양으로 여러 가지 방면으로 큰 성공을 하였소. 불과 삼십 원 돈이 이처럼 큰 효과를 내리라고는 예상도 못 하였던 것이오.

이튿날 열 시 급행에 우리 가족은 전에 없이 유쾌한 생각으로 정거장에서 정임을 전송하기로 되었소. 나는 정임의 짐을 손수 들어다가 제 자리에 실어주고 여행 중에 소용될 일체를 내가 생각나는 대로는 다 장만하여 주었소. 가령 풍침이라든지 차중에서 볼 잡지라든지, 정임이가 몸이 약하기 때문에 혹시 배멀미나 아니할까 하여 인심과 시식이라는 멀미약까지도 장만해서 휴대약 케이스에 넣어 주었소. 내가 친구의 여덟 살 된 딸을 데려다가 십여 년이나 길러서 이젠 먼 길을 떠나 보내게 될 때에 이만한 일이야 아니 할 수가 있소? 더구나 이번에 정임이가 내 집을 떠나면 인제부터는 독립한 생활을 하게 될 터이지 다시 내 집을 의뢰하지는 아니하게 될 것이오. 정임이가 방학이나 되면 혹시 집에를 올까. 올 필요는 무엇인가. 시집이나 갈 때가 되면 내가 주혼자가 될까, 그겐들 알 수가 있나? 나는 이렇게 생각한 것이오. 이렇게 생각하면 오늘 정임이를 떠나 보내는 것이 영원한 이별 같아서 퍽 섭섭하고 또 정임이가 불쌍도 하였소. 그래서 나는 지갑에서 돈 삼십 원을 꺼내어서 내 아내가 보지 않는 데서 정임의 손에 쥐어주고,
"책값이라든지 용돈이 부족하거든 기별해라."
하고 따르르하는 소리에 차에서 내리면서 나는 정임의 어깨를 두어 번 두드려 주었소. 이때에 나는 정임의 어깨가 떨리는 것을 깨달았소. 정임은 손수건을 눈에 대고 울음이 터진 것이오.

차는 떠났소. 정임의 수없이 고개를 숙이는 모양이 보였소. 내 눈에도 눈물이 고임을 깨달았소. 나는 이 눈물을 남의 눈에 뜨이지 아니하게 할 양으

로 외면하고 눈을 씻었소.

　정임이가 동경으로 가버리니 집안은 편안하지마는 어째 쓸쓸하여진 것 같았소. 정임이가 집에 있더라도 별로 이야기가 있던 것도 아니었소. 안방 머릿방인 제 방에 박혀서 공부나 하고 혹시 저녁을 먹을 때에 온 가족이 한 방에 모임이 있을 때에나 보았을 뿐이요. 그러하였건마는 정임이가 집을 떠나고 보니 구석이 비임을 아니 깨달을 수가 없었소. 그야 어찌 안 그렇겠소. 딸을 시집보낸 것과도 달라서 아주 내집과는 인연이 끊어지는 것이니까. 그렇지마는 가정 불화의 원인이 없어진 것만 다행이었소.

　순임이는 첫째는 소원대로 음악과에를 들어갔고, 둘째로 이길 수 없는 경쟁자이던 정임이가 없어져서 좋아하고 날뛰고 내 아내도 그로부터는 짜증을 내는 일이 줄었소. 그리고 아내와 딸이 내게 대한 태도도 돌변하여서 정말 남편과 아비에게 하는 아내와 딸의 태도가 예전 같으면 아침에 내가 집에서 나올 때에도 본체만체, 딸년이 책보 끼고 학교에 갈 때에도 본체만체 할 것이지마는 정임이가 동경으로 가버린 뒤에는 아내도,

"오늘 일찍 오시우?"

한다든지,

"점심은 청년회 식당에서 잡수시구려."

하고 나를 아끼는 태도를 보이고 순임이도,

"아버지, 나 바이얼린 하나 사 주우."

하고 책상 앞에 앉은 내 어깨 뒤에 와서 어깨를 흔들고 어리광을 하게 되었소. 작은 딸년도 전보다 더 아버지, 아버지하고 따르게 되었소. 우리 가정은 근 십 년 만에 처음 봄을 만난 것 같이 화락하게 되었소.

　나도 처음에는 정임의 존재, 아무 죄없는 정임, 친구의 딸인 정임의 존재를 가정불화의 원인을 만든 내 아내와 딸의 야박한 마음을 불쾌하게 생각하였지마는 오 이것이 인정이로구나 하고 깨달은 뒤에는 애초에 내 처지가 잘못되었다. 애초에 정임을 집에 둘 것이 아니었다 하고 뉘우쳤소.

　그렇지마는 형. 그렇지마는 내 가슴속에는 정임이가 없는 것이 대단히 적막함을 어찌하오. 멀리 보낸 딸을 생각하는 아비의 정이겠지, 이렇게 생

각하였소.

 정임은 학교의 요구대로 고등 사범학교의 이과에 들어가서 박물 공부를 하게 되었다는 편지가 왔소.

 그 후부터 여름 방학이면 그래도 내 집을 집이라고 돌아와서 내 가족과 같이 해수욕도 다니고 산에도 다녔소. 박물 공부를 한다 하여 정임은 조가비, 벌레, 풀, 꽃, 돌멩이를 줍기로 낙을 삼고 내 딸 순임은 음계도 잘 안 맞는 소프라노와 바이얼린을 삐삐거리고 스스로 도취하고 있었소. 그리고 나는 내 아내와 딸의 심리를 알기 때문에 정임에게 대하여서는 전연 모르는 체를 하고 있었소.

 그러나 정임의 적막해 하는 양이 가끔 태도에 나타날 때에, 더구나 정임의 건강이 그리 좋지 못해서 서울에 있을 때보다도 퍽 수척한 것을 볼 때에 나는 불쌍한 생각을 금할 수가 없었소.

 "너 어디 불편한 데는 없느냐?"
하고 나는 어느 날 이렇게 묻지 아니할 수 없었소.
 "아뇨, 아무렇지도 않습니다."
하고 정임은 잠깐 웃었소.
 "글쎄 그 애가 퍽 수척했어."
하고 곁에 있던 내 아내도 걱정을 하였소.
 "너 음식이 맞지 않는 게로구나. 공부를 너무 해서 그러냐. 집이라고 와서도 잘 먹이지도 못하고."
하고 내 아내는 정임을 위하여 고기나 생선을 사서 한두 가지 반찬도 더 놓아 주었소.

 그렇지마는 그런 걱정을 하는 내 아내도 웬일인지 근래에는 건강을 잃어서 많이 수척하였소. 그래서 여름이 되면은 나는 가족을 혹은 금강산에 혹은 원산에 석왕사에 몇 주일씩 피서를 시켰던 것이오. 내가 보기에는 내 아내나 정임이나 거의 같은 병이 아닌가 하오. 혹시 결핵성 병이나 아닌가 하오.

 그래서 돌 지난 희(熙)놈을 어미 곁에 두는 것이 대단히 마음이 놓이지 아니하였으나 신경이 날카로운 아내에게 그런 말을 할 수도 없고 병원에 가서 진찰을 하랄 수도 없었소.
 이 모양으로 내 가슴속에는 아내의 건강에 대한 근심, 정임의 건강에 대한 근심, 또 젖먹이의 건강에 대한 근심으로 편안할 날이 없었소. 이를테면 정임이가 동경으로 간 후 한 이태 동안이나 마음이 편안하였을까.
 나는 아침이면 일어나 학교에 가서 오후 네 시까지 일을 보고 그리고는 집에 돌아와서 내 아내의 마음을 편하게 하기에 전력을 다하였소. 첫째로 아내가 좋아하는 것은 남편이 집을 떠나지 않는 것임을 깨달았소. 그렇지마는 너무 내외가 함께만 있어도 충돌이 생기기 쉬운 것도 깨달았소. 더구나 아내가 몸과 마음이 건강치 못할 때에는 남편의 고심이 여간이 아닌 것도 체험하였소. 그렇지만 내 아내는 병자가 아니오? 그는 외마디 기침을 시작하고 오후에 가끔 신열이 나고 밤에는 식은 땀을 흘리고 사지가 쑤신다고 하고 짜증을 내고, 그러면서도 어린애는 안심이 안 된다 하여 유모도 안 대고――이러한 병자가 아니오? 어떻게나 하면 이 아내를 편안하게 하여 줄까. 만일 내 팔 내 다리 하나를 잘라서 아내의 몸과 맘을 편안히 할 수가 있다고 하면 나는 시각을 지체하지 아니하고 잘라버릴 것이오.
 "의사를 좀 보입시다."
하고 나는 참다 못하여 진찰을 권하였소.
 "의사는 왜 보라우? 어서 병이 들어서 죽었으면 시원하겠소?"
하고 아내는 도리어 성을 내오. 원체 기승한 아내는 제가 병있는 사람이라는 것을 승인하고 싶지 아니하였던 것이오.
 그래서 부득이 나는 친한 의사 한 분을 청하여서 저녁을 대접하였소. 바로 형도 잘 아시는 Y박사 말이오.
 아내는 삼십칠 도 오 분이나 되는 신열을 가지고도 몸소 만찬을 분별하였소. 가끔 기침이 날 때에는,
 "아이구, 감기가 들어서."
하고 연해 변명을 하였소.
 "부인 좀 쉬셔야겠습니다."

하고 Y박사는 해쓱한 내 아내를 바라보면서,

"애기는 돌도 지났으니 유모에게 맡기시지요. 그리고 어디 가서 두어 달 편안히 쉬이시지요."

하고 권하였소.

Y박사의 말에 아내의 낯빛은 아주 핏빛을 잃어버렸소. 그리고 숨이 높아지는 것이 아무의 눈에나 보였소.

"어머니 손이 얼음짱이오."

하고 순임이가 제 어머니 손을 만져보고 걱정스럽게 달하였소. 이 장난꾼인 순임이년도 그때서야 제 어머니가 심상치 아니한 것을 깨달은 모양이오.

Y박사의 말에 겁을 집어먹고 아내는 진찰을 받기를 허락하여서 저녁이 끝난 뒤에 Y박사의 진찰을 받았소. Y박사는 벌써 이 준비로 청진기와 검온기 등속을 가방에 넣어 가지고 왔던 것이오.

아내의 가슴을 보고 난 Y박사는,

"감기가 기관지염이 되었습니다. 좀 쉬이시면 괜찮으시겠습니다. 요새 환절에 조심 아니 하시면 병이 중해지십니다. 네, 무얼 염려하실 것은 없지마는 그래도 지금 잘 조리를 하셔야지요. 글쎄, 이렇게 해보시지요."

하고 Y박사는 이윽히 생각한 끝에,

"애기도 인제는 젖 떨어질 때도 되었으니 어느 새니케어리엄에 좀 가 계시지요. 일본이라도 두어 달만 계시면 좋으실 것입니다."

이렇게 말하였소.

Y박사가 돌아간 뒤에 내 아내는 마치 사형선고나 받은 것처럼 울기를 시작했소.

"그럼 내가 폐병이란 말이지?"

하고 아내는 미칠 듯이 울었소.

"폐병은?"

하고 나는 아내를 속이려 들었소. Y박사가 대문 밖에 나서면서 날더러,

"상당히 중하시오."

하고 자기의 오른편 가슴을 가리켰소.
 나는 그때에 다만 휘우하고 한숨을 쉬었소.
 "그렇지마는 어린애는 어머니한테서 떼시는 것이 절대로 필요합니다. 결핵이란 어른에게는 별로 옮는 것이 아니지마는 어린애에게는 반드시 옮는다고 하여도 과언이 아닙니다."
하고 Y박사는 힘을 주어서 말하였소.
 이 말을 들으니 더욱 가슴이 무거워지오. 희가 내 외아들이라고 해서, 또 만득자라고 해서 그런 것이 아니지마는 내 집을 믿고 온 손님을 —— 종교적으로 말한다면 하나님께서 내게 맡긴 어린 손님 하나를 부모의 죄로 병이 들게 한다는 것은 차마 못 할 일이 아니오.
 그래서 나는 용기를 내어서 내 아내더러,
 "여보 희를 유모를 얻어 맡기고 당신은 쉬시오. 그러다가 병이 점점 더하면 어찌하오?"
하고 차마 희에게 병이 옮으면 안 되겠으니 쉬란 말은 못 하였소.
 "왜요? 내 병이 폐병이래요?"
하고 내 아내는 눈을 크게 뜨고 묻소. 그는 희를 안고 앉아서 젖을 먹이고 있소.
 "폐병이라고는 아니 합디다마는 그대로 두면 폐병이 될는지도 모른다고 합디다. 그럴 거 아니오? 성한 사람도 어린애 젖을 먹이고는 못 배기는데 몸이 약한 사람이 어린애 젖을 먹이고 배기겠소. 또 돌만 지나면 젖을 떼는 것이 아이한테도 좋답니다."
 나는 어디까지든지 내 아내에게 폐병이란 말을 알리지 않기로 결심하였소. 내가 일찍 아내에게 거짓말을 해본 일이 없는 사람인데 비록 이런 말이라도 속이는 것이 아닐까 해서 여간 마음이 거북하지를 아니하였소.
 내 아내는 내 말의 뜻과 내 생각의 뜻과 비교하는 모양으로 한참이나 나를 바라보더니 갑자기 두 눈에서 눈물을 흘리며 희를 쳐들어 들여다보고,
 "희야, 엄마가 폐병이면 어떡하나. 엄마 병이 옮으면 어떡하나. 그렇기

로 이 풋솜 같은 것을 남을 어떻게 맡기나."
하고 흑흑 느껴 울기를 시작하오.
"왜 우시오? 울면 더 몸에 해롭지 않소?"
하고 나는 아내를 위로하였소.
"울지 마우. 두어 달만 정양하면 낫는다는 걸 무얼 그러우? 저, 신열 나리다."
 아무리 위로하여도 아내는 울음을 그치지 아니하오. 소리까지 내어서 울게 되었소.
 엄마가 우는 것을 보고 희놈도 으아하고 울기를 시작하였소. 비록 말은 알아듣지 못하여도 그 어머니의 슬퍼하는 것이 통한 모양이오.
"내가 희를 가까이해선 안 되지요?"
하고 내 아내는 한 번 더 희를 꽉 껴안아보고는 방바닥에 떼어 놓으려하였소. 희는 바람이나 일 듯이 엄마에게서 안 떨어지려고 울고 달라붙었소. 나는 마침내 터지려는 울음을 참지 못하여 마루로 나오고 말았소.
 내 아내는 사람을 놓아 유모를 구하기 시작하고 일변 신문에 '유모 구하오' 하는 광고를 내었소.
 내 집에는 아침부터 저녁까지 유모 후보자가 들끓었소. 직업은 없고 살기는 어려운 때요, 게다가 엄동이 가까워 오는 때라 그들은 젖을 자본으로 과동할 시량을 얻으려는 것이오.
 내 아내는 몸소 이 유모들의 선을 보았소. 어떤 사람은 늙어서 못 쓰고, 어떤 사람은 너무 젊어서 못 쓰고, 어떤 유모는 너무 모양을 내어서 못 쓰고, 어떤 유모는 너무 몸 거둘 줄 몰라서 못 쓰고, 이런 흠 저런 흠 다 고르고 나면 그 수많은 후보자 중에 쓸 만한 유모가 별로 없었소.
 그래도 내 아내는 사십당이 넘어서 낳은 첫아들이요, 각내아들을 아무러한 유모에게나 함부로 맡길 마음은 없었소. 그래서 오면 보내고 오면 보내고 하기를 아마 이십 명은 더 하였을 것이오.
"유모 어디 고르겠소?"
하고 하루 저녁에는 내 아내는 실망하는 듯이 한탄하였소. 그는 이틀 동안이나 많은 유모를 시험하기에 그만 진저리가 난 모양이오.
"글쎄 이거 봐요. 제 자식을 떼어놓고 온 년이야 이 애를 보면 밤낮 제 자식 생각만 하지 아니하겠어요? 또 제 자식 죽이고 온 년의 젖은 먹이고 싶지 않고, 호랑이같이 흉악한 년의 젖도 먹이고 싶지 않고——암만해도 유모는 못 얻겠어."

셋째 날 쓸 만한 사람이 왔으나 피를 빼어서 검사하자는 말을 듣고 달아나버리고 넷째 날에 온 유모는 회충이 있으니 회충을 빼자고 했더니,
"별집을 다 보겠네. 회 없는 사람이 어디 있담."
하여 엉지회가 빠지면 큰일난다고 달아나버리고, 하다하다 못 하여 소아과에서 간호부로 있던 여자 하나를 데려다가 아이 보는 계집애 조수 하나를 붙여서 희를 기르기로 작정이 되었소.

잘 때에는 희도 엄마를 찾고 울고 엄마도 희를 찾고 울어서 며칠 동안은 밤만 되면 집안이 울음판이 되었소.

그러나 사람이란 희랍 신화에 있는 말과 같이 잊어버리는 재주가 있기 때문에 희놈도 간호부를 아주머니라고 불러서 따르게 되고 아내도 희를 떼어놓고 잘 수도 있게 되었소.

이렇게 희를 어머니에게서 떼는 사건이 일단락이 되어서 좀 마음을 놓으리만큼 되었는데, 이리하여 하루 이틀 마음을 펴고 내가 보는 학교의 일을 좀 볼까 할 때에 또 벼락이 내렸소.

"ナンテイニンキウビヨウスグコイ オホヤマ(남정임급병즉래대산)"
이라는 전보가 떨어진 것이오.

내가 학교의 직원 회의를 마치고 돌아오니까 아내가 이 전보를 내게 보였소. '오오야마'라는 것은 동경 여자 고등 사범학교 기숙사 사감의 이름인 것은 아내도 알고 나도 아는 일이오.

"이 애가 무슨 병일까?"
하고 내 아내는 물었소.

전보가 오전에 온 것을 곧 학교로 기별도 아니하고 내가 돌아오기를 기다린 무성의를 나는 원망하였소. 만일 순임이가 동경에 가서 급한 병이 났다

고 하면야 이럴 리가 있으랴 하면 마음이 괴로웠소.
 내가 이 전보를 받고 어떻게 놀라고 비통해 하는 빛을 보였던지 아내는 도무지 말이 없소.
 예사 때 같으면 나는 아내에게 의논을 할 것이지마는 이런 급한 경우라 나는,
 "밤차로 가 보아야겠소."
하고 선언을 하였소.
 그러고 저녁상도 받는 듯 마는 듯 나는 내 손으로 짐을 싸가지고,
 "몸 조심하시오."
하고 아내에게 작별 인사를 하고 희를 한 번 안아보고 잘 보아주어서 체하거나 감기 들리지 말고 울리지 말라고 신신 부탁하고 정거장으로 나갔소.
 순임이가 무슨 생각이 났는지 정거장까지 따라와서,
 "아버지 언제 오세요?"
하고 묻고, 차가 떠날 임박에,
 "아버지 이번 길에 나 피아노 하나 사다 주세요."
하고 졸랐소.
 "돌아댕기지만 말고 네 어머니 잘 위로해 드려!"
하고 피아노를 사다 준다든지 아니 사다 준다든지 약속은 아니하고 떠났소. 그러나 마음에는 순임에게 피아노를 하나 사주고도 싶었소. 잘 하나 못 하나 내년이면 졸업인데 집에 피아노 하나없는 제 마음이야 퍽 섭섭할 것을 동정하였소. 야마하 피아노면 오백 원짜리부터 있지마는 순임의 눈에 그런 것이 들리는 없고 적어도 이천 원 돈을 들여야 순임의 비위를 맞추겠으니 딸의 아비 되기도 어려운 일이라고 생각하였소.
 차 속에서 나는 순임을 생각해 보았소. 그년이 도무지 아비를 아비로 알지 아니하고 제 어미와 부동하여 아비를 헐기만 하는 것을 보면 괘씸하기도 하지마는 그래도 그것이 내 딸이 아니오? 내 첫 자식이 아니오? 자식 미워하는 아비가 어디 있겠소? 순임이 년이 좀더 내 눈에 들게만 굴면야 아무런 짓을 하기로 음악과에 다니는 저를 피아노 하나야 안 사 주었겠소?

원체 그년이 나를 적대하니까 나도 가벼운 반감을 가지게 된 것이오. 순임이 년 하는 일을 보구려. 아비가 먼 길을 떠난대도 집구석에 숨어 있고도 모른척하고 있다가 피아노 하나를 조를 생각이 나서 정거장으로 주르르 따라나온 것을 나는 차 속에서 순임이 년의 행사를 생각하고 혼자 웃었소. 아비의 생각에는 이런 것도 다 귀엽게 보이는 것이오.

동경에 가는 길로 나는 여자 고등 사범학교 기숙사를 찾았소. 때는 오전 여덟 시쯤.

오오야마라는 사람은 아직 집에서 들어오지를 아니하고 어떤 일본 여학생이 나와서 접대를 하오.

"나는 조선서 왔습니다. 남정임의 보호자입니다. 오오야마 선생의 전보를 받고 왔는데 남정임의 병이 어떠합니까?"

하고 물었소.

"네 그러십니까."

하고 그 여학생은 다시 공손하게 일본식으로 두 손을 다다미에 짚고 절을 하더니,

"남정임씨는 그저께 T대학 병원에 입원하였습니다. 갑자기 각혈을 하여서."

하고 동정하는 낯빛으로,

"잠깐만 기다리십시오. 남정임씨와 한방에 있는 동무를 불러오겠습니다."

하고 그 여학생이 일어나서 통통통 걸어간 지 얼마 만에 웬 양복 입고 키 큰 여학생 하나를 데리고 와서 내게 소개를 합니다. 나는 그 양복 입은 이의 골격을 보아서 이것이 조선 학생인 줄을 알았소.

"이 어른이 지금 조선으로부터 오신 어른이신데, 남정임씨 보호자시라고."

하고 그 양복 입은 여학생에게 나를 먼저 소개하고 다음에는 나를 향하여,

"이 이가 김상이라고 남정임씨하고 한방에 있는 이입니다."

하고 소개를 하오. 그리고는 내가 김이라는 여학생과 이야기하는 동안 그

일본인 학생은 곁에서 가만히 듣고만 있소.
 "정임이가 어떻게 병이 났어요?"
하고 내가 양복 입은 학생에게 물은즉, 그 학생의 대답은 이러하였소.
 "오래 불면증으로 잠을 잘 못 자고 애를 써서 몸이 좀 약해졌는데 그저께는 아침마다 하는 새벽 체조를 하다가 말고 갑자기 각혈을 하였습니다. 새빨간 피를 한 컵은 더 토하였어요. 그래서 방에 들여다 뉘고 선생님께서 오시거든 입원을 시킨다고 하다가 의사가 이대로 두어서는 안 된다고 위험하다고 그래서 사감 선생이 보증을 하고 T대학 병원에 입원을 시켰습니다."
 각혈이라니! 우리 정임이가 각혈이라니! 하고 나는 가슴이 설레고 앞이 캄캄해짐을 깨달았소. 지금은 각혈이라는 것이 그렇게 무서운 병이 아닌 줄을 알았지마는 그때까지의 내 의학 상식으로는 각혈이라면 죽는 것으로만 알고 있었던 것이오.
 정임이가 죽다니! 이것은 도무지 있을 수 없는 것이었소. 만일 정임이가 죽는다고 하면 세상이 온통 캄캄해질 것 같았소. 그렇게 몸과 마음과 영혼으로 아름다운 정임이가 꽃봉오리째로 떨어지다니! 이것은 가슴이 터질 노릇이었소.
 나는 택시를 몰아서 T대학 병원을 향하고 달렸소. 나는 오랫동안 있던 동경, 청춘의 꿈 같은 기억이 있는 동경의 거리를 보는지 안 보는지 몰랐소. 내 가슴은 놀라움과 슬픔과 절망으로 찼던 것이오.
 T대학 병원 S내과 X호실이 정임의 병실이라는 것은 아까 키 큰 여학생 김에게서 들었소. 어쩌면 김이 나를 병원까지 안내해주지 아니하였을까. 어쩌면 김의 태도가 그렇게 냉랭하였을까 하면서 나는 X호실을 찾았소.
 X호실이라는 것은 결핵 병실인 것을 발견하였소. 침침한 복도로 다니는 의사, 간호부들이 가제 마스크로 입과 코를 싸매고 다니는 것이 마치 죽음의 나라와 같았소. 어디나 마찬가지인 심술궂게 생긴 '쓰끼소이'노파들의 오락가락하는 양이 더구나 이 광경을 음산하게 하였소.
 "남정임은?"

하고 나는 간호부실 앞에서 모자를 벗고 공손하게 물었소. 병원에서는 간호부가 제일 세도있는 벼슬인 줄을 알기 때문이오.
"X호실."
하고 뚱뚱한 간호부가 나를 힐끗 보며 냉담하게 대답하더니,
"남정임씨는 면회 사절입니다. 중증 환자로 절대 안정이니깐 면회는 못하십니다."
하고 권위를 가지고 거절하였소.
"나는 남정임의 보호자로서 병이란 전보를 받고 왔습니다."
하고 나는 간호부의 태도에는 불쾌감을 느끼면서도 청하러 온 사람이라 더욱 공손하게 절을 하였소.
이렇게 어렵게 허락을 얻어 가지고 나는 X실이라는 병실에 들어갔소. 그것은 아마 무료 병실이나 아닌가 하리만큼 나쁜 병실이었소. 게다가 한 방에 칠팔 인이나 환자가 누웠소. 나는 우리 정임을 이러한 병실에 입원시킨 데 대하여서 굳세게 모욕감을 느꼈소.
간호부는 나보다 한 걸음 앞서 들어가서 정임의 침대 곁에 서며,
"난상 오꾸니까라 멘까이닌(남정임씨 본국서 손님 왔소.)"
하였소. 정임은 감고 있던 눈을 번쩍 떴소. 그 눈은 내 눈과 마주쳤소. 수척해서 본래 좀 크던 눈이 더욱 커진 듯하였소. 그러나 그 얼굴은 더욱 옥같이 아름답고 맑아서 인간 세계의 사람 같지 아니하였소.
나도 하도 억해서,
"정임아 내가 왔다."
하고 담요 위로 정임의 가슴에 내 손을 대었소.
정임은 담요 밑에 있던 싸늘한 손을 꺼내어서 내 손을 잡고 말은 없이 눈물이 핑 돌았소.
"하나시오 시데와 이께마셍?(말을 하면 안 돼요)"
하고 간호부는 부하에게 호령하는 태도로 정임을 노려보았소.
"응 말은 말아라."
하고 나는 간호부를 향하여,

"이야기 아니 시킬 터이니 안심하시오. 고맙습니다."
하고 간호부에게 고개를 숙였소. 그제야 간호부는 나가버렸소.
 나는 정임의 침대 곁에 놓인 동그란 교의 위에 앉으며 베개 밑에 있는 가제를 집어서 정임의 눈에서 흐르는 눈물을 씻어 주었소.
"정임아, 왜 우느냐. 마음을 든든히 먹어야지. 아무 염려 마라."
하고 나는 정임의 해쓱한 얼굴과 가늘어진 목을 들여다 보았소. 그리고 베개 위에 흐트러진 검은 거리를 보았소. 그리고 다른 환자들을 돌아보고 목례를 하였소. 다들 동정하는 듯이 나를 보고 환자의 친족인 듯한 어떤 늙은 부인이,
"따님이세요? 저렇게 예쁜 이가 병이 나서——아이 가엾어라."
하고 말을 붙이는 이도 있소.
 내가 할 첫 일은 우선 방을 옮기는 것이었소. 소중한 정임이를 한 시각도 이런 하등 병실에 둘 수는 없다고 생각하였소.
"쓰끼소이는 안 달았니?"
하고 나는 정임에게 물었소.
"하나 있는데 어디 나갔어요."
하고 정임은 들릴락말락한 음성으로 대답하오.
"병자를 혼자 두고 나가?"
하고 나는 불쾌하였소.
 나는 정임의 손을 들어 담요 속에 넣어주고,
"내 얼른 댕겨오마."
하고는 모자와 단장과 외투를 교의 위에 놓고 나갔소.
 나는 의국을 찾아가서 S박사를 만나려 하였으나 박사는 진찰 중이라 하기로 겨우 J라는 조교수 하나를 붙들고 사정을 말하고 혼자 있을 병실 하나를 달라고 하였소.
 대단히 까다로운 여러 가지 교섭이 있은 후에 겨우 일등실 하나를 얻어놓고 정임에게로 돌아와서,
"내가 조교수에게 말해서 병실을 하나 얻었다. 한 시간만 기다리면 옮겨

주마고. 여기서야 어디 병이 더하면 더하지 낫겠니? 또 조교수더러 물어
보니까, 네 병은 염려할 것은 없다고 한 일주일 안정하면 괜찮을는지 모
른다고. 그러나 몸이 대단히 쇠약했으니 주의해야 한다고 그러더라."
하여 정임을 위로하였소. 사실인즉, 조교수는 정임의 병에 대하여서 아직
분명한 진단도 얻지 못한 모양으로 말을 하였지마는 나는 이 경우에 정임에
게 이렇게밖에 더 말할 수가 없었소.

내가 온 것을 처음 보고는 정임도 퍽 흥분된 모양이어서 기침도 자주하고
빨간 피도 두 번이나 뱉었으나 차차 낯에 안심한 빛이 돌고 기쁜 빛까지 보
였소.

약속한 시간보다 좀 더디게 오정 때나 되어서야 간호부가 환자 태우는 구
루마를 끌고 들어와서 새 병실로 옮길 것을 말하였소.

간호부들이 정임을 안아서 구루마에 누이고 끌고 나간 뒤에 나는 정임의
담요와 세간을 정리하여 들고 여러 병자들께 인사를 하고 정임의 새 병실로
따라갔소.

이 병실은 이층으로 대학 정원을 바라보게 된 방인데 북향이지마는 넓고
깨끗하고 침대도 주석으로 되고 간호하는 사람이 잘 만한 펴놓으면 침대가
될 만한 걸상과 가족이 있을 만한 부실까지도 붙었소. 양복장, 테이블, 우
단으로 싼 교의까지 유리창에 커튼까지 있는 아주 훌륭한 방이오. 흠이라
면 바닥에 깐 리놀륨이 좀 더러운 것일까. 침대에 깐 시트도 새롭고 희어서
얼룩이 없었소.

이러한 병실에 정임을 갖다가 누이니 내 마음이 좀 편안하였소.

그리고 나는 간호부 하나를 구하여서 정임을 간호하게 하고 아침도 점심
도 굶은 채로 오후 네 시나 지나서야 잠시 병원에서 나와서 병원 근처에 여
관을 하나 정하였소. 집에다가 전보를 치고 목욕을 하고 저녁을 먹고 나서
는 그만 고꾸라져서 잠이 들어 버렸소.

하루 지나 이틀 지나 어느덧 사오 일이 지났소. 나는 아침을 먹고는 병원
에를 가서 정임을 보고 간호부에게 잠을 어떻게 잤나, 무엇을 얼마나 먹었
나, 체온이 얼마, 또 피가 나왔나, 이런 것을 물어보고 손수 정임의 이마도

만져보고, 그리고는 J조교수를 찾아서 정임의 병세를 물어보았소. J조교수는 처음에 까다로운 사람 같더니 차차 사귀어서 나중에는 저녁을 같이 먹으러 다니리만큼 친하였소. 이 친구가 위스키를 좋아하고 댄스를 좋아하는 모양이나 나는 두 가지 다 못 하는 처지이므로 J조교수가 댄스를 할 때는 나는 옆에 앉아서 구경을 하고, 그가 위스키를 먹을 때에는 나는 탄산을 먹었소.

"한잔 자시오!"

하고 J조교수는 농담 절반으로 내게 술을 권하고,

"자 한 번 추어 보아!"

하고 나를 억지로 끌어내다가 여자를 껴안겨 주기도 하였소. 그도 내게 무간하게 된 모양이었소. 병원에서 하얀 진찰 옷을 입고 있을 때에는 장히 까다롭고 빼는 편인 그도 진찰 옷을 벗고 이렇게 친구를 대하면 무척 천진하고 재미있는 사람이었소.

이렇게 친하게 된 뒤로는 J조교수는 무시로 정임의 병실에 나를 찾아왔소. 이것은 간호부들의 눈에 정임과 나와의 지위를 높여서 대우가 퍽 좋아졌소.

이런 조건들이 모두 합하여 정임의 용태가 퍽 좋아가는 모양인데 한 가지 걱정되는 것은 집에서 도무지 기별이 없는 것이오. 전보로 답장하라고 날마다 전보를 쳐도 한 번도 회전이 없단 말이오. 회전이 없을 때에는 무사한 것은 분명하지마는 대단히 마음이 궁금하고 불쾌하였소. 그래서 나는 순임의 학교로 순임에게,

"집 무사하냐. 어머니 환후 어떠시냐. 희도 잘 있느냐. 곧 전보해라. 네 피아노는 고르는 중이다. 정임은 그만하다. 아비."

하는 의미의 전보를 놓았소. 피아노 말을 해야 순임이가 곧 답장할 줄을 알았기 때문에 특별히 피아노란 말을 썼소.

그리하였더니 아니나다를까 그날로,

"집은 무사하다. 어머니는 성이 나서 운다. 어서 오너라. 희도 감기들었다. 피아노 고맙다. 순임."

하는 답전이 왔소.

집에서 도무지 답전이 없길래 나는 대개는 짐작하였소. 내 아내가 화를 내어서 일부러 회답을 아니하는 것이 분명하였소.

나는 딸에게 약속을 이행하기 위하여 전보를 받는 길로 곧 은좌(銀座)방면으로 나가서 피아노를 돌아보았소. 그리고 일천칠백 원짜리 하나를 값을 해서 수송하기를 청하고 약속금 오백 원을 치렀소. 이 피아노가 만일 내 딸 순임을 매수하기에 성공한다면 내 생활은 전보다 훨씬 편안하게 될 것이오. 그렇게 생각하면 이 돈 일천칠백 원은 아까운 돈이 아닌 것 같았소.

정임의 병도 그만하고 J조교수의 말도 대단치는 아니하리라 하기로 정임에게는 퇴원하게 되는 대로 J조교수의 말을 따라서 어느 요양원으로 가든지 조선으로 오든지 하라고 일러놓고 나는 집으로 돌아오려고 내일이면 떠난다고 마음을 먹고 자리에 들었소.

잠이 들어서 몇 시간이나 되었던지 나는 전화 소리에 잠이 깨었소.

"하이 하이(네 네)."

하고 전화 수화기를 떼어 든 나는 어안이 벙벙하였소. 그것은 분명히 정임을 보아주는 간호부의 음성으로,

"남정임씨가 병이 중하십니다. 곧 들어오십시오."

하는 전화였소.

아까까지 괜찮던 정임이가 웬일인가 하고 나는 시계를 보았소. 어느 새에 새벽 다섯 시, 나는 옷을 주워 입고 병원으로 달려갔소.

간호부실에 들러서,

"남정임이가 병이 더쳤어요?"

하고 물었소.

"네, 밤에 각혈을 많이 하셔서 퍽 중하십니다. 아이참, 걱정 되시겠습니다. 지금 바로 숙직하시는 선생이 다녀가셨습니다."

하고 인제는 낯이 익은 간호부는 친절히 대답해 줍니다.

나는 정임의 병실로 가서 가만히 문을 열었습니다. 방에는 아직도 간호부 하나가 남아서 한 손에 시계를 들고 한 손으로 정임의 맥을 짚고 있고,

테이블 위에는 주사를 하였는 듯한 제구가 어수선히 놓였소.

나는 눈을 감고 누웠는 희미한 전등빛에 비추인 정임의 얼굴을 잠깐 보고, 그리고 K라는 전속 간호부에게로 가서 자세한 말을 물어볼 양으로 정임의 침대머리를 지나다가 유리 타구가 철철 넘는 빨간 것을 보았소. 그것은 이백 그램 컵으로 셋은 될 것이오!

K간호부는 내 귀에 입을 대고,

"어젯밤 당신(나를 가리키는 말)께서 가신 뒤에 난상(정임)이 자꾸만 우셔요. 우시면 병에 좋지 않다고 암만 말씀해도 자꾸만 우시는구면요. 그러시더니 제가 잠간 잠이 들었는데 난상이 저를 부르시길래 보니깐 글쎄 저렇게 피를 쏟으셨구면요."

하는 꼴이 우는 정임을 혼자 두고 K간호부는 잠이 들어서 쿨쿨 오륙 시간이나 자다가 정임이가 피를 많이 토할 때에야 비로소 깬 모양이었소. 괘씸한 년 같으니! 하고 나는 K간호부를 한 번 노려보았소.

맥보던 간호부가 나간 뒤에 나는 정임의 맥을 가만히 짚어보았소. 맥이 끊어지지나 아니하였나 하다시피 약하오. 정임의 입술에도 붉은 빛이 줄었소. 정임은 아마 혼수 상태인 것 같았소.

나는 가만히 정임의 손을 놓고 정임의 잠을 깨우지 아니할 양으로 가만가만히 방 한편 구석으로 물러나와서 죽은 듯한 정임을 바라보고 있었소.

어려서 부모를 여의고 따뜻한 사랑도 없는 남의 집에 얹혀서 눈칫밥으로 자라난 정임, 천상천하에 의지할 곳 없고 알아주는 이 없는 정임, 저것이 인제 죽어버린다면! 하고 생각하면 뼈가 저리게 불쌍하였소.

내가 온 뒤에도 웬 놈팡이들한테서 편지도 몇 장 오고, 선물도 몇 가지 들어왔으나 그 편지 사연을 보더라도 다들 제 편에서 외짝 사랑이었고 정임이 편에서는 도무지 응하지 아니하였던 것이 분명하오.

"너 좋아하는 남자 친구가 있니?"

하고 어느 날 내가 물을 때에 정임은,

"없습니다."

하고 적막하게 웃었소.

정임은 거짓말할 애가 아님을 나는 믿소.

이 세상에 왔다가 얼음같이 찬 속에서만 살고 부모의 정, 형제의 정, 애인의 정, 부부의 정도 하나도 맛보지 못하고 죽어가는 정임의 정경을 생각해 보시오. 내가 통곡할 생각이 났겠소! 아니 났겠소.

이에 나는 결심하였소——아무리 해서라도 정임은 살려내야 된다고.

그리고 나는 간호부실에 달려가서 J조교수 집으로 전화를 걸었소. 아직 오전 여섯 시, 이때는 밤에 늦도록 댄스요 위스키요 하고 돌아다니는 버릇이 있는 J조교수는 아직 곤하게 잘 때일 것이라고 생각하였소. 그러나 정임의 생명에 관한 일이 아니오?

"아침 일찍 전화를 걸어서 미안합니다. 그 애의 병이 대단하니 내가 지금 댁으로 선생을 모시러 가겠습니다. 어떠하신 일이 있으시더라도 지금 꼭 와주셔야겠습니다."

하고 열렬하게 들이대었소. 그랬더니 원체 나하고는 사귀인 터이라,

"데리러 오실 것 있소? 내 곧 가리다."

하고 선선하게 대답합디다.

과연 삼십 분 내에 J조교수가 달려왔소. 그는 진찰복도 입지 아니하고 모자도 쓴 채로 바로 병실로 들어왔소. 그렇더라도 간호부실에서 정임의 용태는 물어 가지고 왔을 것은 분명하오.

J조교수는 외투도 입은 채로 정임의 맥을 짚어보고 그리고는 청진기를 내어서 정임의 가슴을 보았소. 그리고 눈을 보고 손톱을 보고 의사가 보는 것을 다 보고 나서는 정임의 정신없는 얼굴을 이윽히 보고 섰더니 자기가 먼저 방에서 나가면서 나더러 따라오라는 시늉을 하오.

나는 불안을 가지고 따라갔소.

J박사는 긴 복도로 꼬불꼬불 한참이나 걸어가서 자기 방문을 열고 들어가 모자와 외투를 벗어 던지고 앉으며 나에게도 자리를 권하오.

"쯧, 걱정이오."

하는 것이 J박사의 첫 말이었소.

"죽을까요?"

하고 나는 눈을 크게 떴소.
 "죽기야——. 생명에는 신비력이 있으니까, 꼭 죽을 것 같은 사람이 사는 수도 있고, 그와 반대로 꼭 살아나리라고 믿었던 사람이 죽는 수도 있고——. 생명에 신비력이 있습니다."
하고 그는 말을 끊었다가,
 "원체 쇠약한데다가 피를 많이 잃고, 가슴에는 라셀이 가뜩 찼단 말이오. 그것도 또 걷히려 들면 며칠 안 해서 걷히는 수가 있습니다. 생명의 신비라는 것이지요."
하고 담배를 내어 뿜으면서 휘 한숨을 쉬었소.
 나는 다만 조교수의 처분만 바라는 사람 모양으로 잠자코 그의 하는 양만 보고 있을 수밖에 없었소. 내 신경과 근육은 모두 굳어져서 움직이려도 움직일 수 없는 것만 같았소.
 "글쎄——."
하고 J조교수는 내가 속으로 생각한 것을 알아듣는 듯이,
 "글쎄. 수혈이나 한번 허볼까."
하고 나를 바라본다.
 "수혈이라니요?"
 "다른 사람의 피를 병자의 정맥에 넣는 것이지요?"
 "수혈을 하면 살아날까요?"
 "피가 부족하니까. 또 수혈을 하면 출혈이 그치는 수가 있으니까."
 "그러면 내가 피를 주지요!"
하고 나는 내 피를 정임을 살려내기에 바치는 것이 기뻤소.
 "아무의 피나 함부로 넣는 것이 아니니까 피를 검사해 보아야지요."
하고 J박사는 내가 허둥지둥하는 태도가 우스운 듯이 빙그레 웃으며,
 "피는 사려면 얼마든지 파는 사람이 있으니까 그럼 수혈을 해봅시다."
하고 J조교수는 전화 앞으로 가오.
 J조교수는 먼저 정임의 귀의 피를 뽑아 혈형을 검사한 결과,
 "누르로군."

하고 나더러,
"누르 형을 가진 사람은 누구에게든지 피를 줄 수 있지마는 같은 형을 가진 사람의 피가 아니고는 받을 수는 없단 말요. 그러니까 늘 주는 편이야."
하고 다음에는 내 피를 검사한 결과 J박사는,
"오케이. 노형이 피가 다행히 누르오. 혈형은 맞는데."
하고 말하기 어려운 듯이,
"노형은 화류병은 없으시오?"
"없지요!"
"그렇게 자신이 있으시오? 만일 의심이 있거든 검사를 하게."
"절대로 없지요. 있을 이유가 없으니까."
하고 나는 단언하였소.
"그러면 좋소이다. 그러면 노형의 피를 얻기로 합시다."
하고 J조교수는 간호부에게 수혈 준비를 명하였소.

 J조교수는 내 왼쪽 팔의 굽히는 곳의 정맥에서 피를 뽑아 정임의 왼편 팔의 정맥에 넣는 일을 하였소. 나는 유리통에 뽑혀 나오는 검붉은 내 피를 보았소. 그것이 정임의 혈관으로 다 들어가버리는 것을 보았소. 그리고 나는 잠깐 아뜩함을 깨달았소. 사백 그램이라면 두 컵의 피를 뽑아내인 셈이오.

 한 십 분 동안이나 가만히 누워 있으니까 정신이 평정함을 깨달았소. 나는 내 피가 정임에게 들어가 어떠한 작용을 하는가 알고 싶었소.

 참으로 신기한 일이오. 수혈이 끝난 지 삼십 분이 못 하여서 정임의 두 뺨에는 붉은 기운이 돌고 죽은 듯하던 입술에도 제 빛이 돌아오지 않겠소.

 나는 너무도 기뻐서,
"정임아!"
하고 불러보았소.
 정임은 내가 부르는 소리에 눈을 떴소. 정임은 살아났소.
"신효하지요?"
하고 J조교수도 빙그레 웃었소. 그때에서 그는 간호부가 준비한 물에 손을

씻었소. 그는 하얀 타올로 손을 씻으면서,

"수혈도 효력이 날 때도 있고 아니 날 때도 있지마는 효력이 나게 되면 그야말로 쉿소리- 나는 것이오. 노형도 오늘은 피를 많이 잃었으니 좀 안정을 하시는 것이 좋겠소이다."
하고 나가 버렸소.

나는 J조교수의 말대로 비어 둔 부실의 침대 위에 수기로 하였소. 약간 어쩔어쩔하고 메슥메슥함을 깨달았소.

내 피가 힘을 발하였는지 모르거니와 정임의 병세는 이삼 일 내로 훨씬 좋아져서 J박사도,

"라셀도 훨씬 줄었고, 맥도 좋고, 신열도 없고 괜찮을 모양이오."
하고 안심할 확신있는 말을 하여 주었소.

나는 더 오래 있을 수가 없어서 정임을 J조교수에게 같기고 집으로 돌아왔소.

형이여!

그랬더니 말이오. 집으로 돌아왔더니 말이오!

내 아내는 나를 보고 미친 듯이,

"왜 왔소? 무엇하러 왔소. 그년하고 살지. 왜 왔소?"
하고 몸부림을 하고 야단이오.

나는 어안이벙벙하였소.

"그게 무슨 소리요? 그럼 정임이가 병이 중하다는데 내가 안 가본단 말요?"
하고 나는 부드럽게 말하였소.

"흥, 말은 좋지. 정임이가 무슨 병이야? 병이 무슨 병이더냐 말야?"
하고 아내는 더욱 미쳐 뛰오.

"무슨 병? 각혈을 했단 말요. 목구멍에서 피가 나왔거. 각혈을 두 번이나 크게 해서 죽을 뻔했는데 다행히 면사나 되었으니 다행 아니오?"
하고 나는 더욱 부드럽게 말하였소.

"흥, 각혈? 흥, 각혈? 뻔뻔스럽게 나를 속여 보려고. 낙태를 시키다가

피를 쏟았다더구먼, 왜 내가 모르는 줄 알고. 흥, 지난 여름에 나왔을 적에
——아이구 분해. 아이고 분해. 내가 어리석은 년이 되어서 감쪽같이 속았
네에——. 그런들 설마 제 딸과 동갑인 계집애를 건드리랴 했지. 엑 이 짐
승 같은 것. 그리고도 교육가. 흥, 교장. 아이구 분해라."
 이 모양으로 온 동네가 다 들어라 하고 외치는구려.
 "여보, 이거 미쳤소? 글쎄 그게 웬 소리요? 뉘게 무슨 말을 듣고 그런
종작없는 소리를 한단 말요? 원 이거 하인들이 부끄럽고 동네가 부끄럽지
않소? 원 말이 되는 말을 가지고 그래야지."
하고 나는 하도 기가 막혀서 방바닥에 펄썩 주저앉아 버렸소.
 "좀 뵈어 줄까요? 그럼 증거를 좀 뵈어 줄까요? 자 이거를 좀 보시오."
하고 아내는 어떤 일기책 하나를 장 설합에서 꺼내어서 내 앞에 탁 던지오.
나는 배밀이로 엎어진 일기책을 집어 들고 책장을 넘겨 보았소. 그것은 정
임의 일기책이었소.
 나는 이 일기책을 온통으로 형에게 보내어 드리고 싶소마는 그리할 수가
없소. 나는 이것을 유일한 정임의 기념으로 내가 이 세상에 있는 날까지는
몸에 지니고 있지 아니하면 아니 되겠소. 그러다가 내가 이 세상을 떠날 때
에는 나는 이 일기를 불에 살라버리거나 땅에 묻어버리고 떠나려오.
 그러므로 나는 이 일기를 지금 형에게 보내어 드릴 수는 없고 그 중에서
이 편지에 도움이 될 만한 몇 구절을 베껴 보내오——.
 '오늘이 새해. 오늘부터 내 나이가 23세. C선생은 몇 살이 되시나. 지난
여름에 뵈올 때에는 벌써 얼굴에 몇 줄기 주름이 있던데, 아! 어머니 돌아
가신 지가 벌써 십오 년. 이 외로운 아이는 오직 C선생님의 사랑의 품에서
살았다. 나는, 나는 이 은혜를 무엇으로 갚나. 이 몸과 마음을 C선생님께
다바치기로니 그것이 무엇인가…….'
 이것은 일기 첫 장인 정월 초하룻날 것이었소.
 '아 웬일인가. 나는 왜 이렇게 외로울까. 나는 무한한 허공에 뜬 외로운
별 하나. 아아 그 허공의 참이여! 어두움이여! 차고 어두운 허공으로 지
향없이 흘러가는 외로운 작은 별이여.'

이러한 극히 격막한 서정시 같은 것도 있고 또 어떤 날에는,
'아아 나는 죽어 버릴까. 사랑하는 그이는 내 손이 아니 닿는 하늘 위의 별.'
이러한 절망적인 말을 쓴 것도 있소.
 정임의 일기에는 어디나 그 적막하고, 거의 절망적이라고 할 만한 슬픔이 흐르오. 그가 '그이'라고 하는 것이 누구를 가리킴인가. C선생이라고 한 것은 물론 내 성 최의 머릿자겠지마는 그의 일기에는 선생이라는 말과 '그이'라는 말이 날마다 쒸어 있소.
 '아마 나는 죽을까 보아. 이대도록 괴롭고도 살 수가 있나. 오늘은 교실에 들어가 앉았어도 무엇을 배웠는지 정신이 없이 있다가 동무들에게 놀림을 받았다. 동무들은 어찌 그리 행복된가. 그들에게는 부모가 있어서 그러한가. 사랑하는 사람이 있어서 그러한가. 나는 그들과 같이 유쾌하게 살지를 못하는가.'
 '나는 암만해도 죽을 것만 같다. 이렇게 괴롭고도 살 수가 있나. 괴로울수록 그이가 그리워. 그이 곁에 있으면 내 눈에도 웃음이 있을 것 같다. 낸들 웃을 줄을 모르나, 기뻐할 줄을 잊었나. 그이 곁에만 있으면 나는 춤이라도 출 것 같다.'
 '아아 그이를 떠나 있는 슬픔이여! 외로움이여! 내 타는 마음을 그에게 통하지도 못하는 슬픔이여, 외로움이여! 아무리 하여도 그이는 손이 안 닿는 하늘이 별인가. 나는 닿지 못할 손을 허공에 허우적거리다가 죽어 버릴 것인가.'
 이러한 구절도 있고, 또 여름 방학이 가까운 유월에 들어가서는 더욱 열렬하게 되어,
 "나는 이번 방학에 가면 그이에게 내 생각을 다 말해버릴 테야. 이년! 하고 책망을 받으면 어떤가. 종아리를 맞으면 어떤가. 아무리 무서운 일이 생기더라도 나는 이번 방학에 가면 그이에게 내 가슴속에 뭉친 불덩어리를 내어던질 테야. 그리고 미친 듯이 대들어서 그이의 목에 매어달릴 테야. 그렇게나 아니하고야 어떻게 내가 그이에게 내 속을 보여 보나.'

'아아 사랑하지 못할 이를 사랑하는 내 아픔이여! 차라리 나를 죽일까, 나를 죽일까.'

이러한 곳도 있고,

'나는 오늘 C선생께 내 속을 말하는 편지를 썼다가 불에 살라 버렸다. 이러기를 모두 몇십 번이나 하였는고?'

'C선생은 내 아버지가 아니냐. 아아 나는 왜 그이를 아버지라고 못 부르는가. 왜 C선생을 내가 그이라고 부르는가. 내가 죄다! 죄다! 다시는 C선생을 그이라고 아니 부르고 아빠라고 부를란다. 하나님이시여, 딸아기가 아빠를 그리워하는 것도 죄가 되오리까. 죄가 된다고 하여도 무가내하입니다."

이런 말이 있소. 이런 말을 보면 C선생이란 것이나 그이란 것이나 아빠란 것이나가 다 나를 가리킨 듯도 하였소. 내가 이것을 발견할 때에 어떻게나 놀랐겠소. 이것이 사실이라면 정임은 분명히 내게 대하여 일종의 그리움을 느끼는 것이오. 내 아내가 정임이가 열여섯 살 적에 '홍 어린애!' 하던 것이 생각나오. 역시 아내가 나보다 정임의 속을 잘 알았던 것이오. 그러면 정임이가 나에게 대하여 한 이성으로의 사랑을 느끼는가 하고 나는 한참이나 숨을 못 쉬도록 놀랐소.

그러나 그 다음 일기를 볼 때에 놀란 것에 비기면 이런 것은 다 우스운 일이오.

'내일은 서울로 간다. 그 어른의 곁으로 간다. 한 달 동안 그 어른의 곁에서 나는 있는다. 한 달 동안에 설마 그 어른의 손 끝 한 번이야 못 스쳐 보랴. 비록 그의 품에 안겨보지는 못한다 하더라도(인제는 나는 어린애가 아니니깐) 그이 옷자락에야 한두 번 못 스쳐 보랴. 나는 그때에 있을 기쁨을 생각하면 몸이 떨린다.

내 아빠. 이 외로운 딸은 아빠의 곁을 향하고 갑니다. 저를 손을 잡아 주세요. 예전 북경서 저를 데리고 오실 때 모양으로 차에 저를 안아 올려주셔요. 머리를 쓸어주시고 뺨을 만져주세요. 지금은 못 하셔요? 왜 못 하실 이유가 있습니까?'

인제는 분명히 정임이가 '그이'라고 한 것이 내인 줄을 알았소.

정임이는 방학에 내 집에 온 첫날 일을 기록하되,

'아아 내가 무엇하러 서울을 왔던고? 누구를 보러 왔던고? 순임 어머니와 순임은 어찌 그렇게도 냉랭한고. C선생께서도 어찌 그리도 본체만체 하시는고.

아아 이 얼음 가루가 날리는 곳을 나는 무엇하러 왔던고.'

'나는 미아리 어머니 두덤에 가서 두 시간이나 울고 왔다. 울면 쓸데 있나. 어머니는 벌써 다 썩어 없어지신 것을. 아아 나는 어디 가서 울꼬? 울려고 해도 울 곳도 없구나.'

이러한 곳이 있고, 또 어떤 날에는,

'학교에를 가니 방학이 되어서 동무도 선생도 다 없다. 미친 사람 모양으로 교실로 잔디판으로 나무 그늘로 기웃거리다가 혹시나 그이를 만날까 하고 그이가 댕김직한 길로 해가 지도록 쏘다녔다.

집에 돌아오니 그이가 계시지마는 한집에 계실수록 동경서 생각할 때보다 천리 만리나 더 떨어진 것 같다. 나는 동경으로 도로 갈까 봐.'

이러한 곳도 있고,

'C선생님이 가족을 데리시고 원산으로 가신다고 나도 같이 가자고. 원산이나 가면 C선생님께 조용히 말씀할 기회나 얻을까. 몸이 불편하다. 병이 나려나.'

이밖에도 정임은 그 일기에 감상적이요, 열성적인 슬픔을 많이 적는 동안에 이러한 기록이 있소.

'내일은 원산을 떠난다. 아아 그리도 외롭던 원산이여! 슬프던 원산이여! 그러나 나는 원산을 축복한다. 원산은 나에게 그이와 함께 하는 하룻밤을 주었다. 캄캄하게 어두운 밤, 바람에 구름은 뭉게뭉게 하늘과 바다가 모두 열정으로 끓는 밤에 나는 그이와 단둘이 하룻밤을 가졌다. 비록 그것이 한 시간도 못 되는 아마 반시간도 못 되는 짧은 동안이었으나 그 동안만 그이는 완전히 내것이었다. 아아 일생에 잊히지 못할 그 시간. 내가 세상에 난 것이 그 한 시간을 위한 것이 아니었던가. 나는 알았다. 겉으로는 냉정

한 듯한 그이의 마음에는 나를 불쌍히 여기고 사랑하시는 열정이 있음을. 나는 인제 죽어도 좋지 아니한가.'
　이러한 소리가 적혀 있소.
　"영, 도무지 글을 함부로 쓰는 계집애!"
하고 나는 좀 불쾌하여서 일기책을 주먹으로 탁 쳤소.
　그러나 다음 순간에 내 눈에서는 눈물이 흘러내림을 금할 수 없었소. 왜?
　나는 기억하오. 정임의 말과 같이 우리가 원산을 떠나려던 전 날 저녁을 먹고 나서 나는 정임, 순임, 두 애를 데리고 우리가 있는 숙소에서 꽤 먼 데 있는 두 아이 선생 집에 작별을 갔었소.
　선생 집에 가서 이야기도 하고 수박도 먹고 놀다가 순임이년은 선생 집에 놀러왔던 제 동무하고 시내로 놀러 나간다고 가버리고, (뒤에 아니까 순임이년은 그 동무의 오라비와 함께 활동사진 구경을 갔더라오) 암만 기다려도 돌아오지를 아니하기로 할 수 없이 정임이만 데리고 우리 숙소로 돌아왔소.
　이날은 정임의 일기에 있는 모양으로 동남풍이 많이 불고 하늘은 검은 구름으로 덮이고 물결은 아우성을 치는 밤이었소. 이러한 밤길을 바닷가로 걸어서, 또 송림 사이로 걸어서 아마 반 시간이나 넘어 걸어서 숙소로 온 것이오. 이것을 정임이가 그 일기에 그렇게 유난하게 써놓은 것이오.
　그야 캄캄한 모래판, 나무판 길도 없는 데로 오는 동안에(거기는 모래가 쌓여서 높아진 데, 패어서 움쑥 깊어진 데, 잔 솔포기 풀포기 같은 것도 있는 곳이 아니오? 갈마 앞에 말이오) 몸도 서로 스칠 때도 있고 정임이가 쓰러지려는 것을 내가 어깨를 붙들거나 허리를 뒤로 안아 일으킨 때도 있었소. 제가 손을 내밀어 내 팔에 매어달린 때도 있었소. 그러나 그저 그뿐이오.
　둘이서 한 말이라고는,
　"동무나 있느냐."
　"별로 없어요. 퍽 외로워요."

"몸조심해라."
"제가 편지 드리거든 답장 주세요."
이런 문답과,
"졸업하고라도 더 공부가 하고 싶거든 내게 말하라, 학비는 염려 말고."
"일본에 있기가 싫어요."
이런 말이 있었을 뿐이오.

그런 것을 정임은 이날 밤의 일을 무슨 큰 사건이나 되는 듯이 일기에 적어놓은 것이오. 철없는 계집애라고 생각하였소.

그러나 제가 얼마나 외롭길래, 또 세계 유일한 친구인 내 곁에 있는 것이 얼마나 간절한 소원이길래, 이 반시간 남짓한 단 둘이의 산보를 그처럼 감격하게 생각하나 하면 눈둘을 아니 흘리고 어찌 하겠스. 사실상 정임이가 여름내 내 집에 와 있어야 나하고 단둘이 있어 본 순간은 실로 이날 밤 한 번밖에 없었던 것이오.

나는 일기를 읽어 여기까지 와서는 내 아내가 성낸 이유를 알았소. 당연하다고도 생각하였소.

나는 이 구절에 대하여 아내에게 변명을 하려 하였더니 아내는 밖에 나가 버리고 없기로 그 일기의 그 다음을 더 읽어보았소.

'잠이 아니 온다. 새로 세 시를 치는 소리가 들리는데 잠이 아니 온다. 아니 그리운 이의 생각. 원산 해안의 그날 밤의 추억! 내 생명에서 그 순간을 떼어버리면 남는 것이 무엇인가. 없다! 아아, 가엾은 내 생명이여!'

아마 이것이 정임이가 불면증이 생기는 시초가 아닌가 하오.

이로부터 정임은 자기의 내게 대한 감정을 여러 가지로 해석해 보려는 말이 많이 나오오. 일례를 들면,

'이것이 무엇인가. 이것이 사랑인가. 사랑이란 것이 이런 것인가. 내가, 이렇게 어린 딸 같은 계집애가, 설마 아버지 같은 그 어른을 사랑함이야 될까. 이것이 사모한다는 것인가. 딸이 아버지를 사모하듯이 사모한다는 것인가. 사모하는 것과 사랑하는 것과 무엇이 다른가.'

이러한 논단도 있고,

'나는 사랑이라는 것을 경험한 일이 없다. 사랑이라는 것을 하고 싶은 마음도 없다. 다만 그 어른을 언제까지나 언제까지나 사모하고 있으면 그만이다. 그 어른이 내 마음을 알아주시든지 말든지, 나만 혼자 내 가슴속에 그 어른을 두고 밤낮으로 생각하면 그만이 아닌가. 그러나 보고 싶은 것은 어찌하나. 그이의 옷자락이라도 손끝이라도 스치고 싶은 것은 어찌하나. 나는 이러하다가 말라 죽는 것이 아닐까. 오늘은 체중이 줄었다고 학교에서 걱정을 하였다. 내 기분은 그이를 사모하는 불로 타버리고 만다. 기름 다한 등잔불 모양으로 내 생명은 진해버리고 마는 것이 아닐까. 이 간절한 생각을 누구에게 말해보지도 못하고 영원의 어두움 속으로 스러져버리는 것이 나 아닐까, 그래도 좋다! 그것이 좋다! 타고 타고 타다가 진해버려라!'
이러한 말도 있소.
각혈하기 바로 며칠 전에 정임은 이러한 말을 적어놓았소.
'내 사랑하는 이시여! 나는 당신 곁으로 달아가고 싶습니다. 달아가서 당신의 품에 안기는 서슬에 죽어버리고 싶습니다. 그러면 저도 당신 품에서 죽는 것이 아니야요? 남들이 세상이 무엇이라고 하기로 그때에는 벌써 늦지 아니하였어요? 내 시체를 때리고 거기 침을 뱉고 갖은 욕설과 갖은 악형을 다하라고 합시오. 그것이 무엇이야요? 나는 당신의 몸에 안겨서 죽지 않았어요?
나의 사랑하는 이! 나는 더 참을 수 없습니다. 나는 당신 계신 곳으로 갈 테야요. 내가 가면 이년! 하고 발길로 차시겠습니까. 그래도 좋습니다. 나는 당신의 발길을 안고 죽어버리렵니다. 나는 가요! 나는 가요!
내 몸은 더할 수 없이 약해졌습니다. 내 기운은 줄어듭니다. 이러다가는 나는 당신 계신 곳에 갈 기운도 없이 죽어 버릴 것 같습니다. 아아 얼마나 애처로운 일이야요. 얼마나 기막히는 일이야요? 내가 인제 큰 병이 들어서 죽게 된다면 당신은 와 주시겠습니까. 오셔서 오, 가엾어라, 내 딸 정임아 하고 나를 안아 주시겠습니까. 그렇다 할진댄 오, 하나님이시여, 내게 죽을 병을 주소서. 내가 사랑하는 그 어른을 뵈옵고 죽을 큰 병을 주소서!'

이런 소리를 썼소. 마치 제가 무서운 병이 생길 것을 미리 짐작이나 한 것 같아서 나는 몸에 소름이 끼쳤소.

이렇게 나는 정임의 일기를 보다가 문 밖에서 내 아내의 음성이 들리는 것을 보고 이 일기를 얼른 감추어버렸소.

이 일기를 내놓으라고 내 아내는 여러 번 야단을 하였지마는 나는 결코 이것을 내놓지 아니하였소. 첫째로 아내가 이 일기를 이 사람 저 사람에게 선전의 재료를 삼을 염려가 있고, 둘째로는 정임의 일생의(만일 이번에 정임이가 죽는다고 하면) 유일한 유적을 내 아내가 무슨 방법으로든지 욕을 보일까 봐 두려워 한 것이오. 그렇지 않아도,

"그년의 그 더러운 일기책 어디 갔니? 그 뒷간에 버리기도 되려 미안한 그 일기책 어디 갔어?"

하고 울고 야단을 하였소.

나는 이 일기책을 다른 데 갔다 맡길 수도 없고, 어디 한 곳에 두었다가는 반드시 발각이 나겠고 그래서 오늘 여기, 내일은 저기 —— 이 모양으로 옮겨 감추었소. 하루는 내가 그 일기책을 책장 꼭대기, 이를테면 지붕에 감출 때에 순임이한테 들켰소. 순임도 물론 내가 하는 일이 무슨 일인지를 알고 있소. 순임이뿐이오? 온 집안 사람이 다, 내 아내는 정임의 일기를 찾으려고 죽을지 살지를 모르고, 나는 그것을 감추노라고 애쓰는 것을 알고 있소. 내가 아침에 집만 뜨면 내 아내는 어멈, 아이보는 계집애 할것없이 총동원을 해서 이 일기를 찾노라고 집을 발끈 뒤집는다는 말을 들었소. 그러니까 순임이가 모를 리가 있소.

순임은 내가 정임의 일기책을 감추다가 들켜서 머쓱하는 것을 보고는 못 본 체하고 획 나가더니 일 분도 못 하여 다시 들어와서,

"아버지, 그것을 왜 태워버리지 않으세요? 어저께도 어머니 눈에 들 뻔한 것을 내가 얼른 집어 감추었답니다. 왜, 거기 두면 못 찾나요? 아버지두. 번번이 내가 없다고 어머니를 속이고 감추구 하니깐 그렇지."

하고 마치 불쌍한 범죄자를 타이르듯한 태도로 말을 하는구려. 내 속이 어떠하였겠소?

나는 교의에 펄쩍 주저앉아 테이블에 두 팔을 세우고 두 손에 내 얼굴을 파묻었소. 이윽히 눈을 감고 있다가 고개를 들어보니 순임은 내 책장에서 양장한 허름한 책 하나를 꺼내어서 그 알맹이를 뜯고, 비인 껍데기 속에 내가 애써 감추던 정임의 일기를 넣어서 요리조리 검사해 보고 보통 책들 틈에 끼우고 있소. 그것을 꽂아놓고는 두어 걸음 뒤로 물러서서 그것이 눈에 뜨이나 아니 뜨이나를 검사하오.

나는 눈물이 흐르고 느껴 울어짐을 금할 수가 없었소.

"아버지 인제 염려 마세요."

하고 순임은 찡그린 내 낯을 바라보오.

"순임아."

하고 나는 평생 처음 정답게 불렀소.

"네에?"

하고 순임도 아비의 이 비참한 꼴을 보고는 고개를 숙여버리오.

"너 그 일기보았니? 정임이 일기 말이다. 읽어보았니?"

하고 나는 그 대답을 무서워하면서 물었소.

"그럼요. 어머니가 오는 사람마다 불러놓고는 낭독을 한 걸요. 김 목사도 보고 여러 사람이 보았답니다. 암만 보이지 말라니 들으시나요? 사람만 오면 어머니는 신이 나셔서 그것을 내어놓고 읽으신답니다. 요새는 그것이 없어서 못 하시지요. 그걸 못하시니깐 더 화만 내시지 않아요? 그러니까 아버지 태워버리셔요. 그건 무엇하러 두세요?"

하는 순임의 어조는 내게 대해서 적더라도 적의가 없는 것만은 밝히 보이오.

"그래 너도 읽었어?"

하고 나는 다른 문제보다도 순임이가 이 일기를 읽었는지가 걱정되었소.

"그건 물으시면 무얼 합니까."

하고 순임은 내 모자를 솔로 떨어 주오. 그 뜻은 물론 다 읽었단 말이오.

"너도 네 어머니와 같이 생각하고 있니? 너도 일기 문구를 그렇게 오해하고 있니?"

하고 나는 마침내 순임이도 그 일기를 본 것으로 가정하고 문제의 요점을 들었소.

"몰라요. 어서 학교에 가서요, 아버지. 어머니 또 오시면 어떡해요?"
하고 순임은 제 손으로 먼지를 떤 모자를 내 앞에 놓고는 밖으로 나가 버리오. 그 태도가 마치 아비를 불쌍히는 여기지마는 사랍으로도 안 보는 태도였소.

그러면 벌써 이 일기 속에 씌어 있는 말이 내 아내의 해석을 통하여 서울 안에 누구누구 하는 사람들 중에 퍼진 모양이오. 나는 그런 줄도 모르고 동경 다녀와서도 학교에도 다니고 교회에도 다닌 것을 생각하면 전신에서 식은땀이 흐르오.

그러나 저러나 이 일기책은 대관절 어떤 경로를 밟아서 내 아내의 손에 들어왔을까. 아무리 생각해도 알 도리가 없었소. 다만 동경 정임이가 있던 기숙사에 한 방에 있다던 키 큰 여학생이 마음에 짚일 뿐이오.

생각해 보면 그 여학생이 나를 도무지 대수롭게 알지 아니할 뿐더러 적의를 가진 눈으로 힐끗힐끗 보던 것이 생각되고, 또 정임의 병실에 한 번 찾아왔을 적에는 나를 보고 인사도 잘 하지 않던 것을 기억하오. 그렇다면 이 여자가 정임과 서로 좋지 아니하여서 그 일기책을 훔쳐서 내 아내에게로 보낸 것이나 아닌가 하고 생각했소. 그리고 정임의 병명도 내 아내가 분노할 병명으로 지은 것이 아닌가 하였소. 나는 언제 한번 순임을 보고 물어보려 하였으나 도무지 말이 나오지를 아니하여 못 물어 보았소.

그러나 그까짓 것은 다 둘째나 셋째 가는 지엽 문제요, 내 일을 어찌하면 좋은가 하는 것이 나를 내려 누르는 큰 문제가 아니오?

그것은 어느 월요일이었소. 나는 조회 시간에 생도들에게 '여자를 존경하라, 여자를 희롱하는 생각을 가지지 말아라'하는 훈화를 하였소. 그것은 전날 신문에 어떤 학교 학생 셋이 지나가는 여학생을 희롱하다가 어떤 의분 있는 행인과의 사이에 말썽이 되었다는 기사를 보고 느낀 바 있어서 한 말이었소.

첫 시간인 사년급 수신 시간에 나는 가장 엄숙한 안색과 태도로 출석부와 분필갑을 들고 교실로 들어갔소.

그랬더니 출석부를 부를 때부터 교실에는 끼득끼득한 두 사람의 웃는 소리가 들렸으나 원체 까다롭게 굴려고 아니하는 나는 그런 것은 못 들은 체하였소.

그리고 태연히 출석부를 다 부르고 나서 책을 펴놓고 교수를 시작하려 할 때에 사십여 명 학생 중에서 거진 반수나 되는 듯 싶도록 교실을 흔들게 웃었소.

아무리 까다롭지 못한 나로도 낯이 화끈하고 불쾌한 감정이 일어나서,
"웬일들이냐?"
하고 소리를 질렀소. 내 소리는 교실 유리창이 울리도록 크고 떨렸소. 이전에 없던 성난 소리에 학생들은 웃음을 그쳤소. 나도 내 음성이 어떻게 그렇게 컸던가, 또 떨렸던가를 놀라지 아니할 수 없었소.

아이들이 정연해지기로 나는 더 추궁하려고 아니하고 다시 강의를 시작하려고 하였소.

그러나 내가 말을 시작하기도 전에 그들은 또 소리를 내어 웃었소. 아주 유쾌하게 그리고 조롱하는 듯한 웃음이었소. 이에 나는 필유 곡절이라고 생각하고 책을 덮어놓고 무서운 눈으로 학생들을 노려보았소. 내 눈을 보고 마음이 약한 아이들은 시치미를 뗐으나 평소에 다소 불량성을 띤 놈들은 '허, 허, 허', '하, 하'하고 분명히 선생이요 교장인 내게 대하여 적의와 모멸을 표하였소.

"선생님."
하고 한 학생이 일어나며,
"저희들은 칠판에 써놓은 저 글이 우스워서 웃었습니다."
하고 손가락으로 칠판을 가리키오.

나는 그제야 몸을 돌려서 칠판을 보았소, 그리고 앞이 캄캄해짐을 깨닫는 동시에 뒤에서 아이들이 일제히 발을 구르며 웃고 칠판에 쓰인 글을 노래하는 듯이 합창함을 들었소. 나는 그 순간에 교단 위에 쓰러지지 아니한 것을 이상하게 여기오. 내 심장의 고동과 호흡은 분명히 정지가 되었었소.

내 수족과 등골에는 언제 어떻게 솟은 것인지 찬땀이 흘렀소. 세상에 이런 일도 있소? 그러한 지 거의 일 년을 지낸 오늘날이언마는 이 글을 쓸 때에도 내 심장의 고동과 호흡이 막힘을 깨닫소.

 나는 아뜩아뜩하는 눈을 다시 떠서 칠판을 한 번 더 바라보았소. 그러나 칠판에 쓰인 글자는 아까나 지금이나 변함이 없을뿐더러 내 눈의 관계인지 더욱 크게 보이오.

 '에로 교장 최석, 에로 여자 고등 사범학교 남정임'

 이렇게 써놓은 것이오.

 나는 번개같이 내 날이 온 것을 깨달았소. 나의 십오 년간 교육자로의 생활의 끝날이 온 것을 깨달았소. 그리고 나는 그 칠판에 쓴 것을 지워버릴 생각도 아니 하고 출석부와 책과 분필갑을 들고 교실 밖으로 나왔소. 뒤에서 아이놈들이,

 "에로 교장 만세! 만세! 만세!"

하고 만세를 합창하고는 박장을 하고 발을 구르고 웃는 소리가 나오.

 나는 그중에 어느 소리가 어느 놈의 소리인지 분명히 알 수가 있었소. 내가 몸소 입학 구술 시험을 보아서 들이고 또 내 손으로 사 년 동안 가르친 아이들이 아니오? 그 한 놈, 한 놈을 내가 내 친자식과 같이 애지중지하던 것들이 아니오?

 나는 교장실로 들어가는 길에 교무주임 K를 힐끗 보았소. 그는 전 교장 S라는 서양인이 늙어서 그만두고 귀국할 때에 나와 함께 교장 후보자가 되었던 사람이오. 그러다가 이사회에서 선거한 결과로 내가 당선이 되고, 그가 낙선이 된 것이오. 그는 본래 이 학교에 오래 있었고 나는 J전문학교의 교수로부터 온 사람이 아니었소? 형도 다 아시는 바이거니와 이 사람은 나 때문에 자기가 교장이 못 된 것을 원한으로 알고 항상 무슨 기회를 엿보던 판이 아니었소? 겉으로는 내게 대하여 부하로서의 충성과 친구로서의 우의를 꾸미나 나도 바보가 아닌 연에 그 사람 K의 심정을 노상 모를 리야 있소. 그렇지마는 일전에 순임이가, '교무선생님도 보셨답니다'하는 말을 듣기는 들었지만 설사 이것을 가지고 나를 잡는 연장을 삼으리라고 까지는 생

각지 못하였었소. K도 나와 같이 교회의 직분을 띤 사람이 아니오? 예배
당에서는 성경을 강론하고 기도를 인도하는 지도자가 아니오? 설마 그 사
람이야? 이렇게 생각하는 것이 옳지 않소. 그러나 이 일은 K교무주임의
음모에서 나온 것임을 나중에 알았소. 그리고 K교무주임은 지금은 소원
성취하여 내 뒤를 이어서 교장이 되었소.
 나는 교장실에 들어가는 길로 사표를 써놓고 K교무주임을 불러서,
 "심히 무책임한 일 같소이다마는 나는 부득이한 사정으로 사직하니 곧
선생이 이사회를 모으고 처리하게 하시지요. 그때까지는 교장 사무를 선생
이 보시지요."
하였소.
 "웬일이시오? 청천벽력으로 웬일이시오? 교장이 사직을 하시면 학교는
어떻게 됩니까?"
하고 펄쩍 뛰던 그의 모양이 지금도 눈에 선하오. 아직까지도 K씨, 지금은
교장이 나를 그렇게 아끼는지 한번 물어 보고 싶소.
 아무려나 이 모양으로 나는 교육가로서의 생활을 끝을 막음하였소.
 그러나 형! 이것이 교육가로서의 생활의 끝만 되겠소? 내가 이번 일로
하여서 받은 타격은 내 명예와 자존심을 파괴해 버렸소. 나는 가정에서는
남편으로나 아비로나 완전히 위신을 잃어버렸고, 학교에서는 교장으로나
교사로나 완전히 큰 죄인이 되어 버렸소.
 그날 석간 모신문에 '에로 교장'이라는 문구를 수없이 늘어놓은 기사가
났소. 내가 교장을 시작한 이면이라고 해서 내 아내의 입에서 나온 말과 거
의 같으나 거기다가 살을 붙이고 문체를 돋친 기사가 난 것이오. 이 기사에
의하면 나는 본래 위선자요, 행실이 부정한 자였소. 형도 반드시 이 기사를
보고 놀랐으리라 믿소.
 '학교 모 당국자 담'이라는 제목으로,
 "최 교장이 사직하신 것은 사실입니다. 글쎄 그것이 사실이라면 교육계
의 큰 불상사입니다. 사람이란 외모로만 취할 수는 없는 일이니까. 그러나
사실이 아니기를 바랍니다."

이러한 말이 그 신문 기사에 붙어 있었소. 이 모 당국자라는 것이 교무주임인 것은 말할 것도 없겠지요. 학생들은 선동해 놓고 내가 사표를 제출할 때에는 펄펄 뛰며 붙잡고, 그리고 신문 기자를 대해서는 사실이 아니기를 바란다는 말은 하면서 외모로만 취할 수 없다는 말을 하는 것이 이 교무주임의 재주외다. 교장이 되라고 이사회에서 말하면 그는 반드시 '천만에'하고 펄펄 뛸 것이지 마는 이사회의 공기가 불리할 것 같으면 반드시 또 어떠한 음모를 할 것이 눈에 보이오.

나는 보던 신문을 내어던지고 최후의 결심을 하였소. 가정과 학교에서 쫓겨난 나 최석은 인제는 조선에서 쫓겨나갈 프로그램이 다 된 것이오.

그러나 나는 도리어 태연하였소. 내가 어떻게 이 경우에 이렇게 태연하였을까. 지금 생각하면 몇 가지 이유가 있었소. 첫째로는 하도 의외에 오는 큰 타격——도무지 상상할 수도 없는 큰 타격이니까——이 큰 타격이 내 정신을 마비시킨 것이겠지요. 둘째로는 도무지 내 양심에 부끄러워할 것이 없는 때문이겠지요. 그러나 셋째로는 아내, 자식, 동지, 동료, 세상의 믿을 수 없음에 낙망하여 에라 이런 놈의 세상을 떠나버리자——시원하게 떠나버리자 한 것이 기유가 되었을 것이오.

나는 도무지 힘들게 생각하지도 아니하고 딱 결심을 하여 버렸소. 집을 떠나자, 조선을 떠나자, 그리고 아무쪼록 속히 이 세상을 떠나버리자 하는 것이오.

나는 이렇게 결심을 하고 태연히 저녁상을 받고 아내더러 오늘 신문 석간을 보라고 하였소.

"여보!"

하고 나는 밥을 몇 숟가락 먹은 뒤에 뾰로통하고 앉았는 아내를 불렀소.

"웬 챙견이시우?"

하고 아내는 내가 예기하였던 바와 같이 톡 쏘았소.

"아니 그렇게 아니라 오늘 ○○신문 석간에 당신이 보면 퍽 좋아할 말이 났단 말요."

하고 나는 웃었소. 정말 유쾌하게 웃었소. 내가 아내에게 이 말을 하는 것이 유쾌하였단 말이오. 나는 아직 내가 교장을 사직한 것을 아내에게도 알리지 아니하였소. 알릴 사이도 없고 알릴 필요도 없다고 생각하였던 것이오.

 무론 현재의 심리 상태로써 내가 보란다고 아내가 곧 신문을 볼 리가 없소. 내가 밥을 먹고 나간 뒤에야 볼 것이오. 그때까지는 아무리 호기심이 있더라도 아니 볼 것이오. 미운 남편의 말을 듣는다는 것이 골딱지가 난단 말이오.

 내가 물 만 밥을 거의 다 먹은 때에 순임이 년이,
 "어머니!"
하고 문을 박차듯이 뛰어 들어오다 내가 있는 것을 보고 주춤하였소. 순임의 손에는 내가 말한 석간이 들려 있었소. 나는 속으로 또 한 번 유쾌한 듯이 웃었소.
 "아버지 이 신문 보셨어요?"
하고 순임은 내 사진까지 난 신문을 내어미오.
 "그럼 안 보아? 그런 재미있는 기사를 놓칠 듯 싶으냐. 너 어머니나 보여 드려라, 심심할 테니."
하고 나는 바늘을 박은 독한 말을 하였소.
 "어머니! 이를 어쩌우? 이걸 좀 보아요."
하고 순임은 신문을 제 어머니 앞에 펴놓고는 훌쩍훌쩍 울기를 시작하오.
 순임이가 우는 것을 보니까 얼음같이 찬 웃음으로 찼던 내 가슴에는 뜨거운 무엇이 흐름을 깨달았소.
 아내는 그 기사를 읽었소. 나는 밥을 다 먹고 나서도 아내의 입에서 무슨 말이 나오는가, 이 기사가 아내에게 어떠한 반응을 주는가를 알고 싶어서 가만히 벽에 기대어 있었소.
 아내는 그 기사를 다 읽고 나더니,
 "아이 고소해라!"
하는 한 마디를 내어 던지고는 우는 순임을 보고,
 "울기는 왜 우니? 왜 신문에서 없는 말을 썼니? 신문기자가 날더러 물었더면 좀더 자세히 말을 해줄 것을."
하고 다음에는 나를 향하여,
 "잘 됐구려. 원체 교장 노릇을 하기가 잘못이지. 무슨 낯으로 뻔뻔스럽게 교장 노릇을 한단 말요? 애시 그만둘 게지. 홍 교육가. 인제 잘 됐구려. 짓망신 하고 인제야 더 망신할 나위 없으니 마음대로 정임이하구 사랑을 하든지 건넌방을 하든지 하시구려."
하고는 잠깐 쉬었다.
 "흥, 모양 좋소. 인제 어디 낯을 들고 나가 댕긴단 말요? 아이 고소해라! 깨깨 싸지."
하고 길게 한숨을 내어쉬오.
 순임은 복받쳐오르는 울음을 참을 수 없어 건넌방으로 가버렸소.
 나도 아내의 이러한 독한 말을 듣고도 조금도 노엽지도 아니 하였소. 다만 순임이가 우는 것이 마음이 아플 뿐이었소.
 나는 이날 밤에 거의 밤이 새도록 재산 목록을 만들고 유언을 썼소. 나는 재산을 오 등분하여 아내, 순임, 선희, 희, 정임 다섯 몫에 평균 분배할 것을 말하고 은행의 현금 예금 중에서 얼마를 찾아서 내가 세상을 하직하는 날까지 마음대로 쓰기로 하였소. 이튿날 아침에 나는 이것으로 공증 증서를 만들어 원본을 내 집 금고에 넣고 등본 한 벌을 형에게로 보낸 것이오. 그리고 나는 온다간단 말없이 슬그머니 집을 떠나서 여의도 비행장에서 일본으로 가는 비행기를 탔소. 비행기를 탄 것은 아무쪼록 남의 눈에 뜨이지 말자는 뜻이었소.
 나는 처음은 만주 방면으로 달아나려고 하였소. 우리 조선 사람이란 달아난다면 곧 만주 방면을 연상하는 버릇이 있는 까닭이었소. 세상을 버리려고 가는 길에 방향이 있을 리가 있소? 그러나 어디를 가든지 나는 마지막으로 정임을 한 번 보아야 하겠어서 동경으로 향한 것이오.
 푸르륵하는 프로펠러 소리에 한강, 서울 삼각산이 까맣게 안개 속으로 숨어버리고 추풍령을 멀리 천여 미터 밑으로 내려다보는 새에 어느덧 울산에 다다라 잠깐 쉬고 창파 묘망한 천리 검은 바다 위에 날 때에는 벌써 내가 사랑하던 조선의 땅은 구름 밖에 숨어버리고 말았소.

아아, 다시 볼지 모르는 조선의 땅이여! 하고 나는 가슴이 아팠소마는 그런 생각도 순식간이요 벌써 후꾸오까──이 모양으로 이튿날 오후에 동경에 다다랐소.

정임의 병실문을 두드리니 문을 여는 것은 정임이었소.

"웬일이냐?"

하고 나는 깜짝 놀랐소.

"아이!"

하고 정임은 나 이상으로 놀라는 모양으로 뒤로 물러섰소. 정임은 머리를 아무렇게나 틀고 자줏빛 줄있는 베드로웁을 입고 발을 벗었소.

"지금 오는 길이다. 그런데 어느새에 일어났느냐. 그래도 괜찮으냐. 간호부랑은 다 어디 갔니?"

하면서 정임의 모양을 훑어보았소.

수척한 것이야 말할 것도 없지마는 그래도 병색은 좀 덜한 것 같았소.

"며칠째 제가 이렇게 기동을 하게 되어서 간호부는 돌려보냈어요. 오늘 선생이 회진을 오시면 퇴원을 시켜 달라려고 했는데요."

하고 정임은 제가 병이 낫다는 것을 실지로 보이려는 듯이 비틀거리지 않는 걸음으로 서너 걸음 걸어보이고 내가 앉을 교의를 밀어 놓았소.

나는 정임이가 권하는 교의에 앉았소.

"그래 먹기는 무얼 먹니?"

"죽 먹는데, 죽이 물렸어요. 밥을 좀 먹고 싶은데 밥을 안 줍니다."

하고 주저주저하면서 내 곁에 걸어와서 내가 앉은 교의에 한 손을 얹고 서오. 나는 정임의 일기에 '그이의 옷자락이라도 손 끝이라도 스치고 싶은 걸 어찌하나' 한 것을 생각하였소. 정임이 제야 내가 그 일기를 읽은 줄도 모르고 또 내 몸에 어떻게 큰 변화가 생긴 줄도 모르겠지요.

"그런데 어떻게 오셨습니까?"

하고 정임은 내가 침묵하고 있는 것을 견디다 못하여 물었소. 나는 내가 전번 정임을 보고 간 뒤에 일어난 모든 일이 어지럽게 생각이 나고 또 앞에 내가 나갈 길이 망연하게 보여서 말이 막혀서 우두커니 앉았던 것이오.
 나는 가볍게,
 "네가 어떤가 보려고 왔다."
하고 무의식중에 길게 한숨을 쉬었소.
 "학교도 쉬시고?"
하고 정임은 내 양복 깃을 만져서 접히는 것을 바로잡는 모양이었소.
 "학교는 사직해버렸다."
 "네에? 왜요?"
하고 정임은 교의에 얹었던 손을 떼어 가지고 한 걸음 더 앞으로 나서오.
 "다른 일을 좀 해볼 양으로."
 "네에."
하고 정임은 더 캐서 묻기가 미안한 모양이나 그 눈에는 의심과 불안이 꽉 찬 것이 분명하였소.
 그러나 나는 지금 정임의 마음을 괴롭게 할 말을 하여서는 아니 될 것을 생각하였소. 그러나 정임에게 가장 놀랍지 아니하게 가장 정임이가 받을 타격의 분량이 적도록 그동안 일어난 사정을 말하지 아니치 못할 필요도 있는 것은 사실이오. 그 일은 정임에게도 관계가 되는 일이니까.
 "나는 어디 여행을 좀 하고 올란다. 그래서 떠나기 전에 너를 한 번 보고 가려고 왔다. 몸도 성하지 못한 것을 혼자 두고 가서 안 되었지마는 내가 있대야 별 수 없고 치료비는 선생에게 맡기고 가니 아무 때에나 필요하거든 찾아 써라. 절약해 쓰면 네가 일생이라도 먹고 살만 하니 돈 걱정을 말고 부디 몸조심해서 공부를 잘해라. 네가 호흡기가 약하니까 학교를 졸업하더라도 교사 노릇할 생각은 말고 혼인하기까지는 너 혼자서 네 마음대로 책이나 보고 너 하고 싶은 일을 하여라. 내가 너를 여덟 살부터 길렀으니 의로나 정으로나 내 친딸과 조금도 다름이 없을 뿐더러 부모도 안 계시고 몸도 약하니 내가 순임을 생각하는 것보다 너를 더 가엾게 생각한다. 내 생각 같아서는 너를 늘 곁에 두고 싶건마는 어디 사정이 그리 되느냐. 그러니 너는 내 집에 올 생각도 말고 너 혼자 네 길을 개척하여라. 나는 네가 범상한 아이가 아닌 것을 믿는다. 너는 반드시 남 못한 일을 할 아인 줄을 믿는다. 그러니까 부디 몸을 조심해서——부디 주의해서 세상이 너를 향하여 무슨 말을 할지라도 무슨 참을 수 없는 말을 할지라도 도무지 피로워 말고 흔들리지도 말고 태연하게 나가거라. 너는 내 크나큰 희망 중에 하나다. 부디 내 말을 허수이 알지 말고, 알아들었니?"

이 모양으로 말을 하였소. 여행 중에 준비하고 준비하여서 아주 냉정하게 말하려던 것이 정작 정임을 대해서 이 말을 하게 되니 점점 흥분이 되어서 말이 떨리고 눈물이 끓어오름을 깨달았소.

고개를 숙이고 서서 듣던 정임은 울기를 시작하였소. 그는 울음을 참으려고 안간힘을 쓰는 모양이었으나 몸이 흔들리고 눈물이 쏟아졌소.

나는 아뿔싸 이거 안 되었구나 하고 벌떡 일어나서 정임의 어깨에 손을 얹고.

"아가 울지 마라, 울면 병이 더친다. 자, 가 드러누워라. 내 여관에 갔다가 내일 아침에 오마. 어서 울지 말고 가 드러누워."
하고 정임을 침대 곁으로 밀었소.

그랬더니 정임은 열정에 견디지 못하는 듯이 내 가슴에 얼굴을 대이고 더욱 느껴우오.

"얘! 울지 말어!"
하고 나는 아비의 위엄으로 소리를 질렀소. 그리고 정임의 어깨를 잡아서 몸에서 떼어 밀었소.

정임은 눈물이 흐르는 눈으로 나를 바라보면서 느끼는 소리로,
"저를 딸이라고 불러주셔요!"
하고는 또 내 가슴에 얼굴을 묻고 몸을 내게 기대었소.

"오냐, 네가 내 딸이다. 내가 네 돌아가신 아버지 대신 네 아버지다. 정임아, 네가 내 딸이다!"
하고 나는 터지려는 울음을 참으면서 정임의 등을 한 번 만져주었소, 그리고는,

"정임아 인제 울지 말고 드러누워서 안정해라."

하고 나는 정임을 억지로 떠밀다가 침대에 누이고 덮요를 덮어주고 눈물을 씻어주고, 그리고는,

"그런데 이 간호부는 어디 갔단 말이냐, 오, 내보냈구지. 그럼 쓰끼소이는 어디 갔단 말이냐?"

하고 교의에 돌아와 앉았소.

정임은 대답이 없고 다만 두 손으로 낯을 가리우고 울기만 하였소.

이때에 간호부가 저녁 검온을 하러 들어왔소.

나는 일어나서 공손하게 인사하고 정임이가 신세진 치하를 하였소.

"속히 나으셔서 기쁘시겠습니다."

하고 간호부는 답례를 하고 정임의 곁으로 가서,

"난상(남 선생), 주무시오? 우시오? 이께마셍요(좋지 않습니다)."

하고 검온기를 정임의 베개 밑에 놓고 나가버리오.

나는 병원에서 어떤 모양으로 여관에 돌아왔는지 모르오. 어디서 어떻게 택시를 주워 타고 어떻게 호텔 문을 들어와서 층층대를 올라왔는지 모르오. 어떻게 보이에게 키를 달래 가지고 문을 열고 들어왔는지 모르오. 정임의 앞에서 억제하였던 모든 감정이 병원 문을 나서면서 폭발이 된 것이오.

방에 들어와 앉아서 나는 불을 켤 생각도 아니하고 저녁을 먹을 생각도 아니하고 취한 사람 모양으로 얼빠진 사람 모양으로 언제까지든지 꼼짝 아니하고 앉아 있었소.

밖에서는 비가 오는 모양이오. 전차와 자동차 달리는 소리가 빗소리에 섞여서 우는 소리 모양으로 들리오.

나는 교의에서 벌떡 일어나며,

"가자. 내일 아침에 떠나자. 정임에게는 온다간다 말도 없이 가버리고 말자."

하고 혼자 중얼거렸소.

그리고 그 길로 식당에 가서 요기를 하고는 로비에 앉아서 사람들이 오락가락하는 것을 보고 있었소. 밖으로 들어오는 사람들의 외투에 물방울이 번쩍거리는 것을 보니 상당히 비가 오는 모양이오. 로비 한편 구석 테이블

앞에 어떤 인도 사람인 듯한 이 하나가 혼자 앉아서 무슨 생각을 하고 있소. 그렇게도 고요하게 그렇게도 애수의 빛을 띠고. 다른 아리안 족들은 모두 혹은 동족 여자와 혹은 일본 여자와 유쾌하게 기운있게 환담을 하는데 그 인도인 신사 한 분만이 그렇게도 적막하게 앉았소.

내가 내일 이곳을 떠나면 어디로 갈는지 모르거니와 내 앞에 닥칠 내 신세가 꼭 저 인도인의 신세와 같을 것 같았소.

영국인, 미국인——그 호기있는 사람들에게는 말을 붙일 생각이 없었으나 나는 인도인 신사와는 말을 붙여 보고 싶었소. 그는 나와는 퍽 가까운 관계를 가지고 있는 것 같았소. 처음 보지마는 정다운 것 같았소.

그러나 내 가슴에 사무친 한량없는 근심은 이 인도인 신사에게 말을 붙일 여유를 주지 아니하였소. 아까 병원에서 정임이가 울고 내 가슴에 안기던 모양이 눈앞에 번쩍하면 내 심장은 형언할 수 없는 격렬함과 불규칙함을 가지고 뛰었소. 쾅쾅쾅쾅 하는 절망적이요 어지러운 소리가 내 귀에 들리는 듯하였소.

나는 이층인 내 방으로 올라왔소. 나는 내 마음의 평정을 억지로 회복할 양으로 활활 옷을 벗고 목욕을 하고 그리고 자리옷을 갈아입고 그러고는 불을 끄고 침대 속에 뛰어들어가서,

"나는 잔다."

하고 스스로 소리를 질렀소.

나는 몇 번이나 등을 켰다가는 끄고, 켰다가는 끄고 하다가 마침내 벌떡 일어났소.

나는 편지지를 내어놓고,

'사랑하는 딸 정임아.'

하고 썼다가는 '사랑하는'이라는 말이 온당치 아니한 듯하여 찢어버리고,

'내 딸 정임아.'

하고 썼다가는 '내'라는 말이 불온하다 하여 찢어버리고, 마침내,

'딸 정임아!'

나는 간다. 어딘지 모르는 곳으로 나는 간다.

나는 조선을 버리고 내가 지금까지 위해서 살고, 속에서 살고, 더불어 살던 모든 것을 더나서 나는 지향없이 간다.
 내 딸아!
 나는 네 일기를 보았다. 네가 나를 얼마나 사모해 주는지를 잘 알았다. 그리고 아까 네가 울면서 내 가슴에 안기던 정을 내가 안다. 부모도 없는 너, 외로운 너, 병든 너의 그 형언할 수 없는 적막을 내가 안다. 그러나 정임아, 나는 네 사모함을 받을 수가 없는 사람이다. 네가 나를 사모하느니만큼 나도 너를.
하고 그다음 말을 무엇이라고 쓸까 하고 붓을 정지하였소.
 '나도 너를 사모.'
라는 것은 무론 말이 아니 되고,
 '나는 너를 사랑.'
이라고 하면? 하고 나는,
 '아니! 아니!'
하고 힘있게 몸을 흔들었소.
 나는 '사랑'이란 말에 이르러서 힘있게 몸을 흔들고는 붓대를 내어던지고 황송한 망상을 떨어뜨리려고 문을 열고 루프로 나갔소. 한참이나 인적 없는 루프로 거닐다가야 빗방울이 내 뜨거운 뺨을 치는 것을 깨달았소. 동풍인지 북풍인지 모르나 바람이 부오. 입김 모양으로 혹 불고는 그치고 혹 불고는 그치고, 그러할 때마다 빗발이 가로 뿌리오.
 긴자의 네온사인 빛이 파우스트에 나오는 요귀의 불빛 모양으로 푸르무레하게 허공을 비추오. 동경의 불바다는 내 마음을 더욱 음침하게 하였소.
 이때에 뒤에서,
 "모시모시(여보세요)."
하는 소리가 들렸소. 그것은 흰 저고리를 입은 호텔 보이였소.
 "왜?"
하고 나는 고개만 돌렸소.
 "손님이 오셨습니다."

"손님?"

하고 나는 보이에게로 한 걸음 가까이 갔소. 나를 찾을 손님이 어디 있나 하고 나는 놀란 것이오.

"따님께서 오셨습니다. 방으로 모셨습니다."

하고 보이는 들어가버리고 말았소.

"따님?"

하고 나는 더욱 놀랐소. 순임이가 서울서 나를 따라왔나? 그것은 안 될 말이오. 순임이가 내 뒤를 따라 떠났더라도 아무리 빨리 와도 내일이 아니면 못 왔을 것이오. 그러면 누군가. 정임인가. 정임이가 병원에서 뛰어온 것인가.

나는 두근거리는 가슴을 억지로 진정하면서 내 방문을 열었소.

그것은 정임이었소. 정임은 내가 쓰다가 둔 편지를 보고 있다가 벌떡 일어나 내게 달려들어 안겨버렸소. 나는 얼빠진 듯이 정임이가 하라는 대로 내버려두었소.

그 편지는 부치려고 쓴 것도 아닌데 그 편지를 정임이가 본 것이 안 되었다고 생각하였소.

형! 나를 책망하시오. 심히 부끄러운 말이지마는 나는 정임을 힘껏 껴안아주고 싶었소. 나는 몇 번이나 정임의 등을 굽어보면서 내 팔에 힘을 넣으려고 하였소. 정임은 심히 귀여웠소. 정임이가 그처럼 나를 사모하는 것이 심히 기뻤소. 나는 감정이 재우쳐서 눈이 안 보이고 정신이 몽롱하여짐을 깨달았소. 나는 아프고 쓰린 듯한 기쁨을 깨달았소. 영어로 엑스터시라든지, 학문으로 무아(無我)의 경이란 이런 것이 아닌가 하였소. 나는 사십 평생에 이러한 경험을 처음 한 것이오.

형! 형이 아시다시피 나는 내 아내 이외에 젊은 여성에게 이렇게 안겨본 일이 없소. 무론 안아 본 일도 없소.

그러나 형! 나는 나를 눌렀소. 내 타오르는 애욕을 차디찬 이지의 입김으로 불어서 끄려고 애를 썼소.

"글쎄 웬일이냐. 앓는 것이 이 밤중에 비를 맞고 왜 나온단 말이냐. 철없는 것 같으니.”
하고 나는 아버지의 위엄으로 정임의 두 어깨를 붙들어 '암췌어'에 앉혔소. 그리고 나도 테이블을 하나 새에 두고 맞은편에 앉았소.
 정임은 부끄러운 듯이 두 손으로 낯을 가리우고 제 무릎에 엎드려 울기를 시작하오.
 정임은 누런 갈색의 외투를 입었소. 무엇을 타고 왔는지 모르지마는 구두에는 꽤 많이 물이 묻고 모자에도 빗방울 얼러지가 보이오.
 "네가 이러다가 다시 병이 더치면 어찌한단 말이냐. 아이가 왜 그렇게 철이 없니?"
하고 나는 더욱 냉정한 어조로 책망하고 데스크 위에 놓인 내 편지 초를 집어 박박 찢어버렸소. 종이 찢는 소리에 정임은 잠깐 고개를 들어서 처음에는 내 손을 보고 다음에는 내 얼굴을 보았소. 그러나 나는 모르는 체하고 도로 교의에 돌아와 앉아서 가만히 눈을 감았소. 그리고 도무지 흥분되지 아니한 모양을 꾸몄소.
 형! 어떻게나 힘드는 일이오?
 참으면 참을수록 내 이빨이 마주 부딪고, 얼굴의 근육은 씰룩거리고 손은 불끈불끈 쥐어지오.
 "정말 내일 가세요?"
하고 아마 오 분 동안이나 침묵을 지키다가 정임이가 고개를 들고 물었소.
 "그럼, 가야지."
하고 나는 빙그레 웃어보였소.
 "저도 데리고 가세요!"
하는 정임의 말은 마치 서릿발이 날리는 칼날과 같았소.
 나는 깜짝 늘라서 정임을 바라보았소. 그의 눈은 빛나고 입은 꼭 다물고 얼굴의 근육은 팽팽하게 켕겼소. 정임의 얼굴에는 찬바람이 도는 무서운 기운이 있었소. 나는 즉각적으로 죽기를 결심한 여자의 모양이라고 생각하였소. 열정으로 불덩어리가 되었던 정임은 내가 보이는 냉랭한 태도로 말미암아 갑자기 얼어버린 것 같았소.

"어디를?"
하고 나는 정임의 '저도 데리고 가세요'하는 담대한 말에 놀라면서 물었소.
"어디든지, 아버지 가시는 데면 어디든지 저를 데리고 가세요. 저는 아버지를 떠나서는 혼자서는 못 살 것을 지나간 반달 동안에 잘 알았습니다. 아까 아버지 오셨다 가신 뒤에 생각해 보니깐 암만해도 아버지는 다시 저를 와 보시지 아니하고 가실 것만 같애요. 그리고 저로 해서 아버지께서는 무슨 큰 타격을 당하신 것만 같으셔요. 처음 뵈올 적에 벌써 가슴이 뜨끔했습니다. 그리고 여행을 떠나신다는 말씀을 듣고 반드시 무슨 큰일이 나셨느니라고만 생각했습니다. 그리고 저어, 저로 해서 그러신 것만 같고, 저를 버리시고 혼자 가시려는 것만 같고 그래서 달려왔더니 여기 써놓으신 편지를 보고——그 편지에 다른 말씀은 어찌 됐든지, 네 일기를 보았다 하신 말씀을 보고는 다 알았습니다. 저와 한방에 있는 애가 암만해도 어머니 스파인가 봐요. 제가 입원하기 전에도 제 눈치를 슬슬 보고 또 책상 서랍도 뒤지는 눈치가 보이길래 일기책은 늘 쇠 잠그는 서랍에 넣어두었는데 아마 제가 정신없이 앓고 누웠는 동안에 제 핸드백에서 쇳대를 훔쳐갔던 가 봐요. 그래서는 그 일기책을 꺼내서 서울로 보냈나 봐요. 그걸루 해서 아버지께서는 불명예스러운——누명을 쓰시고 학교 일도 내놓으시게 되고 집도 떠나시게 되셨나 봐요. 다시는 집에 안 돌아오실 양으로 결심을 하셨나 봐요. 아까 병원에서도 하시는 말씀이 모두 유언하시는 것만 같아서 퍽 의심을 가졌었는데 지금 그 쓰시던 편지를 보고는 다 알았습니다. 그렇지만——
——그렇지만."
하고 웅변으로 내려 말하던 정임은 갑자기 복받치는 열정을 이기지 못하는 듯이 한번 한숨을 짓고,
"그렇지만 저는 아버지를 따라가요. 절루 해서 아버지께서는 집도 잃으시고 명예도 잃으시고 사업도 잃으시고 인생의 모든 것을 다 잃으셨으니 저는 아버지를 따라가요. 어디를 가시든지 저는 어린 딸로 아버지를 따라다니다가 아버지께서 먼저 돌아가시면 저도 따라 죽어서 아버지 발 밑에 묻힐 테야요. 제가 먼저 죽거든——제가 병이 있으니깐 물론 제가 먼저 죽지

요. 죽어도 좋습니다. 병원에서 앓다가 혼자 죽는 건 싫어요. 아버지 곁에서 죽으면 아버지께서, 오 내 딸 정임아 하시고 귀해 주시고 불쌍히 여겨 주시겠지요. 그리고 제 몸을 어디든지 땅에 묻으시고 '사랑하는 내 딸 정임의 무덤'이라고 목패라도 손수 쓰셔서 세워주시지 않겠습니까."
하고 정임은 비쭉비쭉하다가 그만 무릎 위에 엎드려 울고 마오.
 나는 다만 죽은 사람 모양으로 반쯤 눈을 감고 앉아 있었소. 가슴속에는 정임의 곁에서 지지 않는 열정을 품으면서도 정임의 달대로 정임을 데리고 아무도 모르는 곳으로 가버리고 싶으면서도 나는 이 욷정의 불길을 내 입김으로 꺼버리지 아니하면 아니 되는 것이었소.
 "아아, 제가 왜 났어요? 왜 하나님이 저를 세상에 보내셨어요? 아버지의 일생을 파멸시키러 난 것이지요? 제가 지금 죽어버려서 아버지의 명예를 회복할 수 있다면 저는 죽어버릴터이야요. 기쁘게 죽어버리겠습니다. 제가 여덟 살부터 오늘날까지 받은 은혜를 제 목숨 하나로 갚을 수가 있다면 저는 지금으로 죽어 버리겠습니다. 그렇지만 그렇지만……."
 "그렇지만 그렇지만 저는 다만 얼마라도 다만 하루라도 아버지 곁에서 살고 싶어요——다만 하루만이라도, 아버지! 제가 왜 이렇습니까. 네? 제가 어려서 이렇습니까. 미친년이 되어서 이렇습니까. 아버지께서는 아실테니 말씀해 주세요. 하루만이라도 아버지를 모시고 아버지 곁에서 살았으면 죽어도 한이 없겠습니다. 제 생각이 잘못이야요? 제 생각이 죄야요? 왜 죄입니까? 아버지. 저를 버리시고 혼자 가시지 마세요. 네? 정임아, 너를 데리고 가마 하고 약속해 주세요, 네."
 정임은 아주 담대하게 제가 하고자 하는 말을 다하오. 그 얌전한, 수삽한 정임의 속에 어디 그러한 용기가 있었던가, 참 이상한 일이오. 나는 귀여운 어린 계집애 정임의 속에 앙큼한 여자가 들어 앉은 것을 발견하였소. 그가 몇 가지 재료(내가 여행을 떠난다는 것과 제 일기를 보았다는 것과)를 종합하여 나와 저와의 새에 또 그 때문에 어떠한 일이 일어난 것을 추측하는 그 상상력도 놀랍거니와 그렇게 내 앞에서는 별로 입도 벌리지 아니하던 그가 이처럼 담대하게 제 속에 있는 말을 거리낌 없이 다 해버리는 용기를 아니 놀랄 수 없었소. 내가, 사내요 어른인 내가 도리어 정임에게 리드를 받고 놀림을 받음을 깨달았소.
　그러나 정임을 위해서든지, 중년 남자의 위신을 위해서든지 나는 의지력으로, 도덕력으로, 정임을 누르고 훈계하지 아니하면 아니 되겠다고 생각하였소.
　"정임아."
하고 나는 비로소 입을 열어서 불렀소. 내 어성은 장중하였소. 나는 할 수 있는 위엄을 다하여 '정임아'하고 부른 것이오.
　"정임아, 네 속은 다 알았다. 네 마음 네 뜻은 그만하면 다 알았다. 네가 나를 그처럼 생각해 주는 것을 고맙게 생각한다. 기쁘게도 생각한다. 그러나, 정임아."
하고 나는 일층 태도와 소리를 엄숙하게 하여,
　"네가 청하는 말은 절대로 들을 수 없는 말이다. 내가 너를 친딸같이 사랑하기 때문에 나는 너를 데리고 가지 못하는 것이다. 나는 세상에서 죽고 조선에서 죽더라도 너는 죽어서 아니 된다. 차마 너까지는 죽이고 싶지 아니하단 말이다. 내가 어디 가서 없어져버리면 세상은 네게 씌운 누명이 애매한 줄을 알게 될 것이 아니냐. 그리되면 너는 조선의 좋은 일꾼이 되어서 일도 많이 하고 또 사랑하는 남편을 맞아서 행복된 생활도 할 수 있을 것이 아니냐. 그것이 내가 네게 바라는 것이다. 내가 어디가 있든지, 내가 살아 있는 동안 나는 네가 잘 되는 것만, 행복되게 사는 것만 바라보고 혼자 기뻐할 것이 아니냐.
　네가 다 옳게 알았다. 나는 네 말대로 조선을 영원히 떠나기로 하였다. 그렇지마는 나는 이렇게 된 것을 조금도 슬퍼하지 아니한다. 너를 위해서 내가 무슨 희생을 한다고 하면 내게는 그것이 큰 기쁨이다. 그뿐 아니라, 나는 인제는 세상이 싫어졌다. 더 살기가 싫어졌다. 내가 십여 년 동안 전 생명을 바쳐서 교육한 학생들에게까지 배척을 받을 때에는 나는 지금까지 살아온 것을 생각만 하여도 진저리가 난다.
　그렇지마는 나는 이것이 다 내가 부족한 때문인 줄을 잘 안다. 나는 조선을 원망한다든가, 내 동포를 원망한다든가 그럴 생각은 없다. 원망을 한다면 나 자신의 부족을 원망할 뿐이다. 내가 원체 교육을 한다든지 남의 지도자가 된다든지 할 자격이 없음을 원망한다면 원망할까, 내가 어떻게 조선이나 조선 사람을 원망하느냐. 그러니까 인제 내게 남은 일은 나를 조선에서 없애버리는 것이다. 감히 십여 년간 교육가라고 자처해 오던 거짓되고 외람된 생활을 끊어버리는 것이다. 남편 노릇도 못 하는 사람이 남의 스승은 어떻게 되고 지도자는 어떻게 되느냐. 하니까 나는 이제 세상을 떠나버리는 것이 조금도 슬프지 아니하고 도리어 몸이 가뜬하고 유쾌해지는 것 같다.

　오직 하나 마음에 걸리는 것은 내 선배요 사랑하는 동지이던 남 선생의 유일한 혈육이던 네게다가 누명을 씌우고 가는 것이다."

"그게 어디 아버지 잘못입니까?"
하고 정임은 입술을 깨물었소.

"모두 제가 철이 없어서——저 때문에."
하고 정임은 몸을 떨고 울었소.

"아니! 그렇게 생각하지 마라. 내가 지금 세상을 버릴 때에 무슨 기쁨이 한 가지 남는 것이 있다고 하면 너 하나가, 이 세상에서 오직 너 하나가 나를 따라주는 것이다. 아마 너도 나를 잘못 알고 따라주는 것이겠지마는 세상이 다 나를 버리고, 처자까지도 다 나를 버릴 때에 오직 너 하나가 나를 소중히 알아주니 어찌 고맙지 않겠느냐. 그러니까 정임아, 너는 몸을 조심하여서 건강을 회복하여서 오래 살고 잘 살고, 그리고 나를 생각해 다오."
하고 나도 울었소.

　형! 내가 정임에게 이런 말을 한 것이 잘못이지요. 그러나 나는 그때에 이런 말을 아니할 수 없었소. 왜 그런고 하니, 그것이 내 진정이니까. 나도 학교 선생으로, 교장으로 또 주제넘게 지사로의 일생을 보내노라고 마치 오직 얼음 같은 의지력만 가진 사람 모양으로 사십 평생을 살아 왔지마는 내 속에도 열정은 있었던 것이오. 다만 그 열정을 누르고, 죽이고 있었을 뿐이오. 물론 나는 아마 일생에 이 열정의 고삐를 놓아 줄 날이 없겠지요.

만일 내가 이 열정의 고삐를 놓아서 자유로 달리게 한다고 하면 나는 이 경우에 정임을 안고 내 열정으로 정임을 태워 버렸는지도 모르오. 그러나 나는 정임이가 열정으로 탈수록 나는 내 열정의 고삐를 두 손으로 꽉 붙들고 이를 악물고 매달릴 결심을 한 것이오.

열한 시!

"정임아. 인제 병원으로 가거라."

하고 나는 엄연하게 명령하였소.

"내일 저를 보시고 떠나시지요?"

하고 정임은 눈물을 씻고 물었소.

"그럼. J조교수도 만나고 너도 보고 떠나지."

하고 나는 거짓말을 하였소. 이 경우에 내가 거짓말쟁이라는 큰 죄인이 되는 것이 정임에게 대하여 정임을 위하여 가장 옳은 일이라고 생각한 까닭이오.

무서운 직각력과 상상력을 가진 정임은 내 말의 진실성을 의심하는 듯이 나를 뚫어지게 바라보았소. 나는 차마 정임의 시선을 마주보지 못하여 외면하여 버렸소.

정임은 수건으로 눈물을 씻고 체경 앞에 가서 화장을 고치고 그리고,

"저는 가요."

하고 내 앞에 허리를 굽혀서 작별 인사를 하였소.

"오, 가 자거라."

하고 나는 극히 범연하게 대답하였소.

나는 자리옷을 입었기 때문에 현관까지 작별할 수도 없어서 보이를 불러 자동차를 하나 준비하라고 명하고 내 방에서 작별할 생각을 하였소?

"내일 병원에 오세요?"

하고 정임은 또 고개를 숙이고 낙루하였소.

"오, 가마."

하고 나는 또 거짓말을 하였소. 세상을 버리기로 결심한 사람의 거짓말은 하나님도 용서하시겠지요. 설사 내가 거짓말을 한 죄로 지옥에를 간다 하

더라도 이 경우에 정임을 위하여 거짓말을 아니할 수가 없지 않소? 내가 거짓말을 아니하면 정임은 아니 갈 것이 분명하였소.

"전 가요."

하고 정임은 또 한 번 절을 하였으나 소리를 내어서 울었소.

"울지 마라! 몸 상한다."

하고 나는 정임에게 대한 최후의 친절을 정임의 곁에 한 걸음 가까이 가서 어깨를 또닥또닥 하여 주고, 외투를 입혀주었소.

"안녕히 주무세요."

하고 정임은 문을 열고 나가버렸소.

정임의 걸어가는 소리가 차차 멀어졌소.

나는 얼빠진 사람 모양으로 그 자리에 우두커니 서 있었소.

창에 부딪치는 빗발 소리가 들리고 자동차 소리가 먼 나라에서 오는 것같이 들리오. 이것이 정임이가 타고 가는 자동차 소리인가.

나는 정임을 따라가서 붙들어 오고 싶었소. 내 몸과 마음은 정임을 따라서 허공에 떠가는 것 같았소.

아아 이렇게 나는 정임을 곁에 두고 싶을까. 이렇게 내가 정임의 곁에 있고 싶을까. 그러하건마는 나는 정임을 떼어버리고 가지 아니하면 아니 된다!

그것은 애끊는 일이다. 기막히는 일이다! 그러나 내 도덕적 책임은 엄정하게 그렇게 명령하지 않느냐. 나는 이 도덕적 책임의 명령——그것은 더 위가 없는 명령이다——을 털끝만치라도 휘어서는 아니 된다.

그러나 정임이가 호텔 현관에서 자동차를 타기 전에 한 번만 더 바라보는 것도 못할 일일까. 한 번만, 잠깐만 더 바라보는 것도 못할 일일까. 잠깐만——일 분만——아니 일 초만——한 시그마라는 극히 짧은 동안만 바라보는 것도 못할 일일까. 아아, 정임을 한 시그마 동안단 더 보고 싶다——나는 이렇게 생각하고 벌떡 일어나서 도어의 핸들에 손을 대었소.

'안 된다! 옳찮다!'

하고 나는 내 소파에 돌아와서 털썩 몸을 던졌소.

'최후의 순간이 아니냐. 최후의 순간에 용감히 이겨야 할 것이 아니냐. 아서라! 아서라!'
하고 나는 혼자 주먹을 불끈불끈 쥐었소.
　이때에 짜박짜박하고 걸어오는 소리가 들리오. 내 가슴은 쌍방망이로 두들기는 것같이 뛰었소.
'설마 정임일까.'
하면서도 나는 숨을 죽이고 귀를 기울였소.
　그 발자국 소리는 분명 내 문 밖에 와서 그쳤소. 그러고는 소리가 없었소.
'내 귀의 환각인가.'
하고 나는 한숨을 내어 쉬었소.
　그러나 다음 순간에 또 두어 번 문을 두드리는 소리가 들렸소.
"이에스."
하고 나는 대답하고 문을 바라보았소.
　문이 열렸소.
　들어오는 이는 정임이었소.
"웬일이냐."
하고 나는 엄숙한 태도를 지었소. 그것으로 일 초의 일천분지 일이라도 다시 한 번만 보고 싶던 정임을 보는 기쁨을 카무플라주한 것이오.
　정임은 서슴지 않고 내 뒤에 와서 내 교의에 몸을 기대며
"암만해도 오늘이 마지막인 것만 같아서, 다시 뵈올 기약은 없는 것만 같아서 가다가 도로 왔습니다. 한 번만 더 뵙고 갈 양으로요. 그래 도로 와서도 들어올까 말까 하고 주저주저하다가 이것이 마지막인데 하고 용기를 내어서 들어왔습니다. 내일 저를 보시고 가신다는 것이 부러 하신 말씀만 같고, 마지막 뵈옵고——뵈온대도——그래도 한 번 더 뵈옵기만 해도……."
하고 정임의 말은 끝을 아물리지 못하였소. 그는 내 등 뒤에 서 있기 때문에 그가 어떠한 표정을 하고 있는지는 볼 수가 없었소. 나는 다만 아버지의

위엄으로 정면을 바라보고 있었을 뿐이오.
 '정임아 나도 네가 보고 싶었다. 네 뒤를 따라가고 싶었다. 내 몸과 마음이 네 뒤를 따라서 허공으로 날았다. 나는 너를 한 초라도 한 초의 천분지 일 동안이라도 한 번 더 보고 싶었다. 정임아, 내 진정은 너를 언제든지 내 곁에 두고 싶다. 정임아, 지금 내 생명이 가진 것은 오직 너뿐이다.'
 이런 말이라도 하고 싶었소. 그러나 이런 말을 하여서는 아니 되오! 만일 내가 이런 말을 하여 준다면 정임이가 기뻐하겠지요. 그러나 나는 정임에게 이런 기쁨을 주어서는 아니 되오!
 나는 어디까지든지 아버지의 위엄, 아버지의 냉정함을 아니 지켜서는 아니 되오.
 그렇지마는 내 가슴에 타오르는 이름지을 수 없는 열정의 불길은 내 이성과 의지력을 태워버리려 하오. 나는 눈이 아뜩아뜩함을 깨닫소. 나는 내 생명의 등불이 깜박깜박함을 깨닫소.
 그렇지마는! 아아 그렇지마는 나는 이 도덕적 책임의 무상 명령자인 쓴잔을 마시지 아니하여서는 아니 되는 것이오.
 "산! 바위!"
 나는 정신을 가다듬어서 이것을 염하였소.
 그러나 열정의 파도가 치는 곳에 산은 움직이지 아니하오? 바위는 흔들리지 아니하오? 태산과 반석이 그 흰 불길에 타서 재가 되지는 아니하오? 인생의 모든 힘 가운데 열정보다 더 폭력적인 것이 어디 있소? 아마도 우주의 모든 힘 가운데 사람의 열정과 같이 폭력적, 불가항력적인 것은 없으리다. 뇌성, 벽력, 글쎄 그것에나 비길까. 차라리 천체와 천체가 수학적으로 계산할 수 없는 비상한 속력을 가지고 마주 달려들어서 우리의 귀로 들을 수 없는 큰소리와 우리가 굳다고 일컫는 금강석이라도 증기를 만들고야 말 만한 열을 발하는 충동의 순간에나 비길까. 형아. 사람이라는 존재가 우주의 모든 존재 중에 가장 비상한 존재인 것 모양으로 사람의 열정의 힘은 우주의 모든 신비한 힘 가운데 가장 신비한 힘이 아니겠소? 대체 우주의 모든 힘은 그것이 아무리 큰 힘이라고 하더라도 저 자신을 깨뜨리는 것은 없소. 그렇지마는 사람이라는 존재의 열정은 능히 제 생명을 깨뜨려 가루를 만들고 제 생명을 살라서 소지를 올리지 아니하오? 여보, 대체 이에서 더 폭력이요. 신비적인 것이 어디 있단 말이오.
　이때 내 상태, 어깨 뒤에서 열정으로 타고 섰는 정임을 느끼는 내 상태는 바야흐로 대 폭발, 대 충돌을 기다리는 아슬아슬한 때가 아니었소. 만일 조금만이라도 내가 내 열정의 고삐에 늦춤을 준다고 하면 무서운 대 폭발이 일어났을 것이오.
　"정임아!"
하고 나는 충분히 마음을 진정해 가지고 고개를 옆으로 돌려 정임의 얼굴을 찾았소.
　"네에."
하고 정임은 입을 약간 내 귀 가까이로 가져와서 그 씨근거리는 소리가 분명히 내 귀에 들리고 그 후끈후끈하는 뜨거운 입김이 내 목과 뺨에 감각되었소.
　억지로 진정하였던 내 가슴은 다시 설레기를 시작하였소. 그 불규칙한 숨소리와 뜨거운 입김 때문이었을까.
　"시간 늦는다. 어서 가거라. 이 아버지는 언제까지든지 너를 사랑하는 딸로 소중히 소중히 가슴에 품고 있으마. 또 후일에 다시 만날 때도 있을지 아느냐. 설사 다시 만날 때가 없다기로니 그것이 무엇이 그리 대수냐. 나이 많은 사람은 먼저 죽고 젊은 사람은 오래 살아서 인생의 일을 많이 하는 것이 순서가 아니냐. 너는 몸이 아직 약하니 마음을 잘 안정해서 어서 건강을 회복하여라. 그리고 굳세게 굳세게, 힘있게 살아 다오. 조선은 사람을 구한다. 나 같은 사람은 인제 조선서 더 일할 자격을 잃어버린 사람이지마는 네야 어떠냐. 설사 누가 무슨 말을 해서 학교에서 학비를 아니 준다거든 내가 네게 준 재산을 가지고 네 마음대로 공부를 하려무나. 네가 그렇게 해주어야 나를 위하는 것이다. 자 인제 가거라. 네 앞길이 양양하지 아니하냐. 자 인제 가거라. 나는 내일 아침 동경을 떠날란다. 자 어서."
하고 나는 화평하게 웃는 낯으로 일어섰소.

정임은 울먹울먹하고 고개를 숙이오.
밖에서는 바람이 점점 강해져서 소리를 하고 유리창을 흔드오.
"그럼, 전 가요."
하고 정임은 고개를 들었소.
"그래. 어서 가거라. 벌써 열한 시 반이다. 병원 문은 아니 닫니."
정임은 대답이 없소.
"어서!"
하고 나는 보이를 불러 자동차를 하나 준비하라고 일렀소.
"갈랍니다."
하고 정임은 고개를 숙여서 내게 인사를 하고 문을 향하여 한 걸음 걷다가 잠깐 주저하더니, 다시 돌아서서,
"저를 한 번만 안아주셔요. 아버지가 어린 딸을 안 듯이 한 번만 안아주셔요."
하고 내 앞으로 가까이 와 서오.
나는 팔을 벌려주었소. 정임은 내 가슴을 향하고 몸을 던졌소. 그리고 제 이뺨 저뺨을 내 가슴에 대고 비볐소. 나는 두 팔을 정임의 어깨 위에 가벼이 놓았소.
이러한 지 몇 분이 지났소. 아마 일 분도 다 못 되었는지 모르오.
정임은 내 가슴에서 고개를 들어 나를 뚫어지게 우러러보더니, 다시 내 가슴에 낯을 대더니──아마 내 심장이 무섭게 뛰는 소리를 정임은 들었을 것이오──정임은 다시 고개를 들고,
"어디를 가시든지 편지나 주셔요."
하고 굵은 눈물을 떨구고는 내게서 물러서서 또 한 번 절하고,
"안녕히 가셔요. 만주든지 아령이든지 조선 사람 많이 사는 곳에 가셔서 일하고 사셔요. 돌아가실 생각은 마셔요. 제가, 아버지 말씀대로 혼자 떨어져 있으니 아버지도 제 말씀대로 돌아가실 생각은 마셔요, 네. 그런다고 대답하셔요!"
하고는 또 한 번 내 가슴에 몸을 기대오.

죽기를 결심한 나는 '오냐, 그러마' 하는 대답을 할 수는 없었소. 그래서,
　"오, 내 살도록 힘쓰마."
하는 약속을 주어서 정임을 돌려보냈소.
　정임의 발자국 소리가 안 들리게 된 때에 나는 빠른 걸음으로 옥상 정원으로 나갔소. 비가 막 뿌리오.
　나는 정임이가 타고 나가는 자동차라도 볼 양으로 호텔 현관 앞이 보이는 꼭대기로 올라갔소. 현관을 떠난 자동차 하나가 전찻길로 나서서는 북을 향하고 달아나서 순식간에 그 꽁무니에 달린 붉은 불조차 스러져버리고 말았소.
　나는 미친 사람 모양으로,
　"정임아, 정임아!"
하고 수없이 불렀소. 나는 이 사층이나 되는 꼭대기에서 뛰어내려서 정임이가 타고 간 자동차의 뒤를 따르고 싶었소.
　"아아 영원한 인생의 이별!"
　나는 그 옥상에 얼마나 오래 섰던지를 모르오. 내 머리와 낯과 베드로움에서는 물이 흐르오. 방에 돌아오니 정임이가 끼치고 간 향기와 추억만 남았소.
　나는 방안 구석구석에 정임의 모양이 보이는 것을 깨달았소. 특별히 정임이가 고개를 숙이고 서 있던 내 교의 뒤에는 분명히 갈색 외투를 입은 정임의 모양이 완연하오.
　"정임아!"
하고 나는 그곳으로 따라가오. 그러나 가면 거기는 정임은 없소.
　나는 교의에 앉소. 그러면 정임의 씨근씨근하는 숨소리와 더운 입김이 분명 내 오른편에 감각이 되오. 아아 무서운 환각이여!
　나는 자리에 눕소. 그리고 정임의 환각을 피하려고 불을 끄오. 그러면 정임이가 내게 안기던 자리쯤에 환하게 정임의 모양이 나타나오.
　나는 불을 켜오.
　또 불을 끄오.

날이 밝자 나는 비가 개인 것을 다행으로 비행장에 달려가서 비행기를 얻어 탔소.

나는 다시 조선의 하늘을 통과하기가 싫어서 복강에서 비행기에서 내려서 문사에 와서 대련으로 가는 배를 탔소.

나는 대련에서 내려서 하룻밤을 여관에서 자고는 곧 장춘(지금은 신경이 지마는 그때에는 장춘)가는 급행을 탔소. 무론 아무에게도 엽서 한 장 한 일 없었소. 그것은 인연을 끊은 세상에 대하여 연연한 마음을 가지는 것을 부끄럽게 생각한 까닭이오.

차가 옛날에는 우리 조상네가 살고 문화를 짓던 옛 터전인 만주의 벌판을 달릴 때에는 감촉도 없지 아니하였소. 그러나 나는 지금 그런 한가한 감상을 쓸 겨를이 없소.

내가 믿고 가는 곳은 하르빈에 있는 어떤 친구요. 그는 R이라는 사람으로서 경술년경에 A씨 등의 망명객을 따라 나갔다가 아라사에서 무관학교를 졸업하고 아라사 사관으로서 구주대전에서 출정을 하였다가, 혁명 후에도 이내 적위군에 머물러서 지금까지 소비에트 장교로 있는 사람이오. 지금은 육군 소장이라든가.

나는 하르빈에 그 사람을 찾아가는 것이오. 그 사람을 찾아야 아라사에 들어갈 여행권을 얻을 것이요. 여행권을 얻어야 내가 평소에 이상하게도 그리워하던 바이칼 호를 볼 것이오.

하르빈에 내린 것은 해가 뉘엿뉘엿 넘어가는 석양이었소.

나는 역에서 나와서 어떤 아라사 병정 하나를 붙들고 R의 아라사 이름을 불렀소. 그리고 아느냐고 영어로 물었소.

그 병정은 내 말을 잘못 알아들었는지, 또는 R을 모르는지 무엇이라고 아라사말로 지껄이는 모양이나 나는 무론 그것을 알아들을 수가 없었소. 그러나 나는 그 병정의 표정에서 내게 호의를 가진 것을 짐작하고 한 번 더 분명히,

"요십——알렉산드로비치——리가이."

라고 불러보았소.

그 병정은 빙그레 웃고 고개를 흔드오. 이 두 외국 사람의 이상한 교섭에 흥미를 가지고 여러 아라사 병정과 동양 사람들이 십여 인이나 우리 주위에 모여드오.

그 병정은 나를 바라보고 또 한 번 그 이름을 불러보라는 모양 같기로 나는 이번에는 R의 아라사 이름에 '제너럴'이라는 말을 붙여 불러 보았소.

그랬더니 어떤 다른 병정이 뛰어들며,

"게네라우 리가이 R."

하고 안다는 표정을 하오. 게네라우라는 것이 아마 아라사 말로 장군이란 말인가 하였소.

"예스. 예스."

하고 나는 기쁘게 대답하였소.

그리고는 아라사 병정들끼리 무어라고 지껄이더니, 그중에 한 병정이 나서면서 고개를 끄덕끄덕하고, 제가 마차 하나를 불러서 나를 태우고 저도 타고 어디로 달려가오.

그 아라사 병정은 친절히 알지도 못하는 말로 이것저것을 가리키면서 설명을 하더니 내가 못 알아듣는 줄을 생각하고 내 어깨를 툭 치고 웃소. 어린애와 같이 순한 사람들이로구나 하고 나는 고맙다는 표로 고개만 끄덕끄덕하였소.

어디로 어떻게 가는지 서양 시가로 달려가다가 어떤 큰 저택 앞에 이르러서 마차를 그 현관 앞으로 들이몰았소.

현관에서는 종졸이 나왔소. 내가 명함을 들여보냈더니 부관인 듯한 아라사 장교가 나와서 나를 으리으리한 응접실로 인도하였소.

얼마 있노라니 중년이 넘은 어떤 대장이 나오는데 군복에 칼끈만 늘였소.

"이게 누구요."

하고 그 대장은 달려들어서 나를 껴안았소. 이십오 년 만에 만나는 우리는 서로 알아본 것이오.

이윽고 나는 그의 부인과 자녀들도 만났소. 그들은 다 아라사 사람이오.

저녁이 끝난 뒤에 나는 R의 부인과 딸의 음악과 그림 구경과 기타의 관대를 받고 단둘이 이야기할 기회를 얻었소. 경술년 당시 이야기도 나오고, A씨의 이야기도 나오고, R의 신세타령도 나오고, 내 이십오 년간의 생활 이야기도 나오고, 소비에트 혁명 이야기도 나오고, 하르빈 이야기도 나오고, 우리네가 어려서 서로 사귀이던 회구담도 나오고 이야기가 그칠 바를 몰랐소.

"조선은 그립지 않은가."

하는 내 말에 쾌활하던 R은 고개를 숙이고 추연한 빛을 보였소.

나는 R의 추연한 태도를 아마 고국을 그리워하는 것으로만 여겼소. 그래서 나는 그래 침음하는 것을 보고,

"얼마나 고국이 그립겠나. 나는 고국을 떠난 지가 일주일도 안 되건마는 못견디게 그리운데."

하고 동정하는 갈을 하였소.

했더니, 이 말 보시오. 그는 침음을 깨뜨리고 고개를 번쩍들며,

"아니! 나는 고국이 조금도 그립지 아니하이. 내가 지금 생각한 것은 자네 말을 듣고 고국이 그리운가 그리워할 것이 있는가를 생각해 본 것일세. 그랬더니 아무리 생각하여도 나는 고국이 그립다는 생각을 가질 수가 없어. 그야 어려서 자라날 때에 보던 강산이라든지 내 기억에 남은 아는 사람들이라든지, 보고 싶다 하는 생각도 없지 아니하지마는 그것이 고국이 그리운 것이라고 할 수가 있을까. 그밖에는 나는 아무리 생각하여도 고국이 그리운 것을 찾을 길이 없네. 나도 지금 자네를 보고 또 자네 말을 듣고 오래 잊어버렸던 고국이 좀 그립게, 그립다 하게 생각하려고 해보았지마는 도무지 나는 고국이 그립다는 생각이 나지 않네."

이 말에 나는 깜짝 놀랐소. 몸서리치게 무서웠소. 나는 해외에 오래 표랑하는 사람은 의례히 고국을 그리워할 것으로 믿고 있었소. 그런데 이 사람이, 일찍은 고국을 사랑하여 목숨까지도 바치려던 이 사람이 도무지 이처럼 고국을 잊어버린다는 것은 놀라운 정도를 지나서 폐씸하기 그지없었소. 나도 비록 조선을 떠난다고, 영원히 버린다고 나서기는 했지마는 나로는

죽기 전에는 아니 비록 죽더라도 잊어버리지 못할 고국을 잊어버린 R의 심사가 난측하고 원망스러웠소.
"고국이 그립지가 않아?"
하고 R에게 묻는 내 어성에는 격분한 빛이 있었소.
"이상하게 생각하시겠지. 하지만 고국에 무슨 그리울 것이 있단 말인가. 그 빈대 끓는 오막살이가 그립단 말인가. 나무 한 개 없는 산이 그립단 말인가. 물보다도 모래가 많은 다 늙어빠진 개천이 그립단 말인가. 그 무기력하고 가난한, 시기 많고 싸우고 하는 그 백성을 그리워한단 말인가. 그렇지 아니하면 무슨 그리워할 음악이 있단 말인가, 미술이 있단 말인가. 문학이 있단 말인가, 사상이 있단 말인가, 사모할 만한 인물이 있단 말인가. 날더러 고국의 무엇을 그리워하란 말인가."
하고 저녁을 먹을 때에 약간 붉었던 R의 얼굴은 이상한 흥분으로 붉어지오.

R은 먹던 담배를 화나는 듯이 재떨이에 집어던지며,
"내가 하르빈에 온 지가 인제 겨우 삼사 년밖에 안 되지마는 조선 사람 때문에 나는 견딜 수가 없어. 와서 달라는 것도 달라는 것이지마는 조선 사람이 또 어찌하였느니 또 어찌하였느니 하는 불명예한 말을 들을 때에는 나는 금시에 죽어버리고 싶단 말일세. 내게 가장 불쾌한 것이 있다고 하면 그것은 고국이라는 기억과 조선 사람의 존잴세. 내가 만일 어느 나라의 독재자가 된다고 하면 나는 첫째로 조선인 입국 금지를 단행하려네. 만일 조선이라는 것을 잊어버릴 약이 있다고 하면 나는 생명과 바꾸어서라도 사먹고 싶어."
하고 R은 약간 흥분된 어조를 늦추어서,
"나도 모스크바에 있다가 처음 원동에 나왔을 적에는 길을 다녀도 혹시 동포가 눈에 뜨이지나 아니하나 하고 찾았네. 그래서 어디서든지 동포를 만나면 반가이 손을 잡았지. 했지만 점점 그들은 오직 귀찮은 존재에 지나지 못하다는 것을 알았단 말일세. 인제는 조선 사람이라고만 하면 만나기가 무섭고 끔찍끔찍하고 진저리가 나는 걸 어떡하나. 자네 명함이 들어온

때에도 조선 사람인가 하고 가슴이 뜨끔했네."
하고 R은 웃지도 아니하오. 그의 얼굴에는 군인다운 기운찬 얼굴에는 증오와 분노의 빛이 넘쳤소.
 "나도 자네 집에 환영받는 나그네는 아닐세그려."
하고 나는 이 견디기 어려운 불쾌하고 무서운 공기를 완화하기 위하여 농담삼아 한마디를 던지고 웃었소.
 나는 R의 말이 과격함에 놀랐지마는, 또 생각하면 R이 한 말 가운데는 들을 만한 이유도 없지 아니하오. 그것을 생각할 때에 나는 R을 괘씸하게 생각하기 전에 내가 버린다는 조선을 위하여서 가슴이 아팠소. 그렇지만 이제 나 따위가 가슴을 아파 한대야 무슨 소용이 있스. 조선에 남아 계신 형이나 R의 말을 참고삼아 쓰시기 바라오.
 어쨌으나 나는 R에게서 목적한 여행권을 얻었소. R에게는 다만,
 '나는 피곤한 몸을 좀 정양하고 싶다. 나는 내가 평소에 즐겨하는 바이칼 호반에서 눈과 얼음의 한겨울을 지내고 싶다.'
는 것을 여행의 이유로 삼았소.
 R은 나의 초췌한 모양을 짐작하고 내 핑계를 그럴듯하게 아는 모양이었소. 그리고 날더러, '이왕 정양하려거든 코카서스 지방으로 가거라. 거기는 기후 풍경도 좋고 또 요양원의 설비도 있다'는 것을 말하였소. 나는 톨스토이의 소설에서, 기타의 여행기 등 속에서 이 지방에 관한 말을 못 들은 것이 아니나 지금 내 처지에는 그런 따뜻하고 경치 좋은 지방을 가릴 여유도 없고 또 그러한 지방보다도 눈과 얼음과 바람의 시베리아의 겨울이 합당한 듯하였소.
 그러나 나는 R의 호의를 굳이 사양할 필요도 없어서 그가 써주는 대로 소개장을 다 받아 넣었소. 그는 나를 처남 매부 간이라고 소개해 주었소.
 나는 모스크바 가는 다음 급행을 기다리는 사흘 동안 R의 집의 손이 되어서 R부처의 친절한 대우를 받았소.
 그후에는 나는 R과 조선에 관한 토론을 한 일은 없지마는 R이 이름지어 말을 할 때에는 조선을 잊었노라, 그리워할 것이 없노라, 하지마는 무의식

적으로 말을 할 때에는 조선을 못 잊고 또 조선을 여러 점으로 그리워하는 양을 보았소. 나는 그것으로써 만족하게 여겼소.

나는 금요일 오후 세 시 모스크바 가는 급행으로 하르빈을 떠났소. 역두에는 R과 R의 가족이 나와서 꽃과 과일과 여러 가지 선물로 나를 전송하였소. R과 R의 가족은 나를 정말 형제의 예로 대우하여 차가 떠나려 할 때에 포옹과 키스로 작별하여 주었소.

이 날은 퍽 따뜻하고 일기가 좋은 날이었소. 하늘에 구름 한 점, 땅에 바람 한 점 없이 마치 늦은 봄날과 같이 따뜻한 날이었소.

차는 떠났소. 판다는 둥 안 판다는 둥 말썽 많은 동중로(지금은 북만 철로라고 하오)의 국제 열차에 몸을 의탁한 것이오.

송화강의 철교를 건너오. 아아 그리고 낯익은 송화강! 송화강이 왜 낯이 익소. 이 송화강은 불함산(장백산)에 근원을 발하여 광막한 북만주의 사람도 없는 벌판을 혼자 소리도 없이 흘러가는 것이 내 신세와 같소.

이 북만주의 벌판을 만든 자가 송화강이지마는 나는 그만한 힘이 없는 것이 부끄러울 뿐이오. 이 광막한 북만의 벌판을 내 손으로 개척하여서 조선 사람의 낙원을 만들자 하고 뽐내어 볼까. 그것은 형이 하시오. 내 어린 것이 자라거든 그놈에게나 그러한 생각을 넣어주시오.

동양의 국제적 괴물인 하르빈 시가도 까맣게 안계에서 스러져 버리고 말았소. 그러나 그 시가를 싼 까만 기운이 국제적 풍운을 포장한 것이라고 할까요.

가도가도 벌판. 서리맞은 마른 풀 바다. 실개천 하나도 없는 메마른 사막. 어디를 보아도 산 하나 없으니 하늘과 땅이 착 달라붙은 듯한 천지. 구름 한 점 없건만도 그 큰 태양 가지고도 미처 이루 다 비추지 못하여 지평선——호를 그린 지평선 위에는 항상 황혼이 떠도는 듯한 세계. 이 속으로 내가 몸을 담은 열차는 서쪽으로 서쪽으로 해가 가는 걸음을 따라서 달리고 있소. 열차가 달리는 바퀴 소리도 반향할 곳이 없어 힘없는 한숨 같이 스러지고 마오.

기쁨 가진 사람이 지리해서 못 견딜 이 풍경은 나같이 수심가진 사람에게는 가장 공상의 말을 달리기에 합당한 곳이오.

이곳에는 산도 있고 냇물도 있고 삼림도 있고 꽃도 피고 날짐승, 길짐승이 날고 기던 때도 있었겠지요. 그러던 것이 몇만 년 지나는 동안에 산은 낮아지고 골은 높아져서 마침내 이 꼴이 된 것인가 하오. 만일 큰 힘이 있어 이 광야를 파낸다 하면 물 흐르고 고기 놀던 강과, 울고 웃던 생물이 살던 자취가 있을 것이오. 아아 이 모든 기억을 꽉 품고 죽은 듯이 잠잠한 광야에!

내가 탄 차가 F역에 도착하였을 때에는 북만주 광야의 석양의 아름다움은 그 극도에 달한 것 같았소. 둥긋한 지평선 위에 거의 걸린 커다란 해! 아마 그 신비하고 장엄함이 내 경험으로는 이곳에서밖에는 볼 수 없는 것이라고 생각하오. 이글이글 이글이글 그러면서도 둥글다는 체모를 변치 아니하는 그 지는 해!

게다가 먼 지평선으로부터 기어드는 황혼은 인제는 대지를 거의 다 덮어 버려서 마른 풀로 된 지면은 가뭇가뭇한 빛을 띠고 사막의 가는 모래를 머금은 지는 해의 광선을 반사하여서 대기는 짙은 자줏빛을 바탕으로 한 가지 각색의 명암을 가진, 오색이 영롱한, 도무지 내가 일찍 경험해 보지 못한 색채의 세계를 이루었소. 아 좋다!

그 속에 수은같이 빛나는, 수없이 작고 큰 호수들의 빛! 그 속으로 날아 오는 수없고 이름 모를 새들의 떼도 이 세상의 것이라고는 생각하지 아니하오.

나는 거의 무의식적으로 차에서 뛰어내렸소. 거의 떠날 시간이 다 되어서 짐의 일부분은 미처 가지지도 못하고 뛰어내렸소. 반쯤 미친 것이오.

정거장 앞 조그마한 아라사 사람의 여관에다가 짐을 맡겨버리고 나는 단장을 끌고 철도 선로를 뛰어 건너서 호수의 수은빛 나는 곳을 찾아서 지향 없이 걸었소.

한 호수를 가서 보면 또 저편 호수가 더 아름다워 보이오. 원컨대 저 지는 해가 다 지기 전에 이 광야에 있는 호수를 다 돌아보고 싶소.

내가 호숫가에 섰을 때에 그 거울같이 잔잔한 호수면에 비치는 내 그림자의 외로움이여, 그러나 아름다움이여! 그 호수는 영원한 우주의 신비를 품고 하늘이 오면 하늘을, 새가 오면 새를, 구름이 오면 구름을, 그리고 내가 오면 나를 비추지 아니하오. 나는 호수가 되고 싶소. 그러나 형! 나는 이 호수면에서 얼마나 정임의 얼굴을 찾았겠소. 그것은 물리학적으로 불가능한 일이겠지요. 동경의 병실에 누워 있는 정임의 모양이 몽고 사막의 호수면에 비칠 리야 있겠소. 없겠지마는 나는 호수마다 정임의 그림자를 찾았소. 그러나 보이는 것은 외로운 내 그림자뿐이오.

'가자. 끝없는 사막으로 한없이 가자. 가다가 내 기운이 진하는 자리에 나는 내 손으로 모래를 파고 그 속에 내 몸을 묻고 죽어버리자. 살아서 다시 볼 수 없는 정임의 '이데아'를 안고 이 깨끗한 광야에서 죽어버리자.' 하고 나는 지는 해를 향하고 한정없이 걸었소. 사막이 받았던 따뜻한 기운은 아직도 다 식지는 아니하였소. 사막에는 바람 한 점도 없소. 소리 하나도 없소. 발자국 밑에서 우는 마른 풀과 모래의 바스락거리는 소리가 들릴 뿐이오.

나는 허리를 지평선에 걸었소. 그 신비한 광선은 내 가슴으로부터 위에만을 비추고 있소.

문득 나를 해를 따라가는 별 두 개를 보았소. 하나는 앞을 서고 하나는 뒤를 섰소. 앞의 별은 좀 크고 뒤의 별은 좀 작소. 이런 별들은 산 많은 나라——다시 말하면 서쪽 지평선을 보기 어려운 나라에서만 생장한 나로는 보지 못하던 별이오. 나는 그 별의 이름을 모르오. '두 별'이오.

해가 지평선에서 뚝 떨어지자 대기의 자줏빛은 남빛으로 변하였소. 오직 해가 금시 들어간 자리에만 주홍빛의 여광이 있을 뿐이오. 내 눈앞에서는 남빛 안개가 피어오르는 듯하였소. 앞에 보이는 호수만이 유난히 빛나오. 또 한 떼의 이름 모를 새들이 수면을 스치며 날 저문 것을 놀라는 듯이 어지러이 날아 지나가오. 그들은 소리도 아니하오. 날개치는 소리도 아니 들리오. 그것들은 사막의 황혼의 허깨비인 것 같소.

나는 자꾸 걷소. 해를 따르던 나는 두 별을 따라서 자꾸 걷소. 별들은 진 해를 따라서 바삐 달리는 것도 같고, 헤매는 나를 어떤 나라로 끄는 것도 같소.
 아니 두 별 중에 앞선 별이 한 번 반짝하고는──최후로 한 번 반짝하고는 지평선 밑에 숨어버리고 마오. 뒤에 남은 외 별의 외로움이여! 나는 울고 싶었소.
 그러나 나는 하나만 남은 작은 별──외로운 작은 별을 따라서 더 빨리 걸음을 걸었소. 그 한 별마저 넘어가 버리면 나는 어찌하오.
 내가 웬일이오. 나는 시인도 아니요, 예술가도 아니오. 나는 정으로 행동한 일은 없다고 믿는 사람이오. 그러나 형! 이때에 미친 것이 아니요, 내 가슴에는 무엇인지 모를 것을 따를 요샛말로 이른바 등경으로 찼소.
 '아아 저 작은 별!'
 그것도 지평선에 닿았소.
 '아아 저 작은 별. 저것다저 넘어가면 나는 어찌하나.'
 인제는 어둡소. 광야의 황혼은 명색뿐이요, 순식간이요, 해지자 신비하다고 할 만한 짧은 동안의 아름다운 황혼을 조금 보이고는 곧 칠과 같은 암흑이오. 호수의 물만이 어디서 은빛을 받았는지 뿌옇게 나만이 유일한 존재다, 나만이 유일한 빛이다 하는 듯이 인제는 수은빛이 아니라 남빛을 발하고 있을 뿐이오.
 나는 그중 빛을 많이 받은, 그중 환해 보이는 호수면을 찾아 두리번거리며, 그러나 빠른 걸음으로 헤매었소. 그러나 내가 좀더 맑은 호수면을 찾는 동안에 이 광야의 어둠은 더욱더욱 짙어지오.
 나는 어떤 조그마한 호숫가에 펄썩 앉았소. 내 앞에는 짙은 남빛의 수면에 조그마한 거울만한 밝은 데가 있소. 마치 내 눈에서 무슨 빛이 나와서, 아마 정임을 그리워하는 빛이 나와서 그 수면에 반사하는 듯이. 나는 허겁지겁 그 빤한 수면을 들여다보았소. 혹시나 정임의 모양이 거기 나타나나 아니할까 하고. 세상에는 그러한 기적도 있지 아니한가 하고.
 물에는 정임의 얼굴이 어른거리는 것 같았소. 이따금 정임의 눈도 어른거리고 코도 번뜻거리고 입도 번뜻거리는 것 같소. 그러나 수면은 점점 어두워 가서 그 환영조차 더욱 희미해지오.

나는 호수면에 빤하던 조각조차 캄캄해지는 것을 보고 숨이 막힐 듯함을 깨달으면서 고개를 들었소.
　고개를 들려고 할 때에, 형이여, 이상한 일도 다 있소. 그 수면에 정임의 모양이, 얼굴만 아니라, 그 몸 온통이 그 어깨, 가슴, 팔, 다리까지도, 그 눈과 입까지도, 그 얼굴의 흰 것과 입술이 불그레한 것까지도, 마치 환한 대낮에 실물을 대한 모양으로 소상하게 나타났소.
　"정임이!"
하고 나는 소리를 지르며 물로 뛰어들려 하였소. 그러나 형, 그 순간에 정임의 모양은 사라져버리고 말았소.
　나는 이 어두움 속에 어디 정임이가 나를 따라온 것같이 생각했소. 혹시나 정임이가 죽어서 그 몸은 동경의 대학 병원에 벗어 내어던지고 혼이 빠져 나와서 물에 비치었던 것이 아닐까 나는 가슴이 울렁거림을 진정치 못하면서 호숫가에서 벌떡 일어나서 어두움 속에 정임을 만져보려는 듯이, 어두워서 눈에 보이지는 못하더라도 자꾸 헤매노라면 몸에 부딪치기라도 할 것 같아서 함부로 헤매었소. 그러고는 눈앞에 번뜻거리는 정임의 환영을 팔을 벌려서 안고 소리를 내어서 불렀소.
　"정임이, 정임이."
하고 나는 수없이 정임을 부르면서 헤매었소.
　그러나 형, 이것도 죄지요. 이것도 하나님이 금하시는 일이지요. 그러길래 광야에 아주 어두움이 덮이고 새까만 하늘에 별이 총총하게 나고는 영 정임의 헛그림자조차 아니 보이지요. 나는 죄를 피해서 정임을 떠나서 멀리 온 것이니 정임의 헛 그림자를 따라다니는 것도 옳지 않지요.
　그렇지만 내가 이렇게 혼자서 정임을 생각만 하는 것이야 무슨 죄 될 것이 있을까요. 내가 정임을 만리나 떠나서 이렇게 헛 그림자나 그리며 그리워하는 것이야 무슨 죄가 될까요. 설사 죄가 되기로서니 낸들 이것까지야 어찌하오. 내가 내 혼을 죽여버리기 전에야 내 힘으로 어찌하오. 설사 죄가 되어서 내가 지옥의 꺼지지 않는 유황불 속에서 영원한 형벌을 받게 되기로서니 그것을 어찌하오. 형, 이것 이것도 말아야 옳은가요. 정임의 헛그림자까지도 끊어버려야 옳은가요.

　이때요, 바로 이때요. 내 앞 수십 보나 될까(캄캄한 밤이라 먼지 가까운지 분명히 알 수 없지마는) 하는 곳에 난데 없는 등불 하나가 나서오. 나는 깜짝 놀라서 우뚝 섰소. 이 무인지경, 이 밤중에 갑자기 보이는 등불——그것은 마치 이 세상 같지 아니하였소.

　저 등불이 어떤 등불일까, 그 등불이 몇 걸음 가까이 오니, 그 등불 뒤에 사람의 다리가 보이오.

"누구요?"

하는 것은 귀에 익은 조선말이오. 어떻게 이 몽고의 광야에서 조선말을 들을까 하고 나는 등불을 처음 볼 때보다 더욱 놀래었소.

"나는 지나가던 사람이오."

하고 나도 등불을 향하여 마주 걸어갔소. 그 사람은 등불을 들어서 내 얼굴을 비추어보더니,

"당신 조선 사람이오?"

하고 묻소.

"네, 나는 조선 사람이오. 당신도 음성을 들으니 조선 사람인데, 어떻게 이런 광야에 아닌 밤중에, 여기 계시단 말이오."

하고 나는 놀라는 표정 그대로 대답하였소.

"나는 이 근방에 사는 사람이니까 여기 오는 것도 있을 일이지마는 당신이야말로 이 아닌 밤중에."

하고 육혈포를 집어 넣고, 손을 내밀어서 내게 악수를 구하오.

　나는 반갑게 그의 손을 잡았소. 그러나 나는, '죽을 지경에 어떻게 오셨단 말이오'하고 그도 내가 무슨 악의를 가진 흉한이 아닌 줄을 알고 손에 빼어들었던 육혈포로 시기를 잠깐이라도 노린 것을 불쾌하게 생각하였소.

　그도 내 이름도 묻지 아니하고 또 나도 그의 이름을 묻지 아니하고 나는 그에게 끌려서 그가 인도하는 곳으로 갔소. 그곳이란 것은 아까 등불이 처음 나타나던 곳인 듯한데, 거기서 또 한 번 놀란 것은 어떤 부인이 있는 것이오. 남자는 아라사 식 양복을 입었으나 부인은 중국옷 비슷한 옷을 입었

소. 남자는 나를 끌어서 그 부인에게 인사하게 하고,

"이는 내 아내요."

하고 또 그 아내라는 부인에게는,

"이 이는 조선 양반이오. 성함이 뉘시죠."

하고 그는 나를 바라보오. 나는,

"최석입니다."

하고 바로 대답하였소.

"최석씨?"

하고 그 남자는 소개하던 것도 잊어버리고 내 얼굴을 들여다보오.

"네, 최석입니다."

"아 ○○학교 교장으로 계신 최석씨."

하고 그 남자는 더욱 놀라오.

"네, 어떻게 내 이름을 아세요."

하는 나도 그가 혹시 아는 사람이나 아닌가 하고 등불 빛에 얼굴을 들여다보았으나 도무지 그 얼굴이 본 기억이 없소.

"최 선생을 내가 압니다. 남 선생한테 말씀을 많이 들었지요. 그런데 남 선생도 돌아가신 지가 벌써 몇 핸가."

하고 감개무량한 듯한 그 아내를 돌아보오.

"십오 년이지요."

하고 곁에 섰던 부인이 말하오.

"벌써 십오 년인가."

하고 그 남자는 나를 보고,

"정임이 잘 자랍니까. 벌써 이십이 넘었지."

하고 또 부인을 돌아보오.

"스물세 살이지."

하고 부인이 확실치 아니한 듯이 대답하오.

"네. 스물세 살입니다. 지금 동경 있습니다. 병이 나서 입원한 것을 보고 왔는데."

하고 나는 번개같이 정임의 병실과 정임과 호텔 장면 등을 생각하고 가슴이 설렘을 깨달았소. 이 의외인 곳에서 의외인 사람들을 만나서 정임의 말을 하게 된 것은 기괴하였소.
 "무슨 병입니까. 정임이가 본래 몸이 약해서."
하고 부인이 직접 내게 묻소.
 "네. 몸이 좀 약합니다. 병이 좀 나은 것을 보고 떠났습니다마는 염려가 됩니다."
하고 나는 무의식중에 고개를 동경이 있는 방향으로 돌렸소. 마치 고개를 동으로 돌리면 정임이가 보이기나 할 것같이.
 "자 우리 집으로 갑시다."
하고 나는 아직 그의 성명도 모르는 남자는 나와 그의 아내를 재촉하더니,
 "우리가 조선 동포를 만난 것이 십여 년이오. 그런데 최 선생, 이것을 좀 보시고 가시지요.'
하고 그는 빙그레 웃으면서 나를 서너 걸음 끌고 가오. 거기는 조그마한 무덤이 있고 그 앞에는 석 자 높이나 되는 목패를 세웠는데 그 목패에는 '두 별 무덤'이라는 넉 자를 썼소.
 내가 이상한 눈으로 그 무덤과 목패를 보고 있는 것을 보고 그는,
 "이게 무슨 무덤인지 아십니까."
하고 유쾌하게 묻소.
 "두 별 무덤이라니 무슨 뜻인가요."
하고 나도 그의 유쾌한 표정에 전염이 되어서 웃고 물었소.
 "이것은 우리 들의 무덤이외다."
하고 그는 아내의 어깨를 치며 유쾌하게 웃었소. 부인은 부끄러운 듯이 웃고 고개를 숙이오.
 도무지 모두 꿈 같고 환영 같소.
 "자 갑시다. 자세한 말은 우리 집에 가서 합시다."
하고 서너 걸음 어떤 방향으로 걸어가니 거기는 말을 세 필이나 매인 마차가 있소. 몽고 사람들이 가족을 싣고 수초를 따라 돌아다니는 그러한 마차

요. 삿자리로 홍예형의 지붕을 만들고 그 속에 들어가 앉게 되었소. 그의 부인과 나와는 이 지붕 속에 들어앉고 그는 손수 어자대에 앉아서 입으로 쮸쮸쮸쮸하고 말을 모오. 등불도 꺼버리고 캄캄한 속으로 달리오.
"불이 있으면 군대에서 의심을 하지요. 도적놈이 엿보지요. 게다가 불이 있으면 도리어 앞이 안 보인단 말요. 쯧쯧쯧쯧!"
하는 소리가 들리오.

대체 이 사람은 무슨 사람인가. 또 이 부인은 무슨 사람인가 하고 나는 어두운 속에서 혼자 생각하였소. 다만 잠시 본 인상으로 보아서 그들은 행복된 부부인 것 같았소. 그들이 무엇하러 이 아닌 밤중에 광야에 나왔던가. 또 그 이상 야릇한 두 별 무덤이란 무엇인가.

나는 불현듯이 집을 생각하였소. 내 아내와 어린 것들을 생각하였소. 가정과 사회에서 쫓겨난 내가 아니오. 쫓겨난 자의 생각은 언제나 슬픔뿐이었소.

나는 내 아내를 원망치 아니하오. 그는 결코 악한 여자가 아니오. 다만 보통 여자요. 그는 질투 때문에 이성의 힘을 잃은 것이오. 여자가 질투 때문에 이성을 잃은 것이 천직이 아닐까요. 그가 나를 사랑하길래 나를 위해서 질투를 가지는 것이 아니오. 설사 질투가 그로 하여금 칼을 들어 내 가슴을 찌르게 하였다 하더라도 나는 감사한 생각을 가지고 눈을 감을 것이오. 사랑하는 자는 질투한다고 하오. 질투를 누리는 것도 아름다운 일이지마는 질투에 타는 것도 아름다운 일이 아닐까요.

덜크럭덜크럭하고 차바퀴가 철로길을 넘어가는 소리가 나더니 이윽고 차는 섰소.

앞에 빨갛게 불이 비치오.
"자 이게 우리 집이오."
하고 그가 마차에서 뛰어내리는 양이 보이오. 내려보니까 달이 올라오오. 굉장히 큰 달이, 붉은 달이 지평선으로서 넘석하고 올라오오. 달빛에 비추인 바를 보면 네모나게 담——담이라기보다는 성을 둘러 쌓은 달 뜨는 곳으로 열린 대문을 들어서서 넓은 마당에 내린 것을 발견하였소.

"아버지!"
"엄마!"
하고 아이들이 뛰어나오오. 말만큼이나 큰 개가 네 놈이나 꼬리를 치고 나오오. 그놈들이 주인집 마차 소리를 알아듣고 짖지를 아니한 모양이오.
 큰 아이는 계집애로 여남은 살, 작은 아이는 사내로 육칠 세 모두 중국 옷을 입었소.
 우리는 방으로 들어갔소. 방은 아라사 식 절반, 중국식 절반으로 세간이 놓여 있고 벽에는 조선 지도와 단군의 초상이 걸려 있소. 그들 부처는 지도와 단군 초상 앞에 허리를 굽혀 배례하오. 나도 무의식적으로 그대로 하였소. 그는 차를 마시며 이렇게 말하오.
 "우리는 자식들을 이 흥안령 가까운 무변 광야에서 기르는 것으로 낙을 삼고 있지요. 조선 사람들은 하도 마음이 작아서 걱정이니 이런 호호탕탕한 넓은 벌판에서 길러나면 마음이 좀 커질까 하지요. 도 흥안령 밑에서 지나 중원을 통일한 제왕이 많이 났으니 혹시나 그 정기가 남아 있을까 하지요. 우리 부처의 자손이 몇 대를 두고 퍼지는 동안에는 행여나 마음 큰 인물이 하나, 둘 날는지 알겠어요, 하하하하."
하고 그는 제 말을 제가 비웃는 듯이 한바탕 웃고 나서,
 "그러나 이건 내 진정이외다. 우리도 이렇게 고국을 떠나 있지마는 그래도 고국 소식이 궁금해서 신문 하나는 늘 보지요. 하지만 어디 시원한 소식이 있어요. 그저 조리복숭이가 되어가는 것이 아니면 조그마한 생각을 가지고, 눈꼽만한 야심을 가지고 서푼어치 안 되는 이상을 가지고 찧고 까불고 싸우고 하는 것밖에 안 보이니 이거 어디 살 수가 있나. 그래서 나는 마음 큰 자손을 낳아서 길러 볼까 하고——이를테면 새 민족을 하나 만들어 볼까 하고, 둘째 단군, 둘째 아브라함이나 하나 낳아 볼까 하고 하하하하앗하."
하고 유쾌하게, 그러나 비통하게 웃소.
 나는 저녁을 굶어서 배가 고프고, 밤길을 걸어서 몸이 곤한 것도 잊고 그의 말을 들었소.

부인이 김이 무럭무럭 나는 호떡을 큰 뚝배기에 담고 김치를 작은 뚝배기에 담고, 또 돼지고기 삶은 것을 한 접시 담아다가 탁자 위에 놓소.
　건넌방이라고 할 만한 방에서 젖먹이 우는 소리가 들리오. 부인은 삼십이나 되었을까, 남편은 서른댓 되었을 듯한 키가 훨쩍 크고 눈과 코가 크고 손도 큰 건장한 대장부요. 음성이 부드러운 것이 체격에 어울리지 아니하나 그것이 아마 그의 정신 생활이 높은 표겠지요.
　"신문에서 최 선생이 학교를 그만두시게 되었다는 말도 보았지요. 그러나 나는 그것이 다 최 선생에게 대한 중상인 줄을 짐작하였고, 또 오늘 이렇게 만나보니까 더구나 그것이 다 중상인 줄을 알지요."
하고 그는 확신있는 어조로 말하오.
　"고맙습니다."
　나는 이렇게밖에 대답할 말이 없었소.
　"아, 머. 고맙다고 하실 것도 없지요."
하고 그는 머리를 뒤로 젖히고 한참이나 생각을 하더니 우선 껄껄 한바탕 웃고 나서,
　"내가 최 선생이 당하신 경우와 꼭 같은 경우를 당하였거든요. 이를테면 과부 설움은 동무 과부가 안다는 것이지요."
하고 그는 자기의 내력을 말하기 시작하오.
　"내 집은 본래 서울입니다. 내가 어렸을 적에 내 선친이 시국에 대해서 불평을 품고 당신 삼 형제의 가족을 끌고 재산을 모두 팔아 가지고 간도에를 건너오셨지요. 간도에 맨먼저 ○○학교를 세운 이가 내 선친이지요."
　여기까지 하는 말을 듣고 나는 그가 누구인지를 알았소. 그는 R씨라고 간도 개척자요. 간도에 조선인 문화를 세운 이로 유명한 이의 아들인 것이 분명하오. 나는 그의 이름이 누군인지도 물어 볼 것 없이 알았소.
　"아 그러십니까. 네, 그러세요."
하고 나는 감탄하였소.
　"네, 내 선친을 혹 아실는지요. 선친의 말씀이 늘 그러신단 말씀야요. 조선 사람은 속이 좁아서 못 쓴다고 정감록에도 그런 말이 있다고——조선

은 산이 많고 들이 좁아서 사람이 작아서 큰일하기가 어렵고, 큰 사람이 나기가 어렵다고. 웬만치 큰 사람이 나면 서로 시기해서 큰일 할 새가 없이 한다고——그렇게 정감록에도 있다더군요. 그래서 션친도 자손에게나 희망을 붙이고 간도로 오신 모양이지요. 거기서 자라났다는 것이 내꼴입니다마는 아하하.

 내가 자라서 아버지가 세우신 그 여학교의 교사로 있을 때 일입니다. 지금 내 아내는 그때 학생으로 있었구. 그러자 내 아버지가 재산이 다 없어져서 학교를 독담할 수가 없고, 또 얼마 아니해서 아버지가 돌아가시고 보니, 학교에는 세력 다툼이 생겨서 아버지의 후계자로 추정되는 나를 배척하게 되었단 말씀이오. 거기서 나를 배척하는 자료를 삼은 것이 나와 지금 내 아내가 된 학생의 관계란 것인데 이것은 전연 무근지설인 것은 말할 것도 없소. 나도 총각이요, 그는 처녀이니까 혼인을 하자면 못 할 것도 없지마는 그것이 사제 관계라면 중대 문제거든. 그래서 나는 단연히 사직을 하고 내가 사직한 것은 제 죄를 승인한 것이라 하여서 그 학생——지금 내 아내도 출교 처분을 당한 것이오. 그러고 보니, 그 여자의 아버지——내 장인이지요, 그 여자의 아버지는 나를 죽일놈같이 원망을 하고 그 딸을 죽일년이라고 감금을 하고——어쨌으나 조그마한 간도 사회에서 큰 파문을 일으켰단 말요.

 나는 이 여자가 이렇게 나를 생각하는가 할 때에 으분심이 나서 어떻게 해서든지 이 여자와 혼인하리라고 결심을 하였소. 나는 마침내 정식으로 K 장로라는 내 장인에게 청혼을 하였으나 담박에 거절을 당하고 말았지요. K 장로는 그 딸을 간도에 두는 것이 옳지 않다고 해서 서울로 보내기로 하였단 말을 들었소. 그래서 나는 최후의 결심으로 그 여자——지금 내 아내 된 사람을 데리그 간도에서 도망하였소. 하하하하. 밤중에 단 둘이서."

 "지금 같으면야 사제간에 결혼을 하기로 그리 큰 문제가 될 것이 없지마는 그때에 어디 그랬나요. 사제간에 혼인이란 것은 부녀간에 혼인한다는 것과 같이 생각하였지요. 더구나 그때 간도 사회에는 청교도적 사상과 열렬한 애국심이 있어서 도덕 표준이 여간 높지 아니하였지요. 그런 시대니

까 내가 내 제자인 여학생을 데리고 달아난다는 것은 살인 강도를 하는 이
상으로 무서운 일이었지요. 지금도 나는 그렇게 생각합니다마는.
 그래서 우리 두 사람은──우리 두 사람이라는 것보다도 내 생각에는
어찌하였으나 나를 위해서 제 목숨을 버리려는 그에게──사실 나도 마음
속으로는 그를 사랑하였지요. 다만 사제간이니까 영원히 달할 수는 없는
사랑이라고 단념하였을 뿐이지요. 그러니까 비록 부처 생활은 못 하더라도
내가 그의 사랑을 안다는 것과 나도 그를 이만큼 사랑한다는 것만은 보여주
자는 것이지요.
 때는 마침 가을이지마는, 몸에 지닌 돈도 얼마 없고 천신 만고로 길림까
지를 나와 가지고 배를 타고 송화강을 내려서 하르빈에 가 가지고 거기서
간신히 치따까지의 여비와 여행권을 얻어 가지고 차를 타고 떠나지 않았어
요. 그것이 바로 십여 년전 오늘이란 말이오.”
 이때에 부인이 옥수수로 만든 국수와 감자 삶은 것을 가지고 들어오오.
 나는 그의 말을 듣던 끝이라 유심히 부인을 바라보았소. 그는 중키나 되
고 둥근 얼굴이 혈색이 좋고 통통하여 미인이라기 보다는 씩씩한 여자요.
그런 중에 조선 여자만이 가지는 아담하고 점잖은 맛이 있소.
 “앉으시지요. 지금 두 분께서 처음 사랑하시던 말씀을 듣고 있습니다.”
하고 나는 부인에게 교의를 권하였소.
 “아이, 그런 말씀은 왜 하시오.”
하고 부인은 갑자기 십 년이나 어려지는 모양으로 수삽한 빛을 보이고 고개
를 숙이고 달아나오.
 “그래서요. 그래 오늘이 기념일이외다그려.”
하고 나도 웃었소.
 “그렇지요. 우리는 해마다 오늘이 오면 우리 무덤에 성묘를 가서 하룻밤
을 새우지요. 오늘은 이 손님이 오셔서 중간에 돌아왔지만, 하하하하.”
하고 그는 유쾌하게 웃소.
 “성묘라니.”
하고 나는 물었소.

"아까 보신 두 별 무덤 말이오. 그것이 우리 내외의 무덤이지요. 하하하하."

"……."

나는 영문을 모르고 가만히 앉았소.

"내 이야기를 들으시지요. 그래 둘이서 차를 타고 오지 않았겠어요. 무론 여전히 선생님과 제자지요. 그렇지만 워낙 여러 날 단둘이서 같이 고생을 하고 여행을 했으니 사랑의 불길이 탈대로 탈 것이야 물론 아니겠어요. 다만 사제라는 굳은 의리가 그것을 겉에 나오지 못하도록 누른 것이지요. ……그런데 꼭 오늘같이 좋은 날인데——여기는 대개 일기가 일정합니다. 좀체로 비가 오는 일도 없고 흐리는 날도 없지요. 헌데 여기를 오니까 참 석양 경치가 좋단 말이오. 그때에 불현듯, 에라, 여기서 내려서 이 석양 속에 저 호수들 가에 둘이서 헤매다가 깨끗이 사제의 돈으로 이 깨끗한 광야에 묻혀버리자 하는 생각이 나겠지요. 그때 그런 말을 내 아내——그때에는 아직 아내가 아니지요——내 아내에게 그런 말을 하였더니 참 좋다고 박장을 하고 내 어깨에 매달리는구려. 그래서 우리 둘은 차가 거의 떠날 임박해서 차에서 뛰어내렸지요."

하고 그는 그때 광경을 눈앞에 그리는 모양으로 말을 끊고 우두커니 허공을 바라보오. 그러나 그의 입언저리에는 유쾌한 회고에서 나오는 웃음이 있소.

"이야기 다 끝났어요."

하고 부인이 크와스라는 청량 음료를 들고 들어오오.

"아니오. 이제부터가 정통이니 당신도 거기 앉으시오. 지금 차에서 내린 데까지 왔는데 당신도 앉아서 한 파트를 맡으시오.'

하고 R은 부인의 손을 잡아서 자리에 앉히오. 부인도 웃으면서 앉소.

"최 선생 처지가 꼭 나와 같단 말요. 정임의 처지가 당신과 같고."

하고 그는 말을 계속하오.

"그래 차에서 내려서 나는 이 양반하고 물을 찾아 물을 찾아 헤매었지요. 아따, 석양이 어떻게 좋은지. 이 양반은 박장을 하고 노래를 부르고——

우리 둘은 마치 유쾌하게 산보하는 사람 같았지요."

"참 좋았어요. 그때에는 참 좋았어요. 그 석양에 비친 광야와 호수라는 건 어떻게 좋은지 그 수은 같은 물 속에 텀벙 뛰어들고 싶었어요. 그 후엔 해마다 보아도 그만 못해."

하고 부인이 참견을 하오. 아이들은 다 자는 모양이오.

"그래 지향없이 헤매는데 해는 뉘엿뉘엿 넘어가구, 어스름은 기어들구 ──그때 마침 하늘에는 별 둘이 나타났단 말이야. 그것을 이 여학생이 먼저 보고서 갑자기 추연해지면서 선생님 저 별 보셔요, 앞 선 큰 별은 선생님이구 따라가는 작은 별은 저야요 하겠지요. 그 말이 또 그 태도가 어떻게 가련한지.

그래서 나는 하늘을 바라보니깐 과연 별 두 개가 지는 해를 따르는 듯이 따라간단 말요. 말을 듣고 보니 과연 우리 신세와도 같지 않아요.

그러고는 이 사람이 또 이럽니다그려──'선생님, 앞선 큰 별을 아무리 따라도 저 작은 별은 영원히 따라잡지 못하겠지요. 영원히 영원히 따라가다가 따라가다가 못해서 마침내는 저 작은 별은 죽어서 검은 재가 되고 말겠지요. 저 작은 별이 제 신세와 어쩌면 그리 같을까'하고 한탄을 하겠지요. 그때에 한탄을 하고 눈물을 흘리고 섰는 어린 처녀의 석양 빛에 비친 모양을 상상해 보세요. 하하하하. 그때에는 당신도 미인이었소. 하하하하."

하고 내외가 유쾌하게 웃는 것을 보니 나는 더욱 적막하여짐을 깨달았소. 어쩌면 그렇게 그 두 별이 이들에게와 내게 꼭같은 인상을 주었을까 하니 참으로 이상하다 하였소. 마치 소설가가 지어낸 이야기와 같다 하였소.

"그래 인제."

하고 R은 다시 이야기를 계속하오.

"그래 인제 둘이서 그야말로 감개무량하게 두 별을 바라보며 걸었지요. 그러다가 해가 넘어가고 앞선 큰 별이 넘어가고 그러고는 혼자서 깜박깜박하고 가던 작은 별이 넘어가니 우리는 그만 땅에 주저앉았소. 거기가 어딘고 하니 그 두 별 무덤이 있는 곳이지요. '선생님 저를 여기다가 파묻어 주시고 가셔요. 선생님 손수 저를 여기다가 묻어 놓고 가 주셔요'하고 이 사람이 조르지요."
하는 것을 부인은,
"내가 언제."
하고 남편을 흘겨보오.
"그럼 무에라고 했소? 어디 본인이 한번 옮겨보오."
하고 R은 말을 끊소.
"간도를 떠난 지가 한 달이 되도록 단둘이 다녀도 요만큼도 귀애주지는 안 하시니 그럼 파묻어 달라고 안 해요?"
하고 부인은 웃소.
"흥흥."
하고 R은 부인의 말에 웃고 나서,
"그 자리에 묻어 달란 말을 들으니까, 어떻게 측은한지 그럼 나도 함께 묻히자고 그랬지요. 나는 그때에 참말 그 자리에 함께 묻히고 싶었어요. 그래서 나는 손으로 곧 구덩이를 팠지요. 떡가루 같은 모래판이니까 파기는 힘이 아니 들겠지요. 이이도 물끄러미 내가 땅을 파는 것을 보고 섰더니만 자기도 파기를 시작하겠지요."
하고 내외가 다 웃소.
"그래 순식간에."
하고 R은 이야기를 계속하오.
"순식간에 둘이 드러누울 만한 구덩이를 아마 두 자 깊이나 되게, 네모나게 파놓고는 내가 들어가 누워보고 그러고는 또 파고 하여 아주 편안한 구덩이를 파고 나서는 나는 아주 세상을 하직할 셈으로 사방을 둘러보고——사방이라야 컴컴한 어두움밖에 없지만——사방을 둘러보고, 이를테면 세상과 작별을 하고 드러누웠지요. 지금 이렇게 회고담을 할 때에는 우습기도 하지마는 그때에는 참으로 종교적이라 할 만한 엄숙이었소. 그때 우리 둘의 처지는 앞도 절벽, 뒤도 절벽이어서 죽는 길밖에 없었지요. 또 그뿐 아니라 인생의 가장 깨끗하고 가장 사랑의 맑은 정에 타고 가장 기쁘고도 슬프고도──이를테면 모든 감정이 절정에 달하고, 그러한 순간에 목숨을 끊어버리는 것이 가장 좋은 일이요, 가장 마땅한 일같이 생각하였지요. 광야의 아름다운 황혼이 순간에 스러지는 모양으로 우리 두 생명의 아름다움도 순간에 스러지자는── 우리는 철학자도 시인도 아니지마는 우리들의 환경이 우리 둘에게 그러한 생각을 넣어준 것이지요.

그래서 내가 가만히 드러누워 있는 것을 저이가 물끄러미 보고 있더니 자기도 내 곁에 들어와 눕겠지요. 그런 뒤에는 황혼의 남은 빛도 다 스러지고 아주 캄캄한 암흑 세계가 되어버렸지요. 하늘에 어떻게 그렇게 별이 많은지. 가만히 하늘을 바라보노라면 참 별이 많아요. 우주란 참 커요. 그런데 이 끝없이 큰 우주에 한없이 많은 별들이 다 제자리를 지키고 제 길을 지켜서 서로 부딪지도 아니하고 끝없이 긴 시간에 질서를 유지하고 있는 것을 보면 우주에는 어떤 주재하는 뜻, 섭리하는 뜻이 있다 하는 생각이 나겠지요. 나도 예수교인의 가정에서 자라났지마는 이때처럼 하나님이라 할까 이름은 무엇이라고 하든지 간에 우주의 섭리자의 존재를 강렬하게 의식한 일은 없었어요.

그렇지만 사람의 마음에 비기면 저까진 별들이 다 무엇이오 하고 그때 겨우 열 여덟 살밖에 안 된 아이가 내 귀에 입을 대고 말할 때에는 나도 참으로 놀랐습니다. 나이는 나보다 오륙 년 상관밖에 안 되지마는 이십 세 내외에 오륙 년 상관이 적은 것인가요? 게다가 나는 선생이요 자기는 학생이니까 어린애로만 알았던 것이 그런 말을 하니 놀랍지 않아요? 어째서 사람의 마음이 하늘보다도 더 이상할까 하고 내가 물으니까, 그 대답이, ──나는 무엇이라고 설명할 수가 없지마는 내 마음속에 일어나는 것이 하늘이나 땅에 일어나는 모든 것보다도 더 아름답고 더 알 수 없고 더 뜨겁고 그런 것 같아요, 그러겠지요. 생명이란 모든 아름다운 것 중에 가장 아름다운 것이라는 것을 나는 깨달았어요, 그 말에, 그렇다 하면 이 아름답고 신비한 생명을 내는 우주는 더 아름다운 것이 아니오? 하고 내가 반문하니까, 당신 (부인을 향하여) 말이, 전 모르겠어요, 어쨌거나 전 행복합니다. 저는 이 행복을 깨뜨리고 싶지 않습니다. 놓쳐버리고 싶지 않습니다. 이 행복──

선생님 곁에 있는 이 행복을 꽉 안고 죽고 싶어요, 그러지 않았소?"
 "누가 그랬어요? 아이 난 다 잊어버렸어요."
하고 부인은 차를 따르오.
 R은 인제는 하하하 하는 웃음조차 잊어버리고, 부인에게 농담을 붙이는 것조차 잊어버리고, 그야말로 종교적 엄숙 그대로 말을 이어,
 "자 저는 약을 먹어요, 하고 손을 입으로 가져가는 동작이 감행되겠지요. 약이란 것은 하르빈에서 준비한 아편이지요. 하르빈서 치따까지 가는 동안에 흥안령이나 어느 삼림지대나 어디서나 죽을 자리를 찾자고 준비한 것이니까. 나는 입 근처로 가는 그의 손을 붙들었어요. 붙들면서 나는, 잠깐만 기다리오. 오늘밤 안으로 그 약을 먹으면 그만이 아니오? 이 행복된 순간을 잠깐이라도 늘립시다. 달 올라올 때까지만, 나는 이렇게 말했지요."
 "선생님도 행복되셔요? 선생님은 불행이시지. 저 때문에 불행이시지. 저만 이곳에 묻어주시구는 선생님은 세상에 돌아가 사셔요, 오래 오래 사셔요, 일 많이 하고 사셔요, 하고 울지 않겠어요. 나는 그때에 내 아내가 하던 말을 한 마디도 잊지 아니합니다. 그 말을 듣던 때의 내 인상은 아마 일생을 두고 잊히지 아니하겠지요.
 나는 자백합니다. 그 순간에 나는 처음으로 내 아내를 안고 키스를 하였지요. 내 속에 눌리고 눌리고 쌓이고 하였던 열정이 그만 일시에 폭발되었던 것이오. 아아 이것이 최초의 것이요, 동시에 최후의 것이로구나 할 때에 내 눈에서는 끓는 듯한 눈물이 흘렀소이다. 두 사람의 심장이 뛰는 소리, 두 사람의 풀무 불길 같은 숨소리. 이윽고 달이 떠올라 왔습니다. 가이없는 벌판이니까 달이 뜨니까 갑자기 천지가 환해지고 우리 둘이 손으로 파서 쌓아 놓은 흙 무더기가 이 산없는 세상에 산이나 되는 것같이 조그마한 검은 그림자를 지고 있겠지요.
 '자 우리 달빛을 띠고 좀 돌아다닐까.' 하고 나는 아내를 안아 일으켰지요. 내 팔에 안겨서 고개를 뒤로 젖힌 내 아내의 얼굴이 달빛에 비친 양을 나는 잘 기억합니다. 실신한 듯한 만족한 듯한 그러고도 절망한 듯한 그 표정을 무엇으로 그릴지 모릅니다. 그림도 그릴 줄 모르고 조각도 할 줄 모르

고 글도 쓸 줄 모르는 내가 그것을 어떻게 그립니까? 그저 가슴속에 품고 이렇게 오늘의 내 아내를 바라볼 뿐이지요.

나는 내 아내를 팔에 걸고——네, 걸었다고 하는 것이 가장 합당하지요——이렇게 팔에다 걸고 달빛을 받은 황량한 벌판, 아무리 하여도 환하게 밝아지지는 아니하는 벌판을 헤매었습니다. 이따금 내 아내가, 어서 죽고 싶어요, 전 죽고만 싶어요, 하는 말에는 대답도 아니하고. 죽고 싶다는 그 말은 물론 진정일 것이지요. 아무리 맑은 일기라 하더라도 오후가 되면 흐려지는 법이니까 오래 살아가는 동안에 늘 한 모양으로 이 순간같이 깨끗하고 뜨거운 기분으로 갈 수는 없지 않아요? 불쾌한 일도 생기고, 보기 흉한 일도 생길는지 모르거든. 그러니까 이 완전한 깨끗과 완전한 사랑과 완전한 행복 속에 죽어버리자는 뜻을 나는 잘 알지요. 더구나 우리들이 살아 남는대야 앞길이 기구하지 평탄할 리는 없지 아니해요? 그래서 나는, 죽지, 우리 이 달밤에 실컷 돌아다니다가, 더 돌아다니기가 싫거든 그 구덩에 돌아가서 약을 먹읍시다. 이렇게 말하고 우리 둘은 헤맸지요. 낮에 보면 어디까지나 평평한 벌판인 것만 같지마는 달밤에 보면 이 사막에도 아직 채 스러지지 아니한 산의 형적이 남아 있어서 군데군데 거뭇거뭇한 그림자가 있겠지요. 그 그림자 속에를 걸어들어가면 어떤 데는 우리 허리만큼 그림자가 가리우고, 어떤 데는 우리 둘을 다 가리워 버리는 데도 있단 말야요. 죽음의 그림자라는 생각이 나면 그래도 몸에 소름이 끼쳐요.

차차 달이 높아지고 추위가 심해져서 바람결이 지나갈 때에는 눈에서 눈물이 날 지경이지요. 원체 대기 중에 수분이 적으니까 서리도 많지 않지마는 그래도 대기 중에 있는 수분은 다 얼어버려서 얼음 가루가 되었을 게지요. 공중에는 반짝반짝하는 수정 가루 같은 것이 보입니다. 낮에는 땀이 흐르리만큼 덥던 사막도 밤이 되면 이렇게 기온이 내려가지요. 춥다고 생각은 하면서도 춥다는 말은 아니하고 우리는 어떤 때에는 달을 따라서 어떤 때에는 달을 등지고 어떤 때에는 호수에 비친 달을 굽어보고, 이 모양으로 한없이 말도 없이 돌아다녔지요. 이 세상 생명의 마지막 순간을 힘껏 의식하려는 듯이.

마침내 '나는 더 못 걸어요'하고 이이가 내 어깨에 매어달려 버리고 말았지요."
하고 R이 부인을 돌아보니 부인은 편물하던 손을 쉬고,
"다리가 아픈 줄은 모르겠는데 다리가 이리 뉘구 저리 뉘구 해서 걸음을 걸을 수가 없었어요. 춥기는 하구."
하고 소리를 내어서 웃소.
"그럴 만도 하지."
하고 R은 긴장한 표정을 약간 풀고 앉은 자세를 잠깐 고치며,
"그 후에 그날 밤 돌아다닌 곳을 더듬어보니까, 자세히는 알 수 없지마는 삼십 리는 더 되는 것 같거든. 다리가 아프지 아니 할 리가 있나."
하고 차를 한 모금 마시고 나서 말을 계속하오,
"그래서 나는 내 외투를 벗어서, 이이(부인)를 싸서 어린애 안 듯이 걸었지요. 외투로 쌌으니 자기도 춥지 않구, 나는 또 무거운 짐을 안았으니, 땀이 날 지경이구, 그뿐 아니라 내가 제게 주는 최후의 서비스라 하니 기쁘고, 말하자면 일거삼득이지요. 하하하하. 지난 일이니 웃지마는 그때 사정을 생각해 보세요, 어떠했겠나."
하고 R은 약간 처참한 빛을 띠면서,
"그러니 그 구덩이를 어디 찾을 수가 있나. 얼마를 찾아 돌아다니다가 아무 데서나 죽을 생각도 해보았지마는 몸뚱이를 그냥 벌판에 내놓고 죽고 싶지는 아니하고 또 구덩이가 우리 두 사람에게 특별한 의미가 있는 것 같아서 기어코 그것을 찾아내고야 말았지요. 그때는 벌써 새벽이 가까웠던 모양이오. 열 시나 넘어서 뜬 하현달이 낮이 기울었으니 그렇지 않겠어요. 그 구덩이에 와서 우리는 한 번 더 하늘과 달과 별과, 그리고 마음속에 떠오른 사람들과 하직하고 약 먹을 준비를 했지요.
약을──검은 고약과 같은 아편을──맛이 쓰다는 아편을 물도 없이 먹으려 들었지요.
우리 둘은 아까 모양으로 가지런히 누워서 하늘을 바라보았는데 달이 밝으니까 아까 보이던 별들 중에 숨은 별이 많고 또 별들의 위치──우리에

게 낯익은 북두칠성 자리도 변했을 것 아니야요. 이상한 생각이 나요. 우리가 벌판으로 헤매는 동안에 천지가 모두 변한 것 같아요. 사실 변하였지요. 그 변한 것이 우스워서 나는 껄껄 웃었지요. 워낙 내가 웃음이 좀 헤프지만 이때처럼 헤프게 실컷 웃어 본 일은 없습니다.

왜 웃느냐고 아내가 좀 성을 낸 듯이 묻기로, '천지와 인생이 변하는 것이 우스워서 웃었소' 그랬지요. 그랬더니, '천지와 인생은 변할는지 몰라도 내 마음은 안 변해요!' 하고 소리를 지르겠지요. 퍽 분개했던 모양이야."

하고 R은 그 아내를 보오.

"그럼 분개 안 해요? 남은 죽을 결심을 하고 발발 떨고 있는데 곁에서 껄껄거리고 웃으니, 어째 분하지가 않아요. 나는 분해서 달아나려고 했어요."

하고 부인은 아직도 분함이 남은 것같이 말하오.

"그래 달아나지 않았소?"

하고 R은 부인이 벌떡 일어나서 비틀거리고 달아나는 흉내를 팔과 다리로 내고 나서,

"이래서 죽는 시간이 지체가 되었지요. 그래서 내가 빌고 달래고 해서 가까스로 안정을 시키고 나니 손에 쥐었던 아편이 땀에 푹 젖었겠지요. 내가 웃는 것은 죽기 전 한 번 천지와 인생을 웃어버린 것인데 그렇게 야단이니 ……하하하하."

R은 식은 차를 한 모금 마시며,

"참 목도 마르기도 하더니. 입에는 침 한 방울 없고. 그러나 못물을 먹을 생각도 없고, 나중에는 말을 하려고 해도 혀가 안 돌아가겠지요.

이러는 동안에 달빛이 희미해지길래 웬일인가 하고 고개를 번쩍 들었더니 해가 떠오릅니다그려. 어떻게 붉고 둥글고 씩씩한지.

'저 해 보오' 하고 나는 기계적으로 벌떡 일어나서 구덩이에서 뛰어나왔지요."

하고 빙그레 웃소. R은 빙그레 웃는 양이 참 좋았소.

"내가 뛰어나오는 것을 보고 이이도 뿌시시 일어났지요. 그 해! 그 해의 새 빛을 받는 하늘과 땅의 빛! 나는 그것을 형용할 말을 가지지 못합니다. 다만 힘껏 소리치고 싶고 기운껏 달음박질치고 싶은 생각이 날 뿐이어요. 우리 삽시다, 죽지 말고 삽시다, 살아서 새 세상을 하나 만들어 봅시다, 이렇게 말하였지요. 하니까 이이가 처음에는 깜짝 놀라는 것 같아요. 그러나 마침내 아내도 죽을 뜻을 변하였지요. 그래서 남 선생을 청하여다가 그 말씀을 여쭈었더니 남 선생은 고개를 끄덕끄덕하시고 우리 둘의 혼인 주례를 하셨지요. 그 후 십여 년에 우리는 밭갈고 아이 기르고 이런 생활을 하고 있는데 언제나 여기 새 민족이 생기고 누가 새 단군이 될는지요. 하하하하, 아하하하. 아 곤하시겠습니다. 이야기가 너무 길어서."
하고 R은 말을 끊소.

 나는 R부처가 만류하는 것도 다 뿌리치고 여관으로 돌아왔소. R과 함께 달빛 속, 개짖는 소리 속을 지나서 아라사 사람의 조그마한 여관으로 돌아왔소. 여관 주인도 R을 아는 모양이어서 반갑게 인사하고 또 내게 대한 부탁도 하는 모양인가 보오.

 R은 내 방에 올라와서 내일 하루 지날 일도 이야기하고 또 남 선생과 정임에게 관한 이야기도 하였으나, 나는 그가 무슨 이야기를 하는지 잘 들을 만한 마음의 여유도 없어서 마음없는 대답을 할 뿐이었소.

 R이 돌아간 뒤에 나는 옷도 벗지 아니하고 침대에 드러누웠소. 페치카를 때기는 한 모양이나 방이 써늘하기 그지 없소.

 "그 두 별 무덤이 정말 R과 그 여학생과 두 사람이 영원히 달치 못할 꿈을 안은 채로 깨끗하게 죽어서 묻힌 무덤이었으면 얼마나 좋을까. 만일 그렇다 하면 내일 한 번 더 가서 보토라도 하고 오련마는."
하고 나는 R부처의 생활에 대하여 일종의 불만과 환멸을 느꼈소.

 그리고 내가 정임을 여기나 서백리아나 어떤 곳으로 불러다가 만일 R과 같은 흉내를 낸다 하면 하고 생각해 보고는 나는 진저리를 쳤소. 나는 내 머릿속에 다시 그러한 생각이 한 조각이라도 들어올 것을 두려워하였소.

 급행을 기다리자면 또 사흘을 기다리지 아니하면 아니 되기로 나는 이틀

날 새벽에 떠나는 구간차를 타고 F역을 떠나버렸소. R에게는 고맙다는 편지 한 장만을 써놓고. 나는 더 R을 보기를 원치 아니하였소. 그것은 반드시 R을 죄인으로 보아서 그런 것은 아니요마는 그저 나는 다시 R을 대면하기를 원치 아니한 것이오.

나는 차가 R의 집 앞을 지날 때에도 R의 집에 대하여서는 외면하였소.

이 모양으로 나는 흥안령을 넘고, 하일라르의 솔밭을 지나서 마침내 이곳에 온 것이오.

형! 나는 인제는 이 편지를 끝내오. 더 쓸 말도 없거니와 인제는 이것을 쓰기도 싫증이 났소.

이 편지를 쓰기 시작한 때에는 바이칼에 물결이 흉용하더니 이 편지를 끝내는 지금에는 가에 가까운 물에는 얼음이 얼었소. 그리고 저 멀리 푸른 물이 늠실늠실 하얗게 눈 덮인 산 빛과 어울리게 되었소.

사흘이나 이어서 오던 눈이 밤새에 개이고 오늘 아침에는 칼날 같은 바람이 눈을 날리고 있소.

나는 이 얼음 위로 걸어서 저 푸른 물있는 곳까지 가고 싶은 유혹을 금할 수 없소. 더구나 이 편지도 다 쓰고 나니, 인제는 내가 이 세상에서 할 마지막 일까지 다 한 것 같소.

내가 이 앞에 어디로 가서 어찌 될는지는 나도 모르지마는 희미한 소원을 말하면 눈 덮인 시베리아의 인적 없는 삼림지대로 한정없이 헤매다가 기운 진하는 곳에서 이 목숨을 마치고 싶소.

──최석 군은 '끝'이라는 글짜를 썼다가 지워버리고 딴 종이에다가 이런 말을 썼소──.

다 쓰고 나니 이런 편지도 다 부질없는 일이오. 내가 이런 말을 한대야 세상이 믿어 줄 리도 없지 않소. 말이란 소용없는 것이오. 내가 아무리 내 아내에게 말을 했어도 아니 믿었거든──내 아내도 내 말을 아니 믿었거든 하물며 세상이 내 말을 믿을 리가 있소. 믿지 아니할 뿐 아니라 내 말 중에서 자기네 목적에 필요한 부분만은 믿고, 또 자기네 목적에 필요한 부분은 마음대로 고치고 뒤집고 보태고 할 것이니까, 나는 이 편지를 쓴 것이

한 무익하고 어리석은 일인 줄을 깨달았소.

　형이야 이 편지를 아니 보기로니 나를 안 믿겠소? 그 중에는 혹 형이 지금까지 모르던 자료도 없지 아니하니, 형만 혼자 보시고 형만 혼자 내 사정을 알아주시면 다행이겠소. 세상에 한 믿는 친구를 가지는 것이 저마다 하는 일이겠소.

　나는 이 쓸데없는 편지를 몇 번이나 불살라버리려고 하였으나 그래도 거기도 일종의 애착심이 생기고 미련이 생기는구려. 형 한 분에게라도 보여드리고 싶은 마음이 생기는구려. 내가 형무소에 입감해 있을 적에 형무소 벽에 죄수가 손톱으로 성명을 새긴 것을 보았소. 뒤에 물었더니 그것은 흔히 사형수가 하는 짓이라고. 사형수가 교수대에 끌려나가기 바로 전에 흔히 손톱으로 담벼락이나 마룻바닥에 제 이름을 새기는 일이 있다고 하는 말을 들었소.

　내가 형에게 쓰는 이 편지도 그 심리와 비슷한 것일까요?

　형! 나는 보통 사람보다는, 정보다는 지로, 상식보다는 이론으로 이해보다는 윤리학적으로 살아온 것이라고 할까. 나는 엄격한 교사요, 교장이었소. 내게는 의지력과 이지력밖에 없는 것 같았소. 그러한 생활을 수십 년 해오지 아니하였소? 나는 이 앞에 몇 십년을 더 살더라도 내 이 성격이나 생활 태도에는 변함이 없으리라고 자신하였소. 불혹지년이 지났으니 그렇게 생각하였을 것이 아니오?

　그런데 형! 참 이상한 일이 있소. 그것은 내가 지금까지 처해 있던 환경을 벗어나서 호호탕탕하게 넓은 세계에 알몸을 내어던짐을 당하니 내 마음속에는 무서운 여러 가지 변화가 일어나는구려. 나는 이 말도 형에게 아니 하려고 생각하였소. 노여워 마시오, 내게까지도 숨기느냐고. 그런 것이 아니요, 형은커녕 나 자신에게까지도 숨기려고 하였던 것이오. 혹시 그런 기다리지 아니하였던, 원, 그런 생각이 내 마음의 하늘에 일어나리라고 상상도 아니하였던, 그런 생각이 일어날 때에는 나는 스스로 놀라고 스스로 슬퍼하였소. 그래서 스스로 숨기기로 하였소.

　그 숨긴다는 것이 무엇이냐 하면 그것은 열정이요, 정의 불길이요, 정의 광풍이요, 정의 물결이오. 만일 내 의식의 세계를 평화로운 풀있고, 꽃있고, 나무있는 벌판이라고 하면 거기 난데없는 미친 짐승들이 불을 뿜고 소리를 지르고 싸우고, 영각을 하고 날쳐서, 이 동산의 평화의 화초를 다 짓밟아 버리고 마는 그러한 모양과 같소.

형! 그 이상야릇한 짐승들이 여태껏, 사십 년간을 어느 구석에 숨어 있었소? 그러다가 인제 뛰어나와 각각 제 권리를 주장하오?

지금 내 가슴속은 끓소. 내 몸은 바짝 여위었소. 그것은 생리학적으로나 심리학적으로나 타는 것이요, 연소하는 것이오. 그래서 다만 내 몸의 지방만이 타는 것이 아니라, 골수까지 타고 몸이 탈 뿐이 아니라 생명 그 물건이 타고 있는 것이오. 그러면 어찌할까.

지위, 명성, 습관, 시대 사조 등등으로 일생에 눌리고 눌렸던 내 자아의 일부분이 혁명을 일으킨 것이오? 한 번도 자유로 권세를 부려보지 못한 본능과 감정들이 내 생명이 끝나기 전에 한번 날뛰어 보려는 것이오? 이것이 선이오? 악이오?

그들은 내가 지금까지 옳다고 여기고 신성하다고 여기던 모든 권위를 모조리 둘러엎으려고 드오. 그러나 형! 나는 도저히 이 혁명을 용인할 수가 없소. 나는 죽기까지 버티기로 결정을 하였소. 내 속에서 두 세력이 싸우다가 싸우다가 승부가 결정이 못 된다면 나는 승부의 결정을 기다리지 아니하고 살기를 그만두려오.

나는 눈 덮인 삼림 속으로 들어가려오. 나는 V라는 대삼림지대가 어디인 줄도 알고 거기를 가려면 어느 정거장에서 내릴 것도 다 알아놓았소.

만일 단순히 죽는다 하면 구태여 멀리 찾아갈 필요도 없지마는 그래도 나 혼자로는 내 사상과 감정의 청산을 하고 싶소. 살 수 있는 날까지 세상을 떠난 곳에서 살다가 완전한 해결을 얻는 날 나는 혹은 승리의, 혹은 패배의 종막을 닫칠 것이오. 만일 해결이 안 되면 안 되는 대로 그치면 그만이지요.

나는 이 붓을 놓기 전에 어젯밤에 꾼 꿈 이야기 하나를 하려오. 꿈이 하도 수상해서 마치 내 전도에 대한 신의 계시와도 같기로 하는 말이오. 그

꿈은 이러하였소.
 내가 꽁이깨(꼬이까라는 아라사 말로 침대라는 말이 조선 동포의 입으로 변한 말이오) 짐을 지고 삽을 메고 눈이 덮인 삼림 속을 혼자 걸었소. 이 꽁이깨 짐이란 것은 금점꾼들이 그 여행 중에 소용품, 마른 빵, 소금, 내복 등속을 침대 매트리스에 넣어서 지고 다니는 것이오. 이 짐하고 삽 한 개, 도끼 한 개, 그것이 시베리아로 금을 찾아 헤매는 조선 동포들의 행색이오. 내가 이르쿠츠크에서 이러한 동포를 만났던 것이 꿈으로 되어 나온 모양이오.
 나는 꿈에서 세상을 다 잊어버린, 아주 깨끗하고 침착한 사람으로 이 꽁이깨 짐을 지고 삽을 메고 밤인지 낮인지 알 수 없으나 땅은 눈빛으로 희고, 하늘은 구름빛으로 회색인 삼림지대를 허덕허덕 걸었소. 길도 없는 데를, 인적도 없는 데를.
 꿈에도 내 몸은 퍽 피곤해서 쉴 자리를 찾는 마음이었소.
 나는 마침내 어떤 언덕 길 한군데를 골랐소. 그리고 상시에 이야기에서 들은 대로 삽으로 내가 누울 자리만한 눈을 치고, 그러고는 도끼로 곁에 선 나무 몇 개를 찍어 누이고 거기다가 불을 놓고 그 불김에 녹은 땅을 두어 자나 파내고 그 속에 드러누웠소. 훈훈한 것이 아주 편안하였소.
 하늘에는 별이 반짝거렸소. F역에서 보던 B와 같이 큰 별, 작은 별도 보이고 평시에 보지 못하던 붉은 별, 푸른 별들도 보였소. 나는 이 이상한 하늘 이상한 별들이 있는 하늘을 보고 드러누워 있노라니까, 문득 어디서 발자국 소리가 들렸소. 퉁퉁퉁퉁 우루루루 나는 벌떡 일어나려 하였으나 몸이 천근이나 되어서 움직일 수가 없었소. 가까스로 고거를 조금 들고 보니 뿔이 길다랗고 눈이 불같이 붉은 사슴의 떼가 무엇에 놀랐는지 껑충껑충 뛰어 지나가오. 이겻은 아마 크로포트킨의 '상호부조론' 속에 말한 시베리아의 사슴의 떼가 꿈이 되어 나온 모양이오.
 그러더니 그 사슴의 떼가 다 지나간 뒤에 그 사슴의 떼가 오는 방향으로서 정임이가 걸어오는 것이 아니라 스르륵하고 미끄러져 오오. 마치 인형을 밀어오는 것같이.

"정임아!"
하고 나는 소리를 치고 몸을 일으키려 하였소.
정임의 모양은 나를 잠깐 보고는 미끄러지는 듯이 흘러가버리오.
나는 정임아, 정임아를 부르고 팔다리를 부둥거렸소. 그러다가 마침내 내 몸이 번쩍 일으켜짐을 깨달았소. 나는 정임의 뒤를 따랐소.
나는 펄썩 주저앉았소. 앞선 큰 별을 알뜰히도 따라가던 작은 별조차 지평선을 넘어가고 마니 세상이 온통 캄캄해지는 것 같았소. 사막의 밤은 캄캄했지만 그 두 별일래 나는 환한 빛 속을 걷는 것 같았거든. 그러나 이제는 나를 끌어주는 별조차 없어졌소. 세상에도 빛을 잃고 마음에도 빛을 잃은 나, 이 나는 땅바닥에 펄썩 주저앉은 것이오.
사막의 밤은 참으로 어둡소. 하늘빛도 땅의 어두움과 같이 어둡소. 하늘과 땅이 온통 한 빛으로 칠 같은 니연빛 같던 호수 물조차도 인제는 거의 빛을 잃어서 가만히 한참이나 들여다보아야 희끄무레한 것이 어렴풋이 보일 뿐이오.
이러한 어두움 속에 생명이라고는 오직 나 하나뿐. 풀도 마르고 벌레도 죽었소. 땅 속에는 가냘픈 풀뿌리와 버러지의 용들이 닥쳐올 추위를 생각하고 떨고 있겠지요. 그러다 얼어 죽고 남은 뿌리와 용에서 풀과 버러지가 나와서 은하의 사막에 빛과 소리의 잔치를 차리겠지요. 그러나 지금의 이 천지는 완전한 어두움과 주검뿐이오. 그 속에 나라는 생명이 오직 하나!
서쪽 하늘에 약간 남았던 훤한 기운도 다 스러지고 이제는 은하만이 흰 무지개와 같이 하늘의 이쪽 끝에서 저쪽 끝까지 뻗치었을 뿐이오. 그러고는 수없는 별. 도무지 온기와 말이라고는 한 땀도 없는 별들, 영원이라는 이름으로 부르는 별들 그래도 소웅성 대웅성하고 서울 장안에서도 낯익게 보던 별들이 내가 아직도 이 세상에 있구나 하는 생각을 줄 뿐이오.
아! 나는 어떻게나 작은 존재인가. 나는 이 땅에 붙은 조그마한 한 버러지, 나의 존재는 이 큰 우주에서 볼 때에 도무지 감작되지 않는 미물, 티끌 한 알갱이보다도 작고 가엾고 뜻없는 미물. 그러나 형! 이것이 무엇이오? 내 속에 요 반짝반짝하는 것이 무엇이오? 저 한없는 공중과 한없는 세월과 그리고 슬픔과 기쁨과 사랑과 이런 모든 것을 의식하는 요것이 무엇이오? 요것이 생명의 신비요?
 형은 철학자요, 문사니까 요것이 무엇이란 것을 다실 것도 같소마는 나같이 칠판과 분필로만 일생을 보낸 사람에게는 이런 생각을 하는 기회가 없었소.
 나라고 하는 미물의 속에 이러한 생명의 신비가 있다고 하면 저 빛나고 영원한 별들에게도 기쁨과 슬픔과 사랑의 생각이 있을까. 이 마른 풀잎과 버러지의 융들에게도 나와 같은 괴로움이 있겠지요. 아까 나를 끌고 가던 그 두 별도 영원히 풀리지 못할 슬픔과 영원히 달하지 못할 소망을 가지고 시간과 공간의 길을 헤매는 것이 아닐까요?
 점점 찬 바람이 불어오오. 찬바람이 불어온다기보다는 땅과 대기가 얼어온다는 것이 합당하겠소. 춥소. 나는 벌떡 일어나서 어두움 속을 더 걷기 시작하였소. 마치 이보다 더 어두운 곳, 이보다 더 추운 곳, 이보다도 더 쓸쓸한 곳을 찾는 듯이, 그리고 그 가장 어둡고 춥고 쓸쓸한 곳을 찾아서 이 슬픈 마음을 담은 버러지 같은 몸을 묻어버리려는 듯이. 그러나 그보다도 내 생명의 마지막 순간이 오기 전에 이 어두운 허공 속에서 마지막 한 번 정임의 모양을 찾으려고요.
 이 좋은 어둠의 스크린에 정임의 아름다운 모양이 나타난다 하면, 다만 일 초 동안만이라도 나타난다 하면 그것은 이 우주가 나에게 주는 가장 큰 선물이 될 것이오. 그러나 나는 어둠의 허공에서 정임의 환영을 보기에는 너무도 신경이 둔소. 너무도 현실적이오. 로마에서 예수의 환영을 본 베드로, 아버지의 환영을 본 힘릿 왕자, 잠시만 이런 사람의 신경을 빌려 주었으면 얼마나 고맙겠소.
 나는 어둠의 허공 속에 정임의 환영을 찾아서 헤매다가 마침내 찾지 못하고,
 '정임아! 정임아! 정임아!'
하고 소리껏 불렀소. 피곤 때문인가 추위 때문인가, 또는 괴로움 때문인가, 내 음성은 내 음성같지 아니하게 변하였음을 깨달았소. 산도 없는 곳이라

내가 부른 소리에는 반향조차 없소.
'정임아! 정임아!'
하고 나는 힘을 더하여 불렀소. 그리고 가만히 눈을 감고 마음속에 정임의 모양을 그려보려 하였소. 그러나 아무리 하여도 정임의 모양은 똑바로 생각나지를 아니하오. 다른 모든 사람의 모양은 생각나건마는 정임의 모양만은 아무리 애를 써도 똑바로 생각나지를 아니하오.

나는 눈 위로 삼림 속으로 정임의 그림자를 따랐소. 보일 듯 안 보일 듯, 잡힐 듯, 안 잡힐 듯, 나는 무거운 다리를 끌고 정임을 따랐소.

정임은 이 추운 날이건만 눈과 같이 흰 옷을 입었소. 그 옷은 옛날 로마 여인의 옷과 같이 바람결에 펄렁거렸소.

"오지 마세요. 저를 따라오지 못하십니다."

하고 정임은 눈보라 속에 가리워버리고 말았소. 암만 불러도 대답이 없고 눈보라가 다 지나간 뒤에도 붉은 별, 푸른 별과 뿔 긴 사슴의 떼뿐이오. 정임은 보이지 아니하였소. 나는 미칠듯이 정임을 찾고 부르다가 잠을 깨었소.

꿈은 이것뿐이오. 꿈을 깨어서 창 밖을 바라보니 얼음과 눈에 덮인 바이칼 호 위에는 새벽의 겨울 달이 비치어 있었소. 저 멀리 검푸르게 보이는 것이 채 얼어붙지 아니한 물이겠지요. 오늘 밤에 바람이 없고 기온이 내리면 그것마저 얼어붙을는지 모르지요. 벌써 살얼음이 잡혔는지도 모르지요. 아아, 그 속은 얼마나 깊을까. 나는 바이칼의 물 속이 관심이 되어서 못 견디겠소.

형! 나는 자백하지 아니할 수 없소. 이 꿈은 내 마음의 어떤 부분을 설명한 것이라고. 그러나 형! 나는 이것을 부정하려오. 굳세게 부정하려오. 나는 이 꿈을 부정하려오. 억지로라도 부정하려오. 나는 결코 내 속에 일어난 혁명을 용인하지 아니하려오. 나는 그것을 혁명으로 인정하지 아니하려오. 아니오! 아니오! 그것은 반란이오! 내 인격의 통일에 대한 반란이오. 단연코 무단적으로 진정하지 아니하면 아니 될 반란이오. 보시오! 나는 여기 서서 한 걸음도 뒤로 물러서지 아니할 것이오. 만일에 형이 광야에 구르는 내 시체나 해골을 본다든지, 또는 무슨 인연으로 내 무덤을 발견하는 날이 있다고 하면 그때에 형은 내가 이 모든 반란을 진정한 개선의 군주로 죽은 것을 알아주시오.

 인제 바이칼에 겨울의 석양이 비치었소. 눈을 인 나지막한 산들이 지는 햇빛에 자줏빛을 발하고 있소. 극히 깨끗하고 싸늘한 광경이오. 아디유!

 이 편지를 우편에 부치고는 나는 최후의 방황의 길을 떠나오. 찾을 수도 없고 편지를 받을 수도 없는 곳으로, 부디 평안히 계시오. 일 많이 하시오. 부인께 문안드리오. 내 가족과 정임의 일 닽기오. 아디유!

 ──이것으로 최석 군의 편지는 끝났다.

 나는 이 편지를 받고 울었다. 이것이 일 편의 소설이라 하더라도 슬픈 일이어든, 하물며 내가 가장 믿고 사랑하는 친구의 일임에랴.

 이 편지를 받고 나는 곧 최석 군의 집을 찾았다. 주인을 잃은 이 집에서는 아이들이 마당에서 떠들고 있었다.

 "삼청동 아저씨 오셨수. 어머니, 삼청동 아저씨."

하고 최석 군의 작은 딸이 나를 보고 뛰어들어갔다. 최석의 부인이 나와 나를 맞았다.

 부인은 머리도 빗지 아니하고, 얼굴에는 조금도 화장을 아니하고, 매무시도 흘러내릴 지경으로 정돈되지 못하였다. 일주일이나 못 만난 동안에 부인의 모양은 더욱 초췌하였다.

 "노석한테서 무슨 기별이나 있습니까."

하고 나는 무슨 말로 말을 시작할지 몰라서 이런 말을 하였다.

 "아니오. 왜 그이가 집에 편지 하나요?"

하고 부인은 성난 빛을 보이며,

 "집을 떠난 지가 근 사십 일이 되건만 엽서 한 장 있나요. 집안 식구가 다 죽기로 눈이나 깜짝할 인가요. 그저 정임이한테만 미쳐서 죽을지 살지를 모르지요."

하고 울먹울먹한다.

 "잘못 아십니다. 부인께서 노석의 마음을 잘못 아십니다. 그런 것이 아닙니다.”
 하고 나는 확신있는 듯이 말을 시작하였다.
 "노석의 생각을 부인께서 오해하신 줄은 벌써부터 알았지마는 오늘 노석의 편지를 받아보고 더욱 분명히 알았습니다.”
 하고 나는 부인의 표정의 변화를 엿보았다.
 "편지가 왔어요?”
 하고 부인은 놀라면서,
 "지금 어디 있어요? 일본 있지요?”
 하고 질투의 불길을 눈으로 토하였다.
 "일본이 아닙니다. 노석은 지금 아라사에 있습니다.”
 "아라사요?”
 하고 부인은 놀라는 빛을 보이더니,
 "그럼 정임이를 데리고 아주 아라사로 가께오찌를 하였군요.”
 하고 히스테리칼한 웃음을 보이고는 몸을 한 번 떨었다.
 부인은 남편과 정임의 관계를 말할 때마다 이렇게 경련적인 웃음을 웃고 몸을 떠는 것이 버릇이었다.
 "아닙니다. 노석은 혼자 가 있습니다. 그렇게 오해를 마세요.”
 하고 나는 보에 싼 최석의 편지를 내어서 부인의 앞으로 밀어놓으며,
 "이것을 보시면 다 아실 줄 압니다. 어쨌으나 노석은 결코 정임이를 데리고 간 것이 아니요, 도리어 정임이를 멀리 떠나서 간 것입니다. 그러나 그보다도 중대 문제가 있습니다. 노석은 이 편지를 보면 죽을 결심을 한 모양입니다.”
 하고 부인의 주위를 질투로부터 그 남편에게 대한 동정에 끌어보려 하였다.
 "흥. 왜요? 시체 정사를 하나요? 좋겠습니다. 머리가 허연 것이 딸자식 같은 계집애허구 정사를 한다면 그 꼴 좋겠습니다. 죽으라지요. 죽으래요. 죽는 것이 낫지요. 그리구 살아서 무엇해요?”
 내 뜻은 틀려 버렸다. 부인의 표정과 말에서는 더욱더욱 독한 질투의 안

개와 싸늘한 얼음 가루가 날았다.

　나는 부인의 이 태도에 반감을 느꼈다. 아무리 질투의 감정이 강하다 하기로, 사람의 생명이 —— 제 남편의 생명이 위태함에도 불구하고 오직 제 질투의 감정에만 충실하려 하는 그 태도가 불쾌하였다. 그래서 나는,
　"나는 그만큼 말씀해 드렸으니 더 할 말씀은 없습니다. 아무려나 좀더 냉정하게 생각해 보세요. 그리고 이것을 읽어보세요."
하고 일어나서 집으로 돌아와버리고 말았다.

　도무지 불쾌하기 그지없는 날이다. 최석의 태도까지도 불쾌하다. 달아나긴 왜 달아나? 죽기는 왜 죽어? 못난 것! 기운없는 것! 하고 나는 최석이가 곁에 섰기나 한 것처럼 눈을 흘기고 중얼거렸다.

　최석의 말대로 최석의 부인은 악한 사람이 아니요, 그저 보통인 여성일는지 모른다. 그렇다 하면 여자의 마음이란 너무도 질투의 종이 아닐까. 설사 남편 되는 최석의 사랑이 아내로부터 정임에게로 옮아갔다고 하더라도 그것을 질투로 회복하려는 것은 어리석은 일이다. 이미 사랑이 떠난 남편을 네 마음대로 가거라 하고 자발적으로 내버릴 것이지마는 그것을 못 할 사정이 있다고 하면 모르는 체하고 내버려 둘 것이 아닌가. 그래도 이것은 우리네 남자의 이론이요, 여자로는 이런 경우에 질투라는 반응밖에 없도록 생긴 것일까. —— 나는 이런 생각을 하고 있었다.

　시계가 아홉 시를 친다.
　남대문 밖 정거장을 떠나는 열차의 기적 소리가 들린다.
　나는 만주를 생각하고, 시베리아를 생각하고 최석을 생각하였다. 마음으로는 정임을 사랑하면서 그 사랑을 발표할 수 없어서 시베리아의 눈 덮인 삼림 속으로 방황하는 최석의 모양이 최석의 꿈 이야기에 있는 대로 눈앞에 선하게 떠오른다.
　'사랑은 목숨을 빼앗는다.'
하고 나는 사랑일래 일어나는 인생의 비극을 생각하였다. 그러나 최석의 경우는 보통 있는 공식과는 달라서 사랑을 죽이기 위해서 제 목숨을 죽이는 것이었다. 그렇다 하더라도,

'사랑은 목숨을 앗는다.'
는 데에는 다름이 없다.
　나는 불쾌도 하고 몸도 으스스하여 얼른 자리에 누웠다. 며느리가 들어온 뒤부터 사랑 생활을 하는 지가 벌써 오 년이나 되었다. 우리 부처란 인제는 한 역사적 존재요, 윤리적 관계에 불과하였다. 오래 사귄 친구와 같은 익숙함이 있고, 집에 없지 못할 사람이라는 필요감도 있지마는 젊은 부처가 가지는 듯한 그런 정은 벌써 없는 지 오래였다. 아내도 나를 대하면 본체 만체, 나도 아내를 대하면 본체 만체, 무슨 필요가 있어서 말을 붙이더라도 아무쪼록 듣기 싫기를 원하는 듯이 톡톡 내어던졌다. 아내도 근래에 와서는 옷도 아무렇게나, 머리도 아무렇게나, 어디 출입할 때밖에는 도무지 화장을 아니하였다.
　그러나 그렇다고 우리 부처의 사이가 좋지 못한 것도 아니었다. 서로 소중하게 여기는 마음도 있었다. 아내가 안에 있다고 생각하면 마음이 든든하고 또 아내의 말에 의하건대 내가 사랑에 있거니 하면 마음이 든든하다고 한다.
　우리 부처의 관계는 이러한 관계다.
　나는 한 방에서 혼자 잠을 자는 것이 습관이 되어서 누가 곁에 있으면 잠이 잘 들지 아니하였다. 혹시 어린것들이 매를 얻어 맞고 사랑으로 피난을 와서 울다가 내 자리에서 잠이 들면 귀엽기는 귀여워도 잠자리는 편안하지 아니하였다.
　나는 책을 보고 글을 쓰고 공상을 하고 있으면 족하였다. 내게는 아무 애욕적 요구도 없었다. 이것은 내 정력이 쇠모한 까닭인지 모른다.
　그러나 최석의 편지를 본 그날 밤에는 도무지 잠이 잘 들지 아니하였다. 최석의 편지가—— 최석의 고민이 내 졸던 의식에 무슨 자극을 준 듯하였다. 적막한 듯하였다. 허전한 듯하였다. 무엇인지 모르나 그리운 것이 있는 것 같았다.
'어 이거 안 되었군.'
하고 나는 벌떡 일어나 담배를 피워 물었다.

"나으리 주무셔겝시오?"
하고 아범이 전보를 가지고 왔다.
'명조 경성착 남정임'
이라는 것이었다.
'정임이가 와?'
하고 나는 전보를 다시 읽었다.
 최석군의 그 편지를 보면 최석 부인에게는 어떤 반응이 일어나고 정임에게는 어떤 반응이 일어날까, 하고 생각하면 자못 마음이 편하지 못하였다.
 이튿날 아침에 나는 부산서 오는 차를 맞으려고 정거장에를 나갔다.
 차는 제 시간에 들어왔다. 남정임은 슈트케이스 하나를 들고 차에서 내렸다. 검은 외투에 검은 모자를 쓴 그의 얼굴은 더욱 해쓱해 보였다.
"선생님!"
하고 정임은 나를 보고 손에 들었던 짐을 땅바닥에 내려놓고, 내 앞으로 왔다.
"풍랑이나 없었나?"
하고 나는 내 손에 잡힌 정임의 손이 싸늘한 것을 근심하였다.
"네, 아주 잔잔했습니다. 저같이 약한 사람도 밖에 나와서 바다 경치를 구경하였습니다."
하고 정임은 사교적인 웃음을 웃었다. 그러나 그의 눈에는 눈물이 있는 것 같았다.
"최 선생님 어디 계신지 아셔요?"
하고 정임은 나를 따라서면서 물었다.
"나도 지금까지 몰랐는데 어제 편지를 하나 받았지."
하는 것이 내 대답이었다.
"네? 편지 받으셨어요? 어디 계십니까?"
하고 정임은 걸음을 멈추었다.
"나도 몰라."
하고 나도 정임과 같이 걸음을 멈추고,

"그 편지를 쓴 곳도 알고 부친 곳도 알지마는 지금 어디로 갔는지 그것은 모르지. 찾을 생각도 말고 편지할 생각도 말라고 했으니까."
하고 사실대로 대답하였다.
"어디야요? 그 편지 부치신 곳이 어디야요? 저 이 차로 따라갈 테야요."
하고 정임은 조급하였다.
"갈 때에는 가더라도 이 차에야 갈 수가 있나."
하고 나는 겨우 정임을 끌고 들어왔다.
 정임을 집으로 데리고 와서 대강 말을 하고, 이튿날 새벽차로 떠난다는 것을,
"가만 있어. 어떻게 계획을 세워 가지고 해야지."
하여 가까스로 붙들어놓았다.
 아침을 먹고 나서 최석 집에를 가보려고 할 즈음에 순임이가 와서 마루 끝에 선 채로,
"선생님, 어머니가 잠깐만 오십시사구요."
하였다.
"정임이가 왔다."
하고 내가 그러니까,
"정임이가요?"
하고 순임은 깜짝 놀라면서,
"정임이는 아버지 계신 데를 아나요?"
하고 물었다.
"정임이도 모른단다. 너 아버지는 시베리아에 계시고 정임이는 동경 있다가 왔는데 알 리가 있니?"
하고 나는 순임의 생각을 깨뜨리려 하였다. 순임은,
"정임이가 어디 있어요?"
하고 방들 있는 곳을 둘러보며,
"언제 왔어요?"

하고는 그제야 정임에게 대한 반가운 정이 발하는 듯이,
"정임아!"
하고 불러본다.
"언니요? 여기 있수."
하고 정임이가 머릿방 문을 열고 옷을 갈아입던 채로 고개를 내어민다.
 순임은 구두를 차 내버리듯이 벗어놓고 정임의 방으로 뛰어 들어간다.
 나는 최석의 집에를 가느라고 외투를 입고 모자를 쓰고 정임의 방 문을 열어보았다. 두 처녀는 울고 있었다.
"정임이도 가지. 아주머니 뵈러 안 가?"
하고 나는 정임을 재촉하였다.
"선생님 먼저 가 계셔요."
하고 순임이가 눈둘을 씻고 일어나면서,
"이따가 제가 정임이허구 갑니다."
하고 내게 눈을 꿈쩍거려 보였다. 갑자기 정임이가 가면 어머니와 정임이와 사이에 어떠한 파란이 일어나지나 아니할까 하고 순임이가 염려하는 것이었다. 순임도 인제는 노성하여졌다고 나는 생각하였다.
"선생님 이 편지가 다 참말일까요?"
하고 나를 보는 길르 최석 부인이 물었다. 최석 부인은 히스테리를 일으킨 사람 모양으로 머리와 손을 떨었다.
 나는 참말이냐 하는 것이 무엇을 가리키는 말인지 분명하지 아니하여서,
"노석이 거짓말할 사람입니까."
하고 대체론으로 대답하였다.
"앉으십쇼. 앉으시란 말씀도 안 하고."
하고 부인은 침착한 모양을 보이려고 빙그레 웃었으나, 그것은 실패였다.
"그게 참말일까요? 정임이가 아기를 뗀 것이 아니라, 폐가 나빠서 피를 토하고 입원하였다는 것이?"
하고 부인은 중대하다는 표정을 가지고 묻는다.
"그럼 그것이 참말이 아니구요. 아직도 그런 의심을 가지고 계십니까. 정

임이와 한 방에 있는 학생이 모함한 것이라고 안 그랬어요? 그게 말이 됩니까?"
하고 어성을 높여서 대답하였다.
"그럼 왜 정임이가 호텔에서 애 아버지한테 한 번 안아 달라고 그래요? 그 편지에 쓴 대로 한 번 안아만 보았을까요?"
이것은 부인의 둘째 물음이었다.
"나는 그뿐이라고 믿습니다. 그것이 도리어 깨끗하다는 표라고 믿습니다. 안 그렇습니까?"
하고 나는 딱하다는 표정을 하였다.
"글쎄요."
하고 부인은 한참이나 생각하고 있다가,
"정말 애아버지가 혼자 달아났을까요? 정임이를 데리고 가께오찌한 것이 아닐까요? 꼭 그랬을 건만 같은데."
하고 부인은 괴로운 표정을 감추려는 듯이 고개를 숙인다.
나는 남편에게 대한 아내의 의심이 어떻게 깊은가에 아니 놀랄 수가 없어서,
"허."
하고 한마디 웃고,
"그렇게 수십 년 동안 부부생활을 하시고도 그렇게 노석의 인격을 몰라주십니까. 나는 부인께서 하시는 말씀이 부러 하시는 농담으로밖에 아니 들립니다. 정임이가 지금 서울에 있습니다."
하고 또 한번 웃었다. 정말 기막힌 웃음이었다.
"정임이가 서울 있어요?"
하고 부인은 펄쩍 뛰면서,
"어디 있다가 언제 왔습니까. 그게 정말입니까?"
하고 의아한 빛을 보인다. 꼭 최석이하고 함께 달아났을 정임이가 서울에 있을 리가 없는 것이었다.
"동경서 오늘 아침에 왔습니다. 지금 우리 집에서 순임이허구 이야기를

하고 있으니까 조금 있으면 뵈오러 올 것입니다."
하고 나는 정임어가 분명히 서울 있는 것을 일일이 증거를 들어서 증명하였다. 그리고 우스운 것을 속으로 참았다. 그러나 다음 순간에는 이 병들고 늙은 아내의 질투와 의심으로 괴로워서 덜덜덜덜 떨고 앉았는 것을 가엾게 생각하였다.

정임이가 지금 서울에 있는 것이 더 의심할 여지가 없는 사실임이 판명됨에, 부인은 도리어 낙망하는 듯하였다. 그가 제 마음대로 그려놓고 믿고 하던 모든 철학의 계통이 무너진 것이었다.

한참이나 흩어진 정신을 못 수습하는 듯이 앉아 있으니 아주 기운 없는 어조로,

"선생님 애아버지가 정말 죽을까요? 정말 영영 집에를 안 돌아올까요?"

하고 묻는다. 그 눈에는 벌써 눈물이 어리었다.

"글쎄요. 내 생각 같아서는 다시는 집에 돌아오지 아니할 것 같습니다. 또 그만치 망신을 했으니, 이제 무슨 낯으로 들어옵니까. 내라도 다시 집에 돌아올 생각은 아니 내겠습니다."

하고 나는 의식적으로 악의를 가지고 부인의 가슴에 칼을 하나 박았다.

그 칼은 분명히 부인의 가슴에 아프게 박힌 모양이었다.

"선생님. 어떡허면 좋습니까. 애아버지가 죽지 않게 해주세요. 그렇지 않아도 순임이 년이 제가 겨 아버지를 달아나게나 한 것처럼 원망을 하는데요. 그러다가 정녕 죽으면 어떻게 합니까. 제일 딴자식들의 원망을 들을까봐 겁이 납니다. 선생님 어떻게 애아버지를 붙들어다 주세요."

하고 마침내 참을 수 없이 울었다. 말은 비록 자식들의 원망이 두렵다고 하지마는 질투의 감정이 스러질 때에 그에게는 남편에게 대한 아내의 애정이 막혔던 물과 같이 터져나온 것이라고 나는 해석하였다.

"글쎄, 어디 있는 줄 알고 찾습니까. 노석의 성미에 한 번 아니한다고 했으면 다시 편지할 리는 만무하다고 믿습니다."

하여 나는 부인의 가슴에 둘째 칼날을 박았다.

나는 비록 최석의 부인이 청하지 아니하더라도 최석을 찾으러 떠나지 아니하면 아니 될 의무를 진다. 산 최석을 못 찾더라도 최석의 시체라도, 무덤이라도, 죽은 자리라도, 마지막 있던 곳이라도 찾아보지 아니하면 아니 될 의무를 깨닫는다.
　그러나 시국이 변하여 그때에는 아라사에 가는 것은 여간 곤란한 일이 아니었다. 그때에는 북만의 풍운이 급박하여 만주리를 통과하기는 사실상 불가능에 가까웠다. 마점산(馬占山) 일파의 군대가 홍안령, 하일라르 등지에 웅거하여 언제 대 충돌이 폭발될지 모르던 때였다. 이 때문에 시베리아에 들어가기는 거의 절망 상태라고 하겠고, 또 관헌도 아라사에 들어가는 여행권을 잘 교부할 것같지 아니하였다.
　부인은 울고, 나는 이런 생각 저런 생각 하고 있는 동안에 문 밖에서 순임이 정임이가 들어오는 소리가 들렸다.
　"아이, 정임이냐."
하고 부인은 반갑게 허리 굽혀 인사하는 정임의 어깨에 손을 대고,
　"자 앉아라. 그래 인제 병이 좀 나으냐…… 수척했구나. 더 노성해지구——반 년도 못 되었는데."
하고 정임에게 대하여 애정을 표하는 것을 보고 나는 의외지마는 다행으로 생각하였다. 나는 정임이가 오면 보기 싫은 한 시인을 연출하지 않나 하고 근심하였던 것이다.
　"희 잘 자라요?"
하고 정임은 한참이나 있다가 비로소 입을 열었다.
　"응, 잘 있단다. 컸나 가 보아라."
하고 부인은 더욱 반가운 표정을 보인다.
　"어느 방이야?"
하고 정임은 선물 보통이를 들고 순임과 함께 나가버린다. 여자인 정임은 희와 순임과 부인과 또 순임의 다른 동생에게 선물 사오는 것을 잊어버리지 아니하였다.
　정임과 순임은 한 이삼 분 있다가 돌아왔다. 밖에서 희가 무엇이라고 지

절대는 소리가 들린다. 아마 정임이가 사다준 선물을 받고 좋아하는 모양이다.

　정임은 들고 온 보퉁이에서 여자용 베드로웁 하나를 내어서 부인에게 주며,

"맞으실까?"

하였다.

"아이 그건 무어라고 사왔니?"

하고 부인은 좋아라고 입어보고, 이리보고 저리보고 하면서,

"난 이런 거 처음 입어본다."

하고 자주 끈을 동여 본다.

"정임이가 난 파자마를 사다주었어."

하고 순임은 따로 쌌던 굵은 줄 있는 융파자마를 내어서 경매장 사람 모양으로 흔들어보이며,

"어머니 그 베드로웁 나 주우. 어머닌 늙은이가 그건 입어서 무엇하우?"

하고 부인이 입은 베드로웁을 벗겨서 제가 입고 두 호주머니에 손을 넣고 어기죽어기죽하고 서양 부인네 흉내를 낸다.

"저런 말괄량이가——너도 정임이처럼 좀 얌전해 보아라."

하고 부인은 순임을 향하여 눈을 흘긴다.

　이 모양으로 부인과 정임과의 대면은 가장 원만하게 되었다.

　그러나 부인은 정임에게 최석의 편지를 보이기를 원치 아니하였다. 편지가 왔다는 말조차 입 밖에 내지 아니하였다.

　그러나 순임이가 정임에게 대하여 표하는 애정은 여간 깊지 아니하였다. 그 둘은 하루 종일 같이 있었다. 정임은 그날 저녁에 나를 보고,

"순임이한테 최 선생님 편지 사연은 다 들었어요. 순임이가 그 편지를 훔쳐다가 얼른얼른 몇 군데 읽어도 보았습니다. 순임이가 저를 퍽 동정하면서 절더러 최 선생을 따라가 보라고 그래요. 혼자 가기가 어려우면 자기허구 같이 가자고. 가서 최 선생을 데리고 오자고. 어머니가 못 가게 하거든 몰래 둘이 도망해 가자고. 그래서 그러자고 그랬습니다. 안 됐지요, 선생

님?"
하고 저희끼리 작정은 다해놓고는 슬쩍 내 의향을 물었다.
"젊은 여자 단둘이서 먼 여행을 어떻게 한단 말이냐? 게다가 지금 북만주 형세가 대단히 위급한 모양인데. 또 정임이는 그 건강 가지고 어디를 가, 이 추운 겨울에?"
하고 나는 이런 말이 다 쓸데없는 말인 줄 알면서도 어른으로서 한마디 안 할 수 없어서 하였다.
그날 저녁에 정임은 순임의 집에서 잤는지 집에 오지를 아니하였다.
나는 이 일을 어찌하면 좋은가, 이 두 여자의 행동을 어찌하면 좋은가 하고 혼자 끙끙 생각하고 있었다.
이튿날 나는 궁금해서 최석의 집에를 갔더니 부인이,
"우리 순임이 댁에 갔어요?"
하고 의외의 질문을 하였다.
"아니오."
하고 나는 놀랐다.
"그럼, 이것들이 어딜 갔어요? 난 정임이허구 댁에서 잔 줄만 알았는데."
하고 부인은 무슨 불길한 것이나 본 듯이 몸을 떤다. 히스테리가 일어난 것이었다.
나는 입맛을 다시었다. 분명히 이 두 여자가 시베리아를 향하고 떠났구나 하였다.
그날은 소식이 없이 지났다.
그 이튿날도 소식이 없이 지났다. 최석 부인은 딸까지 잃어버리고 미친 듯이 울고 애통하다가 머리를 싸매고 누워버리고 말았다.
정임이와 순임이가 없어진 지 사흘 만에 아침 우편에 편지 한 장을 받았다. 그 봉투는 봉천 야마도 호텔 것이었다. 그 속에는 편지 두 장이 들어 있었다.
한 장은——.

'선생님. 저는 아버지를 위하여, 정임을 위하여 정임과 같이 집을 떠났습니다. 어머님이 슬퍼하실 줄은 알지마는 저희들이 다행히 아버지를 찾아서 모시고 오면 어머니께서도 기뻐하실 것을 믿습니다. 저희들이 가지 아니하고는 아버지는 살아서 돌아오실 것 같지 아니합니다. 아버지를 이처럼 불행하시게 한 죄는 절반은 어머니께 있고, 절반은 제게 있습니다. 저는 아버지 일을 생각하면 가슴이 미어지고 이가 갈립니다. 저는 아무리 해서라도 아버지를 찾아내어야겠습니다.
　저는 정임을 무한히 동정합니다. 저는 어려서 정임을 미워하고 아버지를 미워하였지마는 지금은 아버지의 마음과 정임의 마음을 알아볼 만치 자랐습니다.
　선생님! 저희들은 둘이 손을 잡고 어디를 가서든지 아버지를 찾아내겠습니다. 하나님의 사자가 낮에는 구름이 되고 밤에는 별이 되어서 반드시 저희들의 앞길을 인도할 줄 믿습니다.
　선생님 저희 어린것들의 뜻을 불쌍히 여기셔서 돈 천 원만 전보로 보내주시기를 바랍니다.
　만일 만주리로 가는 길이 끊어지면 몽고로 자동차로라도 가려고 합니다. 아버지 편지에 적힌 F역의 R씨를 찾고, 그리고 바이칼 호반의 바이칼리스코에를 찾아, 이 모양으로 찾으면 반드시 아버지를 찾아내고야 말 것을 믿습니다.
　선생님, 돈 천 원만 봉천 야마도 호텔 최순임 이름으로 부쳐주세요. 그리고 어머니한테는 아직 말씀 말아주세요.
　선생님. 이렇게 걱정하시게 해서 미안합니다. 용서하세요. 순임 상서.'
　이렇게 써 있다. 또 한 장에는,
　"선생님. 저는 마침내 돌아오지 못할 길을 떠나나이다. 어디든지 최 선생님을 뵈옵는 곳에서 이 몸을 묻어버리려 하나이다. 지금 또 몸에 열이 나는 모양이요, 혈담도 보이오나 최 선생을 뵈올 때까지는 아무리 하여서라도 이 목숨을 부지하려 하오며, 최 선생을 뵈옵고 제가 진 은혜를 감사하는 한 말씀만 사뢰면 고개 죽사와도 여한이 없을까 하나이다.

순임 언니가 제게 주시는 사랑과 동정은 오직 눈물과 감격밖에 더 표할 말씀이 없나이다. 순임 언니가 저를 보호하여 주니 마음이 든든하여이다……… 남정임 상.”
이라고 하였다.
　편지를 보아야 별로 놀랄 것은 없었다. 다만 말괄량이로만 알았던 순임의 속에 어느새에 그러한 감정이 발달하였나 하는 것을 놀랄 뿐이었다.
　그러나 걱정은 이것이다. 순임이나 정임이나 다 내가 감독해야 할 처지에 있거늘 그들이 만리 긴 여행을 떠난다고 하니 감독자인 내 태도를 어떻게 할까 하는 것이다.
　나는 편지를 받는 길로 우선 돈 천 원을 은행에 가서 찾아다 놓았다. 암만해도 내가 서울에 가만히 앉아서 두 아이에게 돈만 부쳐주는 것이 인정에 어그러지는 것 같아서 나는 여러 가지로 주선을 하여서 여행의 양해를 얻어가지고 봉천을 향하여 떠났다.
　내가 봉천에 도착한 것은 밤 열 시가 지나서였다. 순임과 정임은 자리옷 바람으로 내 방으로 달려와서 반가워하였다. 그들이 반가워하는 양은 실로 눈물이 흐를 만하였다.
　“아이구 선생님!”
　“아이 어쩌면!”
하는 것이 그들의 내게 대한 인사의 전부였다.
　“정임이 어떠오?”
하고 나는 순임의 편지에 정임이가 열이 있단 말을 생각하였다.
　“무어요. 괜찮습니다.”
하고 정임은 웃었다.
　전등빛에 보이는 정임의 얼굴은 그야말로 대리석으로 깎은 듯 하였다. 여위고 핏기가 없는 것이 더욱 정임의 용모에 엄숙한 맛을 주었다.
　“돈 가져오셨어요?”
하고 순임이가 어리광 절반으로 묻다가 내가 웃고 대답이 없음을 보고,
　“우리를 붙들러 오셨어요?”

하고 성내는 양을 보인다.
 "그래, 둘이서들 간다니 어떻게 간단 말인가. 시베리아가 어떤 곳에 붙었는지 알지도 못하면서."
하고 나는 두 사람이 그리 슬퍼하지 아니하는 순간을 보는 것이 다행하여서 농담삼아 물었다.
 "왜 몰라요? 시베리아가 저기 아니야요?"
하고 순임이가 산해관 쪽을 가리키며,
 "우리도 지리에서 배워서 다 알아요. 어저께 하루 종일 지도를 사다 놓구 연구를 하였답니다. 봉천서 신경, 신경서 하르빈, 하르빈에서 만주리, 만주리서 이르쿠츠크. 보세요, 잘 알지 않습니까. 또 만일 중동 철도가 불통이면 어떻게 가는고하니 여기서 산해관을 가서 산해관서 북경을 가지요. 그러고는 북경서 장가구를 가지 않습니까. 장가구서 자동차를 타고 몽고를 통과해서 가거든요. 잘 알지 않습니까."
하고 정임의 허리를 안으며,
 "그렇지이?"
하고 자신있는 듯이 웃는다.
 "또 몽고로도 못 가게 되어서 구라파를 돌게 되면?"
하고 나는 교사가 생도에게 묻는 모양으로 물었다.
 "네, 저, 인도양으로 해서 지중해로 해서 프랑스로 헤서 그렇게 가지요."
 "허, 잘 아는구나."
하고 나는 웃었다.
 "그렇게만 알아요? 또 해삼위로 해서 가는 길도 알아요. 저희를 어린애로 아시네."
 "잘못했소."
 "하하."
 "후후."
 사실 그들은 벌써 어린애들은 아니었다. 순임도 벌써 그 아버지의 말할 수 없는 사정에 동정할 나이가 되었다. 순임이가 기어다닌 것을 본 나로는 이것도 이상하게 보였다. 나는 벌써 나이 많았구나 하는 생각이 나지 아니할 수 없었다.

　나는 잠 안 드는 하룻밤을 지내면서 옆방에서 정임이가 기침을 짓는 소리를 들었다. 그 소리는 내 가슴을 아프게 하였다.

　이튿날 나는 두사람에게 돈 천 원을 주어서 신경 가는 급행차를 태워 주었다. 대륙의 이 건조하고 추운 기후에 정임의 병든 폐가 견디어날까 하고 마음이 놓이지 아니하였다. 그러나 나는 그들을 가라고 권할 수는 있어도 가지 말라고 붙들 수는 없었다. 다만 제 아버지, 제 애인을 죽기 전에 만날 수 있기만 빌 뿐이었다.

　나는 두 아이를 북쪽으로 떠내 보내고 혼자 여관에 들어와서 도무지 정신을 진정하지 못하여 술을 먹고 잊으려 하였다. 그러다가 그날 밤차로 서울로 돌아왔다.

　이튿날 아침에 나는 최석 부인을 찾아서 순임과 정임이가 시베리아로 갔단 말을 전하였다.

　그때에 최 부인은 거의 아무 정신이 없는 듯하였다. 아무 말도 하지 아니하고 울고만 있었다.

　얼마 있다가 부인은,

"그것들이 저희들끼리 가서 괜찮을까요?"

하는 한마디를 할 뿐이었다.

　며칠 후에 순임에게서 편지가 왔다. 그것은 하르빈에서 부친 것이었다.

　'하르빈을 오늘 떠납니다. 하르빈에 와서 아버지 친구 되시는 R소장을 만나뵈옵고 아버지 일을 물어보았습니다. 그리고 저희 둘이서 찾아 떠났다는 말씀을 하였더니 R소장이 대단히 동정하셔서 여행권도 준비해 주시기로 저희는 아버지를 찾아서 오늘 모스크바 가는 급행으로 떠납니다. 가다가 F역에 내리기는 어려울 듯합니다. 정임의 건강이 대단히 좋지 못합니다. 일기가 갑자기 추워지는 관계인지 정임의 신열이 오후면 삼십팔 도를 넘고 기침도 대단합니다. 저는 염려가 되어서 정임더러 하르빈에서 입원하여 조리를 하라고 권하지마는 도무지 듣지를 아니합니다. 어디까지든지 가는 대로 가다가 더 못 가게 되면 그곳에서 죽는다고 합니다.
　저는 그동안 며칠 동안 정임과 같이 있는 중에 정임이가 어떻게 아름답고 높고 굳세며 깨끗한 여자인 것을 발견하였습니다. 저는 지금까지 정임을 몰라본 것을 부끄럽게 생각합니다. 그리고 또 제 아버지께서 어떻게 갸륵한 어른이신 것을 인제야 깨달았습니다. 자식 된 저까지도 아버지와 정임과의 관계를 의심하였었습니다. 의심이라는 것보다는 세상에서 말하는 대로 믿고 있었습니다. 그러나 정임을 만나보고 정임의 말을 듣고 아버지께서 선생님께 드린 편지가 모두 참인 것을 깨달았습니다. 아버지께서는 친구의 의지없는 딸인 정임을 당신의 친혈육인 저와 꼭같이 사랑하려고 하신 것이었습니다. 그것이 얼마나 갸륵한 일입니까. 그런데 제 어머니와 저는 그 갸륵하신 정신을 몰라보고 오해하였었습니다. 어머니는 질투하시고 저는 시기하였었습니다. 이것이 얼마나 아버지를——그렇게 갸륵하신 아버지를 몰라뵈온 것입니까. 이것이 얼마나 부끄럽고 원통한 일입니까.
　선생님께서도 여러 번 아버지의 인격이 높다는 것을 저희 모녀에게 설명해 주셨습니다마는 마음이 막힌 저는 선생님의 말씀도 믿지 아니하였습니다.
　선생님, 정임은 참으로 아버지를 사랑합니다. 정임에게는 이 세상에 아버지밖에 사랑하는 아무것도 없이, 그렇게 외곬으로, 그렇게 열렬하게 아버지를 사모하고 사랑합니다. 저는 잘 압니다. 정임이가 처음에는 아버지로 사랑하였던 것을, 그러나 어느새에 정임의 아버지에게 대한 사랑이 무엇인지 모를 사랑으로 변한 것을 그것이 연애냐 하고 물으면 정임은 아니라고 할 것입니다. 정임의 그 대답은 결코 거짓이 아닙니다. 정임은 숙성하지마는 아직도 극히 순결합니다. 정임은 부모를 잃은 후에 아버지밖에 사랑한 사람이 없습니다. 또 아버지에게밖에 사랑하던 일도 없습니다. 그러니깐 정임은 아버지를 그저 사랑합니다——전적으로 사랑합니다. 선생님, 정임의 사랑에는 아버지에 대한 자식의 사랑, 오라비에 대한 누이의 사랑, 사내 친구에 대한 여자 친구의 사랑, 애인에 대한 애인의 사랑, 이밖에 존경하고 숭배하는 선생에 대한 제자의 사랑까지, 사랑의 모든 종류가 포함

되어 있는 것을 저는 발견하였습니다.
 선생님, 정임의 정상은 차마 볼 수가 없습니다. 아버지의 안부를 근심하는 양은 제 몇십 배나 되는지 모르게 간절합니다. 정임은 저 때문에 아버지가 불행하게 되셨다고 해서 차마 볼 수 없게 애통하고 있습니다. 진정을 말씀하오면 저는 지금 아버지보다도 어머니보다도 정임에게 가장 동정이 끌립니다. 선생님, 저는 아버지를 찾아가는 것이 아니라 정임을 돕기 위하여 간호하기 위하여 가는 것 같습니다.
 선생님, 저는 아직 사랑이란 것이 무엇인지를 모릅니다. 그러나 정임을 보고 사람의 사랑이란 것이 어떻게 신비하고 열렬하고 놀라운 것인가를 안 것 같습니다.'
 순임의 편지는 계속된다.
 '선생님, 하르빈에 오는 길에 송화강 굽이를 볼 때에는 정임이가 어떻게나 울었는지, 그것은 차마 볼 수가 없었습니다. 아버지가 송화강을 보시고 감상이 깊으셨더란 것을 생각한 것입니다. 무인지경으로, 허옇게 눈이 덮인 벌판으로 흘러가는 송화강 굽이, 그것은 슬픈 풍경입니다. 아버지께서 여기를 지나실 때에는 마른 풀만 있는 광야였을 것이니 그때에는 더욱 황량하였을 것이라고 정임은 말하고 웁니다.
 정임은 제가 아버지를 아는 것보다 아버지를 잘 아는 것 같습니다. 평소에 아버지와는 그리 접촉이 없건마는 정임은 아버지의 의지력, 아버지의 숨은 열정, 아버지의 성미까지 잘 압니다. 저는 정임의 말을 듣고야 비로소 참 그래, 하는 감탄을 발한 일이 여러 번 있습니다.
 정임의 말을 듣고야 비로소 아버지가 남보다 뛰어나신 인물인 것을 깨달았습니다. 아버지는 정의감이 굳세고 겉으로는 싸늘하도록 이지적이지마는 속에는 불 같은 열정이 있으시고, 아버지는 쇠 같은 의지력과 칼날 같은 판단력이 있어서 언제나 주저하심이 없고 또 흔들리심이 없다는 것, 아버지는 모든 것을 용서하고 모든 것을 호의로 해석하여서 누구를 미워하거나 원망하심이 없는 것 등 정임은 아버지의 마음의 목록과 설명서를 따로 외우는 것처럼 아버지의 성격을 설명합니다. 듣고 보아서 비로소 아버지의 딸인 저는 내 아버지가 어떤 아버지인가를 알았습니다.

선생님, 이해가 사랑을 낳는단 말씀이 있지마는 저는 정임을 보아서 사랑이 이해를 낳는 것이 아닌가 합니다.

어쩌면 어머니와 저는 평생을 아버지를 모시고 있으면서도 아버지를 몰랐습니까. 이성이 무디고 양심이 흐려서 그랬습니다. 정임은 진실로 존경할 여자입니다. 제가 남자라 하더라도 정임을 아니 사랑하고는 못 견디겠습니다.

아버지는 분명 정임을 사랑하신 것입니다. 처음에는 친구의 딸로, 다음에는 친딸과 같이, 또 다음에는 무엇인지 모르게 뜨거운 사랑이 생겼으리라고 믿습니다. 그것을 아버지는 죽인 것입니다. 그것을 죽이려고 이 달할 수 없는 사랑을 죽이려고 시베리아로 달아나신 것입니다. 인제야 아버지가 선생님께 하신 편지의 뜻이 알아진 것 같습니다. 백설이 덮인 시베리아의 삼림 속으로 혼자 헤매며 정임에게로 향하는 사랑을 죽이려고 무진 애를 쓰시는 그 심정이 알아지는 것 같습니다.

선생님 이것이 얼마나 비참한 일입니까.

저는 정임의 짐에 지니고 온 일기를 보다가 이러한 구절을 발견하였습니다.

'선생님, 저는 세인트 어거스틴의 참회록을 절반이나 다 보고 나도 잠이 들지 아니합니다. 잠이 들기 전에 제가 항상 즐겨하는 아베마리아의 노래를 유성기로 듣고 나서 오늘 일기를 쓰려고 하니 슬픈 소리만 나옵니다.

사랑하는 어른이여. 저는 멀리서 당신을 존경하고 신뢰하는 마음에서만 살아야 할 것을 잘 압니다. 여기에서 영원한 정지를 하지 아니하면 아니됩니다. 비록 제 생명이 괴로움으로 끊어지고 제 혼이 피어보지 못하고 스러져 버리더라도 저는 이 멀리서 바라보는 존경과 신뢰의 심경에서 한 발자국이라도 옮기지 않아야 할 것을 잘 압니다. 나를 위하여 놓여진 생의 궤도는 나의 생명을 부인하는 억지의 길입니다. 제가 몇 년 전 기숙사 베드에서 이런 밤에 내다보던 즐겁고 아름답던 내 생의 꿈은 다 깨어졌습니다.

제 영혼의 한 조각이 먼 세상 알지 못할 세계로 떠다니고 있습니다. 잃어버린 마음의 조각――어찌하다가 제가 이렇게 되었는지 모릅니다.

피어오르는 생명의 광채를 스스로 사형에 처하지 아니하면 아니될 때 어찌 슬픔이 없겠습니까. 이것은 현실로 사람의 생명을 죽이는 것보다 더 무서운 죄가 아니오리까. 나의 세계에서 처음이요 마지막으로 발견한 빛을 어둠 속에 소멸해버리라는 이 일이 얼마나 떨리는 직무오리까. 이 허깨비 외형의 사람이 살기 위하여 내 손으로 칼을 들어 내 영혼의 환희를 쳐야 옳습니까. 저는 하나님을 원망합니다.'

이렇게 씌어 있습니다. 선생님 이것이 얼마나 피흐르는 고백입니까.

선생님, 저는 정임이의 이 고백을 보고 무조건으로 정임의 사랑을 시인합니다. 선생님, 제 목숨을 바쳐서 하는 일에 누가 시비를 하겠습니까. 더구나 그 동기에 티끌 만큼도 불순한 것이 없음에야 무조건으로 시인하지 아니하고 어찌합니까.

바라기는 정임의 병이 크게 되지 아니하고 아버지께서 무사히 계셔서 속히 만나뵙게 되는 것입니다마는 앞길이 망망하여 가슴이 두근거림을 금치 못합니다. 게다가 오늘은 함박눈이 퍼부어서 천지가 온통 회색으로 한 빛이 되었으니 더욱 전도가 막막합니다. 그러나 선생님 저는 앓는 정임을 데리고 용감하게 시베리아 길을 떠납니다.'

이러한 편지였다.

한 일주일 후에 또 편지 한 장이 왔다.

그것도 순임의 편지여서 이러한 말이 있었다.

"⋯⋯오늘 새벽에 홍안령을 지났습니다. 플랫폼의 한난계는 영하 이십삼 도를 가리켰습니다. 사람들의 얼굴은 솜털에 성에가 슬어서 남녀 노소 할 것없이 하얗게 분을 바른 것 같습니다. 유리에 비친 내 얼굴도 그와 같이 흰 것을 보고 놀랐습니다. 숨을 들이쉴 때에는 코털이 얼어서 숨이 끊기고 바람결이 지나가면 얼어서 눈썹이 마주 붙습니다. 사람들은 털과 가죽에 싸여서 곰같이 보입니다.'

또 이런 말도 있었다.

'아라사 계집애들이 우윳병들을 품에 품고 서서 손님이 사기를 기다리고 있습니다. 저도 두 병을 사서 정임이와 나누어 먹었습니다. 우유는 따뜻합니다. 그것을 식히지 아니할 양으로 품에 품고 섰던 것입니다.'
 또 이러한 구절도 있었다.
 '정거장에 닿을 때마다 저희들은 밖을 내다봅니다. 행여나 아버지가 거기 계시지나 아니할까 하고요. 차가 어길 때에는 더구나 마음이 조입니다. 아버지가 그 차를 타고 지나가시지나 아니하는가 하고요. 그러고는 정임은 웁니다. 꼭 뵈올 어른을 놓쳐나 버린 듯이.'
 그러고는 이 주일 동안이나 소식이 없다가 편지 한 장이 왔다. 그것은 정임의 글씨였다.
 '선생님, 저는 지금 최 선생께서 계시던 바이칼 호반의 그 집에 와서 홀로 누웠습니다. 순임은 주인노파와 함께 F역으로 최 선생을 찾아서 오늘 아침에 떠나고 병든 저만 혼자 누워서 얼음에 싸인 바이칼 호의 눈보라치는 바람 소리를 듣고 있습니다. 열은 삼십팔 도로부터 구 도 사이를 오르내리고 기침은 나고 몸의 괴로움을 견딜 수 없습니다. 그러하오나 선생님, 저는 하나님을 불러서 축원합니다. 이 실낱 같은 생명이 다 타버리기 전에 최 선생님의 낯을 다만 한초 동안이라도 보여지이라고. 그러하오나 선생님, 이 축원이 이루어지겠습니까.
 저는 한사코 F역까지 가려 하였사오나 순임 형이 울고 막사오며 또 주인노파가 본래 미국 사람과 살던 사람으로 영어를 알아서 순임 형의 도움이 되겠기로 저는 이곳에 누워 있습니다. 순임 형은 기어코 아버지를 찾아 모시고 오마고 약속하였사오나 이 넓은 시베리아에서 어디 가서 찾겠습니까.
 선생님, 저는 죽음을 봅니다. 죽음이 바로 제 앞에 와서 선 것을 봅니다. 그의 손은 제 여윈 손을 잡으려고 들먹거림을 봅니다.
 선생님, 죽은 뒤에도 의식이 남습니까. 만일 의식이 남는다하면 죽은 뒤에도 이 아픔과 괴로움을 계속하지 아니하면 아니됩니까. 죽은 뒤에는 오직 영원한 어두움과 잊어버림이 있습니까. 죽은 뒤에는 혹시나 생전에 먹었던 마음을 자유로 펼 도리가 있습니까. 이 세상에서 그립고 사모하던 이를 죽은 뒤에는 자유로 만나보고 언제나 마음껏 같이 할 수가 있습니까. 그

런 일도 있습니까. 이런 일을 바라는 것도 죄가 됩니까.'

 정임의 편지는 더욱 절망적인 어조로 찬다.

 '저는 처음 병이 났을 때에는 죽는 것이 싫고 무서웠습니다. 그러나 지금은 죽는 것이 조금도 무섭지 아니합니다. 다만 차마 죽지 못하는 것이 한.'

하고는 '다만 차마' 이하를 박박 지워버렸다.

 그러고는 새로 시작하여 나와 및 내 가족에게 대한 문안을 하고 끝을 막았다.

 나는 이 편지를 받고 울었다. 무슨 큰 비극이 가까운 것을 예상하게 하였다.

 그후 한 십여 일이나 지나서 전보가 왔다.

 그것은 영문으로 씌었는데,

 "아버지 병이 급하다. 나로는 어쩔 수 없다. 돈 가지고 곧 오기를 바란다."

하고 그 끝에 B호텔이라고 주소를 적었다. 전보 발신국이 이르쿠츠크인 것을 보니 B호텔이라 함은 이르쿠츠크인 것이 분명하였다.

 나는 최석 부인에게 최석이가 아직 살아 있다는 것을 전하고 곧 여행권 수속을 하였다. 절망으로 알았던 여행권은 사정이 사정인 만큼 곧 하부되었다.

 나는 비행기로 여의도를 떠났다. 백설이 개개한 땅을 남빛으로 푸른 바다를 굽어보는 동안에 대련을 들러 거기서 다른 비행기를 갈아 타고 봉천, 신경, 하르빈을 거쳐, 치치할에 들렀다가 만주리로 급행하였다.

 웅대한 대륙의 설경도 나에게 아무러한 인상도 주지 못하였다. 다만 푸른 하늘과 희고 평평한 땅과의 사이로 한량 없이 허공을 날아간다는 생각밖에 없었다. 그것은 사랑하는 두 친구가 목숨이 경각에 달린 것을 생각할 때에 마음에 아무 여유도 없는 까닭이었다.

 만주리에서도 비행기를 타려 하였으나 소비에트 관헌이 허락을 아니하여 열차로 갈 수밖에 없었다.

 초조한 몇 밤을 지내고 이르쿠츠크에 내린 것이 오전 두 시. 나는 B호텔로 이스보스치카라는 마차를 몰았다. 죽음과 같이 고요하게 눈 속에 자는 시가에는 여기저기 전등이 반짝거릴 뿐 이따금 밤의 시가를 경계하는 병정들의 눈이 무섭게 빛나는 것이 보였다.

B호텔에서 미스 초이(최양)를 찾았으나 순임은 없고 어떤 서양 노파가 나와서,

"유 미스터 Y?"

하고 의심스러운 눈으로 나를 보았다.

그렇다는 내 대답을 듣고는 노파는 반갑게 손을 내밀어서 내 손을 잡았다.

나는 넉넉하지 못한 영어로 그 노파에게서 최석이가 아직 살았다는 말과 정임의 소식은 들은 지 오래라는 말과 최석과 순임은 여기서 삼 십 마일이나 떨어진 F역에서도 썰매로 더 가는 삼림 속에 있다는 말을 들었다.

나는 그 밤을 여기서 지내고 이튿날 아침에 떠나는 완행차로 그 노파와 함께 이르쿠츠크를 떠났다.

이날도 천지는 오직 눈뿐이었다. 차는 가끔 삼림 중으로 가는 모양이나 모두 회색빛에 가리워서 분명히 보이지를 아니하였다.

F역이라는 것은 삼림 속에 있는 조그마한 정거장으로 집이라고는 정거장 집밖에 없었다. 역부 두엇이 털옷에 하얗게 눈을 뒤쓰고 졸리는 듯이 오락가락할 뿐이었다.

우리는 썰매 하나를 얻어타고 어디가 길인지 분명치도 아니한 눈 속으로 말을 몰았다.

바람은 없는 듯하지마는 그래도 눈발을 한편으로 키끼는 모양이어서 아름드리 나무들의 한쪽은 하얗게 눈으로 쌓이고 한쪽은 검은 빛이 더욱 돋보였다. 백 척은 넘을 듯한 꼿꼿한 침엽수(전나무 따윈가)들이 어디까지든지, 하늘에서 곧추 내려박은 못 모양으로, 수없이 서 있는 사이로 우리 썰매는 간다. 땅에 덮인 눈은 새로 피워놓은 솜같이 희지마는 하늘에서 내리는 눈은 구름빛과 공기빛과 어울려서 밥잦힐 때에 굴뚝에서 나오는 연기와 같이 연회색이다.

바람도 불지 아니하고 새도 날지 아니하건마는 나무 높은 가지에 쌓인 눈이 이따금 덩치로 떨어져서는 고요한 수풀 속에 작은 동요를 일으킨다.
우리 썰매가 가는 길이 자연스러운 복잡한 커브를 도는 것을 보면 필시 얼음 언 개천 위로 달리는 모양이었다.
한 시간이나 달린 뒤에 우리 썰매는 늦은 경사지를 올랐다. 말을 어거하는 아라사 사람은 쭈쭈쭈쭈, 후르르하고 주문을 외우듯이 입으로 말을 재촉하고 고삐를 이리 들고 저리 들어 말에게 방향을 가리킬 뿐이요, 채찍은 보이기만 하고 한 번도 쓰지 아니하였다. 그와 말과는 완전히 뜻과 정이 맞는 동지인 듯하였다.
처음에는 몰랐으나 차차 추워짐을 깨달았다. 발과 무르팍이 시렸다.
"얼마나 머오?"
하고 나는 오래간만에 입을 열어서 노파에게 물었다. 노파는 털수건으로 머리를 싸매고 깊숙한 눈만 남겨 가지고 실신한 사람 모양으로 허공만 바라보고 있다가, 내가 묻는 말에 비로소 잠이나 깬 듯이,
"멀지 않소. 인젠 한 십오 마일."
하고는 나를 바라보았다. 그 눈은 아마 웃는 모양이었다.
그 얼굴, 그 눈, 그 음성이 모두 이 노파가 인생 풍파의 슬픈 일 괴로운 일에 부대끼고 지친 것을 표하였다. 그리고 죽는 날까지 살아간다 하는 듯하였다.
경사지를 올라서서 보니 그것은 한 산등성이었다. 방향은 알 수 없으나 우리가 가는 방향에는 더 높은 등성이가 있는 모양이나 다른 곳은 다 이보다 낮은 것 같아서 하얀 눈바다가 끝없이 보이는 듯하였다. 그 눈보라는 둘쑹날쑹이 있는 것을 보면 삼림의 꼭대기인 것이 분명하였다. 더구나 여기저기 뾰족뾰족 눈송이 붙을 수 없는 마른 나뭇가지가 거뭇거뭇 보이는 것을 보아서 그러하였다. 만일 눈이 걷어 주었으면 얼마나 안계가 넓으랴, 최석 군이 고민하는 가슴을 안고 이리로 헤매었구나 하면서 나는 목을 둘러서 사방을 바라보았다.
우리는 그 등성이를 내려갔다. 말이 미처 발을 땅에 놓을 수가 없는 정도

로 빨리 내려갔다. 여기는 산불이 났던 자리인 듯하여 거뭇거뭇 불탄 자국 있는 마른 나무들이 드문드문 서 있었다. 그 나무들은 찍어가는 사람도 없으매 저절로 썩어서 없어지기를 기다릴 수밖에 없었다. 그들은 나서 아주 썩어 버리기까지 천년 이상은 걸린다고 하니 또한 장한 일이다.

이 대삼림에 불이 붙는다 하면 그것은 장관일 것이다. 달밤에 높은 곳에서 이 경치를 내려다본다 하면 그도 장관일 것이요, 여름에 한창 기운일 펼 때도 장관일 것이다. 나는 오뉴월경에 시베리아를 여행하는 이들이 끝없는 꽃바다를 보았다는 기록을 생각하였다.

"저기요!"

하는 노파의 말에 나는 생각의 줄을 끊었다. 저기라고 가리키는 곳을 보니 거기는 집이라고 생각되는 물건이 나무 사이로 보였다. 창이 있으니 분명 집이었다.

우리 이스보스치카가 가까이 오는 것을 보았는지, 그 집 같은 물건의 문 같은 것이 열리며 검은 외투 입은 여자가 하나가 팔을 허우적거리며 뛰어나온다. 아마 소리도 치는 모양이겠지마는 그 소리는 아니 들렸다. 나는 그것이 순임인 줄을 얼른 알았다. 또 순임이밖에 될 사람도 없었다.

순임은 한참 달음박질로 오다가 눈이 깊어서 걸음을 걷기가 힘이 드는지 멈칫 섰다. 그의 검은 외투는 어느덧 흰 점으로 얼려져 가지고 어깨는 희게 되는 것이 보였다.

순임의 갸름한 얼굴이 보였다.

"선생님!"

하고 순임도 나를 알아보고는 또 팔을 허우적거리며 소리를 질렀다.

나는 반가워서 모자를 벗어 둘렀다.

"아이 선생님!"

하고 순임은 내가 썰매에서 일어서기도 전에 내게 와서 매달리며 울었다.

"아버지 어떠시냐?"

하고 나는 순임의 등을 두드렸다. 나는 다리가 마비가 되어서 곧 일어설 수가 없었다.

"아버지 어떠시냐?"
하고 나는 한 번 더 물었다.
　순임은 벌떡 일어나 두 주먹으로 흐르는 눈물을 쳐내버리며,
"대단하셔요."
하고도 울음을 금치 못하였다.
　노파는 벌써 썰매에서 내려서 기운없는 걸음으로 비틀비틀 걷기를 시작하였다.
　나는 순임을 따라서 언덕을 오르며,
"그래 무슨 병환이시냐?"
하고 물었다.
"몰라요. 신열이 대단하셔요."
"정신은 차리시든?"
"처음 제가 여기 왔을 적에는 그렇지 않더니 요새에는 가끔 혼수상태에 빠지시는 모양이야요."
　이만한 지식을 가지고 나는 최석이가 누워 있는 집 앞에 다다랐다.
　이 집은 통나무를 댓켸 우물정자로 가로놓고 지붕은 무엇으로 했는지 모르나 눈이 덮이고, 문 하나 창 하나를 내었는데 문은 나무껍질인 모양이나 창은 젖빛 나는 유리창인 줄 알았더니 뒤에 알아본즉 그것이 유리가 아니요, 양목을 바르고 물을 뿜어서 얼려 놓은 것이다. 그리고 통나무와 통나무 틈바구니에는 쇠털과 같은 마른 풀을 꼭꼭 박아서 바람을 막았다.
　문을 열고 들어서니 부엌에 들어서는 모양으로 쑥 빠졌는데 화끈화끈하는 것이 한증과 같다. 그렇지 않아도 침침한 날에 언 눈으로 광선 부족한 방에 들어오니, 캄캄 절벽이어서 아무것도 보이지 아니하였다.
　순임이가 앞서서 양초에 불을 켠다. 촛불빛은 방 한편쪽 침대라고 할 만한 높은 곳에 담요를 덮고 누운 최석의 시체와 같은 흰 얼굴을 비춘다.
"아버지, 아버지 샌전 아저씨 오셨어요."
하고 순임은 최석의 귀에 입을 대고 가만히 불렀다.
　그러나 대답이 없었다.

나는 최석의 이마를 만져 보았다. 축축하게 땀이 흘렀다. 그러나 그리 더운 줄은 몰랐다.
 방안의 공기는 숨이 막힐 듯하였다. 그 난방 장치는 삼굿의 원리를 이용한 것이었다. 돌멩이로 아궁이를 쌓고 그 위에 큰 돌멩이들을 많이 쌓고 거기다가 불을 때어서 달게 한 뒤에 거기 눈을 부어 뜨거운 증기를 발하는 것이었다.
 이 건축법은 조선 동포들이 시베리아로 금광을 찾아다니면서 하는 법이란 말을 들었으나 최석이가 누구에게서 배워 가지고 어떤 모양으로 지었는지는 최석의 말을 듣기 전에는 알 수 없는 일이다.
 나는 내 힘이 미치는 데까지 최석의 병 치료에 대한 손을 쓰고 어떻게 해서든지 이르쿠츠크의 병원으로 최석을 데려다가 입원시킬 도리를 궁리하였다. 그러나 냉정하게 생각하면 최석은 살아날 가망이 없는 것만 같았다.
 내가 간 지 사흘 만에 최석은 처음으로 정신을 차려서 눈을 뜨고 나를 알아보았다.
 그는 반가운 표정을 하고 빙그레 웃기까지 하였다.
 "다 일 없나?"
 이런 말도 알아들을 수가 있었다.
 그러나 심히 기운이 없는 모양이기로 나는 많이 말을 하지 아니하였다.
 최석은 한참이나 눈을 감고 있더니,
 "정임이 소식 들었나?"
 하였다.
 "괜찮대요."
 하고 곁에서 순임이가 말하였다.
 그러고는 또 혼몽하는 듯하였다.
 그날 또 한 번 최석은 정신을 차리고 순임더러는 저리로 가라는 뜻을 표하고 날더러 귀를 가까이 대라는 뜻을 보이기로 그대로 하였더니,
 "내 가방 속에 일기가 있으니 그걸 자네만 보고는 불살라버려. 내가 죽은 뒤에라도 그것이 세상 사람의 눈에 들면 안 되지. 순임이가 볼까 걱정이 되

지마는 내가 몸을 꼼짝할 수가 있나."
하는 뜻을 말하였다.
"그러지."
하고 나는 고개를 끄덕여보였다.
 그리고 난 뒤에 나는 최석이가 시킨 대로 가방을 열고 책들을 뒤져서 그 일기책이라는 공책을 꺼내었다.
"순임이 너 이거 보았니?"
하고 나는 곁에서 내가 책 찾는 것을 보고 섰던 순임에게 물었다.
"아니오. 그게 무어여요?"
하고 순임은 내 손에 든 책을 빼앗으려는 듯이 손을 내밀었다.
 나는 순임의 손이 닿지 않도록 책을 한편으로 비키며,
"이것이 네 아버지 일기인 모양인데 너는 보이지 말고 나만 보라고 하셨다. 네 아버지가 네가 이것을 보았을까 해서 염려를 하시는데 안 보았으면 다행이다."
하고 나는 그 책을 들고 밖으로 나왔다.
 날이 밝다. 해는 중천에 있다. 중천이래야 저 남쪽 지평선 가까운 데다. 밤이 열여덟 시간, 낮이 대여섯 시간밖에 안 되는 북쪽 나라다. 멀건 햇빛이다.
 나는 볕이 잘 드는 곳을 골라서 나무에 몸을 기대고 최석의 일기를 읽기 시작하였다. 읽은 중에서 몇 구절을 골라 볼까.
 '집이 다 되었다. 이 집은 내가 생전 살고 그 속에서 이 세상을 마칠 집이다. 마음이 기쁘다. 시끄러운 세상은 여기서 멀지 아니하냐. 내가 여기 홀로 있기로 누가 찾을 사람도 없을 것이다. 내가 여기서 죽기로 누가 슬퍼해 줄 사람도 없을 것이다. 때로 곰이나 찾아올까. 지나가던 사슴이나 들여다볼까.
 이것이 내 소원이 아니냐. 세상의 시끄러움을 떠나는 것이 내 소원이 아니냐. 이 속에서 나는 나를 이기기를 공부하자.'
 첫날은 이런 평범한 소리를 썼다.

그 이튿날에는.

'어떻게나 나는 약한 사람인고. 제 마음을 제가 지배하지 못하는 사람인고. 밤새도록 나는 정임을 생각하였다. 어두운 허공을 향하여 정임을 불렀다.

정임이가 나를 찾아서 동경을 떠나서 이리로 오지나 아니하나 하고 생각하였다. 어떻게나 부끄러운 일인고? 어떻게나 가증한 일인고?

나는 아내를 생각하려 하였다. 아이들을 생각하려 하였다. 아내와 아이들을 생각함으로 정임의 생각을 이기려 하였다.

최석아, 너는 남편이 아니냐. 아버지가 아니냐. 정임은 네 딸이 아니냐 이런 생각을 하였다.

그래도 정임의 일류전은 아내와 아이들의 생각을 밀치고 달려들 절대 위력을 가진 듯하였다.

아, 나는 어떻게나 파렴치한 사람인고. 나이 사십이 넘어 오십을 바라보는 놈이 아니냐. 사십에 불혹이라고 아니하느냐. 교육가로――깨끗한 교인으로 일생을 살아 왔다고 자처하는 내가 아니냐 하고 나는 내 입으로 내 손가락을 물어서 두 군데나 피를 내었다.'

최석의 둘째날 일기는 계속된다.

'내 손가락에서 피가 날 때에 나는 유쾌하였다. 나는 승첩의 기쁨을 깨달았다.

그러나 아아 그러나 그 빨간, 참회의 핏방울 속에서도 애욕의 불길이 일지 아니하는가. 나는 마침내 제도할 수 없는 인생인가.'

이 집에 든 지 둘째날에 벌써 이러한 비관적 말을 하였다.

또 며칠을 지난 뒤 일기에,

'나는 동경으로 돌아가고 싶다. 정임의 곁으로 가고 싶다. 시베리아의 광야의 유혹도 아무 힘이 없다. 어젯밤은 삼림의 좋은 달을 보았으나――그 달을 아름답게 보려 하였으나 아무리 하여도 아름답게 보이지를 아니하였다. 하늘이나 달이나 삼림이나 모두 무의미한 존재다. 이처럼 무의미한 존재를 나는 경험한 일이 없다. 그것은 다만 기쁨을 자아내지 아니할뿐더러 슬픔도 자아내지 못하였다. 그것은 잿더미였다. 아무도 듣는 이 없는 데서 내 진정을 말하라면 그것은 이 천지에 내게 의미 있는 것은 정임이밖에 없다는 것이다.

나는 정임의 곁에 있고 싶다. 정임을 내 곁에 두고 싶다. 왜? 그것은 나도 모른다.

만일 이 움 속에라도 정임이가 있다 하면 얼마나 이것이 즐거운 곳이 될까.

그러나 이것은 불가능한 일이다. 이 일이 있어서는 아니 된다. 나는 이 생각을 죽여야 한다. 다시 거두를 못하도록 목숨을 끊어버려야 한다.

이것을 나는 원한다. 원하지마는 내게는 그 힘이 없는 모양이다.

나는 종교를 생각하여 본다. 철학을 생각하여 본다. 인류를 생각하여 본다. 나라를 생각하여 본다. 이것을 가지고 내 애욕과 바꾸려고 애써 본다. 그렇지마는 내게 그러한 힘이 없다. 나는 완전히 헬플리스함을 깨닫는다.

아아 나는 어찌할꼬?

나는 못생긴 사람이다. 그까진 것을 못 이겨? 그까진 것을 못 이겨?

나는 예수의 광야에서의 유혹을 생각한다. 천하를 주마 하는 유혹을 생각한다. 나는 싯다르타 태자가 왕궁을 버리고 나온 것을 생각하고, 또 스토아 철학자의 의지력을 생각하였다.

그러나 나는 그러한 생각으로도 이 생각을 이길 수가 없는 것 같다.

나는 혁명가를 생각하였다. 모든 것——사랑도 목숨도 다 헌신짝같이 집어던지고 피 흐르는 마당으로 뛰어나가는 용사를 생각하였다. 나는 이 끝없는 삼림 속을 혁명의 용사 모양으로 달음박질치다가 기운이 진한 곳에서 죽어버리는 것이 소원이었다. 그러나 거기까지도 이 생각은 따르지 아니할까.

나는 지금 곧 죽어버릴까. 나는 육혈포를 손에 들어보았다. 이 방아쇠를 한 번만 튕기면 내 생명은 없어지는 것이 아닌가. 그리되면 모든 이 마음의 움직임은 소멸되는 것이 아닌가. 이것으로 만사가 해결되는 것이 아닌가.

아 하나님이시여, 힘을 주시옵소서. 천하를 이기는 힘보다도 나 자신을 이기는 힘을 주시옵소서. 이 죄인으로 하여금 하나님의 눈에 의롭고 깨끗한 사람으로 이 일생을 마치게 하여 주시옵소서, 이렇게 나는 기도를 한다.
 그러나 하나님은 나를 버리셨다. 하나님은 내게 힘을 주시지 아니하시었다. 나를 이 비참한 자리에서 썩어져 죽게 하시었다.'
 최석은 어떤 날 일기에 또 이런 것도 썼다. 그것은 예전에 내게 보낸 편지에 있던 꿈 이야기를 연상시키는 것이었다. 그것은 이러하다.
 '오늘밤은 달이 좋다. 시베리아의 겨울 해는 참 못생긴 사람과도 같이 기운이 없지마는 하얀 땅 검푸른 하늘에 저쪽 지평선을 향하고 흘러가는 반달은 참으로 맑음 그것이었다.
 나는 평생 처음 시 비슷한 것을 지었다.

 임과 이별하던 날 밤에는 남쪽 나라에 바람비가 쳤네.
 임 타신 자동차의 뒷불이—— 빨간 뒷불이 빗발에 찢겼네.
 임 떠나 혼자 헤매는 시베리아의 오늘 밤에는 지려는 쪽달이 눈덮인 삼림에 걸렸구나.
 아아 저 쪽달이여!
 억지로 반을 갈려진 것도 같아라.
 아아 저 쪽달이여!
 잃어진 짝을 찾아 차디찬 허공 속을 영원히 헤매는 것도 같구나.

 나도 저 달과 같이 잃어버린 반쪽을 찾아 무궁한 시간과 공간에서 헤매는 것만 같다.
 에익. 내가 왜 이리 약한가.
 어찌하여 크나큰 많은 일을 돌아보지 못하고 요만한 애욕의 포로가 되는가.
 그러나 나는 차마 그 달을 버리고 들어올 수가 없었다. 내가 왜 이렇게 센티멘털하게 되었는고. 내 쇠 같은 의지력이 어디로 갔는고. 내 누를 수

없는 자존심이 어디로 갔는고. 나는 마치 유모의 손에 달린 젖먹이와도 같다. 내 일신은 도시 애욕 덩어리로 화해 버린 것 같다.

이른바 사랑——사랑이란 말은 종교적 의미인 것 이외에도 입에 담기도 싫어하던 말이다——이란 것은 내 의지력과 자존심을 녹여버렸는가. 또 이 부자연한 고독의 생활이 나를 이렇게——내 인격을 이렇게 파괴하였는가.

그렇지 아니하면 내 자존심이라는 것이나, 의지력이라는 것이나, 인격이라는 것이 모두 세상의 습관과 사소에 휩쓸리던 것인가. 남들이 그러니까——남들이 옳다니까——남들이 무서우니까 이 애욕의 무덤에 회를 발랐던 것인가. 그러다가 고독과 반성의 기회를 얻으매 모든 회칠과 가면을 떼어버리고 빨가벗은 애욕의 뭉텅이가 나온 것인가.

그렇다 하면, 이것이 참된 나인가. 이것이 하나님이 지어 주신 대로의 나인가. 가슴에 타오르는 애욕의 불길——이 불길이 곧 내 영혼의 불길인가.

어쩌면 그 모든 높은 이상들——인류에 대한, 민족에 대한, 도덕에 대한, 신앙에 대한 그 높은 이상들이 이렇게도 만만하게 마치 바람에 불리는 재 모양으로 자취도 없이 흩어져버리고 말까. 그리고 그 뒤에는 평소에 그렇게도 미워하고 천히 여기던 애욕의 검은 흙만 남고 말까.

아아 저 눈 덮인 땅이여, 차고 맑은 달이여, 허공이여! 나는 너희들을 부러워하노라.

불교도들의 해탈이라는 것이 이러한 애욕의 불붙는 지옥에서 눈과 같이 싸늘하고 허공과 같이 비인 곳으로 들어감을 이름인가.

석가의 팔 년간 설산 고행이 이 애욕의 뿌리를 끊으려 함이라 하고 예수의 사십 일 광야의 고행과 겟세마네의 고민도 이 애욕의 뿌리 때문이었던가.

그러나 그것을 이기어 낸 사람이 천지 개벽 이래에 몇몇이나 되었는고? 나 같은 것이 그중에 한 사람 되기를 바랄 수가 있을까.

나 같아서는 마침내 이 애욕의 불길에 다 타서 재가 되어버릴 것만 같다.

아아 어떻게나 힘있고 무서운 불길인고.'
 이러한 고민의 자백도 있었다.
 또 어떤 날 일기에는 최석은 이런 말을 썼다.
 '나는 단연히 동경으로 돌아가기를 결심하였다.
 그러고는 그 이튿날은,
 '나는 단연히 동경으로 돌아가리란 결심을 한 것을 굳세게 취소한다. 나는 이러한 결심을 하는 나 자신을 굳세게 부인한다.'
 또 이런 말도 있다.
 '나는 정임을 시베리아로 부르련다.'
 또 그 다음에는,
 '아아 나는 하루바삐 죽어야 한다. 이 목숨을 연장하였다가는 무슨 일을 저지를는지 모른다. 나는 깨끗하게 나를 이기는 도덕적 인격으로 이 일생을 마쳐야 한다. 이밖에 내 사업이 무엇이냐.'
 또 어떤 곳에는,
 '아아 무서운 하룻밤이었다. 나는 지난 하룻밤을 누를 수 없는 애욕의 불길에 탔다. 나는 내 주먹으로 내 가슴을 두드리고 머리를 벽에 부딪쳤다. 나는 주먹으로 담벼락을 드르려 손등이 터져서 피가 흘렀다. 나는 내 머리카락을 쥐어뜯었다. 나는 수없이 발을 굴렀다. 나는 이 무서운 유혹을 이기려고 내 몸을 아프게 하였다. 나는 견디다 못하여 문을 박차고 뛰어나갔다. 밖에는 달이 있고 눈이 있었다. 그러나 눈은 핏빛이요, 달은 찌그러진 것 같았다. 나는 눈 속으로 달음박질쳤다. 달을 따라서 엎드러지며 자빠지며 달음질쳤다. 나는 소리를 질렀다. 나는 미친 사람 같았다.'
 그러고는 어디까지 갔다가 어느 때에 어떠한 심경의 변화를 얻어 가지고 돌아왔다는 말은 쓰이지 아니하였으나 최석의 병의 원인을 설명하는 것 같았다.
 '열이 나고 기침이 난다. 가슴이 아프다. 이것이 폐렴이 되어서 혼자 깨끗하게 이 생명을 마치게 하여 주소서 하고 빈다. 나는 오늘부터 먹고 마시기를 그치련다.

이러한 말을 썼다. 그러고는,

'정임, 정임, 정임, 정임.'

하고 정임의 이름을 수없이 쓴 것도 있고, 어떤 데는,

'Overcome, Overcome.'

하고 영어로 쓴 것도 있었다.

그리고 마지막에,

'나는 죽음과 대면하였다. 사흘째 굶고 앓은 오늘에 나는 극히 맑고 침착한 정신으로 죽음과 대면하였다. 죽음은 검은 옷을 입었으나 그 얼굴에는 자비의 표정이 있었다. 죽음은 곧 검은 옷을 입은 구원의 손이었다. 죽음은 아름다운 그림자였다. 죽음은 반가운 애인이요, 결코 무서운 원수가 아니었다. 나는 죽음의 손을 잡노라. 감사하는 마음으로 죽음의 품에 안기노라 아아.'

이것을 쓴 뒤에는 다시는 일기가 없었다.

이것으로 최석이가 그동안 지난 일을 ─── 적어도 심리적 변화만은 대강 추측할 수가 있었다.

다행히 최석의 병은 점점 돌리는 듯하였다. 열도 내리고 식은땀도 덜 흘렸다. 안 먹는다고 고집하던 음식도 먹기를 시작하였다.

정임에게로 갔던 노파에게서는 정임도 열이 내리고 일어나 앉을 만하다는 편지가 왔다.

나는 노파의 편지를 최석에게 읽어주었다. 최석은 그 편지를 듣고 매우 흥분하는 모양이었으나 곧 안심하는 빛을 보였다.

나는 최석의 병이 돌리는 것을 보고 정임을 찾아볼 양으로 떠나려 하였으나 순임이가 듣지 아니하였다. 혼자서 앓는 아버지를 맡아 가지고 있을 수는 없다는 것이었다. 그래서 노파가 오기를 기다리기로 하였다.

나는 최석이가 먹을 음식도 살 겸 우편국에도 들릴 겸 시가까지 가기로 하고 이곳 온 지 일주일이나 지나서 처음으로 산에서 나왔다.

나는 이르쿠츠크에 가서 최석을 위하여 약품과 먹을 것을 사고 또 순임을 위해서도 먹을 것과 의복과 또 하모니카와 손풍금도 사가지고 정거장에 나

와서 돌아올 차를 기다리고 있었다.

　나는 순후해 보이는 아라사 사람들이 정거장에서 오락가락하는 것을 보고 속으로는 최ᄉ이가 병이 좀 나은 것을 다행으로 생각하고, 또 최석과 정임의 장래가 어찌될까 하는 것도 생각하면서 뷔페(식당)에서 뜨거운 차이(차)를 마시고 있었다.

　이때에 밖을 바라보고 있던 내 눈은 문득 이상한 것을 보았다. 그것은 그 노파가 이리로 향하고 걸어오는 것인데 그 노파와 팔을 걸은 젊은 여자가 있는 것이다. 머리를 검은 수건으로 싸매고 입과 코를 가리웠으니 분명히 알 수 없으나 혹은 정임이나 아닌가 할 수밖에 없었다. 정임이가 몸만 기동하게 되면 최석을 보러 올 것은 정임의 열정적인 성격으로 보아서 당연한 일이기 때문이었다.

　나는 반쯤 먹던 차를 놓고 뷔페 밖으로 뛰어나갔다.

　"오 미시즈 체스터필드?"

하고 나는 노파 앞에 손을 내어밀었다. 노파를 체스터필드라는 미국 남편의 성을 따라서 부르는 것을 기억하였다.

　"선생님!"

하는 것은 정임이었다. 그 소리만은 변치 아니하였다. 나는 검은 장갑을 낀 정임의 손을 잡았다. 나는 여러 말 아니하고 노파와 정임을 뷔페로 끌고 들어왔다.

　늙은 뷔페 보이는 번쩍번쩍하는 사모바르에서 차 두 잔을 따라다가 노파와 정임의 앞에 놓았다.

　노파는 어린애에게 하는 모양으로 정임의 수건을 벗겨주었다. 그 속에서는 해쓱하게 여윈 정임의 얼굴이 나왔다. 두 볼에 볼그스레하게 홍훈이 도는 것도 병 때문인가.

　"어때? 신열은 없나?"

하고 나는 정임에게 물었다.

　"괜찮아요."

하고 정임은 웃으며,

"최 선생님은 어떠세요?"
하고 묻는다.
"좀 나으신 모양이야. 그래서 나는 오늘 정임을 좀 보러 가려고 했는데 이 체스터필드 부인이 아니 오시면 순임이가 혼자 있을 수가 없다고 해서, 그래 이렇게 최 선생 자실 것을 사가지고 가는 길이야."
하고 말을 하면서도 나는 정임이 눈과 입과 목에서 그의 병과 마음을 알아 보려고 애를 썼다.
 중병을 앓은 깐 해서는 한 달 전 남대문서 볼 때보다 얼마 더 초췌한 것 같지는 아니하였다.
"네에."
하고 정임은 고개를 숙였다. 그의 안경알에는 이슬이 맺혔다.
"선생님 댁은 다 안녕하셔요?"
"응, 내가 떠날 때에는 괜찮았어."
"최 선생님 댁도?"
"응."
"선생님, 퍽 애를 쓰셨어요."
하고 정임은 울음인지 웃음인지 모를 웃음을 웃는다.
 말을 모르는 노파는 우리가 하는 말을 눈치나 채려는 듯이 멀거니 보고 있다가 서투른 영어로,
"아직 미스 남은 신열이 있답니다. 그래도 가 본다고 죽어도 가 본다고 내 말 안 듣고 따라왔지요."
하고 정임에게 애정있는 눈흘김을 주며,
"유 노티 차일드(말썽꾼이)."
하고 입을 씰룩하며 정임을 안경 위로 본다.
"니체워, 마뚜슈까(괜찮아요, 어머니)."
하고 정임은 노파를 보고 웃었다. 정임의 서양 사람에게 대한 행동은 서양 식으로 째었다고 생각하였다.
 정임은 도리어 유쾌한 빛을 보였다. 다만 그의 붉은 빛 띤 눈과 마른 입

술이 그의 몸에 열이 있음을 보았다. 나는 그의 손끝과 발끝이 싸늘하게 얼었을 것을 상상하였다.

마침 이날은 날이 온화하였다. 엷은 햇빛도 오늘은 두터워진 듯하였다.

우리 세 사람은 R역에서 썰매 하나를 얻어타고 산으로 향하였다. 산도 아니지마는 산있는 나라에서 살던 우리는 최석이가 사는 곳을 산이라고 부르는 습관을 지었다. 삼림이 있으면 산같이 생각된 까닭이었다.

노파가 오른편 끝에 앉고, 가운데다가 정임을 앉히고 왼편 끝에 내가 앉았다. 쩟쩟쩟하는 소리에 말은 달리기 시작하였다. 한 필은 키 큰 말이요, 한 필은 키가 작은 말인데 키 큰 말은 아마 늙은 군대 퇴물인가 싶어서 허우대는 좋으나 몸이 여위고 털에는 윤이 없었다. 조금만 올라가는 길이 되어도 고개를 숙이고 애를 썼다. 작은 말은 까불어서 가끔 채찍으로 얻어맞았다.

"아이 삼림이 좋아요."

하고 정임은 정말 기쁜 듯이 나를 돌아보았다.

"좋아?"

하고 나는 멋없이 대꾸하고 나서, 후회되는 듯이,

"밤낮 삼림 속에서만 사니까 지리한데."

하는 말을 붙였다.

"저는 저 눈있는 삼림 속으로 한정없이 가고 싶어요. 그러나 저는 인제 기운이 없으니간 웬걸 그래 보겠어요?"

하고 한숨을 쉬었다.

"왜 그런 소릴 해. 인제 나을 걸."

하고 나는 정임의 눈을 들여다보았다. 마치 슬픈 눈물 방울이나 찾으려는 듯이.

"저는 지금도 열이 삼십팔 도가 넘습니다. 정신이 흐릿해지는 것을 보니까 아마 더 올라가나 봐요. 그래도 괜찮아요. 오늘 하루야 못 살라고요. 오늘 하루만 살면 괜찮아요. 최 선생님만 한 번 뵙고 죽으면 괜찮아요."

"왜 그런 소릴 해?"

하고 나는 책망하는 듯이 어성을 높였다.
 정임은 기침을 시작하였다. 한바탕 기침을 하고는 기운이 진한 듯이 노파에게 기대며, 조선말로,
"추워요."
하였다.
 이 여행이 어떻게 정임의 병에 좋지 못할 것은 의사가 아닌 나로도 짐작할 수가 있었다. 그러나 나로는 더 어찌할 수가 없었다.
 나는 외투를 벗어서 정임에게 입혀주고 노파는 정임을 안아서 몸이 덜 흔들리도록 또 춥지 않도록 하였다. 나는 정임의 모양을 애처로워서 차마 볼 수가 없었다. 그러나 이것은 하나님밖에는 어찌할 도리가 없는 일이었다.
 얼마를 지나서 정임은 갑자기 고개를 들고 일어나며,
"인제 몸이 좀 녹았습니다. 선생님 추우시겠어요. 이 외투 입으셔요."
하고 그의 입만 웃는 웃음을 웃었다.
"난 춥지 않아. 어서 입고 있어."
하고 나는 정임이가 외투를 벗는 것을 막았다. 정임은 더 고집하려고도 아니하고,
"선생님 시베리아의 삼림은 참 좋아요. 눈 덮인 것이 더 좋은 것 같아요. 저는 이 인적없고 자유로운 삼림 속으로 헤매어 보고 싶어요."
하고 아까 하던 것과 같은 말을 또 하였다.
"며칠 잘 정양하여서, 날이나 따뜻하거든 한번 산보나 해보지."
하고 나는 정임의 말뜻이 다른 데 있는 줄을 알면서도 부러 평범하게 대답하였다.
 정임은 대답이 없었다.
"여기서도 아직 멀어요?"
하고 정임은 몸이 흔들리는 것을 심히 괴로워하는 모양으로 두 손을 자리에 짚어 몸을 버티면서 말하였다.
"고대야 최 선생이 반가워할 터이지. 오죽이나 반갑겠나."
하고 나는 정임을 위로하는 뜻으로 말하였다.

"아이 참 미안허요. 제가 죄인이야요. 저 때문에 애매한 누명을 쓰시고 저렇게 사업도 버리시고 병환까지 나시니 저는 어떡허면 이 죄를 씻습니까?"
하고 눈물 고인 눈으로 정임은 나를 쳐다보았다.
 나는 정임과 최석을 이 자유로운 시베리아의 삼림 속에 단 둘이 살게 하고 싶었다. 그러나 최석은 살아나가겠지마는 정임이가 살아날 수가 있을까, 하고 나는 정임의 어깨를 바라보았다. 그의 목숨은 실낱 같은 것 같았다. 바람받이에 놓인 등잔불과만 같은 것 같았다. 이 목숨이 끊어지기 전에 사랑하는 이의 얼굴을 한 번 대하겠다는 것밖에 아두 소원이 없는 정임은 참으로 가엾어서 가슴이 미어지는 것 같았다.
 "염려 말어. 무슨 걱정이야? 최 선생도 병이 돌리고 정임도 인제 얼마 정양하면 나을 것 아닌가. 아무 염려 말아요."
하고 나는 더욱 최석과 정임과 두 사람의 사랑을 달게 할 결심을 하였다. 하나님이 계시다면 이 가엾은 간절한 두 사람의 마음을 가슴 미어지게 아니 생각할 리가 없다고 생각하였다. 우주의 모든 일 중에 정임의 정경보다 더 슬프고 불쌍한 정경이 또 있을까 하였다. 차디찬 눈으로 덮인 시베리아의 광야에 병든 정임의 사랑으로 타는 불똥과 같이 날아가는 이 정경은 인생이 가질 수 있는 최대의 비극인 것 같았다.
 정임은 지쳐서 고개를 숙이고 있다가도 가끔 고개를 들어서는 기운나는 양을 보이려고, 유쾌한 양을 보이려고 애를 썼다.
 "저 나무 보셔요. 오백 년은 살았겠지요?"
 이런 말도 하였다.
 그러나 그것은 다 억지로 지어서 하는 것이었다. 그러다가는 또 기운이 지쳐서는 고개를 숙이고, 혹은 노파의 어깨에 혹은 내 어깨에 쓰러졌다.
 마침내 우리가 향하고 가는 움집이 보였다.
 "정임이, 저기야."
하고 나는 움집을 가리켰다.
 "네에?"

하고 정임은 내 손가락 가는 곳을 보고 다음에는 내 얼굴을 보았다. 잘 보이지 않는 모양이다.
"저기 저것 말야. 저기 저 고작 큰 전나무 두 개가 있지 않아? 그 사이로 보이는 저, 저거 말야. 옳지 옳지, 순임이 지금 나오지 않아?"
하였다. 순임이가 무엇을 가지러 나오는지 문을 열고 나와서는 밥 짓느라고 지어놓은 이를테면 부엌에를 들어갔다가 나오는 길에 이쪽을 바라보다가 우리를 발견하였는지 몇 걸음 빨리 오다가는 서서 보고 오다가는 서서 보더니 내가 모자를 내어두르는 것을 보고야 우리 일행인 것을 확실히 알고 달음박질을 쳐서 나온다.
우리 썰매를 만나자,
"정임이야? 어쩌면 이 추운데."
하고 순임은 정임을 안고 그 안경으로 정임의 눈을 들여다본다.
"어쩌면 앓으면서 이렇게 와?"
하고 순임은 노파와 나를 책망하는 듯이 돌아보았다.
"아버지 어떠시냐?"
하고 나는 짐을 들고 앞서서 오면서 뒤따르는 순임에게 물었다.
"아버지요?"
하고 순임은 어른에게 대한 경의를 표하노라고 내 곁에 와서 걸으며,
"아버지가 오늘은 말씀을 많이 하셨어요. 순임이가 고생하는 구나 고맙다, 이런 말씀도 하시고, 지금 같아서는 일어날 것도 같은데 기운이 없어서, 이런 말씀도 하시고, 또 선생님이 이르쿠츠크에를 들어가셨으니 무엇을 사오실 듯 싶으냐, 알아맞춰 보아라, 이런 농담도 하시고, 정임이가 어떤가 한 번 보았으면 이런 말씀도 하시겠지요. 또 순임아, 내가 죽더라도 정임을 네 친동생으로 알아서 부디 잘 사랑해 주어라, 정임은 불쌍한 애다, 참 정임은 불쌍해! 이런 말씀도 하시겠지요. 그렇게 여러 가지 말씀을 많이 하시더니, 순임아 내가 죽거든 선생님을 아버지로 알고 그 지도를 받아라, 그러시길래 제가 아버지 안 돌아가셔요! 그랬더니 아버지가 웃으시면서, 죽지 말까, 하시고는 어째 가슴이 좀 거북한가, 하시더니 잠이 드셨어

요. 한 시간이 되었을까 은."

집 앞에 거의 다 가서는 순임은 정임의 팔을 꼈던 것을 놓고 빨리 집으로 뛰어들어갔다. 치가폭을 펄럭거리고 뛰는 양에는 어렸을 적 말괄량이 순임의 모습이 남아 있어서 나는 혼자 웃었다. 순임은 정임이가 온다는 기쁜 소식을 한 시각이라도 빨리 아버지께 전하고 싶었던 것이다.

"아버지. 주무시우? 정임이가 왔어요. 정임이가 왔습니다."
하고 부르는 소리가 밖에서도 들렸다.

나도 방에 들어서고, 정임도 뒤따라 들어서고 노파는 부엌으로 물건을 두러 들어갔다.

방은 절벽같이 어두웠다.

"순임아, 불을 좀 켜려무나."
하고 최석의 얼굴을 찾느라고 눈을 크게 뜨고 고개를 숙이며,
"자나? 정임이가 왔네."
하고 불렀다.

정임도 곁에 와서 선다.

최석은 대답이 없었다.

순임이가 촛불을 켜자 최석의 얼굴이 환하게 보였다.

"여보게, 여봐. 자나?"
하고 나는 무서운 예감을 가지면서 최석의 어깨를 흔들었다.

그것이 무엇인지 모르지마는 최석은 시체라 하는 것을 나는 내 손을 통해서 깨달았다.

나는 깜짝 놀라서 이불을 벗기고 최석의 팔을 잡아 맥을 짚어 보았다. 거기는 맥이 없었다.

나는 최석의 자리옷 가슴을 헤치고 귀를 가슴에 대었다. 그 살은 얼음과 같이 차고 그 가슴은 고요하였다. 심장은 뛰기를 그친 것이었다.

나는 최석의 가슴에서 귀를 떼고 일어서면서,
"네 아버지는 돌아가셨다. 네 손으로 눈이나 감겨 드려라."
하였다. 내 눈에서는 눈물이 흘렀다.

"선생님!"
하고 정임은 전연히 절제할 힘을 잃어버린 듯이 최석의 가슴에 엎어졌다. 그리고는 소리를 내어 울었다. 순임은,
"아버지, 아버지!"
하고 최석의 베개 곁에 이마를 대고 울었다.
아라사 노파도 울었다.
방 안에는 오직 울음소리뿐이요, 말이 없었다. 최석은 벌써 이 슬픈 광경도 몰라보는 사람이었다.
최석이가 자기의 싸움을 이기고 죽었는지, 또는 끝까지 지다가 죽었는지 그것은 영원히 비밀이어서 알 도리가 없었다. 그러나 이것만은 확실하다——그의 의식이 마지막으로 끝나는 순간에 그의 의식에 떠오던 오직 하나가 정임이었으리라는 것만은.
지금 정임이가 그의 가슴에 엎어져 울지마는, 정임의 뜨거운 눈물이 그의 가슴을 적시건마는 최석의 가슴은 떨 줄을 모른다. 이것이 죽음이란 것이다.
뒤에 경찰의가 와서 검사한 결과에 의하면, 최석은 폐렴으로 앓던 결과로 심장마비를 일으킨 것이라고 하였다.
나는 최석의 장례를 끝내고 순임과 정임을 데리고 오려 하였으나 정임은 듣지 아니하고 노파와 같이 바이칼 촌으로 가버렸다.
그런 뒤로는 정임에게서는 일체 음신이 없다. 때때로 노파에게서 편지가 오는데 정임은 최석이가 있던 방에 가만히 있다고만 하였다. 서투른 영어가 뜻을 충분히 발표하지 못하는 것이었다. 나는 정임에게 안심하고 병을 치료하라는 편지도 하고 돈이 필요하거든 청구하라는 편지도 하나 영 답장이 없다. 만일 정임이가 죽었다는 기별이 오면 나는 한 번 더 시베리아에 가서 둘을 가지런히 묻고 '두 별 무덤'이라는 비를 세워 줄 생각이다. 그러나 나는 정임이가 조선으로 오기를 바란다.
여러분은 최석과 정임에게 대한 내 기록을 믿고 그 두 사람에게 대한 오해를 풀라.

꿈

꿈

첫째 권

　끝없는 동해 바다. 맑고 푸른 동해 바다. 낙산사(洛山寺) 앞바다.
　늦은 봄의 고요한 새벽 어두움이 문득 깨어지고 오늘은 구름도 없어 붉은 해가 푸른 물에서 쑥 솟아오르자, 끝없는 동해 바다는 황금빛으로 변한다. 늠실늠실하는 끝없는 황금 바다.
　깎아 세운 듯한 절벽이 불그스레하게 물이 든다. 움직이지도 않는 바위 틈의 철쭉꽃 포기들과 관세음보살을 모신 낙산사 법당 기와도 황금빛으로 변한다.
　"나무관세음보살 나무대자대비관세음보살."
하는 염불 소리, 목탁 소리도 해가 돋자 끊어진다. 아침 예불이 끝난 것이다.
　조신(調信)은 평목(平木)과 함께 싸리비를 들고 문 밖으로 나와 문전 길을 쓸기를 시작한다. 길의 흙은 밤이슬에 촉촉이 젖었다. 싸악싸악, 쓰윽쓰윽하는 비질 소리가 들린다.
　조신과 평목이 앞 동구까지 쓸어나갈 때에 노장 용선화상(龍船和尙)이 구부러진 길다란 지팡이를 끌고 대문으로 나온다.
　"저, 앞 동구까지 잘 쓸어라. 한눈 팔지 말고 깨끗이 쓸어. 너희 마음에 묻은 티끌을 닦아 버리듯이."
하고 용선 노장이 큰소리로 외친다.
　"네."
하고 조신과 평목은 뒤도 돌아보지 아니하고 더 재게 비를 놀린다.

"오늘은 태수 행차가 오신다고 하였으니, 각별히 잘 쓸렷다."
하고 노장은 산문 안으로 들어간다.
　태수 행차라는 말에 조신은 비를 땅바닥에 떨어뜨리고 허리를 편다.
"왜 이래? 벌이가 쏘았어? 못난 짓도 퍽도 하네."
하고 평목이가 비로 조신의 엉덩이를 갈긴다.
　조신은 말없이 떨어진 비를 다시 집어든다.
"태수가 온다는데 왜 그렇게 놀라? 무슨 죄를 지었어?"
하고 평목은 그 가느스름한 여자다운 눈에 눈웃음을 치면서 조신을 바라본다. 평목은 미남자였다.
"죄는 내가 무슨 죄를 지었어?"
하고 조신은 비질을 하면서 툭 쏜다. 평목과는 정반대로 조신은 못생긴 사내였다. 낯빛은 검푸르고, 게다가 상판이니 눈이니 코니 모두 찌그러지고 고개도 비뚜름하고 어깨도 바른편은 올라가고 왼편은 축 처져서 걸음을 걸을 때면 모으로 가는 듯하게 보였다.
"네 마음이 비뚤어졌으니까 몸뚱이가 저렇게 비뚤어진 것이다. 마음을 바로잡아야 내생에 똑바른 몸을 타고 나는 것이다."
　용선화상은 조신에게 이렇게 훈계하였다.
"죄를 안 지었으면 원님 나온다는데 왜 질겁을 해? 세달사 농장(世達寺 農莊)에 있을 적에 네가 아마 협잡을 많이 하여 먹었거나, 뉘 유부녀라도 겁간을 한 모양이야. 어때, 내님이 꼭 알아맞췄지? 그렇지 않고야 김 태수 불공 온다는데 왜 빗자루를 땅에 떨어뜨리느냐 말야? 내 어쩨 수상쩍게 생각했더니, 세달사 농장을 맡아보면 큰 수가 나는 자린데, 왜 그것을 내어버리고 낙산사에를 들어와서 이 고생을 하느냐 말야? 어때, 내말이 맞았지? 똑바로 참회를 해요."
하고 평목은 비질하기도 잊고 조신의 앞을 질러 걸으며 잔소리를 한다.
"어서 길이나 쓸어요. 괜시리 노스님 보시면 경치지 말고."
　조신은 이렇게 한마디, 평목을 핀잔을 주고는 여전히 길을 쓴다. 평목의 말이 듣기 싫다는 듯이 쓰윽싸악하는 소리를 더 높이 낸다.

평목은 그래도 비를 든 채로 조신보다 한 걸음 앞서서 뒷걸음을 치면서
말을 건다.
"이봐 조신이 오늘 보란 말야."
"무얼 보아?"
"원님의 따님이 아주 어여쁘단 말야? 관세음보살님같이 어여쁘단 말야.
작년에도 춘추로 두 번 불공드리러 왔는데 말야. 그 아가씨가 참 꽃송이란
말야, 꽃송이. 아유우, 넌정."
하고, 평목은 음탕한 몸짓을 한다.
평목의 말에 조신은 더욱 견딜 수 없는 듯이 빨리빨리 비질을 한다. 그러
나 조신의 비는 쓴 자리를 또 쓸기도 하고 껑충껑충 뛰어넘기도 하고 허둥
허둥하였다.
그럴밖에 없었다. 조신이가 세달사의 중으로서 명주 날리군(溟州捺李郡)
에 있는 세달사 농장에 와 있은 지 삼 년에 그 편하고 좋은 자리를 버리고
낙산사에 들어온 것이 바로 이 김 태수 흔공(金太守昕公)의 딸 달례(月禮)
때문이었다.
조신이 달례를 처음 본 것이 바로 작년 이맘때였다. 철쭉꽃 활짝 핀 어느
날 조신이 고을 뒤 거북재라는 산에 올랐을 때에 마침 태수 김흔공이 가솔
을 데리고 꽃놀이를 나와 있었다. 때는 석양인데 달례가 시녀 하나를 데리
고 단둘이서 맑은 시내를 따라서 골짜기로 더듬어 오르는 길에 석벽 위에
매어달린 듯이 탐스럽게 핀 철쭉 한 포기를 바라보고,
'저것을 꺾어다가 병석에 누우셔서 오늘 꽃구경도 못 나오신 어머님께
드렸으면.'
하고 차마 그곳을 그대로 지나가지 못하고 방황할 때에 만난 것이 조신이
었다.
무심코 골짜기로 내려오던 조신도 하늘에서 내려온 듯한 달례를 보고는
황홀하게 우뚝 섰다. 제가 불도를 닦는 중인 것도 잊어버렸다. 제가 어떻게
나 못생긴 사내인 것도 잊어버렸다. 그러고는 염치도 없이 달례를 물끄러
미 바라보고는 언제까지나 한자리에 서 있었다. 마치 그의 눈과 몸이 다 굳

어진 것과 같았다.
 갑자기 조신을 만난 달례도 놀랐다. 한걸음 뒤로 멈칫 물러서지 아니할 수 없었으나, 다시 보매 중인지라 안심한 듯이 조신을 향하여 합장하였다. 그의 얼굴에는 역시 처녀다운 부끄러움이 있었다.
 달례가 합장하는 것을 보고야 조신은 굳은 몸이 풀리고 얼었던 정신이 녹아서 위의를 갖추어 합장으로 답례를 하였다.
 '그렇기로 저렇게 아름다운 여자가 어떻게 세상에 있을까?'
 조신은 속으로 중얼거리면서, 이 자리에 오래 있는 것이——젊고 아름다운 처녀의 곁에서 그 고운 얼굴을 바라보고, 그 그윽한 향기를 맡는 것이 옳지 아니한 줄을 생각하고는 다시 합장하고 허리를 굽히고 달례의 등뒤를 지나서 내려가는 걸음을 빨리 걸었다. 그러나 조신의 다리에는 힘이 없어서 어디를 어떻게 디디는지를 몰랐다.
 달례는 조신의 이러하는 모양을 보다가 방그레 웃으며 시녀더러,
 "얘, 저 시님 잠깐만 여쭈어라."
하였다.
 "시님! 시님!"
하고 수십 보나 내려간 조신의 뒤를 시녀가 부르면서 따랐다.
 "네."
하고 조신은 걸음을 멈추고 돌아섰다.
 시녀는 조신의 앞에 가까이 가서 눈으로 달례를 가리키며,
 "작은 아씨께서 시님 잠깐만 오십시사고 여쭈옵니다."
하였다.
 "작은 아씨께서? 소승을?"
하고 조신은 시녀가 가리키는 편을 바라보았다. 거기는 분홍 긴 옷을 입은 한 분 선녀가 서 있었다. 좀 새뜨게 바라보는 모양이 더욱 아름다워서 인간 같지는 아니하였다.
 조신은 시녀의 뒤를 따랐다.
 "어느 댁 아가씨시오?"

하고 조신은 부질없는 뜻인 줄 알면서 묻고는 혼자 부끄러웠다.
 "이 고을 사또님 따님이시오."
시녀는 이렇게 대답하였다.
 "그러나 하길래."
하고 조신은 속으로 중얼거렸다. 이 고을 사또 김흔 공은 신라의 진골(왕족)이었다.
 "아가씨께서 소승을 불러 겨시오?"
하고 조신은 달례의 앞에서 합장하였다.
 "시님을 여쭤와서 죄송합니다."
하고 달례는 방긋 웃었다.
 조신은 숨이 막힐 듯함을 느꼈다. 석벽 밑 맑은 시냇가에 바위를 등지고 선 달례의 자태는 비길 데가 없이 아름다웠다. 부드러운 바람이 그 가벼운 분홍 옷자락을 펄렁거릴 때마다 사람을 어리게 하는 향기가 풍기는 것 같았다. 그 검은 거리는 봄날 볕에 칠같이 빛났다.
 "미안하오나 저 석벽에 핀 철쭉을 꺾어 줍시오."
달례의 붉은 입술이 움직일 때에 옥같이 흰 이빨이 빛났다.
 조신은 달례의 가리키는 석벽을 바라보았다. 네 길은 될 듯한 곳에 한 포기 철쭉이 참으로 탐스럽게 피어 있었다.
 그러나 거기를 올라가기는 여간 힘드는 일이 아닐 것 같았다. 산을 타는 자신이 있는 사람이 아니면 엄두도 내이기 어려울 듯하였다.
 "그 꽃은 꺾어서 무엇 하시랴오?"
조신은 이렇게 물어보았다. 물론 조신은 그 석벽에 기어오르다가 뼈가 부서져 죽더라도 올라갈 결심을 하였다.
 "어머니께서 병환으로 꽃구경을 못하시와서 꼭 저 꽃을 꺾어다가 어머니께 드렸으면 좋을 것 같아서."
 달례는 수줍은 듯이 그러나 낭랑한 음성으로 이렇게 말하였다. 조신은,
 "효성이 지극하시오. 그러면 소승이 꺾어 보오리다."
하고 조신은 갓과 장삼을 벗어서 바위에 놓으려는 것을 달례가 받아서 한

팔에 걸었다.
 조신은 어떻게 그 험한 석벽에를 올라가서 어떻게 그 철쭉꽃을 꺾었는지 모른다. 그것은 꿈속과 같았다. 한아름 꽃을 안고 달례의 앞에 섰을 때에 비로소 정신을 차릴 수가 있었다.
 "황송도 하여라."
하고 달례는 한 팔을 내밀어 조신의 손에서 꽃을 받아 안고 한 팔에 걸었던 장삼을 조신에게 주었다.
 이 일이 있은 뒤로부터 조신의 눈앞에서는 달례 모양이 떠나지를 아니하였다. 깨어서는 달례를 생각하고, 잠들어서는 달례를 꿈꾸었다.
 그러나 그것은 이루지 못할 일이었다. 달례와 백년 해로를 하기는커녕, 다시 한번 달례를 대하여서 말 한마디를 붙여보기도 하늘에 별 따기와 같은 일이었다.
 조신은 멀리 달례가 들어 있을 태수의 내아 쪽을 바라보았다. 깊이깊이 수림과 담 속에 있어서 그 지붕까지 잘 보이지 아니하였다. 나는 제비밖에는 통할 수 없는 저 깊은 속에 달례가 있는 것이다. 그러다가 언제나 벼슬이 갈리면 달례는 그 아버지를 따라서 서울로 가버릴 것이다. 달례가 서울로 가면 조신도 서울로 따라갈 수는 있지마는, 서울에 간 뒤에는 여기서보다도 더 깊이 김랑은 숨어서 영영 대할 길이 없을 것이다.
 이런 일을 생각하면 조신은 몸둘 곳이 없도록 괴로웠다. 조신은 밥맛을 잃었다. 잠을 잃었다. 그의 기름은 바짝바짝 말랐다. 그는 마침내 병이 될 지경이었다.
 '나는 중이다. 불도를 닦는 사람이다.'
 이러한 생각으로 조신은 눈앞에 알른거리는 달례의 그림자를 물리쳐 보려고도 애를 썼다. 그러나 그것은 안 될 일이었다. 물리치려면 더 가까이 오고, 잊으려면 더 또렷이 김랑의 모양이 나타났다.
 마음으로 싸우다 싸우다 못한 끝에 조신은 마침내 낙산사에 용선 대사를 찾았다.
 조신은 대사에게 모든 것을 참회한 뒤에,

"시님, 소승은 어찌하면 좋습니까?"
하고 물었다.
　이에 대하여 용선 화상은 조신을 바라보고 그 깊은 눈썹 속에 빛나는 눈으로 빙그레 웃으면서,
"네 그 찌그러진 얼굴을 보고 달례가 너를 따르겠느냐?"
하고는 턱춤을 추이면서 소리를 내어서 웃었다.
　조신은 욕과 부끄러움과 슬픔과 절망을 한데 느끼면서,
"그러기에 말씀입니다. 그러니 소승이 어떻게 하면 좋습니까?"
하고 애원하였다.
"네 상판대기부터 고쳐라."
"어떡하면 이 업보로 타고난 상판대기를 고칠 수가 있습니까?"
"관세음보살을 염하여라."
"관세음보살을 염하면 이 상판대기가 고쳐지겠습니까? 이 검은 빛이 희어지고 이 찌그러진 것이 바로 잡히겠습니까?"
"그렇고말고. 그보다 더한 것도 된다. 달례보다 더한 미인도 너를 사모하고 따라올 것이다."
　용선 화상의 이 말에 힘을 얻어서 조신은,
"시님, 소승은 관세음코살을 모시겠습니다. 소승이 힘이 없사오니 시님께서 도력으로 소승을 가지(加持)해 줍시오."
하고는, 지금까지 관세음보살을 염하여 온 것이었다.
　그런데 이제 달례가 온다. 그 부모를 모시고 불공을 드리러 오는 것이다. 조신의 가슴은 정신을 긴장할 수가 없이 울렁거렸다.
　길을 다 쓸고 나서 조신은 용선 화상께 갔다.
"시님, 소승은 어찌하면 좋습니까?"
하고 조신은 정성스럽게 용선께 물었다.
"무엇을? 두엇을 어찌한단 말이냐?"
하고 노장은 시치미를 떼었다.
"아뢰옵기 황송하오나 김 태수가 오신다면 그 따님도 오실 모양이

니──.”
 "오, 그 말이냐? 그저 관세음보살을 염하려무나."
하고 용선 대사는 뚫어지게 조신을 바라보았다.
 "소승은 지금도 이렇게 가슴이 울렁거립니다."
 "응, 이따가는 더 울렁거릴 터이지."
 "그러면 소승은 어찌하면 좋습니까?"
 "관세음보살을 염하려무나."
 "시님, 소승의 소원이 꼭 이루어지겠습니까?"
 "관세음보살을 염하려무나."
 "나무대자대비 관세음보살마하살."
하고 조신은 당장에서 합장하고 큰소리로 관세음보살을 부른다.
 용선은 물끄러미 조신이 하는 양을 향하여서 한 번 합장한다. 대사는 관세음보살을 일심으로 염하는 조신의 속에 관세음보살을 뵈온 것이었다.
 절 경내는 먼지 하나없이 정결히 쓸리고 물까지 뿌려졌다. 동해 바다의 물결이 석벽에 부딪치는 소리가 철석철석 들려왔다. 그 소리와 어울려서,
 "나무대자대비 관세음보살마하살."
하는 조신의 염불 소리가 끊임없이 법당에서 울려나왔다.
 문마다 '淨齊所'라는 종이가 붙었다. 노랑종이 다홍종이에 범서(梵書)로 쓰인 진언들이 깃발 모양으로 법당에서부터 사방으로 늘인 줄에 걸렸다.
 법당 남쪽 모퉁이 별당이 원님네 일행의 사처로 정결하게 치워졌다. 태수 김흔 공은 이 절에 백여 석 추수하는 땅을 붙인 큰 시주였다. 그러므로 무슨 특별한 큰 재가 아니라도 이처럼 정성을 드리는 것이었다.
 해가 낮이 기울어져 승시 때가 될 때쯤 하여서 전배가 달려와서 원님 일행이 온다는 선문을 놓았다.
 노장은 칠팔 인 젊은 중을 데리고 동구로 나갔다. 모두 착가사장삼하고 목에 염주를 걸고 팔목에는 단주를 들었다. 노장은 육환장을 짚었다. 꾀꼬리 소리가 들려오고 이따금 멀리서 우는 종달새 소리가 들렸다. 봄철 저녁 날이라 바람은 좀 있었으나 날은 화창하였다. 검으리만큼 푸른 바다에는

꿈   167

눈 같은 물꽃이 피었다. 중들의 장삼 자락이 펄펄 날렸다.
　이윽고 노루돈이 고개르 검은 바탕에 홍 끝동 단 사령들이 너풀거리는 것이 보였다. 그르고는 가마 세 틀이 보기 좋게 들먹들걱 흔들리면서 이리로 향하고 넘어오는 것이 보였다. 짐을 진 행인들이 벽제 소리에 길 아래로 피하는 것도 보였다.
　원의 일행은 산모퉁이를 돌았다. 용선 대사 일행이 마중을 나서 섰는 양을 보았음인지 가마는 내려놓아졌다. 맨 앞 가마에서 자포를 입고 흑건을 쓴 관인이 나선다. 그리고 둘째 가마에서도 역시 자포를 입은 부인이 나서고, 맨나중에 튼홍 긴 옷을 입은 달례가 나선다.
　세 사람은 천천히 걷기를 시작한다. 뒤에는 통인 한 쌍과 시녀 한 쌍이 따르고, 사령 네 쌍은 전배까지도 다 뒤로 물러서 따른다. 절 동구에 들어오는 예의다.
　서로서로의 얼굴이 바라보일 만한 거리에 왔을 때에 김 태수는 합장하고 고개를 숙인다. 부인과 달례도 그 모양으로 하고, 따르는 자들도 다 그렇게 한다. 이것은 절에 대하여서와 마중나온 중들에게 대하여 하는 첫인사였다. 이에 대하여서 용선 법사도 합장하였다.
　이러하는 동안에 맨 뒤에 선 조신은 반 정신은 나간 사람 모양으로 분홍 옷만 바라보고 있었다. 그러고 울렁거리는 가슴과 떨리는 몸을 가까스로 억제하면서 입 속으로 관세음보살을 염하였다.
　마침내 태수의 일행은 용선 대사 앞에 왔다. 태수는 이마가 거의 땅에 닿을만큼 대사에게 절을 하고, 부인과 달례는 오체 투지(五體投地)의 예로 대사에게 절하였다.
　조신은 달례가 무릎을 꿇는 것을 보고는 부지 불각에 무릎을 꿇어버렸다. 출가인은 부모나 임금의 앞에도 절을 아니하는 법이다.
　"쩟!"
하고 곁에 섰던 평목이 발길로 조신의 엉덩이를 찼다.
　용선 대사가 앞을 서고 그 다음에 태수 일행이 따르고 그 뒤에 중들이 따라서 절에 들어왔다.

조신은 평목에게 여러 가지 핀잔을 받으면서 정신없이 다른 사람들의 뒤를 따라 들어왔다.

'지나간 일 년 동안에 더욱 아름다워졌다.'

조신은 이렇게 속으로 중얼대었다. 열다섯, 열여섯 살의 처녀가 피어나는 것은 하루가 새로운 것이다. 조신의 그리운 눈에는 달례는 아무리 하여도 인간 사람은 아닌 듯하였다. 그의 속에는 피고름이나 오줌 똥도 있을 수 없고, 오직 우담바라의 꽃향기만이 찼을 것 같았다.

'그 눈, 그 눈!'

하고 생각하면 조신은 정신이 땅 속으로 잦아드는 것 같았다.

"나무관세음보살마하살."

하고 조신은 곁에 사람들이 있는 것도 잊고 소리 높이 불렀다. 이 소리에 달례의 눈이 조신에게로 돌아왔다. 달례는 조신을 알아보는 듯 눈이 잠깐 움직인 것같이 조신에게는 보였다.

유시부터 재가 시작된다.

중들은 바빴다.

부처님 앞에는 새로 잡은 황초와 새로 담은 향불과 새로 깎은 향이 준비되고, 커다란 옥등잔도 말짱하게 닦아서 꼭꼭 봉하여 두었던 참기름을 그뜩그뜩 붓고 깨끗한 종이로 심지를 꼬아서 열십자로 놓았다. 한 등잔에 넷이 켜지게 하는 것이다.

중들이 이렇게 바쁘게 준비하는 동안에 태수의 일행은 사처에 들러서 쉬기도 하고 동해의 경치를 바라보기도 하였다.

퇴 밑에 벗어놓은 분홍신은 달례의 신이 분명하거니와, 달례는 몸이 곤함인지 재계를 위함인지 방 안에 가만히 앉아서 얼마 아니 있으면 피어날 섬돌 밑 모란 봉오리를 바라보고 있었다. 모란 봉오리들은 금시에 향기를 토할 듯이, 그러나 아직 때를 기다리는 듯이 붉은 입술을 꼭 다물고 있었다.

저녁 까치들이 짖을 때에 종이 울었다. 뎅 뎅, 큰 쇠가 울고 있었다.

불공 시간이 된 것이다.

젊은 중들이 가사 장삼에 위의를 갖추고 둘러서고, 김 태수 네 가족이 들어와서 재자(齋者)의 자리인 불탑 앞에 가지런히 서고, 나중에 용선 대사가 회색 장삼에 금실로 수를 놓은 붉은 가사를 입고 사미의 인도를 받아서 법석에 들어와 인도하는 법사의 자리에 섰다.

정구업 진언에서 시작하여 몇 가지 진언을 염한 뒤에 관세음보살, 비로자나불, 로사나불, 석가도니불, 아미타불을 불러,

"원컨대 재자의 정성을 보시와, 도량에 강림하시와 공덕을 증명하시옵소서."

하고 한 분을 부를 때마다 겁사를 따라서 일동이 절하였다. 김 태수의 가족도 절하였다. 정성스럽게 두 손을 높이 들어서 합장하여 이마가 땅에 닿도록 오체 투지의 예를 하였다.

향로에서는 시방 세계의 부정한 것을 다 제하고 향기로운 구름이 되어서 덮게 한다는 향연이 피어오르고, 굵은 초에는 맑은 불길이 춤을 추고 있었다.

이 모든 부처님네와 관세음보살이 이 자리에 임하시와서 재자의 정성을 보옵시라는 뜻이다.

"옴 바아라 미나야 사바하."

그러한 뒤에 샤미가 쟁반에 차 네 그릇을 가져 다섯 위 앞에 올리자 법사는,

"今將甘露茶 奉獻證明前 鑒察虔懇心 願垂哀納受(차를 받들어 증명하시는 이께 올리오니 정성을 보시와서 어여삐 여겨 받으시옵소서)."

하는 뜻이다.

차를 올리고는 또 절이 있었다.

그러고는 법사는 다시,

"대자대비하옵시와 흰 옷을 입으신 관세음보살마하슬님 자비심을 베푸시와 도량에 강림하시와 이 공양을 받으시옵소서."

하고는 또 쇠를 치고 절하였다.

달례는 법사의 소리를 맞추어 옥같이 흰 두 손을 머리 위에 높이 들어 관

음상에 주목하면서 나붓이 절을 하였다.
  그러고는 관음참회례문이 시작되었다.
  "옴 아로륵계 사바하."
하는 멸업장진언(滅業障眞言)은 법사의 소리를 따라서 일동도 화하였다. 달례의 맑고 고운 음성이 중들의 굵고 낮은 음성 사이에 울렸다. 조신도 전생 금생의 모든 업장을 소멸하여 줍소서, 하는 이 진언을 정성으로 염하였다.
  "백겁에 쌓은 죄를(百劫積集罪)
  일념에 씻어지다(一念頓蕩除)
  마른 풀 사르듯이(如火焚枯草)
  모조리 사라지다(滅盡無有餘)"
하는 참회계를 이어,
  "옴 살바 못댜모리바라야 사바하. 원컨댄 사생 육도(四生六途)에 두루 도는 법계 유정(法界有情——목숨있는 무리)이 여러 겁에 죽고 나며 지은 모든 업장을 멸하여지이다. 내 이제 참회하옵고 머리를 조아려 절하오니, 모든 죄상을 다 소멸하여 주옵시고 세세 생생에 보살도를 행하게 하여 주시옵소서."
하는 참회 진언과 축원이 법사의 입으로 외워질 때에는 일동은 한참 동안이나 엎드려 일어나지 아니하였다.
  이 모양으로 몸으로 지은 업과 입으로 지은 업과 마음으로 지은 업을 다 참회한 뒤에 다시는 죄를 짓지 아니하고 불, 법, 승, 삼보(佛法僧三寶)를 공경하여 빨리 삼계 인연을 떠나서 청정 법신을 이루어지다 하는 원을 발하고는 삼보에 귀명례한 후에,
  "삼보에 귀의하와
  얻잡는 모든 공덕
  일체 유정에 돌려
  함께 불도 이뤄지다."
하고는 나중으로,
  "이몸 한 몸 속에(我今一身中)

무진신을 나토와서(即現無盡身)
　　모든 부처 앞에(遍在諸佛前)
　　무수례를 하여지다(一一無數禮)
　　옴 바아라 믹, 음 바아라 믹, 옴 바아라 믹."
하는 보례계(普禮偈)와 보례진언(普禮眞言)을 부르고는 용선 대사는 경상 위에 놓았던 축원믄을 들어서 무거운 음성으로 느릿느릿 읽었다.
　"오늘 지극하온 정성으로 재자 명주 날리군 태수 김흔 공은 엎디어 대자대비 관음대성전에 아뢰나이다.
　천하 태평하여지이다.
　이 나라 상감님 성수 무강하셔지이다.
　큰 벼슬 잔 벼슬 하는 이 모두 충성되어지이다.
　백성이 질고 없고 시화 세풍하여지이다.
　불도 흥왕하와 증생이 다 죄의 고를 벗어지이다.
　이몸과 아내와 딸 몸 성하옵고 옳은 일 하여지이다.
　딸 이번에 모례(毛禮)의 집에 시집가기로 정하였사오니, 두 사람이 다 불은 입사와 백년 해로하옵고 백자 천신하옵고 세세 생생에 보살행 닦게 하여 주시옵소서.
　이몸 죄업 많사와 아직 아들 없사오니 귀남자 점지하여 주시옵소서."
하는 것이었다.
　이 축문을 들은 조신은 가슴이 내려앉는 듯했다.
　'그러면 달례는 벌써 남의 집 사람이 되었는가?'
　조신은 앞이 캄캄하여 몸이 앞으로 쓰러지려 하였다. 이때에 평목이 팔구비로 조신의 옆구리를 찔렀기에 겨우 정신을 수습할 수가 있었다.
　축원문은 또 읽어졌다. 축원문이 끝날 때마다 재자는 절을 하였다. 달례도 절을 하였다.
　축원문은 세 번 반복하여 읽어졌다.
　재자의 절도 세 번 있었다.
　세 번째 달례가 옥으로 깎은 듯한 두 손을 머리 위에 높이 들 때에는 조신은 달려들어 불탑을 둘러엎고 달례를 웅퀴어 안고 달아나고 싶은 충동을 느꼈다. 그리고 관세음보살상을 바라보았다. 관세음보살은 조신을 보시고 빙그레 웃으시는 듯, 그러나 그것은 비웃는 웃음인 것 같았다.

조신은 또 한 번 불탑에 달려들어 관세음보살상을 끌어내어서 깨뜨려버리고 싶은 분노를 느꼈다. 그러나 다시 관세음보살상을 우러러볼 때에는 관세음보살은 여전히 빙그레 웃고 계셨다.

그 뒤에 중단, 하단, 칠성단, 독성단, 산신당 일은 어떻게 지나갔는지 조신은 기억이 없었다.

재가 파한 뒤에 조신은 조실에 용선 대사를 뵈었다.

용선 대사는 꼭 다문 입과 깊은 눈썹 밑에서 빛나는 눈가에 웃음을 띤 듯하였다.

"시님, 소승은 어떻게 합니까?"

하는 조신의 말에는 눈물이 섞여 있었다.

"무엇을?"

하는 대사의 얼굴에는 무서운 빛이 돌았다.

"사또 따님은 혼사가 맺혔습니까?"

"그래, 아까 축원문에 듣지 아니하였느냐? 화랑 모례 서방과 혼사가 되어서 삼 일 후에 혼인 잔치를 한다고 그러지 않더냐?"

"그러면 소승은 어찌합니까?"

"무얼 어찌해?"

"사또 따님과 백년 연분을 못 맺으면 소승은 이 세상에 살 수는 없습니다."

"이 세상에 살 수 없으면 어디 좋은 세상으로 갈 데가 있느냐?"

"소승, 이 소원을 이루지 못하면 죽어서 축생도에 떨어져서 배암이 되어서라도 사또 따님의 뒤를 따르겠습니다."

"그것도 노상 마음대로는 안 될 것을, 그만한 인연이라도 없으면 그렇게도 안 될 것을."

"그러면 소승 사또 따님을 한 칼로 죽여버리고, 소승도 그 피 묻은 칼로 죽겠습니다."

"그것도 네 마음대로는 안 될 것을."

"그것도 안 되오면 소승 혼자라도 이 칼로 죽어버리겠습니다."
하고 조신은 품에서 시퍼런 칼 하나를 내어서 보인다.

"그것도 네 마음대로는 안 될 것이다."

"어찌하여서 안 됩니까? 금방 이 칼로 이렇게 목을 따면 죽을 것이 아닙니까?"

"목이 따지지도 아니할 것이어니와, 설사 목을 따더라도 지금은 죽어지지 아니할 것이다. 네 찌그러진 모가지에 더 보기 숭한 칼자국 하나만 더 내고 너는 점점 사또 따님과 인연이 멀어질 것이다."

"그러면 소승은 어찌하면 좋습니까? 시님, 자비심을 베푸시와 소승의 소원을 이룰 길을 가르쳐주옵소서."
하고 조신은 오체 투지로 대사의 앞에 너붓이 엎드려 이마를 조아린다.

대사는 왼편 손 엄지가락으로 염주를 넘기고 말이 없다.

조신은 머리를 들어서 용선을 우러러보고는 또 한 번 땅바닥에 엎드려,

"시님, 법력을 베푸시와서 소승의 소원이 이루어지도록 하여 주시옵소서."
하고 수없이 머리를 조아린다.

"네 분명 달례 아기(阿只)와 연분을 맺고 싶으냐?"
하고 대사는 염주를 세이기를 그친다.

"네, 달례 아기와 연분을 맺고 싶습니다."

"왕생 극락을 못하더라도?"

"네, 무량겁의 지옥고를 받더라도."

"축생보를 받더라도?"

"네, 아귀보를 받더라도."

"네 몸뚱이가 지금만 하여도 추악하여서 여인이 보면 십 리만큼이나 달아나려든, 게다가 더 추한 몸을 받아오면 어찌 될꼬?"

용선은 빙긋이 웃는다.

"시님, 단지 일 년만이라도 달례 아기와 인연을 맺었으면 어떠한 악보를 받잡더라도 한이 없겠습니다."

"분명 그러냐?"

"네, 분명 그러하옵니다. 일 년이 멀다면 한 달만이라도 한 달도 안 된다 오면 단 하루만이라도 단 하루도 분에 넘친다 하오면 이 밤이 새일 때까지만이라도, 시님 자비를 베푸시와 소승을 살려주시옵소서. 소승의 소원을 이루어주시옵소서."

하고 조신은 한 번 더 일어나서 절하고 무수히 머리를 조아린다.

"그래라."

용선은 선뜻 허락하는 말을 준다.

"네? 소승의 소원을 이루어주십니까?"

조신은 믿지 못하는 듯이 대사를 바라본다.

"오냐, 네 소원이 이루어질 것이다."

"금생에?"

"바로 사흘 안으로."

"네? 사흘 안으로? 소승이 달례 아기와 연분을 맺습니까?"

"오냐, 태수 김 공이 사흘 후에 이 절을 떠나기 전에 네 소원이 이루어질 것이다."

"네? 시님? 그게 참말입니까?"

"그렇다니까."

"어리석은 소승을 놀리시는 것 아닙니까? 시님, 황송합니다. 소승이 백 번 죽사와도 시님의 이 은혜는 잊을 수가 없을 것입니다. 시님, 황송합니다."

하고 조신이 일어나서 절한다.

용선은 또 한참 염주를 세이더니 손으로 무릎을 치며,

"조신아!"

하고 부른다.

"네."

"네, 꼭 내 말대로 하렷다."

"네, 물에 들어가라시면 물에, 불에 들어가라시면 불에라도."

"꼭 내가 시키는 대로 하렷다."

"네, 팔 하나를 버이라시면 팔이라도, 다리 하나를 자르라시면 다리라도."

"응, 그러면 너 이제부터 법당에 들어가서 관음기도를 시작하는데, 내가 부르는 때까지는 나오지도 말고 졸지도 말렷다."

"네, 이틀 사흘까지라도."

"응, 그리하여라."

"그러면 소승의 소원은 이루어……."

"이 믿지 않는 놈이로고! 의심을 버려라!"

하고 대사는 대갈 일성에 주장(拄杖)을 들어 조신의 머리를 딱 때린다.

조신의 눈에서는 불이 번쩍한다.

조신은 나오는 길로 목욕하고 새옷을 갈아입고 관음전으로 들어갔다. 용선 법사는 조신이 법당에 들어가는 것을 보고 문을 밖으로 잠그며,

"조신아, 문을 잠갔으니 내가 부를 때까지 나올 생각 말고, 일심으로 관세음보살을 부르렷다. 행여 딴생각할셔라."

"네."

하는 소리가 안으로서 들렸다.

"나무대자대비 관세음보살 관세음보살……."

하는 조신의 염불 소리가 밤이 깊도록 법당에서 울려 나왔다. 조신은 죽을 힘을 다하여서 관세음보살을 부르는 것이었다.

"일심으로—— 잡념 들어오게 말고."

하던 용선 스님의 음성이 조신의 귓가에 붙어서 떨어지지 아니하였다.

등잔불 하나에 비추어진 관음전은 어둠침침하였다. 그러한 속에 조신은 가부좌를 걷고 앉아서 목탁을 치면서 관세음보살을 불렀다. 그러는 동안에도 조신의 눈은 언제나 관세음보살님의 얼굴에 있었다. 반년나마 밤이면 자라는 쇠가 울기까지 이 법당에서 이 모양으로 앉아서 이 모양으로 관세음

보살님의 얼굴을 바라보면서 칭호를 하였건마는, 오늘 밤에는 특별히 관세음보살님의 상이 살아 계신 듯하였다. 이따금 정병(淨瓶)을 듭신 손이 움직이는 것도 같고 가슴이 들먹거리는 듯도 하고 자비로운 웃음 띠우신 그 눈이 더욱 빛나는 것도 같았다.

조신이 더욱 소리를 가다듬고 정신을 모아서,

"관세음보살, 관세음보살."

하고 부르면 관세음보살의 한일자로 다물어진 입술이 방긋이 벌어지는 듯하기도 하였다.

그러나 다음 순간에 보면 관세음보살님의 입술은 여전히 다물어 있었다.

절에서는 대중이 모두 잠이 들었다.

오직 석벽을 치는 물결 소리가 높았다 낮았다 하게 조신의 귀에 울려 올 뿐이었다.

그러고는 조신이 제가 치는 목탁 소리와 제가 부르는 염불 소리가 어디 멀리서 울려오는 남의 소리 모양으로 들릴 뿐이었다.

"관세음보살, 관세음보살, 관세음보살."

조신이 몸이 피곤함을 느낄수록 잡념이 들어오기 시작하였다.

'잡념이 들어오면 정성이 깨어진다!'

하여 그는 스스로 저를 책망하였다. 그러고는 목탁을 더욱 크게 치고 소리를 더욱 높였다.

잡념이 들어올 때에는 눈앞에 계시던 관세음보살상이 스러져서 아니 보이는 것 같았다. 그러다가 잡념을 내어쫓은 때에야 금빛나는 관세음보살상이 여전히 눈앞에 계시었다.

"나무대자대비 관세음보살마하살."

하고 조신은 관세음보살 명호를 갖추어 부름으로 잡념이 아니 들어오고 관세음보살님의 모양이 한 찰나 동안도 눈에서 스러지지 아니하기를 힘써 본다.

등잔의 기름이 반 남아 달았으니 새벽이 가까웠을 것이다.

낮에 쉬일 사이 없이 일을 하였고, 또 김랑으로 하여서 정신이 격동이 된 조신은 마음은 흥분하였으면서도 몸은 피곤하였다. 또 칭호가 만념(萬念)도 넘었으니, 그것만으로도 피곤할 만하였다.
　'이거 안 되겠다.'
하고 조신은 자주 정신을 가다듬었다. 그러나 사흘 동안이야 설마 어떠랴 하던 것은 어림없는 생각이었다. 조신의 정신은 차차 흐리기를 시작하였다.
　조신은 무거워오는 눈시울을 힘써 끌어올려서 관세음보살상을 아니 놓치려고 힘을 썼다.
　그러나 어느 틈엔지 모르게 조신은 퇴 밑이 벗어놓인 김랑의 분홍신을 보면서 관세음보살을 부르고 있었다.
　조신은 목탁이 부서져라 하고 서너 번 크게 치고,
　"나무대자대비 서방정토 극락세계 관세음보살마하살."
하고 불렀다.
　그러나 그것도 잠시요, 또 수마(睡魔)는 조신을 덮어 누르는 듯하였다.
　이번에는 앞에 계신 관세음보살상이 변하여서 김랑이 되었다. 분홍 긴 옷을 입고 흰 버선을 신고 옥으로 깎은 듯한 두 손을 내어밀어 지난 봄 조신의 손에서 철쭉을 받으려던 자세를 보이는 듯하였다.
　조신은 벌떡 일어나서 김랑을 냅다 안으려 하였으나, 그것은 허공이었고 불탑 위에는 여전히 관세음보살님이 빙그레 웃고 계시었다.
　조신은 다시 목탁을 두들기고,
　"나무관세음보살마하살."
하고 소리 높이 불렀다.
　얼마나 오래 불렀는지 고른다. 조신은 이 천지 간에 제가 부르는 '관세음보살' 소리가 꽉 찬 듯함을 느꼈다. 김랑도 다 잊어버리고 제가 지금 어디 있는 것도 다 잊어버리고, 저라 하는 것도 잊어버린 것 같았다. 오직,
　"나무관세음보살."
하는 소리만이 살아 있는 것 같았다.
　이때였다.

"똑, 똑, 똑, 똑."
"달그닥 달그닥."
하는 소리가 조신의 귓결에 들려왔다.
또 한 번,
"달그닥 달그닥."
하는 소리가 났다.
조신은 소스라쳐 놀라는 듯이 염불을 끊고 귀를 기울였다.
이때에 용선 스님이 잠근 문이 삐걱 열리며 들어서는 것은 그 누군고? 김랑이었다. 김랑은 어제 볼 때와 같이 분홍 긴 옷을 입고 흰 버선을 신고 방그레 웃으며 들어왔다.
"아가씨!"
조신은 허겁지겁으로 불렀으나, 감히 손을 내어밀지는 못하고 합장만 하였다. 조신은 거무스름한 장삼에 붉은 가사를 걸고 있었다.
"시님 기도하시는 곳에 제가 이렇게 무엄히 들어왔습니다. 그렇지만 아무리 참으려도 참을 수가 없어서 어머님 잠드신 틈을 타서 이렇게 살짝 빠져나왔습니다. 남들은 다 잠이 들어도 저만은 잠을 못 이루고 시님이 관세음보살 염하시는 소리를 하나도 빼지 아니하고 다 듣고 있었습니다."
"그러기로 이 밤중에 아가씨가 어떻게 여기를!"
"사모하옵는 시님이 계시다면 어디기로 못 가겠습니까? 산인들 높아서 못 넘으며 바다인들 깊어서 못 건너겠습니까? 시님이 저 동해 바다 건너편에 계시다 하오면 동해 바다라도 훌쩍 뛰어서 건너갈 것 같습니다."
하는 김랑의 가슴은 마치 사람의 손에 잡힌 참새의 것과 같이 자주 발락거렸다.
"못 믿을 말씀이십니다. 그러기로 소승 같은 못나고 찌그러진 것을 무얼──."
하고 조신은 부끄러운 듯이 고개를 숙인다.
"못나고 잘나기는 보는 사람의 마음입니다. 제 마음에는 시님은 인간 어른은 아니신 듯──."

"아가씨는 소승을 어리석게 보시고 희롱하시는 것입니까?"
"아이, 황송한 말씀도 하셔라. 이 가슴이 이렇게 들컥거리는 것을 보시기로서니, 이 깊은 밤에 부도님의 눈을 기이고 이렇게 시님을 찾아온 것을 보시기로서니, 어쩌면 그렇게도 무정한 말씀을——."
김랑은 한삼을 들어서 눈물을 씻는다.
"그러기로 아가씨와 같이 귀한 댁 따님으로 아가씨와 같이 이 세상 더 볼수 없는 아름다운 이로 천하가 다 못났다 하는 소승을——."
"지난 봄 언뜻 한 번 뵈옵고는 시님의 높으신 양지를 잊을 길이 없어서."
"그러기로 아까 낮에 축원문을 들으니, 아가씨는 벌써 모레 서방님과——."
"시님, 그런 달씀은 말아 주셔요. 부모님 하시는 일을 어길 수가 없어서——아이 참, 여기서 이렇게 오래 이야기하다가 노시님의 눈에라도 뜨이면, 어찌하다 부모님이라도 제 뒤를 밟아 나오시면, 어머님께서 잠시 제가 곁에 없어도 악아 달례야, 달례 아기 어디 갔느냐, 하시고 걱정을 하시는걸."
하고 깜짝 놀라는 양을 보이면서,
"아이, 지금 부르는 소리 아니 들렸습니까?"
하고 김랑은 조신의 등뒤에 몸을 숨기며 두 손으로 조신의 어깨를 꼭 잡는다. 조신의 귀에는 김랑의 뜨거운 입김과 쌔근쌔근하는 가쁜 숨소리가 감각된다. 조신은 사지를 가눌 수가 없는 듯함을 느낀다.
"아, 물결 소리로군. 오, 또 늙은 소나무에 바람 불어 지나가는 소리."
하고 달례는 조신의 등에서 떨어져서 앞에 나서며,
"자, 시님 저를 데리고 가셔요."
하고 조신의 큰 손을 잡을 듯하다가 만다.
"어디로요?"
하고 조신은 일종의 무서움을 느낀다.
"어디로든지, 시님과 저와 단둘이서 살 터로."
"정말입니까?"

"그럼, 정말 아니면 어떡허게요. 자, 어서어서 그 가사와 장삼을 벗으셔요. 중도 장가듭니까? 자, 어서어서. 누구 보리다."

조신은 가사를 벗으려 하다가 잠깐 주저하고는 관세음보살상을 향하여 합장 재배하고,

"고맙습니다. 관세음보살님 고맙습니다. 제자의 소원을 일러 주시오니 고맙습니다."

하고는 가사와 장삼을 홰홰 벗어서 마룻바닥에 내어던지고 앞서서 나온다. 김랑도 뒤를 따른다. 김랑은 법당 문 밖에 나서자, 보퉁이 하나를 집어들고 사뿐사뿐 조신의 뒤를 따라서 대문 밖에를 나섰다. 지새는 달이 산머리에 걸려 있었다.

"그 보퉁이는 무엇입니까?"

하고 조신은 누구 보는 사람이나 없는가 하고 사방을 돌아보면서, 나무 그늘에 몸을 숨기고 묻는다.

김랑도 나무 그늘에 들어와서 조신의 옆에 착 붙어서며, 보퉁이를 들어서 조신에게 주며,

"우리들이 일평생 먹고 입고 살 것."

하고 방그레 웃는다.

조신은 그 보퉁이를 받아든다. 무겁다.

"이게 무엇인데 이렇게 무거워요?"

"은과 금과 옥과. 자, 어서 달아나요. 누가 따라나오지나 않나 원, 사령들 중에는 말보다도 걸음을 잘 걷는 사람이 있어요── 자, 어서 가요. 어디로든지."

조신이 앞서서 걷는다.

늦은 봄이라 하여도 새벽 바람은 추웠다.

"어서 이 고을 지경은 떠나야."

하고 김랑은 뒤에서 재촉하였다.

"소승이야 하루 일백오십 리 길은 걷지마는 아가씨야──."

"제 걱정은 마셔요. 시님 가시는 데면 어디든지 얼마든지 따라갈 테야

요."

 두 사람은 동구 밖에 나섰다. 여기서부터는 큰길이어서 나무 그림자도 없었다. 달빛과 산 그늘이 서로 어울어지고 풀에는 이슬이 있었다.
 "이 머리를 어떡하나?"
하고 조신은 멍숭멍숭한 제 머리를 만져보았다.
 "송낙이라도 뜯어서 쓰시지."
하고 김랑도 걱정스러운 듯이 조신의 찌그러진 머리를 보았다.
 "아무리 송낙을 쓰기로니 머리가 자라기 전에야 중인 것을 어떻게 감추겠습니까?"
 "그러면 나도 머리를 깎을까요?"
하고 김랑은 두 귀 밑에 속발한 검은 머리를 만져본다.
 "그러하더라도 남승과 여승이 단둘이서 함께 다니는 법은 어디 있습니까?"
 "그래도 중이 처녀 데리고 다닌다는 것보다는 낫지요. 그럼, 이렇게 할까요? 나도 머리를 깎고 남복을 하면 상좌가 아니되오."
 "이렇게 어여쁜 남자가 어디 있겠소?"
 두 사람의 말에서는 점점 경어가 줄어든다.
 "그럼, 이렇게 합시다. 나는 머리를 깎지 말고 시님의 누이동생이라고 합시다."
 "누이라면 얼굴이 비슷해야지, 나같이 찌그러지고 시커먼 사내에게 어떻게 아가씨 같은 희고 아름다운 누이가 있겠소."
 "그러면 외사촌 누이라고 할까?"
 "외사촌이라도 조금은 닮은 구석이 있어야지."
 "그러면 어떻게 하나?"
 "벌써 동이 트네. 해뜨기 전 어디 가서 숨어야 할 텐데."
 "글쎄요. 뒤에 누가 따르지 않나 원."
 두 사람은 잠간 걸음을 멈추고 온 길을 돌아본다.
 "그러면 이렇게 합시다."

하고 조신이 다시 말을 내인다.
"어떻게요?"
하고 김랑이 한 걸음 가까이 와서 조신의 손을 잡는다.
"아가씨를 소승의 출가 전 상전의 따님이라고 합시다."
"그러면?"
"아가씨 팔자가 기박하여 어려서 집을 떠나서 부모 모르게 길러야 된다고 하여서, 소승이 모시고 어느 절에 가서 아가씨를 기르다가 이제 서울 댁으로 모시고 간다고 그럽시다. 그러면 감쪽같지 않소?"
"황송도 해라. 종이라니?"
"아무려나 오늘은 그렇게 하기로 합시다. 그리고 이제는 먼동이 훤히 텄으니, 산 속에 들어가 숨었다가 햇발이나 많이 올라오거든 인가를 찾아갑시다. 첫새벽에 길에서 사람을 만나면 도망꾼이로 알지 아니하겠소?"
"시님은 지혜도 많으시오. 오래 도를 닦으셨기에 그렇게 지혜가 많으시지."
하고 김랑은 웃었다.
조신은 김랑의 말에 부끄러웠다. 그러나 평생 소원이요, 죽기로써 얻기를 맹세하였던 김랑을 이제는 내 것을 만들었다 하는 기쁨이 더욱 컸다.
두 사람은 길을 버리고 산골짜기로 들었다. 아직 풀이 자라지 아니하여서 몸을 감출 수 없는 것이 안타까웠다.
"아가씨 다리 아니 아프시오?"
"다리가 아파요."
"그럼 어떡하나? 이 보퉁이를 드시오. 그리고 내게 업히시오."
"아이, 숭해라. 그냥 가세요."
두 사람은 한정없이 올라갔다. 아무리 올라가도 동해 바다가 보이고 산 밑으로 통한 길이 보이는 것만 같았다.
"이만하면 꽤 깊이 들어왔는데."
하고 조신은 돌아서서 앞을 바라보았다. 아직 해는 오르지 아니하였다. 다만 동쪽 바다에 가까운 구름이 누르스름하게 물이 들기 시작하였을 뿐이다.
"이제 고만 가요."
"아직도 길이 보이는데."
"그래도 더 못 가겠어요."
하고 김랑은 돈을 못 가누는 듯이 젖은 바위에 쓰러지듯이 앉는다.
"조금만 더 올라갑시다. 이 물줄기가 꽤 큰 것을 보니 골짜기가 깊을 것 같소. 길에서 안 보일 만한데 들어가서 쉬입시다."
"아이, 다리를 못 옮겨놓겠는데."
"그럼, 내게 업히시오."
하고 조신은 김랑에게로 등을 돌려댄다.
"그러기로 그 보퉁이도 무거울 터인데, 나까정 업고 어떻게 산길을 가시랴오?"
"그래도 어서 업히시오. 소승은 산길에 익어서 평짓길이나 다름이 없으니 자, 어서."
 김랑은 조신의 등에 업혔다. 어린애 모양으로 두 팔로 조신의 어깨를 꼭 잡고 뺨을 조신의 등에 닿였다.
 조신은 평생 처음으로 여자의 몸에 몸을 닿인 것이다. 비록 옷 입은 위라 하더라도 김랑의 부드럽고 따뜻한 살 기운을 감촉할 수가 있는 것 같았다.
 조신은 김랑을 업은 것이 기쁘고, 또 보퉁이의 무거운 것이 기뻤다. 그는 한참 동안 몸이 더 가벼워진 듯하여서 성큼성큼 시내를 끼고 올라갔다. 천리라도 만리라도 갈 수 있는 것만 같았다.
 이따금 짐승이 놀라서 뛰는 소리도 들리고 무척 일찍 일어나는 새소리도 들렸다. 그러한 때마다 조신은 마치 용선화상이나 평목이,
"조신아, 조신아."
하고 부르는 것만 같아서 몸을 멈칫멈칫하였다.
"우리가 얼마나 왔어요?"
하고 등에 업힌 김랑이 한삼으로 조신의 이마와 목의 땀을 씻어주며 물었다.

"어디서, 낙산사에서? 큰길에서?"
"낙산사에서."
"오십 리는 왔을 것이오."
"길에서는?"
"길에서도 오 리는 왔겠지."
"인제 고만 내립시다."
"좀더 가서."
"그건 그렇게 멀리 가면 무엇하오? 나올 때 어렵지요."
"관에서 따라오면 어떡허오?"
"해가 떴어요."
"어디!"
"저 앞에 산봉우리 보셔요."
 조신은 고개를 들어서 앞을 바라보았다. 과연 산봉에 불그레 하게 아침 볕이 비치었다.
"인제 좀 내려놓으셔요."
하고 김랑은 업히기 싫다는 어린애 모양으로 두 팔로 조신의 어깨를 떠밀고 발을 버둥거렸다.
 조신은 언제까지나 김랑을 업고 있고 싶었다. 잠시도 몸에서 내려놓고 싶지 아니하였다. 그러나 팔은 아프고 땀은 흐르고 숨은 찼다. 조신은 거기서 몇 걸음을 더 걷고는 김랑을 등에서 내려놓았다.
 올려쏘기 시작하는 아침 햇빛은 순식간에 골짜기까지 내려왔다. 하늘에 닿았는 듯한 소나무, 잣나무 사이로 금화살 같은 볕이 쭉쭉 내려쏘아서 풀잎에 이슬 방울들이 모두 영롱하게 빛나고 시냇물 소리도 햇빛을 받아서는 더 요란한 것 같았다.
"우수수."
"돌돌돌돌."
하는 수풀에 지나가는 바람 소리와 돌 위에 흘러가는 냇물 소리에 섞여서 뻐꾹새와 꾀꼬리와 산새들의 소리가 들리기 시작하였다.

김랑은 작은 바위 위에 걸터앉아서 조신을 물끄러미 바라보았다. 그 눈은 다정한 미소가 있으나, 그래도 피곤한 빛은 가리울 수가 없었다. 밤새도록 걸음을 걸었으니 배도 고팠다.

"인제 어디로 가요?"

하고 김랑은 어디를 보아도 나무뿐인 골짜기를 휘 둘러보았다.

"글쎄, 어디 좀 쉬일 만한 데를 찾아야겠는데, 저 굽이만 돌면 좀 평평한 데가 있을 것도 같은데."

하고 조신은 작은 폭포라그 할 만한 굽이를 가리켰다.

조신의 등에 척척 달라붙은 저고리가 선뜩선뜩하였다.

"좀더 올라갑시다. 어디 의지할 데가 있어야 쉬지 않아요?"

하고 조신은 깨끗한 굴 같은 것을 생각하였다. 혹은 숯꾼이나 사냥꾼의 막 같은 것을 생각하였다. 그런 것이 있을 것만 같았다. 그러한 데를 찾아서 깨끗이 치워놓고 김랑을 쉬게 하고 또 둘이서 한자리에 쉬이는 기쁨을 상상하였다. 그것은 아무도 볼 수 없는 데, 햇빛도 바람결도 볼 수 없는 데이기를 바랐다. 조신과 김랑과 단둘이만 있는 데이기를 조신은 바라면서 김랑을 두리쳐 업고 또 걷기를 시작하였다.

골짜기가 갑자기 좁아지고 물소리는 더욱 커졌다. 물문이라고 할 만한 좌우 석벽에는 철쭉이 만발하여 있었다.

그 목을 넘어가서는 조신이가 상상한 대로 둥그스름하게 평평하게 된 벌판이라고 할 만한 것이 나섰다. 그 벌판에는 잡목이 있었다.

"아이, 저 철쭉 보아요."

하고 등에 업힌 김랑이 소리를 쳤다.

"응."

하고 조신은 땀방울이 뚝뚝 흐르는 머리를 쳐들었다.

산비둘기 소리가 구슬프게 들렸다.

마침내 조신은 굴 하나를 찾았다. 개천에서 한참 석벽으로 올라가서 굴의 입이 보였다.

"여기 굴이 있다!"

하고 조신은 기쁜 소리를 질렀다.
"아가씨 여기 계시오. 소승이 올라가 있을 만한가 아니한가 보고 오리다."
하고 조신은 김랑을 내려놓고, 옷소매로 이마에 땀을 씻고 석벽을 더듬어서 올라갔다.
조신은 습관적으로,
"나무관세음보살."
을 부르고 그 굴 속으로 고개를 쑥 디밀었다. 저 속은 얼마나 깊은지 모르나, 사람이 들어가 서고 누울 만한 데도 꽤 넓었다.
"됐다!"
하고 조신은 김랑과의 첫날밤의 즐거운 꿈을 생각하면서 굴에서 나왔다.
"아가씨, 여기 쉬일 만합니다."
하고는 도로 김랑 있는 데로 내려와서 김랑더러 거기 잠깐 앉아 기다리라 하고 개천 저쪽 수풀 속으로 들어가서 삭정 솔가지와 관솔과 마른 풀을 한아름 가지고 왔다.
"불을 때요?"
하고 김랑이 묻는다.
"먼저 불을 때야지요. 그래서 그 속에 있던 짐승과 버러지들도 나가고 습기도 없어지고 또 춥지도 않고."
하고 조신은 또 가서 나무와 풀을 두어 번이나 안아다가 굴 앞에 놓고 부시를 쳐서 불을 살랐다.
컴컴하던 굴 속에는 뻘건 불길이 일어나고 바위틈으로는 연기가 새어나오기 시작하였다.
조신은 나무를 많이 지펴 놓고는 김랑 있는 데로 돌아 내려와서 김랑을 안고 개천을 건너서 큰 나무 뒤에 숨었다.
"왜 숨으셔요?"
하고 김랑은 의심스러운 듯이, 무서운 듯이 조신을 쳐다본다.
"짐승이 나오는 수가 있습니다."

"굴 속에서?"

"네, 굴은 짐승들의 집이니까."

"무슨 짐승이 나와요?"

"보아야 알지요, 곰이 나올는지 너구리가 나올는지 구렁이가 나올는지."

"에그, 무서워라!"

"불을 때면 다 달아나고 맙니다."

"시님은 굴에서 여러 번 자 보셨어요?"

"중이나 화랑이나 심멧군이나 사냥꾼이나 굴잠 아니 자 본 사람 어디 있어요?"

 이때에 굴 속으로서 시커먼 곰 한 마리가 튀어나와서 두리번거리다가 뒷산으로 달아올라가는 것이 보였다.

"곰의 굴이로군."

하고 조신은 김랑을 돌아보고 빙그레 웃었다.

"그게 곰이오?"

하고 김랑은 조신의 팔에 매어달린다.

"아가씨는 곰을 처음 보시오?"

"그럼, 말만 들었지."

"가만히 보고 계시오. 또 나올 테니."

"또?"

"그럼, 지금 나온 놈이 수놈이면 암놈이 또 나올 거 아니오? 새끼들도 있는지 모르지."

"가엾어라. 그러면 그 곰들은 어디 가서 사오?"

"무어, 우리 둘이 오늘 하루만 빌려 있는 것인데, 우리들이 가면 또 들어와 살겠지요."

"이크, 또 나오네!"

하고 김랑은 등을 조신의 가슴에 딱 붙이고 안긴다. 또 한 곰이 새끼들을 데리고 나와서 또 두리번거리다가 아까 나간 놈의 발자국을 봄인지 그 방향으로 따라 올라갔다.

"인제 다 나왔군. 버러지들도 다 달아났을 것이오."
하고 조신은 김랑을 한번 꽉 껴안아 본다. 조신의 목에 걸린 염주가 흔들린다.
　조신은 굴 아궁이에 불을 한 거듭 더 집어넣고 또 개천 건너로 가서 얼마를 있더니 칡뿌리와 먹는 풀뿌리들과 송순 많이 달린 애소나무 가장귀를 꺾어서 안고 돌아왔다.
"자, 무얼 좀 먹어야지. 이걸 잡수어 보시오."
하고 먼저 송기를 벗겨서 김랑에게 주고 저도 먹었다. 송기는 물이 많고 연하였다.
"맛나요."
하고 김랑은 송기를 씹고 송기 벗긴 솔가지를 빨아 먹었다.
"송기는 밥이구 송순은 반찬이오. 이것만 먹고도 며칠은 삽니다."
　둘이서는 한참 동안이나 송기와 송순을 먹었다.
"자, 칡뿌리. 이것도 산에 댕기는 사람은 밥 대신 먹는 것이오. 자, 이게 연하고 달 것 같습니다. 응, 응, 씹어서 물을 빨아먹는 건데, 연하거든 삼켜도 좋아요."
하고 조신은 그중 살지고 연할 듯한 칡뿌리를 물에 씻어서 김랑을 주었다.
　김랑은 조신이가 주는 대로 칡뿌리를 받아서 씹는다. 조신도 먹는다. 그것들이 모두 별미였다. 곁에 김랑이 있으니, 바윗돌을 먹어도 맛이 있을 것 같았다.
　얼마쯤 먹은 뒤에 조신은 지나가는 사람이 있더라도 자취를 아니 보일 양으로 나머지를 묶어서 큰 나무 뒤에 감추어버렸다. 그리고는 물을 많이 마시고, 조신은,
"자, 인제 올라가 굴 속에서 쉬입시다. 그러고 다리 아픈 것이 낫거든 길로 내려갑시다."
하고 김랑의 손을 잡아서 끌고 굴 있는 데로 올라갔다.
　불은 거의 다 타고 향긋한 솔깡 냄새가 나 품길 뿐이었다.
　조신은 타다 남은 불을 굴 가장자리로 모아서 화로처럼 만들어놓고, 솔

가지로 바닥에 계를 쓸어내고 그 위에 마른 풀을 깔았다.
"자, 아가씨 들어오셔요."
하고 조신은 제가 먼저 허리를 굽혀서 굴 속으로 들어갔다. 굴 속은 후끈하였다.

김랑은 잠시 주저하는 듯하더니 조신의 뒤를 따라서 굴 속에 들어갔다.
"지금 이 굴 속에는 즘생 하나, 버러지 하나 없으니, 마음놓으시오."
하고 조신은 기름한 돌을 마른 풀로 싸서 베개까지도 만들어서 김랑에게 주었다.

이튿날 아침에 두 사람은 굴 속에서 나왔다. 조신은 김랑의 얼굴을 밝은 데서 대하기가 부끄러웠으나, 김랑은 더욱 부끄러운 듯이 손으로 얼굴을 가리웠다.

두 사람은 시냇가에 내려와서 양치하고 세수를 하였다.

조신은 세수를 끝내고는 서쪽을 향하여서 합장하고 염불을 하려 하였으나, 어쩐 일인지 두 손이 잘 올라가지를 아니하였다. 제 몸이 갑자기 더러워져서 다시 부처님 앞에 설 수 없는 것 같음을 느꼈다. 그래도 십 수 년 하여 오던 습관에 부처님을 염하고 아침 예불을 아니하면 갑자기 무슨 큰 벌력이 내릴 것 같아서 무서웠다.

그래서 조신은 억지로 두 손을 들어서 합장하고 들릴락말락한 소리로,
"나무아미타불."
열 번과,
"나무관세음보살마하살."
열 번을 불렀다.

조신이 염불을 하고 나서 돌아보니 김랑이 조신의 모양을 웃고 보고 섰다가,
"그러고도 염불이 나오시오?"
하고 물었다.

조신은 무안한 듯이 고개를 숙였다.
"제가 공연히 나타나서 시님의 도를 깨뜨렸지요?"

하고 김랑은 시무룩하면서 물었다.
"아가씨 곁에 있는 것이 부처님 곁에 있는 것보다 낫습니다."
하고 조신은 겸연쩍은 대답을 한다.
"아가씨는 다 무엇이고, 고맙습니다는 다 무엇이오? 인제는 나는 시님의 아낸데."
하고 김랑은 상긋 웃는다.
"그럼, 시님은 다 무엇이오? 나는 아가씨 남편인데."
"또 아가씨라서, 하하."
"그럼, 갑자기 무에라고 부릅니까?"
"응, 또 부릅니까라서, 하하. 시님이 퍽은 용렬하시오."
"아가씨도 소승을 시님이라고 부르시면서."
"응, 인제는 또 소승까지 바치시네. 파계한 중이 소승은 무슨 소승이오? 출분한 계집애가 아가씨는 무슨 아가씨고, 하하하하."
하고 김랑은 조신과 자기를 둘 다 조롱하는 듯이 깔깔대고 웃는다.

조신은 어저께 굴을 찾고 곰을 쫓고 할 때에는 또 밤새도록 김랑에게 팔베개를 주고 무섭지 말게, 추워하지 말게 억센 팔에 폭 껴안아 줄 때에는 자기가 김랑의 주인인 것 같더니, 김랑이 자기를 보고 파계승이라고 깔깔대고 웃는 것을 보는 지금에는 김랑은 마치 제 죄를 다루는 법관과도 같고, 저를 유혹하고 조롱하는 마귀와도 같아서 섬뜨레함을 느꼈다. 그래서 조신은 김랑으로부터 한 걸음 뒤로 물러섰다.
"시님 노여셨어요? 자, 아침이나 먹어요."
하고 김랑은 조신이가 들고 섰는 보퉁이를 빼앗으며,
"자 여기여기 앉아서 우리 아침이나 먹어요."
하고 제가 먼저 물가 바위 위에 앉으며 보퉁이를 끄른다. 그 속에서는 백지에 싼 떡이 나왔다.

조신도 김랑의 곁에 앉았다.
"이게 웬 떡이오?"
"도망꾼이가 그만한 생각도 아니하겠어요."

하고 떡 한 조각을 손수 떼어서 조신에게 주면서,
"자, 잡수셔요. 아내의 손에 처음으로 받아 잡수어 보시오."
하는 양이 조신에게는 어떻게 기쁘고 고마운지 황홀할 지경이었다.
조신은 그것을 받아 먹으면서,
"그러면 이 보퉁이에 있는 게 다 떡이오?"
하고 물었다.
"우리 일생 먹을 떡이오."
하고 김랑이 웃는다.
"일생 먹을 떡?"
하고 조신은 그것이 은금 보화가 아니요, 떡이라는 것이 섭섭하였다.
"왜, 떡이면 안 돼요?"
"안 될 건 없지마는, 난 무슨 보물이라고."
"중이 욕심도 많으시오. 나 같은 여편네만으로도 부족해서 또 보물?"
하고 김랑은 조신을 흘겨본다.
조신은 부끄러웠다. 모든 욕심——이른바, 오욕을 다 버리고 무상도(無上道)만을 구하여야 할 중으로서 여자를 탐내고 또 보물을 탐내고——이렇게 생각하면 앞날과 내생이 무서웠다.
"보물 좀 보여 드릴까요? 자."
하고 김랑은 미안한 듯이 보퉁이 속에 싸고 또 싼 속 보퉁이를 끄르고 백지로 싼 것을 또 끄르고 또 끄르고 마침내 그 속에서 금가락지, 금비녀, 은가락지, 은비녀, 옥가락지, 옥비녀, 산호, 금패, 호박 같은 것들이 번쩍번쩍 빛을 발하고 쏟아져 나왔다.
"아이구!"
가난한 집에 태어나서 여태껏 중 노릇만 한 조신의 눈에는 이런 것들이 모두 처음이었다. 누런 것이 금인 줄은 부처님 도금을 보아서 알거니와 그 밖에 다른 것들은 무엇이 무엇인지 이름도 알 길이 없었다.
"이만 하면 어디를 가든지 우리 일생 편안히 먹고 살지 않아요?"
하고 달례는 굵다란 금비녀를 들어서 흔들어보이면서,

"이것들을 팔아서 땅을 장만하고, 집을 하나 얌전하게 짓고, 그리고 우리 둘이 아들 딸 낳고 산단 말야요. 우리 둘이 머리가 파뿌리가 되도록."
하고 조신에게 안긴다.
"늙지도 말았으면."
조신은 늙음이 앞에 서기나 한 것같이 낯을 찡그렸다.
"어떻게 안 늙소."
달례도 양미간을 찌푸렸다.
"늙으면 죽지 않어?"
"죽기도 하지마는 보기 숭해지지 않소? 얼굴에는 주름이 잡히고 살갗이 꺼칠꺼칠해지고."
"또 기운도 없어지고."
"눈이 흐려지고, 아이 숭해라."
달례는 깔깔대고 웃는다.
조신은 달례의 저 고운 얼굴과 보드라운 살이 늙으려니 하면 슬폤다. 하물며 그것이 죽어서 썩어지려니 하면 견딜 수가 없었다.
"그런 생각은 맙시다, 흥이 깨어지오. 젊어서 어여쁘고 기운있는 동안에 재미있게 살읍시다. 자 우리 가요. 어디 좋은 데로 가요."
달례는 이렇게 말하고 조신을 재촉하였다.
두 사람은 일어났다.

둘 째 권

　조신은 달례를 데리고 남으로 남으로 걸었다.
　뒤에는 무엇이 따르는 것만 같고 수풀 속에서도 무엇이 뛰어나오는 것만 같았다. 미인과 재물을 지니고 가는 것만 하여도 마음졸이는 일이어든, 하물며 남의 약혼한 처녀를 빼어 가지고 달아나는 조신의 마음의 졸임은 비길 데가 없었다.
　게다가 달례의 말을 듣건댄, 그의 새서방이 될 뻔한 모례는 글도 잘하거니와, 칼도 잘 쓰고 활도 잘 쏘고 말도 잘 달리고 또 풍악도 잘하는 화랑이었다. 모례가 칼을 차고 활을 들고 말을 타고 따라오면 어찌하나 하면 조신은 겁이 났다.
　이때에,
　"조신아, 조신아. 섰거라!"
하고 외치는 소리가 들렸다.
　조신은 다리가 와들와들 떨렸다. 하마터면 그 자리에 주저앉을 뻔하였다.
　"어떻게 해, 이를 어째!"
하고 조신은 달례와 보물 보퉁이를 두리쳐 업고 뛰었다.
　그러나 겁을 집어먹은 조신의 다리는 방앗공이 모양으로 디딘 자리만 되디디는 것 같았다. 마침 나무 한 포기 없는 데라 어디 숨을 곳도 없었다. 조신에게는 이 동안이 천년은 되는 것 같았다.
　"하하하하."
하고 뒤에 웃는 소리가 들렸다. 이제나 저제나 하고 기다려도 모례의 화살은 날아오지 아니하였다.
　"내야, 조신아 내다. 평목이다."
　평목은 벌써 조신을 따라잡았다.

조신은 뒤를 돌아보았다. 그것은 분명히 입이 넓기로 유명한 평목이었다.

조신은 그만 달례를 업은 채로 길바닥에 주저앉았다. 맥이 풀린 것이었다.

조신의 몸은 땀에 떴다. 숨은 턱에 닿았다. 목과 입이 타는 듯이 말랐다. 눈을 바로 뜰 수가 없고 입이 열리지를 아니하였다.

평목은 조신의 머리를 싼 헝겊을 벗겼다. 맹숭맹숭한 중대가리.

"이놈아, 글쎄 내 소리도 못 알아들어? 그렇게 내다 해도 못 알아들어?"

평목은 큰 입으로 비쭉거리고 웃었다.

"아이구, 평목아 사람 살려라."

조신은 비로소 입을 열었다.

"이놈아, 글쎄 중놈이 백주에 남의 시집갈 아가씨를 빼가지고 달아나니깐 발이 조리지 않아?"

평목은 더욱 싱글싱글하였다.

"그래 너는 어떻게 알고 여기 따라왔니?"

"시님께서 가 보라고 하시니까 따라왔지."

"내가 이 길로 오는 줄 어떻게 알고?"

"노시님이 무엇은 모르시니? 남으로 남으로 따라가면 만나리라고 그러시더라."

"그래 너는 왜 온 거야?"

"글쎄, 시님께서 보내셔서 왔다니까."

"아니, 왜 보내시더냐 말이다."

"너를 붙들어 오라고. 지금 사또께서 야단이셔. 벌써 읍으로 기별을 하셨으니까, 군사들이 사방으로 떨어날 것이다. 그러면 네가 어디로 달아날 테야? 바람개비니 하늘로 오를 테냐, 두더지니 땅으로 들 테냐? 꼼짝 못 하고 붙들리는 날이면 네 모가지가 뎅겅 떨어지는 날야. 그러니까 어서 나하고 아가씨 모시고 돌아가자, 가서 빌어. 아직 아가씨 말짱하십니다, 하고 빌면 네모가지만은 제자리에 붙어 있을 것이다. 자, 어서 가자."
하고 평목은 달례를 향하여,
 "아가씨, 어서 날 따라오시오. 글쎄 아가씨도 눈이 삐었지, 어디로 보기로 글쎄, 저런 찌그러진 검둥이놈헌테 반하시오? 자, 어서 가십시다. 만일 진정 모례라는 이가 싫거든, 내 좋은 신랑을 한 사람 중매를 하오리다. 하다 못하면 내라도 신랑이 되어 드리지요."
 평목은 이렇게 지절대며 달례의 어깨를 밀어서 앞을 세웠다.
 "이놈이."
하고 조신은 번개같이 덤벼들어서 평목의 뺨을 때렸다.
 "네, 이놈! 또 한 번 그런 소리를 해보아라. 내가 너를 죽여버리고 말테다."
 조신은 씨근씨근하였다.
 "이 못난 녀석이 어디 이런 기운이 있었어?"
 평목은 달례를 놓고 커다란 입을 벌리고 껄껄 웃었다.
 평목이가 웃고 보니, 조신은 부끄러움이 나서, 제 손으로 때린 평목의 뺨이 불그스레하여지는 것을 겸연쩍게 바라보았다.
 평목은 어깨에 걸쳤던 보퉁이를 내려서 조신의 앞에 내어밀며,
 "엇네, 노시님이 보내시는 걸세."
하였다.
 "그게 무엔가?"
 조신은 더욱 무안하였다.
 "끌러보면 알지."
 조신은 끌렀다. 거기서 나온 것은 법당에 벗어 팽거를 치고 왔던 칡베 장삼과 붉은 가사였다.
 "이건 왜 보내신다던가?"
 조신은 가사와 장삼을 두 손으로 받들어 들고 물었다.
 "노시님께서 그러시데. 이걸 조신이놈을 갖다주어라, 이걸 보고 조신이놈이 돌아오면 좋고, 안 돌아오거든 몸에 지니고나 댕기라고 일러라. 지금

은 몰라도 살아가노라면 쓸 날이 있으리라, 그러시데. 그럼 잘 가게, 나는 가네. 부디 재미나게들 살게. 내 사또 뵙고, 자네들이 하슬라 쪽으로 가더라고 거짓말을 하여 줌세. 사또도 사또지, 이제 저렇게 된 것을 다시 붙들어 가면 무얼 하노."
하고 평목은 조신과 달례를 바라보고 한 번 씩 웃고는 뒤도 아니 돌아보고 훨훨 오던 길로 가고 말았다.
"고마웨, 평목이 고마웨."
하고 조신이 외쳤으나 평목은 들은 체도 아니하였다.
조신은 용선 노사와 평목의 일이 고마웠다.
그러나 그런 생각도 할 새가 없었다. 조신은 달례를 데리고 어서 달아나야 한다. 모든 것을 다 잃어도 달례를 잃어서는 아니 된다.
평목은 사또에게 조신이 달아난 길을 가리키지 아니한 모양이었다. 그들은 무사히 태백산(太白山) 밑까지 달아날 수가 있었다. 여러 번 의심도 받았고 또 왈패들을 만나서 달례를 빼앗길 뻔도 하였으나 조신은 그때마다 용하게도 혹은 구변으로 혹은 담력으로 이러한 곤경들을 벗어났다.
"이게 다 관세음보살님 은혜야."
조신은 곤경을 벗어날 때마다 달례를 보고 이런 말을 하였다.
조신은 태백산 깊숙한 곳에 들어가서 터를 잡고 집을 짓고 밭을 이뤘다. 모든 것이 다 뜻대로 되는 것만 같았다. 보리를 심으면 보리가 잘 되고, 콩을 심으면 콩도 잘 되었다. 닭을 안기면 병아리도 잘 까고, 병아리를 까면 다 잘 자랐다. 개도 말같이 크고, 송아지도 얼른 큰 소가 되었다. 호박도 박도 동이 만하게 열었다. 물도 좋고 바람도 좋았다. 이따금 호랑이, 곰, 멧돼지, 살쾡이, 족제비 같은 것이 내려오는 모양이나, 아직도 강아지 하나, 병아리 한 마리 잃은 일이 없었다.
"관세음보살님 덕이야, 산신님 덕이고."
조신은 이렇게 기뻐하였다.
이러한 속에 옥 같은 달례를 아내로 삼아 가지고 살아가는 조신은 참 복되었다. 이웃에 사는 사람들도 다 부러워했다.

첫아들이 났다. 그것은 꿈에 미륵님을 뵈옵고 났다고 하여서 '미륵이'라고 이름을 지었다.

다음에 딸이 났다. 그것은 꿈에 달을 보고 났다고 하여 '달보고'라고 이름을 지었다.

셋째로 또 아들이 났다. 그것은 꿈에 칼(劍)을 보고 났다고 하여서 '칼보고'라고 이름을 지었다.

넷째로 또 딸을 낳았다. 그의 이름은 거울보고였다.

인제는 조신에게는 부족한 것이 아무것도 없었다. 단 한 가지 걱정되는 것은 늙는 것이었다. 조신은 벌써 오십이 가까웠다. 머리와 수염에 희끗희끗한 것이 보이고, 그렇게 꽃 같은 달례도 자식을 넷이나 낳으니 눈초리에 약간 잔주름이 보이고 살에 빛도 줄었다. 달례도 벌써 삼십이 넘었다.

조신은 아니 늙으려고 산삼도 캐러 다니고 사슴도 쏘러 다녔다.

"내가 살자고 너를 죽이는고나."

하고 조신은 살을 맞고 쓰러져서 아직 채 죽지도 아니한 사슴의 가슴을 뚫고 그 피를 빨아먹었다. 그리고 육을 갖다가 식구들이 다 나눠 먹었다.

산삼도 먹었다.

이것으로 정말 아픔과 늙음과 죽음이 아니 오려는가?

하루는, 조신이 삼을 캐러 갔다가 집에 돌아오니, 미륵이, 달보고, 칼보고 세 아이가 나와 놀다가 아비가 돌아오는 것을 보고,

"아버지, 손님 왔어."

하고 조신에게로 내달았다.

"손님? 어떤 손님?"

조신은 가슴이 덜컥 내려앉는 것 같았다. 이 집에 찾아올 손님이 있을 리가 없었다.

"중이야."

"중?"

조신은 벌써 중이 아니었다.

"응, 입이 커다래."

"엄마가 알든?"
"처음에는 누구셔요? 하고 모르더니 손님이 이름을 대니깐 엄마가 알던데."
"이름이 뭐래?"
"무에라더라? 무슨 목이."
조신은 다 알았다. 평목이로구나 하고,
"평목이라든?"
하고 미력이를 보고 물었다.
"오라, 평목이, 평목이래, 하하."
아이들은 평목이란 이름과 입이 커다란 것을 생각하고 웃는다.

그러기로 평목이가 어찌하여서 왔을까. 대관절 어떻게 알고 찾아왔을까. 조신은 큰 비밀이 깨어질 때에 제게 있는 모든 복이 터무니없이 깨어지는 것 같아서 섬뜨레하였다.

조신은 그동안 십여 년을 마음 턱놓고 살았던 것이다. 남의 시집갈 처녀를 훔쳐왔다는 것이 마음에 걸리기는 하나, 그렇더라도 이제야 누가 알랴 한 것이었다. 달례의 부모도 인제는 달례를 찾기를 단념하였을 것이요, 또 모례도 인제는 다른 새 아씨한테 장가를 들었으리라고 생각하기 때문에 마음을 놓고 있었던 것이다.

그러하던 것이 불의에 평목이 온 것을, 아니 기억은 십오 년 전으로 돌아가 마치 바늘 방석에 앉은 것 같았다.

평목이란 조신이 알기에는 결코 좋은 중은 아니었다. 낙산사에 있을 때에 용선 스님의 눈을 기이고는 술도 먹고 또 재 올리러 온 젊은 여자들을 노리기도 하던 자였다. 또 도적질도 곧잘 하던 자였다. 그 커다란 입으로 지절대는 소리는 모두 거짓말이었고 남을 해치는 말이었다. 그런데 이 작자가 조신과 달례를 곱다랗게 놓아보낸 것이 수상하다고 생각하였으나, 그것은 용선 스님의 심부름이기 때문이라고 조신은 생각하였다.

집에 온 것은 과연 평목이었다. 그도 인제는 중늙은이 중이었다.
"평시님, 이게 웬일이오?"

조신은 옛날 습관으로 중의 인사를 하였다.
"지나던 길에 우연히 들렀소."
하고 평목도 십오 년 전 서로 작별할 때보다는 무척 점잖았다.
그날 밤 조신은 평목과 한방에서 잤다. 두 사람은 낙산사의 옛날에 돌아가서 이야기가 끝날 바를 몰랐다. 용선 스님은 아직도 정정하시고 평목은 이번 서라벌까지 다녀오는 길에 산천 구경 겸 온 것이라고 하였다.
그러나 물론 조신은 평목의 말은 무엇이나 반신 반의하였다. 더구나 평목 자신에 대한 말은 믿으려고도 아니하였다.
이것은 조신단이 그런 것이 아니라 평목을 잘 아는 사람은 다 그러하였다. 평목은 악인은 아니나 거짓말쟁이었다.
"그런데 아무려나 기쁘오. 참 재미나게 사시는구려."
평목은 이렇게 말하였다. 조신에게는 평목의 말이 빈정거리는 것으로 들릴뿐더러, 그 말에는 독이 품긴 것 같았다.
"재미가 무슨 재미요, 부끄러운 일이지."
하고 조신은 노스님이 평목을 시켜서 보내어 준 가사와 장삼을 생각하였다. 오랫동안 잊어버렸던 것이기 때문에 지금은 그것이 어디 들었는지도 알 수 없었다.
"재미가 무슨 재미? 그럼 나허구 바꾸려오?"
평목은 벌떡 일어나 앉으며 이런 소리를 하였다.
"바꾸다니?"
조신은 불끈함을 느꼈다.
"아니, 나는 이 집에서 재미나게 살고, 시님은 나 모양으로 중이 되어서 떠돌아 다녀보란 말요."
평목은 농담도 아닌 것같이 이런 소리를 하였다.
"에잉?"
하고 조신은 돌아누우며,
"원, 아무리 친한 처지라 하여도 농담이라 할지라도 할 말이 다 따로 있는 것이지, 그게 다 무슨 소리란 말요?"

하고 쩝 소리가 나도록 입맛을 다시었다. 평목이 달례에게 불측한 생각을 가졌거니 하니 당장에 평목을 어떻게 하기라도 하고 싶었다.
 "흥, 어디 내게 그렇게 해보오. 이녁은 남의 아내를 훔쳐내인 사람 아니오? 내 입에서 말 한마디만 나와 보오. 흥, 재미나게 살겠소. 모가지는 뉘 모가지가 날아나고? 강물은 제 곬으로 가고 죄는 지은 데로 가는 거야. 모례가 지금 어떻게 당신을 찾는 줄 알고."
 평목은 침을 탁 뱉었다.
 모례란 말에 조신은 전신이 오그라드는 듯하였다. 모례는 달례의 남편이 될 사람이었다. 칼 잘 쓰고 말 잘 타기로 서울에까지 이름이 난 화랑이었다. 조신도 화랑이란 것을 잘 아는 바에, 화랑이란 한 번 먹은 뜻을 변함이 없고, 한 번 맺은 의를 끊는 법이 없다. 모례가 십오 년이 지난 오늘에도 달례를 찾을 것은 당연한 일인 것 같았다.
 그렇게 생각하면 조신은 무서웠다. 한 번 모례와 마주치는 날이면 매를 만난 새와 같아서 조신은 아무리 날쳐도 그 손을 벗어나지 못할 줄을 안다.
 이렇게 생각하고 조신은 벌떡 일어났다.
 "평시님, 아니, 정말 모례가 아직도 나를 찾고 있소?"
 "어찌 안 찾을 것이오? 제 아내를 빼앗기고 찾지 않을 놈이 어디 있단 말요. 하물며 화랑이어든. 화랑이, 그래 한 번 먹은 뜻을 변할 것 같소?"
 "아니, 평시님, 똑바로 말을 하시오. 정말 모례가 나를 찾소?"
 "찾는단밖에, 이제 다 버린 계집을 찾아서 무엇하겠소마는 두 연놈을 한 칼로 쌍동 자르기 전에 동이덩이같이 맺힌 분이 풀릴 것 같소?"
 "아니, 정말 평시님이 모례를 보았느냐 말이오. 정말 모례가 이 조신을 찾는 걸 보았느냐 말이오?"
 "글쎄 그렇다니까. 모례가 그때부터 공부도 벼슬도 다 버리고 원수갚으러 나섰소. 산골짜기마다 굽이 샅샅이 뒤져서 아니 찾고는 말지 아니할 것이오. 오늘이나 내일이나 여기도 올는지 모르지. 시님도 그만큼 재미를 보았으니, 인제 그만 내어놓을 때도 되지 않았소? 인제는 벌을 받을 날이 왔단 말요."

평목은 어디까지나 조신을 간지려 죽이려는 듯이 눈과 입가에 비웃음을 띠고 있었다.
"시님."
하고 조신은 떨리는 음성으로,
"시님, 이 일을 어찌하면 좋소? 그때에도 시님이 나를 살리셨으니 이번에도 시님이 나를 살려주시오. 네 아이들을 불쌍히 여기서서 시님이 나를 살려주시오. 제발 활인 공덕을 하여 주시오. 여섯 식구를 죽게 하신대서야 살생이 되지 않소? 평시님, 제발 나를 살려주시오."
하고 두 팔을 짚고 꿇어앉아서 수없이 평목의 앞에 머리를 조아렸다.
"글쎄, 시님도 그렇게 좋은 말로 하시면 모르지마는 시님이 만일 아까 모양으로 내 비위를 거스린다면 나도 다 생각이 있단 말이오. 안 그렇소?"
평목은 가슴을 내밀고 고개를 잦힌다.
"그저 다 잘못했으니 살려만 주오."
조신은 또 한 번 이마를 조아린다.
"그러면 내가 시님이 같이 살던 부인이야 어찌 달라겠소마는 따님을 날 주시오. 아까 보니까, 이쁘장한 게 어지간히 쓰겠습디다."
평목의 이 말에 조신은 한 번 더 가슴에서 분이 치밀고 눈초리에 불꽃이 튀는 것을 느꼈다. 그러는 순간에 번뜩 조신의 눈앞에는 도끼가 보였다. 나무를 찍고 장작을 패는 도끼다. 기운으로 말하면, 평목이 조신을 당할 리가 없다. 당할 수 없는 것은 오직 평목의 입심과 능글능글함이었다.
도끼는 방 한편 구석에 누워 있었다. 새로 갈아놓은 날이 등잔불을 받아서 번쩍번쩍 빛났다.
'당장에 평목의 골통을 패어버릴까?'
하고 조신은 주먹을 불끈 쥐었으나 참았다. 그리고 웃는 낯으로,
"그걸, 아직 어린걸."
하고 농쳐버렸다.
"어리기는 열다섯 살이 어려요?"
평목의 눈이 빛났다. 조신은 한 번 더 동이덩이 같은 것이 치미는 것을

삼켜버렸다.
"자, 인제 늦었으니 잡시다. 내일 마누라하고도 의논해서 좋도록 하십시다."
조신은 이렇게 말하고 자리에 누웠다. 평목도 누웠다.
조신은 잠이 들지 아니하였다. 헛코를 골면서 평목이 하는 양을 엿보았다. 평목은 잠이 드는 모양이었다.
평목이 코를 고는 것을 보고야 조신은 마음을 놓았다.
평목이 깊이 잠이 들기를 기다려서 조신은 소리 아니나게 일어났다.
'암만 해도 평목의 입을 막아놓아야 할 것이다.'
조신은 이렇게 생각하고 구석에 놓인 도끼를 생각하였으나, 방과 몸에 피가 묻어서 형적이 남을 것을 생각하고는 목을 매어 죽이기로 하였다.
조신은 손에 맞는 끈을 생각하다가 허리띠를 끌렀다.
평목이 꿈을 꾸는지 무슨 소리를 지절거리며 돌아누웠다.
조신은 죽은 듯이 가만히 있었다. 그러나 평목이 움직이는 것을 보고는 죽이는 것이 무서워졌다.
'사람을 죽이다니.'
하고 조신은 진저리를 쳤다.
그렇지마는 평목을 살려두고는 조신 제 몸이 온전할 수가 없었다. 평목에서 딸을 주기는 싫었다. 딸 거울보고는 아비는 아니 닮고 어미를 닮아서 어여뻤다. 그러한 딸을 능구렁이 같은 평목에서 준다는 것은 차마 못 할 일이었다.
그뿐 아니다. 설사 딸을 평목에게 주더라도 그것만으로 평목이 가만 있을 것 같지 아니하였다. 필시 재물도 달라고 할 것이다. 딸을 주고 재물을 주면 조신의 복락은 다 깨어져버리고 말 것이다.
'아무리 하여서라도 평목은 없이 해버려야 한다.'
조신은 오래두고 망설이던 끝에 마침내 평목의 가슴을 타고 허리띠 끈으로 평목의 목을 졸랐다. 평목은 두어 번 소리를 치고 팔다리를 버둥거렸으나 마침내 조신을 당하지 못하고 말았다.

조신은 전신에서 땀이 흘렀다. 이빨이 떡떡 마주치고 팔다리는 허둥허둥 하였다.

조신은 먼저 문을 열고 밖에 나가보았다. 지새는 달이 있었다. 고요하다.

조신은 다시 방으로 들어와서 평목을 안아들었다. 평목의 팔다리가 축축 늘어지는 것이 무서웠다.

조신은 나무 그늘을 골라가면서 평목의 시체를 안고 뒷산으로 올랐다. 풀잎 소리며 또 무엇인지 모르는 소리가 들릴 적마다 조신은 전신이 굳어지는 듯하여서 소름이 쭉쭉 끼쳤다.

조신은 평소에 코아두었던 굴 속에 시체를 집어넣고는 뒤도 아니 돌아보고 집으로 내려왔다. 내일이나 모레나 틈을 보아서 묻어 버리리라고 생각하였다.

이튿날 아침에 아내 달례가,

"손님은 어디 가셨어요?"

하고 물을 때에 조신은,

"새벽에 떠나갔소."

하고 어색한 대답을 하였다.

사람을 죽인다는 큰 죄를 저지른 사람의 마음이 편안할 리가 없었고, 마음이 편안치 아니하면 그것이 얼굴과 언어 동작에 아니 나타날 수가 없었다.

조신은 밤에도 깜짝깜짝 놀라고 식욕도 줄었다. 늘 근심을 하고 있었다. 동구에 사람의 그림자만 너푼하여도 조신은 가슴이 덜컥 내려앉았다.

이 모양으로 삼사 일이나 지난 뒤에야 조신은 비로소 평목의 시체를 묻어버리리라 하고 땅을 팔 제구를 가지고 밤에 뒷산에 올라갔다. 그러나 무서워서 그 시체를 둔 굴 가까이 갈 수가 없었다. 어두움 속에 평목이가 혀를 빼어물고 으흐흐흐하면서 조신에게 덤비어 드는 것만 같았다. 그래서 전신에 땀을 쪽 흘리고 집으로 돌아왔다.

그래도 이 시체를 감추어버리지 아니하면 필경 발각이 날 것이요, 발각이 나면 조신은 살인죄를 지고 말 것이다. 그래서 조신은 기운을 내어서 또 밤에 산으로 갔다. 그러나 이날은 전날보다도 더욱 무서웠다. 다리가 떨려서 옮겨놓기가 어려웠다. 어두움 속에서는 또 평목이가 혀를 빼어물고, 두 팔을 기운없이 흔들면서 조신을 향하여 오는 것 같았다. 조신은 겁결에 어떻게 온 지 모르게 집으로 달려왔다. 전신에는 땀이 쭉 흘렀다.
"어디를 밤이면 갔다 오시오?"
아내는 이렇게 물었다.
조신은 무엇이라고 대답할 바를 몰라서,
"삼 캐러."
하였다.
"밤에 무슨 삼을 캐오?"
아내는 수상하게 물었다.
"산신 기도 드리는 거야."
조신은 이러한 대답을 하였다.
산신 기도란 말을 하고 보니 또 새로운 걱정이 생겼다. 그것은 시체를 묻지도 아니하고 내버려두었기 때문에 필시 산신님이 노염을 사서 큰 동티가 나리라 하는 것이었다.
'산신 동티란 무서운 것인데.'
하고 조신은 몸에 소름이 끼쳤다. 산신님이 노하시면, 작으면 삵, 족제비, 너구리 같은 것이 난동하여서 닭이며, 곡식을 해롭게 하고, 크면 늑대, 곰, 호랑이, 구렁이 같은 짐승을 내놓아서 사람을 해한다는 것이다.
산신제를 지내자니 사람을 죽인 몸이라 부정을 탈 것이오.
'어떡하면 좋은가······.'
하고 조신은 잠을 이루지 못하였다.
이러한 생각을 하면 벌써 산신 벼락이 내리는 것만 같았다. 금시에 상명에(큰 구렁이)가 지붕을 뚫고 내려와서 제 몸을 감을지도 모른다. 호랑이가 내려와서 사랑하는 아내와 아이들을 물어 죽일지도 모른다.
조신은 머리가 쭈뼛쭈뼛함을 느낀다.
그러나 조신은 모처럼 쌓아놓은 행복을 놓아 버릴 수는 없었다. 아무리

하여서라도 언제까지나 언제까지나 꽉 붙들고 매어달리지 아니하면 아니 된다.

조신은 용선 스님이 주신 가사를 생각하였다. 몸에 가사만 걸치면 천지 간에 감히 범접할 귀신이 없다는 것이다. 그러나 부처님이 명하신 계행을 깨뜨린 더러운 몸에 이 가사를 걸치면, 가사가 불길이 되고 바람이 되어서 그 사람을 아비지옥으로 불어보낸다는 것이다.

'그 가사 장삼을 집에 두어서 이런 변사가 생기는 것이 아닐까?'

조신은 이렇게도 생각하여 보았다.

그렇게도 생각하니 검은 장삼과 붉은 가사가 저절로 너풀너풀 허공에 날아올라가는 것 같아서 조신은 몸서리를 쳤다. 너풀너풀 가사 장삼은 조신의 눈앞에 있어서 오르락내리락한다.

조신은 눈을 떠보았다.

캄캄하다.

어두움 속에는 수없는 가사와 장삼이 너풀거렸다.

그중에는 평목의 모양도 보이고 용선 스님의 모양도 보였다. 그러나 용선 화상의 모양은 곧 스러졌다.

조신은 정신이 어지러워서 지접할 수가 없었다.

아내와 아이들이 있는 방으로 가고 싶었으나 가위눌린 사람같이 몸을 움직일 수가 없는 것 같았다.

아내의 얼굴도 무서웁게 나타난 여귀와 같았다.

아이들의 얼굴도 매서운 귀신과 같았다.

조신은 어찌할 줄을 몰랐다. 눈을 떠도 무섭고 감아도 무서웠다.

'아아 내가 왜 이럴까. 밤길을 혼자 가도 무서움을 아니 타던 내가 왜 이럴까.'

조신은 정신을 수습하려고 애를 써 보았으나 안 되었다. 모든 것이 다 저를 위협하고 해치려는 원수인 것 같았다.

조신은 낙산사 관음상을 마음에 그려보려 하였다. 그 자비하신 모습을 잠깐만 뵈와도, 살아날 것만 같았다. 이러한 경우에 사랑하는 처자로는 아무러한 힘도 없었다. '나무' 하고 '대자대비 관세음보살마하살'을 부르려 하나 입이 열리지 아니 하였다.
 전신이 얼어 들어오는 듯하였다.
 조신은 아무리 하여서라도 관세음보살상을 뵈오려 하나, 나오는 것은 무서운 형상뿐이었다. 눈망울 툭 불거진 사천왕상이 아니면 머리에 뿔 돋친 염라국 사자의 모양뿐이었다.
 가사와 장삼이 어지럽게 너풀거리던 어두움 속에 눈망울 불거지고 뿔 돋친 귀신들, 머리 풀어 헤치고 입에서 피흘리는 귀신들이 어지러이 나타나서 조신을 노려보았다.
 다음 순간에 조신의 눈앞에는 이글이글 검푸른 불이 타는 불지옥과, 지글지글 사람의 기름이 끓는 큰 가마며, 입을 벌리고 혀를 잡아당기어서 자르는 광경이며, 기름틀에 넣고서 기름을 짜듯이 불의한 남녀를 눌러 짜는 광경이며, 이 모양으로 모든 흉물스러운 광경이 보이고, 나중에는 평목이가 퍼런 혀를 빼어물고 손에 제가 목을 매어 죽던 끄나풀을 들고 나타나서 조신을 향하여 손을 혀기는 것이 보일 때에 조신은 베개에 두 눈을 비비며 저도 모르게 소리를 질렀다.
 조신이 다시 정신을 차렸을 때에는 옆에 아내 달례가 있었다.
 "웬일이오?"
 달례는 남편이 눈을 뜨는 것을 보고 일어나 앉으며 묻는다. 달례가 두 팔을 들어서 흩어진 머리를 거둘 때에 그 흰 두 팔굽이와 젖가슴이 어두움 속에 보이는 것이 조신의 눈에는 금방 꿈 속에서 보던 귀신과 같아서 악 소리를 치면서 벌떡 일어났다.
 "아니, 왜 그러우?"
 달례도 깜짝 놀라는 듯이 앉은 걸음으로 뒤로 물러나며 머리 가누던 두 손을 앞으로 내어 밀었다.
 "아니야."
하고 조신은 맥없이 도로 드러누웠다. 저도 제 행동이 부끄러웠고 아내에게도 숨기고 있는 살인의 비밀이 혹시 이런 것으로 탄로가 되지나 않는가 하여 겁만 났다.
"아니라니?"
하고 달례는 남편의 수상한 행동에 마음이 놓이지 아니하였다.
"요새에 웬일이오? 밤마다 헛소리를 하고──자면서 팔을 내어두르고. 몇 번이나 소스라쳐 놀랐는지 몰라. 참 이상도 하오. 아마 무슨 일이 있나 보아. 나도 꿈자리가 사납고. 어디 바로 말을 해 보슈. 그 평목인가 한 중이 어디 갔소? 왜 식전 새벽에 아침도 안 먹고 간단 갈요. 암만 해도 수상하더라니. 그이 왔다 간 다음부터 당신의 모양이 수상해요. 어디 바루 말을 해 보아요. 그 중은 어디로 갔소?"
달례가 이렇게 하는 말은 마디마디 회초리가 되어서 조신의 등덜미를 후려갈기는 것 같았다.
"내가 그 녀석 간 곳을 어떻게 알아? 저 갈 데로 갔겠지."
조신은 아무 관심없는 양을 꾸미느라고 퉁명스럽게 대답하였다. 그러나 그 가슴은 몹시 울렁거렸다.
"아니, 그이를 왜 그 녀석이라고 부르시오? 우리가 도망할 때에 관에 일르지도 아니한 이를?"
달례의 말은 한 걸음 즈신의 가슴속으로 파고 들었다.
"우리가 재미있게 사는 것을 보고는 샘도 날 것 아니야?"
조신은 아니할 말을 하였다고 고대 뉘우쳤다.
"아니, 그이가 무어랍디까?"
달례는 무릎 걸음으로 조신의 곁으로 다가앉는다.
"아냐, 별일은 없었지마는."
조신은 우물쭈물 이 이야기를 끊고 싶었다.
"아니, 그이가 무에랍디까? 모례 말을 합디까?"
"왜 모례가 있으면 좋겠어? 모례 생각이 나느냐 말야?"
조신은 가장 질투나 나는 듯이 달례 편으로 돌아 눕는다.
"왜 그런 말씀을 하슈? 누가 모례를 생각한다우?"
"그럼, 모례 말은 왜 해? 그 원수놈의 말을 왜 입에 담느냐 말야. 모례라는 모자만 들어도 내가 분통이 터지는 줄을 알면서 왜 그런 소리를 하느냐 말야."

조신에게 제일 싫고 무서운 것이 모례의 이름이었다. 만일 누가 하루에 한 번씩만 모례의 이름을 조신의 귀에 불어넣어 준다면 한 달 안에 조신은 말라죽었을 것이다.

그러나 이 자리에서 모례의 말을 가지고 아내에게 핀잔을 준 것은 모례 때문이라기보다는 죽은 평목의 비밀을 지키자는 계교로서였다. 그러나 한 번 여자의 마음에 일어난 의심은 거짓말로라도 풀기 전에는 결코 잠잠케 할 수는 없었다.

달례는 전에 없이 우락부락한 남편의 태도가 불쾌한 듯이 뾰로통한 소리로,

"모례가 무슨 죄요? 그이가 왜 당신의 원수요? 당신이나 내가 그의 원수면 원수지. 까닭없는 사람을 미워하면 죄가 안 되오?"
하고 쏘았다.

조신은 벌떡 자리에서 일어나 앉으며,

"무엇이 어째? 모례가 원수가 아니야? 모례놈이 내 눈앞에 번뜻 보이기만 해라, 내가 살려둘 줄 알고, 담박에 물고를 내고야 말걸."
하고 어두움 속에 희미하게 보이는 아내의 얼굴을 노려본다. 이렇게 억지로라도 성을 내니 무서움이 좀 가라앉는다. 평목의 원혼이 멀리로 달아난 것도 같았다.

그러나 달례는 환장한가 싶은 남편의 태도가 원망스러운 듯, 전보다 더 뾰롱뾰롱하게,

"모례를 죽여요? 당신 손에 죽을 모롄 줄 알았소? 그이는 화랑이오. 칼 잘 쓰고 활 잘 쏘고 하는 그이가 당신 손에 잘 죽겠소. 사람의 일을 아나. 혹시 그이가 여기 올지도 모르지. 만일 모례가 여기 오는 일이 있다면 당신이나 내가 땅바닥에 엎드려서 비는 거야, 죽을 죄로 잘못했으니 살려줍시사고, 저 미륵이랑 달보고랑 어린 것을 불쌍히 여겨서 살려줍시사고 제발 괴발 비는 거야. 불공한 말 한마디만 해보오, 당장에 목이 날아날 테니. 그

나 그뿐인가, 암만해도 당신이 평목 시님을 죽."
할 때에 조신은 달려들어서 달례의 입을 손바닥으로 막아버렸다.
"함부로 입을 놀려?"
하고 조신은 달례의 몸을 잡아 흔들었다.
달례는 방바닥에 이마를 대고 쓰러지면서,
"과연 그랬구려."
하고 울면서 푸념을 한다.
"그날 밤에 이상한 소리가 나길래 혹시나 하면서 설마 그런 일이야 하였더니 정말 당신이 그 중을 죽."
할 때에 조신은 또 달례의 몸을 잡아 흔든다.
"여보, 여보."
하고 조신은 무서워하는 사람 모양으로 숨이 찬다. 조신은 달례의 귀에 입을 대고,
"그런 소리 말어, 아이들이 들어, 누가 들어."
하고 덜덜 떨었다.
조신은 제가 사람을 죽였다는 것이 저밖에 다만 한 사람이라도 아는 사람이 있다는 것이 한없이 무서웠다.
조신은 달례의 귀에 뜨거운 김을 불어넣으면서 말을 한다. 그것은 달례의 분을 풀어서 입을 막자는 것이었다.
"그놈이 —— 평목이놈이 우리 둘이 산다는 것을 일러바친다고 위협을 한단 말야. 모례가 칼을 갈아 가지고 아직도 우리들을 찾아댕긴다고. 방방 곡곡으로 샅샅이 뒤진다고 그러니까."
하고 조신은 한층 더 소리를 낮추어서,
"그러니까 그놈이 달보고를 저를 달라는 거야, 그러니 참을 수가 있나."
하고 한숨을 내어쉰다.
달보고를 달란다는 말에는 달례도 함칫하고 놀라는 빛을 보였다.
"이 일을 어찌하면 좋소?"
하는 달례의 말은 절망적이었다.

조신의 집에는 이미 평화는 없었다.

어른들의 얼굴에 매양 근심하는 빛이 있으니 아이들의 얼굴에도 화기가 없었다. 닭, 개, 짐승까지도 풀이 죽고 집까지도 무슨 그늘에 싸인 듯하였다.

조신은 어찌할까, 그 마음을 진정치 못한 채로 찜찜하게 하루, 이틀을 보내고 있었다.

추수도 다 끝나고 높은 산에는 단풍이 들었다. 콩에 배불린 꿩들이 살진 몸으로 무겁게 날고 있었다. 매사냥꾼 활사냥꾼들이 다니기 시작하고, 산촌 집들 옆에는 겨울에 때일 나뭇더미가 탐스럽게 쌓여 있었다. 이제 얼마 아니하여 눈이 와서 덮이면 사람들은 뜨뜻이 불을 지피고 술과 떡에 배를 불리면서 편안하고 재미있는 과동을 하는 것이다.

그러나 조신의 마음에는 편안한 것이 없었다. 곳간에 쌓인 나락섬에서는 평목의 팔이 쑥 나오는 것 같고 나뭇더미에서도 평목의 큰 입이 혀를 빼어 물고 내미는 것 같았다. 게다가 모례가 언제 어느 때에 시퍼런 칼을 빼어들고 말을 달려 들어올는지도 몰라서 밤바람에 구르는 낙엽 소리에도 귀가 쫑긋하였다.

"이 자리를 떠서 다른 데로 가서 숨어야 할 터인데."

조신은 날마다 이런 생각을 하기는 하면서도 어디로 어떻게 갈 것인지 궁리가 나지 아니하였다. 죄를 지은 사람에게는 천지도 좁았다.

추워지기 전에 하루라도 일찍이 떠나야 된다 된다 하면서 머뭇머뭇하는 동안에 첫눈이 내렸다. 조신은 식전에 일어나 만산 평야로 하얗게 눈이 덮인 것을 보고는 가슴이 두근거렸다. 무슨 일이 있어서 도망을 가더라도 눈 위에 발자국이 남을 것이 무서웠다.

이날 미력이가 아랫동네에 놀러 갔다가 돌아와서 조신의 가슴을 놀라게 하는 소식을 전하였다. 이 고을 원님이 서울서 온 귀한 손님을 위하여 이 골짜기에 사냥을 온다는 것이었다. 이러한 큰 사냥이면 매도 있고 활도 쓰고 또 불을 때어서 곰이나 너구리나 여우도 잡는 것이 예사다. 수십 명 일행이 흔히 하루 이틀을 묵으면서 많은 짐승을 잡아 가지고야 돌아가는 것이었다. 그나 그뿐인가, 동네 사람들은 모두 몰이꾼으로 나서서 산에 있는 굴은 말할 것도 없고 바위 밑까지도 샅샅이 뒤지는 것이었다. 그리 되면 저 평목의 시신이 필시 드러날 것이요, 그것이 드러난다면 원님이 반드시 이 일을 그냥 두지 아니하고 범인을 찾을 것이다.

'그것을 묻어 버릴 것을.'

하고 조신은 뉘우쳤다. 묻어야, 묻어야 하면서도 무서워서 못한 지가 벌써 한 달이나 되었다. 비록 선선한 가을 일기라 하더라도 한 달이나 묵은 송장이 온전할 리가 없었다. 필시 썩어서는 손을 대일 수 없이 되었거나 혹은 여우가 뜯어먹어 더욱 보기 흉하게 되었을 것이다. 이런 생각으로 조신은 평목의 시체 처치를 못한 채 오늘날에 이르렀다.

조신은 앞이 캄캄해짐을 느꼈다. 아내와 아이들이 제 얼굴을 물끄러미 바라보고 있는 양이 아마 낯색이 변한 것이라고 짐작하고 짐짓 태연한 모양을 한다는 것이 이런 소리가 되어 나왔다.

"망할 녀석들! 사냥은 무슨 주리할 사냥을 나와. 짐승 죽이는 것은 살생이 아닌가. 지옥에를 갈 녀석들!"

이 말에 달례는 눈을 크게 뜨고 조신을 바라보았다. 사람을 죽인 사람이 어떻게 저런 소리를 하느냐 하는 것 같았다.

조신은 아니할 소리를 하였다 하고 가슴이 섬뜨레하였다. 저도 그런 소리를 하려는 생각이 없이 어찌된 일인지 그런 소리가 나온 것이었다. 무슨 신의 힘이 저로 하여금 그런 소리를 하게 한 것 같아서 조신은 등골에 얼음물을 퍼붓는 듯함을 느꼈다.

그러나 이제 평목의 시체를 처치할 수는 없었다. 우선 눈이 오지 아니하였나. 발자국을 어찌하나. 오늘 볕이 나서 눈만 다 녹인다면 밤에 아무런 일이 있더라도 평목의 시신을 묻어버리리라고 마음에 작정하였다.

그러나 물 길러 나갔던 달보고는 또 하나 이상한 소식을 전하였다.

"내가 물을 긷고 있는데, 웬 사람이 말을 타고 오겠지——자주 긴 옷을 입고. 이렇게 이렇게, 이상하게 생긴 갓을 쓰고 그리고 아주 잘생긴 사람야. 이렇게 이렇게 수염이 나고. 그 사람이 우물 옆으로 지나가더니 몇 걸음 가서 되돌아서 오더니, 말에서 내리더니 나를 한참이나 물끄러미 보더니, 아가, 나 물좀 다우 그래요. 그래서 바가지로 물을 떠 주니까 두어 모금 마시고는 너의 집이 어디냐 그러겠지. 그래…….”
하고 달보고의 말이 끝나기도 전에 조신은 눈이 둥그레지며,
 “그래, 우리 집을 가르쳐주었니?”
하고 숨결이 커진다.
 달보고는 아버지의 수상한 서슬에 놀란 듯이 입을 다문 채로 고개를 두어 번 까닥까닥한다.
 “그래, 그 사람이 젊은 사람이든?”
이번에는 달례가 묻는다.
 “나이를 잘 모르겠어. 수염을 보면 나이가 많은 것도 같은데 얼굴을 보면 아주 젊은 사람 같아요.”
 달보고는 그 붉은 옷 입은 사람을 이렇게 그렸다. 그리고는 부끄러운 듯이 왼편 손을 펴서 파르스름한 옥고리 하나를 내어놓으며 수줍은 듯이 이렇게 설명하였다.
 “그 사람이 물을 받아 먹고 돌아 설 때에 웬일인지 띠에 달렸던 이 옥고리가 땅에 떨어지겠지. 그러니깐 그 사람이 깜짝 놀라서, 꺼꾸버서 이것을 줍더니, 잠깐 무엇을 생각하더니, 아따 물값이다, 하고 나를 주어요.”
 “왜 남의 사내헌테서 그런 것을 받아, 커다란 계집애가?”
하고 달례가 달보고를 노려본다.
 “싫다고 해도 자꾸만 주는걸. 땅에 떨어지는 것을 보니 이것은 분명히 네 것이라고 그러면서.”
하고 달보고는 아주 어색하게 변명을 한다.
 조신은 까닭 모르게 마음이 설렌다. 도무지 수상하였다. 이런 때에는 억지로라도 성을 내는 것이 마음을 진정하는 길일 것 같았다. 그래서 조신은 커다란 손으로 옥고리를 집어서 문 밖으로 홱 내어던지면서,
 “그놈이 어떤 놈인데 이런 것으로 남의 계집애를 후려.”
하였다.

옥고리는 공중으로 날아서 뜰앞 바윗돌에 떨어지면서 째깍 소리를 내고 서너 조각으로 깨어졌다.

달보고는 손으로 두 눈을 가리우고 방바닥에 엎드려서 울었다. 달례는 눈에 눈물이 어리며,

"울지 마. 엄마가 그보다 더 좋은 옥고리 줄께 울지 마."

하고 일어나서 시렁에 얹었던 상자를 내려 하얀 옥고리 하나를 꺼내어 달보고에게 주었다.

달보고는 '싫여, 싫여' 하고 그것을 받지 아니하였다.

얼마 후에 관인이 와서 조신의 집을 서울 손님의 사처로 정하였으니 제일 좋은 방 하나를 깨끗이 치울 것과 따라오는 하인들이 묵을 방도 하나 치우라는 분부를 전하였다.

조신은 마음에는 찜찜하나 어찌할 도리가 없어서 사랑을 치웠다. 이것은 창을 열면 눈에 덮인 태백산이 바라보이고 강 한 굽이조차 눈에 들어오는 방이었다. 절에서 자라난 조신은 경치를 사랑하였다. 그는 이 방에서 평생을 즐겁게 지내려 하였었다. 그러나 평목이가 이 방에서 죽어 나간 뒤로는 이 방은 조신에게는 가장 싫고 무서운 방이 되어서 그 앞으로 지나가기도 머리가 쭈볏거렸다.

조신은 사랑방 문을 열 때에 연해 헛기침을 하고 진언을 염하였다. 문을 열면 그 속에서 평목이가 혀를 빼어물고 나올 것만 같았다.

그러나 정작 문을 열고 보니, 아무것도 없었다. 다만 써늘한 기운이 비인 방 냄새와 함께 혹 내뿜을 뿐이었다.

조신은 방을 쓸고 훔쳤다. 깨끗한 돗자리를 깔고 방석을 깔았다. 목침을 찾다가 문득 그것이 평목이가 베었던 것임을 생각하였다.

서울 손님이라는 것이 어떤 귀인인가, 혹시나 내 집에 복이 될 사람이면 좋겠다고 생각하였다.

"설마, 설마."

하고 조신은 중얼거렸다. 설마 모례야 오랴고 하는 것이었다.

그러나 그 사람이 달보고를 유심히 보더라는 것, 옥고리를 준 것, 하필

이 집으로 사처를 정한다는 것들을 생각하면 그것이 모례인 것도 같았다.
'만일 그것이 모례면 어찌하나.'
조신은 멍하니 태백산 쪽을 바라보았다. 날은 아직도 흐리고 산에는 거무스름한 안개가 있다.
'모례가 십칠 년 전 일을 아직도 생각하고 있을까. 더구나 귀한 사람이 그런 것을 오래 두고 생각할라고. 벌써 다른 아내를 얻어서 아들딸 낳고 살 것이다. 설령 아직도 달례를 생각하기로소니 우리 집에 달례가 있는 줄을 알 까닭이 없다. 달보고가 하도 어미를 닮았으니까 혹시 우리 집이 달례의 집인가 의심할까. 모례가 나를 본 일은 없다. 누가 그에게 내 용모 파기를 하였을까. 내 찌그러진 얼굴, 비뚤어진 코──그러나 세상에 그렇게 생긴 사람이 나 하나밖에 없으란 법은 없다.'
조신의 생각은 끝이 없다. 그러고도 무엇이 뒷덜미를 내려짚는 듯이 절박한 것 같다.
조신은 무엇을 찾는 듯이 방 안을 휘둘러보았다.
"앗, 저 바랑, 저 바랑!"
하고 조신은 크게 눈을 떴다. 벽장 문이 방싯 열리고 그 속에 집어 넣었던 평목의 바랑이 삐죽이 내다보고 있다.
조신의 머리카락은 모두 하늘로 뻗었다. 저것을 처치를 아니하였고나 하고 조신은 발을 구르고 싶었다.
조신은 얼떨결에 벽장문을 홱 잡아 제치고 평목의 바랑을 왈칵 나꾸채었다. 그리고는 구렁이나 손에 잡힌 것같이 손을 떼었다. 바랑은 덜컥하고 방바닥에 떨어져서 흔들렸다. 척척 이긴 굵은 베로 지은 바랑이다. 평목의 등에 업혀서 산천을 두루 돌고 촌락으로 들락날락하던 바랑이다.
조신은 이윽히 이 말없는 바랑을 물끄러미 보고 있었다. 바랑은 아무 말이 없었으나 그 속에는 많은 말이 들어 있는 것 같았다. 이것이 벽장에서 떨어질 때에 떨거덕한 것은 평목의 밥과 국과 반찬과 물을 먹기에 몇십 년을 쓰던 바리때요, 버썩하는 소리를 내인 것은 평목이 어느 절에 들어가면 꺼내어 입던 가사 장삼일 것과 그 밖에 바늘과 실과 칼과 이런 도구가 들어

꿈 215

있을 것은 열어보지 아니하고라도 조신도 알 수가 있었다. 조신이 낙산사에서 지니고 있던 바랑과 바리때는 어느 누가 쓰고 있는지 모른다.
 그러나 조신의 생각에는 평목의 바랑 속에는 이런 의례히 있을 것 외에 무서운 무엇이 나올 것만 같았다. 조신은 바랑을 여는 대신에 그 끈을 더욱 꼭 졸라매었다. 무서운 것이 나오지 못하게 하자는 것이다. 그리고 조신은 그 바랑을 번쩍 들어서 벽장에 들여넣었다. 침침한 벽장 속에 바랑은 야릇한 소리를 내고 들어가 글렀다. 조신의 귀에는 그것이 바랑이 벽에 부딪치는 소리만 같지는 아니하였다. 분명 무슨 이상한 소리가 그 속에 있었다. 그 이상한 소리는 잉하게 귀에 묻어서 떨어지지 아니하였고, 조신의 손과 팔에도 바랑을 집어넣을 때에 무엇이 물컥하고 뜨뜻미지근하던 것이 배어 있는 것 같았다.
 '아아 모두 죄를 무서워하는 내 마음의 조화다. 있기는 무엇이 있어.' 하고 조신은 제 마음을 든든하게 먹으려고 하였다. 그러나 '내마음'이라는 것이 내 말을 듣지 아니하였다.
 조신이 서울 손님의 사처 방을 다 치우고 나서 지향할 수 없는 마음을 가지고 고민하고 있을 즈음에 조신의 집을 향하고 올라오는 사오 인의 말탄 사람과 수십 명의 사람의 떼를 보았다. 그들 중에는 동네 백성들도 섞여 있었다.
 말탄 사람들은 조신의 집 앞에서 말을 내렸다. 관인이 내달아 일변 주인을 찾고 일변 말을 나무에 매었다.
 조신은 떨리는 가슴으로 나서서 귀인들 앞에 오른편 무릎을 꿇어 절을 하였다.
 "어, 깨끗한 집이로군. 근농가로군!"
 코 밑에 여덟 팔자 수염이 난 귀인이 조신의 집을 돌아보며 말하였다. 이 분이 아마 이 고을 원인가 하고 조신은 생각하였다.
 원은 집 모양을 휘 돌아본 뒤에, 고개를 돌려 한 걸음 뒤에 선 귀인을 보면서,
 "이번 사냥에 네 집에서 이 손님하고 하루 이틀 묵어 가겠으니, 각별히 거

행하렷다."
하고 위엄 있게 말하였다.
 "예이. 누추한 곳에 귀인이 왕림하시니 황송하오. 벽촌이라 찬수는 없사오나 정성껏 거행하오리다."
하고 조신은 또 한번 무릎을 꿇었다.
 "어디 방을 좀 볼까?"
하는 원의 말에 조신은 황망하게 사랑 문을 열어 제쳤다. 원과 손님은 방안을 휘 둘러보고,
 "어, 정갈한 방이로군!"
하고 방 칭찬을 하고는,
 "이봐라, 네 그 부담을 방에 들여라."
하여 짐을 들이도록 분부하고, 손님을 향하여서,
 "아손, 어찌하시려오? 방에 들어가 잠깐 쉬시려오, 그냥 산으로 가시려오?"
하고 의향을 묻는다.
 손님은 그 옥으로 깎은 듯한 얼굴에 구슬같이 맑은 눈을 한 번 감았다 뜨면서,
 "해도 늦었으나 먼저 사냥을 합시다."
한다.
 "그러시지, 다행히 사슴이라도 한 마리 잡으면 저녁 술안주가 될 것이니까?"
하고 원은 아래턱의 긴 수염을 흔들며 허허하고 소리를 내어서 웃는다.
 귀인들은 소매 넓은 붉은 우틔를 벗고 좁은 행전을 무릎까지 올려 신고 오동집에 금으로 아로새긴 칼을 옆에 차고 어깨에 활과 전통을 메고 머리는 자주 박두를 쓰고 나섰다. 관인들은 창을 들고 몰이꾼들은 손에 작대를 들고 매바치는 팔목에 매를 받고 산을 향하여서 길을 떠났다. 조신은 산길을 잘 타는 사람이라는 동네 사람의 추천을 받아서 앞잡이를 하라는 영광스러운 분부를 받았다. 사냥개는 없었으나 동네 개들이 제 주인을 따라서 좋아

라고 꼬리를 치며 달리고, 미력이를 비롯하여 동네 아이놈들도 몽둥이 하나씩을 들고 무서운 듯이 멀찍이 따라오며 재깔대었다.
 사람들이 걸음을 걸을 때마다 눈에 덮인 낙엽들이 부시럭부시럭, 와싹와싹하고 소리를 내었다. 까치들이 짖고 솔개, 산새들이 놀란 듯이 우짖고 왔다갔다하였다.
 먼저 산제터인 바위 밑에 이르러 제물을 바치고 오늘 사냥에 새와 짐승을 줍시사고 빈 뒤에 모두 음복하고, 그리고는 사냥이 벌어졌다.
 매바치는 등성이 바위 위에 서고 몰이꾼들은 잔솔 포기와 나무 포기, 풀포기를 작대로 치며, '아티, 아리' 하고 꿩과 토끼를 몰아내고, 개들도 얼른 눈치를 채어서 코를 들고 꼬리를 치고 어떤 때에 네 굽을 모아 뛰면서 새 짐승을 뒤졌다. 놀란 꿩들이 꺽꺽 소리를 지르면서 날고 토끼도 귀를 빳빳이 뻗고 달렸다. 이러는 동안에 두 귀인은 매바치 옆에 서 있었다. 앞잡이인 조신도 그 옆에 모시고 있었다.
 얼마 아니하여서 대여섯 마리 꿩을 잡았다. 아직도 채 죽지 아니한 꿩은 망태 속에서 쌔근쌔근 괴로운 숨을 쉬고 있었다.
 또 서울 손님의 화살이 토끼도 한 마리 맞혔다. 목덜미에 살이 꽂힌 채로 한 길이나 높이 껑충 솟아뛸 때에는 모두 기쁜 고함을 쳤다.
 매는 몇 마리 꿩을 움키더니 더욱 눈은 빛나고 몸에 힘이 올랐다. 그의 주둥이와 가슴패기에는 뻘간 피가 묻었다.
 '살생.'
하고 조신은 속으로 중얼거렸다.
 '살생을 아니하오리다.'
하고 굳게굳게 시방 제불 전에 맹세한 조신이다.
 그러나 제 손으로 이미 평목을 죽이지 아니하였느냐. 중을 죽였으니 살생 중에도 가장 죄가 무서운 살생을 하지 아니하였느냐. 그렇지마는 오랫동안 자비의 수행을 한 일이 있는 조신은 목전에 벌어진 살생의 광경을 보고 마음이 자못 불안하였다.
 꿩망태가 두둑하게 된 때에 서울 손님은 원을 보고,

"매 사냥은 그만큼 보았으니, 나는 사슴이나 노루를 찾아보려오. 돼지도 좋고. 모처럼 활을 메고 나왔다가 토끼 한 마리만 잡아 가지고 가서는 직성이 아니 풀릴 것 같소. 그럼 태수는 여기서 더 매 사냥을 하시오. 나는 좀더 깊이 산 속으로 들어가보려오."
하고 서 있던 바윗등에서 내려선다. 원은 웃으며,
"아손 조심하시오. 태백산에는 호랑이도 있고 곰도 있소. 응, 곰은 벌써 숨었겠지마는 표범도 있소. 혼자는 못 가실 것이니, 창꾼을 몇 데리고 가시오."
하고 건장한 창든 관인 두 쌍을 불러준다.

조신은 또 앞장을 섰다. 조신은 이 산 속에 골짜기 몇, 굴이 몇인 것도 안다. 그는 보약을 구하노라고 지난해 매일같이 산을 탔다.

조신은 자신있게 앞장을 섰다. 오직 조심하는 것은 평목의 시신을 버린 굴 근처로 가지 않겠다는 것이었다. 그러나 거기 대하여서는 조신은 안심하였다. 왜 그런고 하면, 평목을 내버린 굴은 동네 가까이어서 사슴이나 기타 큰 짐승 사냥에는 관계가 없기 때문이었다.

조신은 아무쪼록 평목이 굴에서 멀리 떨어진 방향으로 길을 잡았다.

골은 더욱 깊어지고 수풀도 갈수록 깊어졌다. 무시무시하게도 고요한 산속이다. 조신이 앞을 서고 손님이 다음에 걷고 창꾼들이 그 뒤를 따랐다.

사람들의 눈은 짐승의 발자국을 하나도 아니 놓치려고 하얀 눈을 보고 있었다. 바싹 소리만 나도 귀를 기울였다.

눈 위에는 작은 새 짐승들의 귀여운 발자국들이 가로 세로 있었다. 그러나 큰 짐승의 발자국은 좀체로 보이지 아니하였다.

얼마를 헤매며 몇 굴을 뒤지다가 마침내 산비탈 눈 위에 뚜렷뚜렷이 박힌 굵직굵직한 발자국을 발견하였다.

모두들 숨소리를 죽였다. 사냥에 익숙한 듯이 손님은 가만히 발자국을 들여다보아서 그것이 사슴의 것인 것과 개울을 건너서 등성이로 올라간 발자국인 것을 알아내고, 이제부터는 조신의 앞잡이는 쓸데 없다는 듯이 제가 앞장을 서서 비탈을 올라갔다. 조신과 창꾼들은 그 뒤를 따랐다.

손님은 등성에 서서 지형을 살펴보고, 창꾼 두 쌍은 좌우로 갈라서, 한 쌍은 서편 골짜기로, 하나는 동편 골짜기로 내려가라 하고 자기는 조신을 데리고 발자국을 따라서 내려갔다.
　발자국은 두 마리의 것이었다. 암수가 앞서거니 뒤서거니 어디로 가노라고 떠난 것이었다. 활과 칼을 가진 이가 그들을 뒤따르고 있는 것을 생각하면 조신은 제가 그 사슴이 된 것 같았다. 될 수 있으면 앞서 달려가서 사슴에게 일러주고 싶었다.
　사슴들은 똑바로 가지는 아니하였다. 그들은 제 발자국이 무엇을 의미하는지를 안다. 그들은 가끔 방향을 바꾸기도 하고 어떤 등성이나 골짜기에서는 발자국을 어지러놓기도 하였다. 무척 제 자국을 감추려고 애를 썼으나 땅을 밟지 아니하고는 갈 수 없는 그들이라 아무리 하여도 자국은 남았다. 혹은 바위를 타고 넘고 혹은 아직 얼어붙지 아니한 시냇물을 밟아서 아무쪼록 제 자국을 감추려 한 사슴 자웅의 심사가 가여웠다.
　열에 아홉은 이 두 사슴 중에 적어도 한 마리는 목숨의 끝날이 왔다고 조신은 생각하고 한없이 슬펐다.
　'인연과 업보!'
하고 조신은 닥쳐오는 운명을 벗어나기 어려움을 마음이 아프도록 절실하게 느꼈다.
　다행한 것은 사슴들의 발자국이 평목의 시신이 누워 있는 굴과는 딴 방향으로 향한 것이었다.
　조신이 인연을 생각하고 업보를 생각하면서 손님의 뒤를 따르고 있을 때에 문득 손님이 우뚝 걸음을 멈추고 몸을 나무 뒤에 감추었다. 조신도 손님이 하는 대로 하고 손님이 바라보는 방향을 바라보았다.
　"있다!"
하고 조신은 속으로 외쳤다.
　한 백 보나 떨어져서 싸리 포기들이 흔들리는 속에 사슴 두 마리가 서서 멀리 남쪽을 바라보고 있었다.
　'사람이 따르는 것을 눈치채었나?'

하고 조신은 가슴이 울렁거렸다.
 손님은 활에 살을 메어 들었다. 그리고 사슴들이 싸리 포기 밖으로 나오기를 기다리고 있었다. 사슴들은 고개를 이쪽으로 돌렸다. 그 위엄 있는 뿔이 머리를 따라서 흔들렸다.
 사슴은 분명히 위험을 느낀 모양이었다. 그들은 얼마 높지 아니한 등성이를 타고 넘으므로 이 위험을 피하려고 결심한 모양이었다. 수놈이 먼저 뛰고 암놈이 한 번 더 이쪽을 바라보고는 남편의 뒤를 따랐다. 조신이 이 모양을 바라보고 있을 때에 퉁하고 활 시위가 울리며 꿩의 깃을 단 살이 사슴을 따라 나는 것을 보았다.
 살은 숫사슴의 왼편 뒷다리에 박혔다. 퍽하고 박히는 소리가 조신의 귀에 들리는 듯하였다.
 살을 맞은 사슴은 한 번 껑충 네 발을 궁구르고는 무릎을 꿇고 쓰러질 때에 암사슴은 댓 걸음 더 달리다가 돌아서서 목을 길게 빼고 바라보았다. 이 때에 둘째 화살이 날아서 암사슴의 앞가슴에 박혔다. 살맞은 사슴은 밍하는 것 같은 한마디 소리를 지르고는 나는 듯이 ㄱ자로 방향을 꺾어 달려 내려갔다. 숫사슴이 벌떡 일어나서 암사슴이 가는 방향으로 달렸다. 몹시 다리를 절었다.
 이것이 모두 눈 깜짝할 새다.
 손님도 뛰고 조신도 뛰었다. 창꾼들도 본 모양이어서 좌우로서 군호 외치는 소리가 들렸다.
 사슴은 허둥거리는 걸음으로 엎치락 눈보라를 날리면서 뛰었으나 얼마 아니하여 암놈은 눈 위에 구르고는 다시 일어나지 못하였다. 상처가 앞가슴이라, 깊은데다가 기운이 약한 것이었다. 그러나 수놈은 절뚝거리면서도 고꾸라지면서도 구르면서도 피를 흘리면서도 죽음을 피해보려고 기운차게 달렸다. 그가 지나간 자리에는 흰 눈 위에 붉은 피가 떨어져 있었다.
 죽음에서 도망하려는 사슴은 아직도 적을 피하노라고 여러 번 방향을 바꾸었으나, 차차 걸음이 느려짐을 어찌할 수 없었다. 따르는 사람들은 점점 사슴에게 가까이 갔다. 사슴은 이제는 더 뛸 수 없다는 듯이 땅에 엎드려서 고개를 던졌으나 순식간에 또 일어나서 뛰었다. 비틀비틀하면서도 뛰었다.
　사슴은 또 한 번 방향을 바꾸었다. 얼마를 가다가 또 한 번 방향을 바꾸었다. 그는 기운이 진할수록 오르는 힘은 지세를 따라서 자꾸만 내려갔다. 매사냥하던 사람들도 인제는 사슴을 따르는 편에 어울렸다.
　조신은 무서운 일을 발견하였다.
　그것은 사슴이 평목의 굴을 향하고 달리는 것이었다. 조신은 그가 또 한 번 방향을 바꾸기를 바랐으나 몰이꾼들 등쌀에 사슴은 평목의 굴로 곧장 몰려갔다.
"그리 가면 안돼!"
하고 조신은 저도 모르는 결에 소리를 질렀다. 사람들은 조신을 돌아보았으나 그것이 무슨 뜻인지 몰랐다. 조신은 제 소리에 제가 놀랐다.
　사슴은 점점 평목의 굴로 가까이 간다. 마치 평목의 굴에서 무슨 줄이 나와서 사슴을 굴로 끌어들이는 것같이 조신에게는 보였다.
　조신의 등골에는 식은땀이 흘렀다.
"아, 아, 아차!"
하고 조신은 몸을 뒤로 잦히면서 소리를 질렀다. 사슴이 바로 굴 입에까지 다다른 것이었다. 조신의 이 이상한 자세와 소리에 서울 손님이 물끄러미 보았다. 조신은 정신이 아뜩하고 몸이 뒤로 넘어가려는 것을 가까스로 참았다.
　사슴은 평목의 굴 앞에 디르러서 머리를 굴 속으로 넣고 그리고 들어가려는 모양을 보이더니 무엇에 놀랐는지 도로 뒷걸음쳐 나왔다. 조신은,
"살아났다."
하고 몸이 앞으로 굽도록 긴 한숨을 내어쉬었다.
　그러나 사슴이 다른 데로 향하려 할 때에는 벌써 몰이꾼들이 굴 앞을 에워쌌다. 사슴은 고개를 들어 절망적인 그 순하고 점잖은 눈으로 한 번 사람을 휘 둘러보고는 몸을 돌려 굴 속으로 들어가고 말았다.
"사슴을 두 마리나 잡았다."
하고 사람들은 떠들었다.

"단 두 방에 두 마리를."
하고 사람들은 서울 손님의 재주를 칭찬하고 천신같이 그를 우러러보았다.
  그중에도 원이 더욱 손님의 솜씨를 칭찬하였다.
  원은 창 든 군사에게 명하여 굴 속에 든 사슴을 잡아내라 하였다.
  창든 군사 한 쌍이 창으로 앞을 겨누고 허리를 반쯤 굽히고 굴로 들어갔다.
  조신은 얼굴이 해쓱하여서 닥쳐오는 업보에 떨고 있었다. 도망할 수도 없는 형편이었다.
  '관세음, 관세음.'
하고 입 속으로 중얼거렸다. 아들 미력이가 아버지의 수상한 모양을 보고 가만히 그 곁에 가서 조신의 낯빛을 엿보았다.
  "엣, 송장이다! 죽은 사람이다!"
하고 외치는 소리가 굴 속에서 나왔다.
  돌아선 사람들은 한결같이 놀라서 서로 돌아보았다.
  창든 사람들은 굴 속에서 뛰어나왔다.
  그들의 얼굴에는 핏기가 없었다.
  "사람이오, 사람이 죽어 넘어졌소. 송장 냄새가 코를 받치오!"
  그들은 허겁지겁으로 이렇게 말하였다.
  "살인이로군."
  누구의 입에선가 이런 말이 나왔다.
  사슴의 일은 잊어버린 듯하였다.
  원은 관인들에 명하여 그 시신을 끌어내라 하였다.
  관인은 둘러선 백성 중에서 네 사람을 지명하여 데리고 횃불을 켜들고 굴로 들어갔다. 그중에는 조신도 끼여있었다.
  조신은 반이나 정신이 나갔다. 그러나 이런 때에 그런 눈치를 보이는 것이 제게 불리하다고 생각할 정신까지 없지는 아니하였다. 그는 와들와들 떨리는 다리를 억지로 진정하면서 관인의 뒤를 따라 굴로 들어갔다. 굴 속에는 과연 송장 냄새가 있었다. 사슴도 이 냄새에 놀래어서 도로 나오려던 것이라고 조신은 생각하였다.
 춤추는 횃불 빛에 보이는 것이 둘이 있었다. 하나는 평목의 눈 뜬 시체요, 하나는 저편 구석에 빛나는 사슴의 눈이었다.
 "들어, 들어."
하고 관인은 호령하였다. 사람들은 송장에 손을 대기가 싫어서 머뭇머뭇하고 있었다.
 "두 어깨 밑에 손을 넣어, 두 무릎 밑에 손을 넣어!"
 조신은 죽을 용맹을 내어서 평목의 어깨 밑에 손을 넣었다. 그 순간 그가 평목을 타고 앉아 목을 졸라매던 것, 평목이가 픽픽 소리를 내며 팔다리를 버둥거리던 것, 혀를 빼어물고 늘어지던 것, 그것을 두리쳐 메고 굴로 오던 것——이 모든 광경이 눈앞에 나타났다.
 '평목 스님, 제발 내 죄를 용서하시고 극락 왕생하시오.'
하고 조신은 수없이 빌었다. 그렇지마는 평목이가 극락에 갈 리도 없고 저를 죽인 자를 원망하는 마음을 풀 리도 없다고 조신은 생각하였다. 세세 생생에 원수갚기 내기를 할 큰 원업을 맺었다고 조신은 생각하였으나, 그래도 조신은 이런 생각을 누르고 평목에게 빌 길밖에 없었다. 살 맞은 사슴을 이 굴로 인도한 것도 평목의 원혼이었다.
 '평목 스님, 잘못했소. 옛정을 생각하여 용서하시오. 원한을 품은 대로는 왕생 극락을 못하실 터이니 용서하시오. 나를 이번에 살려만 주시면 평생에 스님을 위하여 염불하고 그 공덕을 스님께 회향할 터이니, 살려주오.'
 조신은 이렇게 뇌이고 또 뇌었다.
 가까스로 평목의 시체가 땅에서 떨어졌다.
 조신은 평목의 입김이 푸푸 제 입과 코에 닿는 것 같아서 고개를 돌리고 걸음을 걸었다.
 평목의 시체는 굴문 밖에 놓였다. 밝은 데 내다놓고 보니 과히 썩지도 아니하여서 용모를 분별할 수가 있었다.
 "중이로군."
 누가 이렇게 말하였다.

"평목 대사다."

서울 손님은 이렇게 소리쳤다.

"우리 집에 왔던 그 손님이야."

미력이는 조신을 보고 이렇게 중얼거렸다.

조신은 입술을 물고 미력이를 노려보았다. 미력이는 고개를 숙이고 아버지 곁에서 물러났다.

원은 한 번 평목의 시체를 다 돌아다보고 나서 서울 손님을 향하여,

"모례 아손은 이 중을 아신단 말씀이오?"

하고 서울 손님을 바라본다.

조신은 '모례'란 말에 또 한 번 아니 놀랄 수 없었다. 그렇다면 달보고에게 옥고리를 준 것이나 조신의 집에 사처를 정한 것이나 다 알아지는 것 같았다.

모례는 원의 묻는 말에 잠깐 생각하더니,

"그렇소, 이 사람은 평목이라는 세달사 중이오. 내가 십육칠 년 전 명주 낙산사에서 이 중을 알았고, 그 후에도 서울에 오면 내 집을 늘 찾았소."

하고 대답하였다.

원은 의외라는 듯이 모례를 이윽히 보더니,

"그러면 모례 아손은 이 중이 어떻게 죽었는지 무슨 짐작되는 일이 있으시오?"

하고 묻는다.

"노상 짐작이 없지도 아니하오마는 보지 못한 일이니 확실히야 알 수 있소? 대관절 태수는 이 사람이 어떻게 죽은 것으로 보시오? 그것부터 말씀해 보시면 내 짐작과 맞는지 아니 맞는지 알 수가 있을 것이니, 사또의 말씀을 듣고 내 짐작을 말씀 하오리다."

하며 조신을 돌아본다.

조신은 애원하는 눈으로 모례를 바라보았다. 죽고 살고가 인제는 모례의 말 한마디에 달린 것이었다. 모례라는 '모'자만 들어도 일어나던 질투연마는 지금은,

'모례 아손, 살려줍시오.'
하고 그 발 앞에 꿇어엎드려 빌 마음밖에 없었다. 조신은 또,
'평목 스님 내가 잘못했소.'
하고 평목의 시신을 붙들고 빌고도 싶었다. 그러나 다직도 무사히 벗어날 수가 있지나 아니한가 하고 요행을 바라면서 일이 되어가는 양을 보고 있었다. 그의 아들 미력이는 먼 발치에 서서 아비 조신을 바라보고 있었다. 아들의 눈이 제 눈과 마주 칠 때에 조신은 그것을 피하지 아니할 수 없었다.

원은 모례에게 자기의 소견을 설명하였다.

"내가 보기에는 이 사람이 여기 와서 죽은 것이 아니라 다른 데서 죽어서 여기 온 것 같소. 이 사람이 여기서 자다가 죽었을 양이면 옆에 행구가 있을 텐데 그것이 없소. 바랑이나 갓이나 신발이나 지팡이나 이런 것이 없는 것을 보면 이 사람이 이 굴 속에서 자다가 죽은 것이 아니라 다른 데서 죽어 가지고 이리로 온 것이 분명하오. 또 혀를 빼어문 것을 보면 목을 매어 죽은 모양인데, 목에는 이렇게 바 오라기로 졸라매었던 형적이 있지마는 여기는 바 오라기도 없고 매어달릴 데도 없으니 무엇으로 보든지 여기서 아니 죽은 것만은 분명하오."

원의 설명을 듣고 있던 모례는 때때로 옳은 말이라는 듯이 고개를 끄덕끄덕하면서 듣고 있다.

말을 끝내인 태수는 쨴 듯한 낯빛으로 모례를 본다. 모례는 또 한 번 끄덕하고,

"옳은 말씀이오. 내가 브기에도 그러하오. 그러면 스또는 이 사람을 해한 사람이 누군지 짐작하시오?"

하고 원에게 묻는다. 원은 대답하되,

"그 말씀이오. 이 사람이 죽기는 이 동네에서라고 생각하오. 여기서 멀지도 아니한 집이 있고 또 글이 여기 있는 줄을 잘 알고, 또 세달사나 낙산사에 관계가 있는 사람인가 하오. 지나가는 중을 재물을 탐하는 적심으로 죽였다고 볼 수 없으니 필시 무슨 사혐인가 하오. 이런 생각으로 알아보면 진

범이 알아질 것도 같소마는, 아손 말씀이 죽은 사람을 아신다 하니 이제는 아손이 보시는 바를 일러주시오."
라고 한다.
"과연 사또는 명관이시오. 절절이 다 이치에 꼭 맞는 말씀이오. 나도 사또 생각과 같은 생각이오. 평목으로 말하면 분명히 사험으로 죽었다고 보오. 평목을 죽인 자가 누구냐 하는 데 대하여서도 나로서는 짐작하는 바가 있소마는, 일이 일이라 경경히 누구를 지목하여 말하기가 어렵소. 이치에 꼭 그럴 것 같으면서 실상은 그렇지 아니한 일도 간간 있으니까요. 그러니까 사또는 우선 죽은 사람의 행구와 이 사람이 이 동네에 들어오는 것을 본 사람을 알아보시오. 그래서 상당한 증거만 나서면 그 나머지 평목이나 평목을 해한 사람에 대한 말씀은 그때에 내가 자세히 사또께 아뢰이리다."
하는 모례의 말을 가만히 듣고 있던 태수는 고개를 크게 끄덕이면서,
"아손 말씀이 지당하오."

셋 째 권

조신은 다 죽은 상이 되어서 집에 돌아왔다. 그는 굴 앞에서 당장 죄상이 발각되어서 결박을 지을 줄만 알고 마음을 졸이고 있었으나 모례의 의견으로 그 자리만은 면하였다. 그러나 모례의 말투가 어느것이 조신인지를 아는 것도 같았다.

조신이 돌아오는 것을 본 달례는 걱정스러운 듯이 조신의 눈치를 엿보았다. 그 해쓱한 낯빛, 퀭한 눈, 허둥허둥하는 몸가짐, 모두 심상하지 아니하였다.

"왜, 어디가 아프시오?"

달례는 조신이 방에 들어오는데 문을 비켜주며 물었다.

달보고도 바느질감을 놓고 아비를 바라보았다. 미륵은 시무룩하고 마당에 서 있어서 방에 들어오려고도 아니하였다.

"미륵아, 들어오려무나. 발이 젖었으니 버선 갈아 신어라."

하고 달례는 아들을 불러 들였다.

"모례야, 모례."

조신은 힘없이 펄썩 주저앉으며 뉘게 하는 소린지 모르게 한마디 툭 쏘았다.

"응, 무어요?"

달례는 몸이 굳어지는 모양으로 보였다.

"모례라니까. 그 사람이. 달보고헌테 옥고리 준 사람이 모례란 말야. 세상 일이 이렇게도 공교하게 되는 법도 있다. 꼼짝 달싹 못 하고 인제는 죽었어, 죽었어. 아아."

하고 옆에 아이들이 있는 것도 상관 아니하고 이런 소리를 하고는 고개를 폭 수그린다.

"모례가 무에요, 어머니?"

달보고가 묻는다.

미력이가,

"어머니, 굴 속에서 송장이 나왔는데 그것이 평목이래. 우리 집에 접때에 와 자던 그 대사야."

하고 어른스럽게 근심있는 낯색을 짓는다.

"응, 굴 속에 송장, 평목 대사?"

"어머니 모르슈? 모례 아손이라는 이의 화살에 맞은 사슴이가 하필 그 굴로 도망을 가서 사람들이 사슴을 잡으러 들어가보니까, 평목 대사의 송장이 나왔거든. 그래서 누가 이 사람을 죽였나, 죽인 사람을 찾는다고 모조리 여러 집을 뒤진대요, 필시 대사의 행구가 나올 것이라고."

미력이는 이 말을 하면서도 때때로 조신을 힐끗힐끗 바라본다.

"아니 여보슈, 그게 정말이오? 그게 정말 평목 대사의 시신이오?"

달례가 조신에게 묻는다. 이런 말들이 모두 조신의 죄를 나토는 것 같았다.

"그렇다니까. 그러니 어쩌란 말야?"

하고 조신은 짜증을 낸다.

"아니, 그이가, 그 시님이 어디서 누구헌테 죽었단 말요?"

하고 묻는 달례의 가슴이 들먹거린다.

"내가 어떻게 알아? 어떤 도적놈헌테 맞아 죽었는지 내가 어떻게 아느냐 말야? 달보고야, 내, 냉수."

조신은 입이 마르고 썼다.

"아니, 그이가, 새벽에 떠났다고 아니하셨소? 설마설마, 당신이······."

하고 달례는 말을 아물리지 못한다.

조신은 냉수를 벌꺽벌꺽 마시고 나서,

"입 닥쳐, 웬 방정맞은 소리야?"

물 그릇을 동댕이치듯이 내어던진다.

"평목이 죽은 것이 문제야? 모례가 나타난 것이 일이지. 평목이야 어떤 놈이 죽였는지 모르지만 죽인 놈이 있겠지. 어디 도적길을 갔다가 얻어맞아 죽었는지, 남의 유부녀 방에 들었다가 박살을 당했는지 내가 알게 무엇이람. 그놈이 하필 왜 여기와서 뒤어져. 그 경을 칠 겨우는 왜 그놈의 상판대기 뱃대기를 파먹지는 않았어."

가만히 내버려두면 조신은 언제까지라도 지절댈 것 같았다.

"아이 어떡허면 좋아, 이 일을 어떡허면 좋소."

하고 달례가 조신의 말을 중동을 잘라버렸다.

"어머니, 모례가 무에요?"

달보고가 애를 썼다.

미력이가 달보고의 귀에 입을 대고,

"모례가 사랑에 든 서울 손님야. 수염 긴 양반은 원님이고 수염 조금 나고 얼굴이 옥같이 하얀 양반이 모례야."

하고 설명해 즌다.

달례는 음식을 차리러 부엌에 내려갔다. 꿩을 뜯고 사슴의 고기를 저미고, 달례는 바빴다. 달보고는 부지런히 물을 길어 들였다. 조신은 술과 주안상을 들고 사랑으로 들락날락하였다. 나중에는 어찌 되든지 당장 할 일은 해야 하겠고, 또 태연 자약한 빛을 보이는 것이 죄를 벗어날 길이라고도 생각하였다.

"호, 꿩을 잘 구웠는 걸. 사슴의 고기도 잘 만지고. 아손, 이런 산촌 음식으로는 어지간하지 않소? 이것도 좀 들어보시오."

원은 벌써 얼근하게 주기를 띠고 이런 말을 하였다.

그러나 모례는 아무리 술을 마셔도 취하지 않는 모양이요, 말도 많이 하지 아니하였다. 조신은 이 좌석에서 하는 말을 한 마디도 아니 놓치려고 그런 눈치 아니 채우리만큼 귀를 기울였다.

"엇네, 주인도 한 잔 먹소."

원은 더욱 흥이 나는 모양이었다.

"이봐라, 네 이 큰 잔에 한 잔 그득히 부어서 즈인 주어라."

통인이 큰 잔에 술을 부어서 조신을 주었다.

"황송하오."

하고 조신은 술을 받아 외면하고 마시고는 물러나올 때에 아전이 달려와
서,
 "사또 안전에 형방 아전 아뢰오."
하고 문 밖에서 허리를 굽혔다.
 통인이 문을 열었다.
 원은 들었던 잔을 상에 내려놓고, 문으로 고개를 돌리며,
 "오냐, 알아보았느냐?"
하고 수염을 쓸었다.
 "예이, 이 동네 안에 있는 집은 모조리 적간하였사오나 송낙이나 바랑이
나 굴갓 같은 중의 행구는 형적도 없사옵고, 동네 백성들 말이 지금부터 한
달 전에 어떤 중이 이리로 들어오는 것을 보았다 하옵는데, 굴갓을 썼더라
는 사람도 있고 송낙을 썼더라는 사람도 있으나 바랑을 지고 지팡이를 짚었
더란 말은 한결 같사옵고, 아무도 그 중이 동네 밖으로 나가는 것은 못 보
았다 하오."
 아전이 아뢰는 말을 가만히 듣고 있던 원은, 안으로 통하는 문 안에 아직
나가지 않고 서 있는 조신을 힐끗 보며,
 "주인, 자네는 그런 중을 못 보았는가? 한 달쯤 전에."
하고 고개를 아전 쪽으로 돌려,
 "한 달쯤 전이랬것다?"
 "예이, 한 달쯤 전이라 하오. 어떤 백성의 말이 길갓 밭 늦은 콩을 걷다
가 그런 중이 이 골짜기로 향하고 올라오는 것을 보았다 하오, 다 저녁때
에."
하고 아전이 조신을 한 번 힐끗 본다.
 원은 몸을 좌우로 흔들고 고개를 끄덕끄덕하더니,
 "이 골짜기로?"
하고 다시 묻는다.
 "예이, 바로 이 골짜기로."
하고 또 한 번 조신을 본다.

"이 골짜기로, 다 저녁때에."
하고 원은 혼잣말로 중얼거리더니, 조신에게,
"주인, 자네는 혹시 그런 중을 못 보았나? 바랑을 지고 지팡이를 짚고, 다 저녁때에 이 골짝으로 올라오는 중을 못 보았나?"
하고 물끄러미 바라본다. 조신은 오른 무릎을 꿇어 절하며,
"소, 소인은 한 달 전은커녕, 금년 철잡아서는 중이 이 골짜기에 들어오는 것을 보지 못하였소."
하고 힘있게 말하였다.
"금년 철잡아서는 중을 하나도 못 보았다?"
원은 조신을 노려보았다.
"예이, 금년 철잡아서라는 것은 과한 말이오나 한 달 전에는 중을 보지 못 하였소."
원은 다시 묻지 아니하고 아전을 향하여, 모든 의심이 다 풀린 듯한 어조로,
"오, 알았다. 물러가거라. 오늘은 더 일이 없으니 물러가서 다들 쉬이렸다. 술을 먹되 과도히 먹지 말고 아무 때에 불러도 거행하도록 대령하렷다. 군노, 사령 잘 단속하여 촌민에게 행패 없도록 네 엄칙하렷다."
원은 먹은 술이 다 깬 듯이 서슬이 푸르다.
"소인 물러나오."
하고 아전은 한 번 굽신하고 가버렸다.
"문 닫아라. 아손, 인제 아무 공사도 없으니 마음놓고 먹읍시다. 이바라, 술 더 올려라."
하고 원은 도로 흥을 내었다.
조신은 데운 술을 가지러 병을 들고 안문으로 나갔다. 조신은 등에 이마에 땀이 쭉 흘렀다.
밤도 깊어서 모두 잠이 들었다. 깨어 있는 것은 조신뿐인 것 같았다. 기실 조신은 모든 사람이 다 잠들기를 기다린 것이었다. 조신은 할 일이 있었으니, 그것은 사랑 벽장에 있는 평목의 행구를 치우는 것이었다.

평목의 시체를 묻지 아니한 것보다 못지 않게, 그의 행구를 처치해 버리지 아니한 것을 조신은 후회하였다. 조신은 이 행구를 치울 것을 잊어버린 것은 아니었다. 다만 무서워서 손은 대기가 싫어서였다. 그러나 이 행구는 평목을 죽인 살인에 대하여는 꼼짝할 수 없는 증거였다. 왜 그런고 하면 그 바랑 속에는 평목의 이름을 쓴 도첩이 있을 것이요, 또 아마 그의 바리때 밑에도 이름이 새겨 있을 것이다. 이것이 드러난 다음에야 다시 무슨 변명이 있으랴. 이것을 생각하면 조신은 전신이 얼어들어 가는 것 같았다.

조신은 식구들이 다 잠들기를 기다렸으나, 달례가 좀체로 잠이 아니 드는 모양이었다. 조신은 달례에게 대하여서도 장차 제가 시작하려는 일을 알리고 싶지 아니하였다. 죄를 진 자가 제 죄를 감추려는 모든 일은 제 그림자 보고도 말하고 싶지 아니한 것뿐이었다.

마침내 달례가 정말인지 부러인지 모르나 가볍게 코를 고는 소리가 들렸다. 조신은 가만히 일어나서 밖에 나갔다. 흐렸던 하늘은 활짝 개고 시월 하순 달이 불 붙는 쇠뿔 모양으로 떠올라와서 푸르스름한 빛을 내고 있는 것이 귀신 사는 세상에나 볼 것같이 무시무시하였다.

조신은 호미와 낫을 들고 사랑 벽장 붙은 쪽으로 발끝 걸음으로 가만가만 걸어갔다. 다들 사냥에 지치고 술이 취하였으니, 아무도 볼 사람이 없으리라고 안심은 하나 달빛이 싫었다.

조신은 아무쪼록 처마 그늘에 몸을 감추면서 호미끝으로 벽장 바깥 벽을 따짝따짝 긁어보았다. 의외에 소리가 컸다. 조신은 쥐가 긁는 소리와 같이 방안에서 자는 사람의 귀에 들리도록 가락을 맞추어서 긁었다.

마른 벽은 굳기가 돌과 같아서 여간 쥐가 긁는 소리로는 구멍이 뚫어질 것 같지 아니하였다.

'이렇게 언제 그놈의 바랑을 끌어내일 만한 구멍을 뚫는담.'
하고 조신은 뒤를 휘 둘러보며 한숨을 쉬었다.

'그래도 뚫어야 한다. 뚫고 그놈의 바랑을 꺼내야 한다. 그 밖에는 살아날 길이 없다.'

조신은 또 호미 끝으로, 혹은 낫 끝으로 콕콕 찔러도 보고 박박 긁어도 보았다. 그러고는 얼마나 흙이 떨어졌나 하고 손으로 쓸어도 보았다. 그러나 아직 윗가지가 조금 드러났을 뿐이요, 그것도 손바닥만한 넓이밖에 못 되었다.

　이 모양으로 즈신이 정신없이 긁고 있을 때에, 방에서 한 소리가,
"이게 무슨 소린가?"
하자, 또 한 소리가,
"쥔가 보오. 벽장에 쥐가 들었나 보오."
하고 주고받는다. 귀인이라 잠귀가 밝다 하고 조신은 벽에서 떨어져서 두어 걸음 달아나서 숨어서 귀를 기울였다.
"거 꿈 수상하오."
하고 또 소리가 들린다. 그것은 원의 음성이었다.
"무슨 꿈이오?"
하는 것은 모례의 소리였다.
"비몽사몽인데 저 벽장문이 방싯 열리며 웬 중의 머리가 쑥 나온단 말요. 그러자 쥐소리에 잠이 깼는걸."
　이것은 원의 스리. 다음에는 모례의 소리로,
"낮에 본 것이 꿈이 된 게지요."
　그러고는 잠잠하다. 조신은 두 사람이 코 고는 소리가 나기를 기다렸으나 아무 소리도 없었다.
　조신은 원의 꿈이 마음에 찔렸다. 평목이가 원의 꿈에 나타나서 전후 시말을 다 말을 하면 어찌하나 하고 고개를 숙였다.
　평목이 혼이 원의 꿈에 들어오는 것을 막을 길이 없어도 벽장에 든 평목의 행구는 집어치워야만 한다. 조신은 또 낫 끝으로 윗가지를 따짝따짝해 보았다. 그러고는 귀를 기울였다. 조신은 조금 더 힘을 주어서 호미로 흙을 긁었다. 그러다가 지긋이 흙을 잡아당기었다. 쩍하면서 흙 한 덩어리가 떨어진다. 흙덩어리는 손을 피하여서 털석하는 소리를 내고 땅에 떨어져서 부서졌다. 고요한 밤이라 조신의 귀에는 그것이 벼락 치는 소리와 같았다. 조신은 큰일을 저지른 아이 모양으로 두 손을 허공에 들고 어깨를 웅숭그

렸다.
"이봐라."
하고 호령하는 소리가 들렸다. 원의 소리다.
"이봐라. 네, 이 벽장 열어 보아라. 쥐가 들었단 말이냐, 사람이 들었단 말이냐."
이것은 원이 윗방에서 자는 통인을 부르는 소리였다.
'아이구 이제는 죽었고나!'
하고 조신은 호미를 버리고 방으로 뛰어들어갔다. 혹시 발각이 되더라도 도적이 와서 벽을 뚫다가 달아난 것으로 보였으면 하는 한줄기 희망도 있었지마는, 그것은 그렇다 하고라도 평목의 바랑이 드러났으니 꼼짝할 수가 없다.
조신은 달례를 흔들었다. 달례가 벌떡 일어났다.
"나는 달아나오."
조신은 떨리는 소리로 말하였다.
"네, 어디로?"
달례는 조신의 소매에 매어달렸다.
조신은 떨리는 손으로 달례의 머리를 만지면서,
"내가 평목이를 죽였어. 평목이를 죽인 게 내야. 그런데 그것이 탄로가 났어. 원이 알았어. 이제 꼼짝달싹할 수 없이 되었으니, 나는 달아나는 대로 달아나겠소. 당신은 모례 아손께 빌어보오. 살인이야 내가 했지, 당신이야 상관 있소? 집과 재물은 다 빼앗기겠지만 당신이나 아이들이야 설마 죽일라구. 자, 놓으시오. 어서 나는 달아나야 해."
하고 한 손으로 달례가 잡은 소매를 나꾸채고 한손으로 달례의 머리를 떠밀어서 몸을 빼치려고 한다. 그래도 달례는 놓지 아니하고 더욱 조신의 소매를 잡아쥐며,
"당신이 달아나면 다 같이 달아납시다. 살인한 놈의 처자가 어떻게 이 동네에 붙어 있겠소. 우리 다섯 식구 가는 대로 가다가 살게 되면 살고, 죽게 되면 같이 죽읍시다."

하고 조금도 허둥허둥하는 빛도 없이 아이들을 일으킨다.
 조신의 집 식구들은 얼마나 빨리 걸었는지, 작은 두텁 고개를 넘어 큰 두텁 고개 수풀 길에 다다랐을 때에는 아이 어른 할 것 없이 모두 땀에 떠 있었다.
 "아버지, 좀 쉬어 갑시다."
하는 미력의 목소리는 가늘었다.
 조신은 우뚝 서서 뒤를 돌아보았다. 미력이는 눈 위에 기운없이 펄썩 주저앉았다.
 "아버지, 나는 더 못 가겠어요."
하고 미력이는 그만 쓰러지고 말았다.
 "웬일이냐. 어디가 아프냐?"
하고 달례가 미력의 머리를 만져보았다.
 "아이구, 이를 어쩌나. 이애 몸이 불이로구려."
 조신은 업은 아이를 내려놓았다. 미력의 몸은 과연 불같이 달았다.
 "미력아, 미력아."
하고 조신과 달례가 아무리 불러도 미력은 숨소리만 좁게 씨근거리고 말을 못 하였다. 조신은 굴 앞에 놓인 평목의 시체를 생각하였다. 미력이가 앓는 것은 평목의 장난인 것 같아서 일변 무섭고 일변 원망스러웠다.
 바람은 없었으나 새벽은 추웠다. 조신은 미력을 무릎 위에 안았다. 열일곱 살이나 먹은 사내는 안기도 안기 버으렀다. 어린 것들은 옹기종기 모여앉아서 떨고 있었다. 이러다가 여섯 식구가 몽땅 얼어 죽을 길밖에 없었다. 인가를 찾아가자니, 집으로 되돌아가지 아니하면, 큰 두텁 고개 이십 리를 넘어야 하였다. 게다가 뒤에는 조신을 잡으려고 따르는 나졸이 있는지도 모른다.
 조신은 절망적인 마음으로 하늘을 우러러보았다. 갈구리 같은 달은 높이 하늘에 걸리고 샛별도 주먹같이 떠올랐다. 이 망망한 법계에 몸을 담을 곳이 없는 몸인 것을 조신은 가슴 아프게 느꼈다.
 이 모양으로 얼마나 지났는지 모르나 조신은 벌써 숨이 끊어진 미력을 그런 줄도 모르고 안고 있었다. 달례가 미력의 몸을 만져 본 때에야 비로소 그가 식은 몸인 것을 알았다.
"미력아, 미력아."
하고 두어 번 불러 보았으나 눈물도 나오지 아니하였다.
　조신은 미력의 눈을 손으로 쓸어 감기며,
"미력아, 네야 무슨 죄 있느냐. 부디 왕생 극락하여라. 나무아미타불, 나무아미타불."
하고 염불을 하면서 그 시체를 안고 일어나서 허둥지둥 묻을 곳을 찾았다.
　땅을 팔 수도 없거니와, 팔 새도 없었다. 조신은 여기가 좋을까, 저기가 좋을까, 하고 나무 그늘로 이리저리 헤매었다. 볕이나 잘 들 데, 물에 씻기지나 아니할 데, 이 다음에 와서 찾을 수 있는 데——이러한 곳을 찾느라고 이리저리 헤매었다. 조신은 무섭고 미운 생각으로 평목의 시체를 안고 가던 한 달 전 일을 생각하였다. 이제 그는 슬픔과 아까움과 무서움을 품고 아들의 시체를 안고 헤매는 것이었다.
　조신은 두드러진 바위 밑 늙은 소나무 그늘에 미력을 내려놓았다. 그러고는 혹시나 살아 있지나 아니한가 하고 미력의 가슴에 귀를 대어 보았으나 잠잠하였다.
　'정말 죽었고나.'
하고 조신은 벌떡 일어났다. 조신은 미력의 손발을 모았다. 아직도 굳어지지 아니하여 나긋나긋하였다. 생명이 다시 돌아올 것만 같았다.
　조신은 미력의 시체를 눈으로 파묻었다. 아무리 두 손으로 눈을 처덮어도 미력의 검은 머리가 덮이지 아니하였다. 미력이가 몸을 흔들어서 눈이 흘러내리는 것 같았다.
　마침내 검은 머리도 감추었다. 인제는 달빛에 비친 눈더미뿐이었다.
　조신은 오래간만에 합장을 하였다. 뜨거운 눈물이 쏟아짐을 걷잡을 수가 없었다. 어디서 캥캥하고 여우 우는 소리가 들렸다. 조신은 돌아서서 처자들이 있는 곳으로 내려왔다.
　달례와 세 아이들은 한데 뭉쳐서 올올 떨고 있었다. 속은 비이고 몸은 얼어들어 왔다. 어제 사냥하노라고 산으로 달리고 밤을 걱정과 슬픔으로 새운 조신은 사내면서도 정신이 반은 나간 것 같았다.
"자, 다들 일어나서 가자. 산 사람은 살아야지. 걸음을 걸으면 몸도 더워진다."
하고 조신은 칼보고를 업고 나섰다. 달례도 젖먹이를 업고 따랐다. 달보고도 기운 없이 따랐다.
"고개만 넘어가면 인가가 있어."
하고 조신은 가끔가끔 뒤를 돌아보면서 걸었다.
'가족에게 알리지 말고, 저 한 몸만 빠져 나왔더면 이런 일은 없는걸.'
하고 조신은 후회하였다. 아무리 살인한 놈의 식구라도 당장 내어쫓지는 아니할 것이다.
'나 한 몸만 같으면야 무슨 걱정이 있으랴, 어디를 가면 못 얻어먹고 어디를 가면 못 숨으랴. 이 식구들을 끌고야 어떻게 밥인들 얻어먹으며 몸을 숨기긴들 하랴.'
하고 조신은 얼음 길에 힘들게 다리를 옮겨놓으면서 혼자 생각하였다.
조신의 일행이 천신 만고로 두텁 고개 마루턱에 올라설 때에는 벌써 해가 떴다.
태백산맥의 여러 봉우리들이 볕을 받아서 금빛으로 볏났다. 마루턱 찬바람은 살을 에이는 듯하였다. 골짜기에는 아직 밤이 남아 있고 그 위에는 안개가 있었다. 조신은 저 어두움 속에는 따뜻한 인가들이 있고 김이 나는 국과 밥이 있을 것을 생각하였다. 배고프고 떨고 있는 처자를 다만 한참 동안이라도 그런 따뜻한 맛을 보여주고 싶었다.
"아버지 추워."
"어머니 배고파."
아이들은 이런 소리를 하기 시작하였다.
"잠깐만 참아. 이 고개를 다 내려가면, 말죽거리야. 거기 가면 뜨뜻한 방에 들어앉아서 뜨뜻한 국에 밥을 말아먹을걸."
조신은 이런 말로 보채는 어린것들을 위로하였다.

조신네 일행은 마침내 말죽거리를 바라보게 되었다. 이곳은 그리 큰 주막거리는 아니나, 삼태골, 울도, 멍에 목이로 가는 길들이 갈리는 목이었다. 그래서 보행객이나 짐실이 마소들이 여기 들러서 묵어서 가는 참이었다. 조신의 계획은 밤 동안에 우선 여기까지 와 가지고 어디로나 달아날 방향을 정하자는 것이었다. 길이 사방으로 갈리기 때문에 종적을 숨기기 쉽다고 생각한 것이었다.

"저기 집 보인다."

"연기가 나네."

하고 아이들은 얼어붙은 입으로 좋아라고 재깔였다.

"떠들지 마라."

달례가 걱정하였다.

연기나는 집들을 본 아이들은 매우 흥분한 모양이었다. 그들은 산길을 걷는 동안은 거의 입을 벌리지 아니하였다.

냇물은 굵은 돌로 놓은 징검다리에 부딪쳐 소리를 내며 흘렀다. 물결이 없는 곳에는 얼음이 얼어 있었다. 꿩도 날고 까마귀와 까치도 날았다.

주막거리에서는 벌써 짐진 사람과 마소 바리들이 떠나고 있었다. 웬 보행객 한 사람이 마주오는 것을 조신은 보았다. 조신은 어쩌나 하고 가슴이 뭉클하였으나, 어찌할 도리가 없었다.

"어디서 떠났길래 이렇게 일찍 오시오?"

하고 그 행객이 조신의 일행을 보고 물었다. 그는 조신네 일행을 훑어보았다.

"애 외할아버지가 병환이 위독하다고 전인이 와서 밤도아 오는 길이오."

하고 조신은 그럴듯이 꾸며대었다.

그 행객은 달례와 달보고를 힐끗힐끗 보면서 지나갔다.

조신은 아무쪼록 태연한 태도를 지으려 하였으나 인가가 가까워 올수록 가슴이 울렁거렸다. 아직 방아골 살인 소식이 여기까지 올 리는 만무하다고 믿기는 믿건마는, 죄 지은 마음에는 밝은 빛이 무섭고 사람의 눈이 무서웠다.

'태연해야 돼.'
하고 조신은 저를 책망하면서 말죽거리에 들어섰다. 부엌들에서는 김이 오르고, 죽을 배불리 먹고 짐을 싣고 나선 마소와, 길에 서성거리는 사람들의 입과 코에서도 김이 나왔다. 거리에 나선 사람들의 눈은 조신의 일행에 모이는 것 같아서 낯이 간지러웠다. 조신은 아내 달례와 딸 달보고의 얼굴이 아름다운 것이 원망스러웠다. 비록 수건을 눈썹까지 나려썼건마는 수건 밑으로 드러난 코와 입과 뺨만 해도 그들이 세상에도 드문 미인인 것을 알 수가 있었다.

'금시에 곰보라도 되어 버렸으면······.'
하고 조신은 아내와 딸을 돌아보고 길바닥에 침을 탁 뱉었다.

조신은 될 수 있는 대로 거리 저편 끝 으슥한 집을 골라서 들려 하였으나, 사람들이 쳐다보고 따라오는 것이 짜증이 나서 '아무 집이나' 하고 주막에 들었다.

주막장이는 조신네 일행이 차림차림이 남루하지 아니한 것을 보고 '안손님'이라 하여 안으로 끌어들였다.

"무얼 잡수시려오? 묵어 가시려오? 애기들이 어여쁘기도 하오."
하고 주막집 마누라는 수다를 떨었다.

"에그, 추우시겠네. 어서 이리 들어들 오시오."
하고 방에 늘어놓은 요때기 옷가지를 주섬주섬 치우면서도 조신네 식구를 힐끗힐끗 보았다. 조신은 그 여편네가 싫었으나 어찌할 수 없었다.

방은 따뜻하였다. 밥도 곧 들어왔다. 상을 물리는 듯 마는 듯 아이들은 고꾸라져서 잠이 들었다. 달례는 아이들이 자는 양을 물끄러미 들여다보고 앉아 있었으나 역시 꼬박꼬박 졸고 있었다.

조신은 자서는 안 될 텐데 하면서도 자꾸만 눈가죽이 무거웠다. 죽은 미력이를 생각하기로니 자서 될 수 있나 하고 저를 꼬집건마는 아니 잘 수가 없었다. 결국 조신도 달례도 다 잠이 들고 말았다. 마치 이 세상에서 마지막으로 한번 편히 쉬자 하는 것 같았다.

행객과 마소가 다 떠나고 난 주막거리는 조용하여서 낮잠 자기에 마침이었다. 조신네 식구들은 뜨뜻한 방에서 마음놓고 자고 있었다.
 이때에 조신의 귀에,
 "여보시오, 손님 여보시오, 애기 어머니, 일어나시오. 누구 손님이 찾아오셨수."
하는 소리가 들렸다. 조신은 그것이 주막장이 마누라의 음성이다 하면서 얼껌덜껌에,
 "없다고 그러시오. 여기는 아무도 오지 않았다고."
하고 돌아누웠다. 돌아눕고 생각하니 아니할 소리를 하였다 하고 벌떡 일어나 앉았다. 주막장이 마누라는 문을 열어 잡고 밖에 서서 모가지만 방 안에 디밀고 있었다.
 "누가 왔어요?"
하고 조신은 아까 한 말은 잊어버린 듯이 주막장이 마누라를 물끄러미 바라본다.
 "누구신지 내가 어떻게 알아요. 말 타고 오신 손님야요. 말탄 시종 하나 데리고. 아주 점잖은 양반이야요."
 마누라가 이렇게 말할 때에 달례도 일어나서 벽을 향하여 머리를 만진다.
 조신은 울렁거리는 가슴과 떨리는 몸을 억지로 진정하려고 한번 선하품을 하고 기지개를 켜고 나서 가장 태연하게,
 "말 탄 사람이라, 나 찾아올 사람이 있나. 그래 무에라고 나를 찾아요?"
하고 천연덕스럽게 물었다. 자기 운명의 마지막이 다다랐음을 느끼면서도, 그는 잠시라도 속이지 아니할 수 없었다.
 "손님 행색이 유표하지 않소? 선녀 같은 아씨, 작은아씨만 해도 눈에 띄지 않소? 게다가 서방님이 또 특별하게 잘나셨거든. 벌써 말죽거리에 소문이 짜아한데 뭐 숨기랴 숨길 수 없고 감추랴 감출 수 없는 달 아니면 꽃인걸 뭐, 안 그래요, 아씨? 그래, 그 손님이 말죽거리 들어서는 길로 이러이러한 사람 못 보았느냐고 물었을 것 아녜요? 그러면 말죽거리 사람은 남녀노소 할 것 없이 그런 손님이 우리 집에 들었느니라고 말할 것 아냐요?

원체 유표하거든. 아이, 어쩌면 아씨는 저렇게도 어여쁘실까. 누가 애기를 셋 씩이나 낳은 분이라 해? 할미는 말죽거리서 육십 평생을 살아도 저러신 분네는 처음이야. 이 작은아씨도 활짝 피면 어머니 같을 거야."
하고 할미의 수다는 끝날 바를 모른다.
"그 손님은 어디 계슈."
이것은 달례가 묻는 말이었다.
"아, 참, 일어나셨다고 가서 알려야겠군. 손님네 곤히 주무신다고 했더니 그러면 가만두라고, 깨거든 알리라고 그러시던데."
하고 마누라는 신발을 찔찔 끌면서 가버린다.
"여보, 주인 마님."
하고 조신은 문으로 고개를 내어밀고 불렀으나 귀가 먹었는지 그냥 부엌으로 가서 스러지고 말았다.
달보고가 일어나서 놀란 새 모양으로 아비와 어머의 낯색을 번갈아 보고 있다.
조신은 가만히 앉아 있었다. 인제 도망하려야 도망할 재주도 없었다.
"우리를 잡으려 온 사람은 아닌가 보오. 아마, 모례 아손인가 보아."
조신은 달례를 보고 이런 소리를 하였다. 달례는 말없이 매무시를 고치고 있었다.
'이제는 앉아서 되는 대로 되기를 기다릴 수밖에 없다.'
하니 조신은 마음이 편안하여졌다.
'죽기밖에 더하랴.'
하고 조신은 더욱 마음을 든든히 먹었다.
밖에서 마누라의 신 끄는 소리가 들리고, 그 뒤에 뚜벅뚜벅 점잖은 가죽 신 소리가 들렸다.
문이 열렸다. 마누라의 싱글벙글하는 얼굴이 나타나며,
"손님 오시오."
하고 물러선다.
그래도 잠시는 손님의 모양이 보이지 아니하였다. 조신과 달례와 달보고는 굳어진 등신 모양으로 숨소리도 없이 가만히 앉아 있었다.
 달례는 문득 생각난 듯이 아랫목에 뉘었던 두 아이를 발치로 밀어 손님이 들어오면 앉을 자리를 만들고 있었다. 조신은 그것이 밉고 질투가 났으나, 지금은 그런 생각을 할 경황이 있을 수 없다고 생각하고 입맛을 다셨다.
 "에헴."
하고 기침을 하고 가래를 고스르는 소리가 들렸다.
 그러자 자주 긴 옷에 붉은 갓을 쓴 모례가 허리에 가느스름한 환도를 넌지시 달고 두 손을 읍하여 소매 속에 넣고 문 앞에 와서 그림에 그린 듯이 선다.
 "조신 대사, 나 모례요."
 조신은 예기한 바이지마는 흠칫하였다. '모례'라는 이름보다도 조신 대사라는 말이 더욱 무서웠다.
 조신은 벌떡 일어났다. 무서워서 일어난 것인가, 인사로 일어난 것인가 조신 저도 몰랐다. 그의 눈은 휘둥글하여 깜박거릴 힘도 없었다.
 달례도 일어나서 벽을 향하고 돌아섰다. 달보고는 모례를 한번 힐끗 눈을 치떠서 보고 고개를 소곳하고 엄마의 곁에 섰다.
 "마누라는 저리 가오."
하고 모례는 주막장이 할미를 보내었다. 모례는 할미가 부엌으로 스러지는 것을 보고 나서,
 "놀라지 마오. 나는 대사를 해하러 온 사람은 아니요, 조용히 할 말이 있어서 찾아왔으니 내가 방에 좀 들어가야 하겠소."
하고 신발을 벗고 올라선다.
 조신은 저도 모르는 겨를에,
 "아손마마 황송하오."
하고 방바닥에 꿇어 엎드렸다.
 모례는 문을 닫고 달례가 치워놓은 자리에 벽을 등지고 섰다.
 조신은 꿇어 엎딘 채로 두 손으로 방바닥을 짚고 고개만 쳐들고 눈을 치떠서 모례를 우러러보며,

"황송하오, 누추한 자리오나 좌정하시오."
하였다. 조신에게는 모례가 자기 일가족을 죽이고 싶으면 죽이고, 살리고 싶으면 살릴 수 있는 신명같이 보였다. 모례의 그 맑은 얼굴, 가느스름하고도 빛나는 눈, 어디선지 모르게 발하는 위엄에도 조신은 반항할 수 없이 눌려버렸다.

달례가 저런 좋은 남편을 버리고 어찌하여 나 같은 찌그러지고 못난 남자를 따라왔을까 하면 꿈 같고 정말 같지 아니하였다.

모례는 조신이 권하는 대로 앉았다. 깃옷으로 두 무릎을 가리우고 단정히 앉은 양은 더욱 그림 같고 신선 같았다. 그 까만 웃수염 밑에 주홍 칠을 한 듯한 입술하며, 옥으로 깎고 흰 깁으로 싼 듯한 손 하며, 어디를 뜯어보아도 나와 같이 업보로 태어난 사바 세계 중생 같지는 아니하였다. 조신은 새삼스럽게 제 몸이 추악하게 생기고 마음이 오예로 찬 것을 깨달았다. 더구나 눈앞에 놓인 제 두 손을 보라. 그것은 사람을 죽인 손이 아닌가. 평목 대사의 목을 조르고 코와 입을 누르던 손이 아닌가. 제 집 벽장에 구멍을 뚫고 평목의 행구를 훔쳐 내리던 손이 아닌가. 그나 그뿐인가, 몇 번이나 이 손으로 모례를 만나면 죽이려고 별렀는가.

'그리고 내 입, 내 혀!'
하고 조신은 이를 갈았다. 이 입, 이 혀로 얼마나 거짓말을 하였는가. 아내까지도 속이지 아니하였는가. '장인이 병환이 위중허서 밤도아 오는 길이라'고 오늘 아첨 말죽거리 어귀에서 행객에게 한 거짓말까지도 모두 불 붙는 채찍이 되어서 조신의 몸을 후려 갈겼다.

"아손마마, 살려주오. 모두 죽을 죄로 잘못하였소. 저 어린것들을 불쌍히 여겨서 제발 살려주오."
하고 조신은 우는 소리로 중얼거리면서 무수히 이마를 조아렸다.

"조신 대사."
하고 모례가 두거운 어조로 부른다.

"예이, 황송하오. 이몸과 같이 궁흉 극악한 죄인을 대사라시니 더욱 황송하오."

하고 조신은 전신이 땅에 잦아듦을 느꼈다.
 "조신 대사, 궁흉 극악한 죄인이라 하니 무슨 죄 무슨 죄를 지었노?"
 모례의 소리에는 죄를 나토는 법관과 같이 엄한 중에도 제자의 참회를 받는 스승과 같은 자비로운 울림이 있었다.
 조신은 더욱 마음이 비창해지고 부끄러움이 복받쳐올랐다.
 "비구로서 탐음심을 발하였으니 죄옵고, 그밖에도 죄가 수수 만만이오나 달례 아가씨를 후려낸 것과 평목 대사를 죽인 것이 죄 중에도 가장 큰 죄라고 깨닫소."
 이렇게 참회를 하고 나니 도리어 마음이 가벼워지는 듯해서 눈물에 젖은 낯을 들어 모례를 쳐다보았다.
 "그러한 죄를 짓고도 살고 싶은가?"
 조신은 잠깐 동안 말이 막혔다. 진정을 말하면 그래도 살고 싶었다. 그러나 또 한 번 거짓말을 하였다.
 "이몸은 만번 죽어 마땅하오나 이몸이 죽으면 저것들을 뉘가 먹여 살리오. 아손 마마 저것들을 불쌍히 보시와서 그저 이번만 한 번 살려주소사."
 하고 조신은 소리를 내어서 느껴울었다. 그러나 조신은 제가 마치 저 죽는 것은 둘째요, 처자가 가여워서 슬퍼하는 모양을 꾸미는 것이 저를 속임인 줄을 알면서도, 아무쪼록 모례가(또 달례나 달보고도) 거기 속아주기를 바라는 범부의 심사가 부끄럽고도 슬펐다.
 모례가 대답이 없는 것을 보고 조신은 더욱 사정하고 조르고 싶었다. 처음에는 아주 뉘우치는 깨끗한 마음으로 말을 꺼내었으나 살고 싶은 생각, 요행을 바라는 탐심의 구름이 점점 조신의 마음을 흐리게 하였다. 조신은 아무리 하여서라도 모례를 눈물로 이기고 싶었다.
 "제발 이번만. 아손마마, 활인 공덕으로 제발 이번 한 번만 살려줍소사. 이번만 살려 주시면 다시는 죄를 안 짓고 착한 사람이 되겠사옵고, 또 세세생생에 아손 마마 복혜 쌍전하소서 하고 축원하겠사오니, 아손 마마, 제발 이번만 살려줍소사."
 하고 조신은 꺼이꺼이 목을 놓아 울었다.

"조신 대사!"

하고 모례는 아까보다는 높은 어조로 불렀다.

조신이 듣기에 그것은 무서운 어조요, 제 눈물에 속은 어조는 아니었다. 조신은 한 줄기 살아날 희망도 끊어지는가 하고 낙심하면서 고개를 쳐들어 모례를 우러러보았다. 속으로는 모례의 마음을 돌려줍소서 하고 무수히 관세음보살을 염하였다.

"조신 대사, 나는 대사를 죽일 마음도 없고 살릴 힘도 없소. 대사가 내 아내 달례를 유혹하여 가지고 달아난 뒤로 나는 여태껏 대사의 거처를 탐문하였었소. 대사를 찾기만 하면 이 칼로 죽여서 원수를 갚을 양으로. 그러다가 평목 대사가 대사의 숨은 곳을 알아내었다 하기로, 진가를 알아볼 양으로 내가 평목 대사를 보냈던 것이오. 평목 대사를 먼저 보낼 때에는 내게 두 가지 생각이 있었소. 만일 조신 대사가 죄를 뉘우치고 내게 와서 빌고 다시 중이 되어서 수도를 한다면 나는 영영 모른 체하고 말리라 하는 마음하고, 또 한 생각은 만일 조신 대사가 참회하는 마음이 없다면 이 칼로……."

하고 허리에 찬 칼을 쭉 빼어서 조신을 겨누며,

"만일 아직도 뉘우침이 없다면, 내가 이 칼로 조신 대사의 목을 버히려 하는 것이었소. 그랬더니 평목 대사가 떠난 뒤에 열흘이 되어도 스무 날이 되어도 한 달이 되어도 소식이 없으므로 내가 그 고을 원께 청하여 사냥을 나왔던 것이오. 내가 대사의 집을 찾다가 우물가에서 저 아기를 만나서는 모든 의심이 다 풀리고 저 아기가 달례의 딸인 줄을 안 것이오. 내가 저 아기에게 옥고리를 준 것은 그것을 보면 혹시나 대사나 달례가 내가 가까이 온 줄을 알아보고 지난 잘못을 뉘우치는 눈물을 흘리고 내게 용서함을 청할까 한 것이오. 나는 살생을 원치는 아니하오. 더구나 한 번 몸에 가사를 걸었던 비구의 몸에 피를 내기를 원치 아니하였소. 그래서 조신 대사에게 살 기회를 넉넉히 줄 겸, 또 정말 그 집이 조신 대사와 달례가 사는 집인가를 확실히 알 겸 대사의 집에 사처를 정하였던 것이오. 그러나 내가 바라던 것은 다 틀려버렸소. 조신 대사가 평목 대사를 죽였다는 것이 발각되었소그려. 복도 죄도 지은 데로 가는 것이야. 조신대사는 불제자이면서도 죄를 짓고 복을 누리려 하였소. 꾀를 가지고 천하를 속이고 인과 응보의 법을 속이려 하였지마는 그게 될 일인가. 조신 대사는 굴에서 평목 대사의 시신이 나왔을 때에도 시치미를 떼었소. 대사는 그러하므로 천지의 법을 속여보려 하였고, 또 벽장에 둔 바랑을 꺼내려고 구멍을 뚫었지마는, 그것이 도리어 그 바랑을 세상에 내어놓게 재촉하였소. 그것이 안 되니까, 대사는 도망하였소. 도망하여 세상과 천지를 속이려 하였지마는, 그 사슴이 자취를 남기던 것과 같이 조신 대사도 자취를 남겼소. 그림자와 같이 따르는 업보를 어떻게 피한단 말요? 그런데 조신 대사는 제 죄의 자취를 지워버리고 제 업보의 그림자를 떼어버리려 하였소. 그게 어리석다는 것이야. 탐욕이 중생의 눈을 가리운 거야. 그런데 조신 대사는 아직도 깨닫지 못하고 이제는 눈물과 말과 보챔으로 또 한 번 하늘과 땅을 속여보자는 거야. 부끄러운 일 아뇨? 황송한 일 아뇨? 이 자리에서는 조신 대사의 목숨은 내게 달렸소. 내 한 번 손을 들면 대사의 목이 이 칼에 떨어지는 거야. 내가 십유여 년 두고 벼르던 원수를 쾌히 갚을 수 있는 이때요."

하고 모례는 벌떡 일어나 칼을 높이 들어 조신의 목을 겨눈다.

조신은 황황하여 몸을 일으켜 합장하고,

"아손마마, 살려줍시오. 잠깐만 참아줍시오."

하고 애원하는 눈으로 모례를 우러러본다.

모례의 눈에서는 불길이 뿜었다.

모례는 소리를 높였다. 타오르는 분노를 더 참을 수 없는 것같았다. 당장에 그 손에 들린 칼이 조신의 목에 떨어질 것같이 흔들리고 번쩍거렸다.

"이놈! 네 조신아 듣거라. 불도를 닦는다는 중으로서 남의 아내를 빼어내고도 잘못한 줄을 모르고, 네 법려인 사람을 죽이고도 아직도 제 죄를 뉘우칠 줄을 모르고 내가 그만큼 사리와 정리를 타일러도 아직도 좀꾀를 부려서 나를 속이고 천지 신명을 속이려 하니, 너 같은 놈을 살려두면 우리 나라가 더러워질 것이다. 내가 당장에 이 칼로 네 목을 자를 것이로되, 아니 하는 뜻은 너는 이미 나라의 죄인이라, 나라의 죄인을 내 손으로 죽이기 황송하여 참거니와, 만일 네가 도망하여 나라에서 너를 잡지 못한다면 내가 하늘 끝까지 가서라도 이 칼로 네 목을 베이고야 말 터이니 그리 알아라."
하고 칼을 도로 집에 꽂고 자리에 앉는다.

조신은 그만 방바닥에 엎드리고 말았다. 머리를 부딪는 소리가 땅하였다. 조신은 마치 벼락 맞은 사람과 같았다. 힘줄에도 힘이 없고 뼈에서도 힘이 빠진 것 같았다. 오직 부끄러움과 절망의 답답함만이 가슴에 꽉 차서 숨이 막힐 듯하였다.

칼보고가 깨어서 울었다. 그 소리에 젖먹이도 깨어서 기겁을 할 듯이 울었다. 조신은 고개를 들어서 달례와 달보고를 바라보았다. 달례는 벽을 향한 대로 느껴울고 달보고는 두 손으로 낯을 가리우고 울고 있었다.

조신은 모례를 바라보았다. 모례는 깎아놓은 등신 모양으로 가만히 방바닥만 내려다보고 있었다. 까마귀가 가까운 어디서 까옥까옥하고 자꾸 짖고 있었다.

조신은 마침내 결심을 하였다. 인제는 별수 없다. 자기는 자현하여서 받을 죄를 받기로 하고 처자의 목숨을 모례에게 부탁하자는 것이었다. 그렇다, 사내답게 이렇게 하리라 하고 작정을 하니 마음이 가뿐하였다.

"아손 마마!"
하고 조신은 모례를 불렀다.

모례는 말없이 조신에게로 고개를 돌렸다. 그 눈에는 몹시 멸시하는 빛이 있었다. 입을 한일자로 꽉 다물고 입귀가 좌우로 처진 양이 참을 수 없이 못마땅하다는 뜻을 표함이었다. 이것은 지위 높은 귀인이 아니면 볼 수 없는 표정이었다.

조신은 모례의 표정을 보고 더욱 가슴이 섬뜨레하였으나 큰 결심을 한 조신에게는 아무것도 두려울 것도 없고 꺼릴 것도 없었다. 만일 이제 또 모례가 칼을 빼어 목을 겨누더라도, 그 날이 목덜미에 스치더라도 눈도 깜짝 아니할 것 같았다. 아까운 것이 있을 때에는 바싹만 해도 겁이 많을러니 모든 것을 다 버리고 나니, 하늘과 땅에 두려울 것이 없었다. 조신은 처자도 이제는 제 것이 아니요, 제 몸도 목숨도 그러함을 느꼈다. 조신은 마치 무서운 꿈을 깨어난 가벼움으로 입을 열었다.

"모례 아손, 이제 내 마음은 작정되었소. 나는 이 길로 가서 자현하려오. 나는 남의 아내를 유인하고 남의 목숨을 끊었으니 내가 나라에서 받을 벌이 무엇인지를 아오. 나는 앙탈 아니하고 내게 오는 업보를 달게 받겠소. 내게 이런 마음이 나도록——나를 오래 떠났던 본심에 돌아가도록 이끌어 준 아손의 자비 방편을 못내 고맙게 생각하오."

하고 조신은 잠깐 말을 끊고 모례의 얼굴을 바라보았다. 모례의 눈과 입에는 어느덧 경멸의 빛이 줄어졌다. 그것을 볼 때에 조신은 만족하고 또 새로운 힘을 얻었다.

조신은 그리고는 달례와 아이들을 돌아보았다. 약간 그들에게 마음이 끌렸으나 이제는 도저히 내 것이 아니라고 제 마음을 꽉 누르고 다시 입을 열었다.

"모례 아손, 이몸이 간 뒤에는 의지할 곳 없는 이것들을 부디 건져주소사. 굶어 죽지 않도록 죄인의 자식이라고 천대받지 않도록 부디 돌아보아 주소사. 그 은혜는 세세 생생에 갚사오리다."

할 때에 조신은 얼음같이 식었던 몸이 훈훈하게 온기가 돎을 느꼈다. 그리고 두 눈에서는 따뜻한 눈물이 막을 수 없이 흘러내렸다.

달례도 달보고도 모두 더욱 느껴워서 울었다. 그러나 그것은 슬프지마는 따뜻하고 부드러운 슬픔이었다.

모례의 눈도 젖었다. 그가 가만히 눈을 감을 때에 두 줄 눈물이 옥같이 흰 뺨에 흘러내리는 것을 그는 씻으려고도 아니하였다.

방 안은 고요하였다. 천지도 고요하였다. 한 중생이 바로 깨달아 보리심을 발할 때에는 삼천 대천세계가 여섯 가지로 흔들리고 지옥의 불길도 일시는 쉰인다고 한다.

이렇게 고요한 동안에 세월이 얼마나 흘렀는지 모른다.

모례는 이윽고 손을 들어 낯의 눈물을 씻고,

"조신 대사, 잘 알았소. 그렇게 보살의 본심에 돌아오시니 고맙소. 길 잃으면 중생이요 깨달으면 보살이라, 과연 대사는 보살이시오. 나는 지금 대사의 말씀에서 눈물에서 부처님을 뵈왔소. 이 방 안에 시방 삼세 제불보살이 모여 계오심을 뵈왔소. 대사의 가족은 염려마시오. 내가 다 생각한 바가 있소. 대강 말씀하리다. 아이들은 내가 내 집에 데려다가 내 아들 딸로 기르오리다. 그리고 아이들의 어머닐랑은 내 집에를 오든지, 친정으로 가든지, 또는 달리 원하는 데로 가든지 마음대로 하기로 하는 것이 어떠하오?"

모례의 관대함을 조신은 찬탄하여 일어나 절하고,

"은혜 망극하오. 더 무슨 말씀을 이몸이 하오리까?"

하고 달보고를 돌아보며,

"달보고야, 이제부터는 이 어른이 네 참 아버지시다. 검보고도 거울보고도 다 이제부터는 모례 아손을 아버지로 모시고 섬겨라. 나는 두텁 고개 눈 속에 묻힌 미력이를 따라 저 세상으로 가련다."

할 때에는 그래도 목이 메었다. 조신의 눈앞에는 제 돈이 미력의 뒤를 따라 죽음의 어두운 길로 걸어가는 양이 보이고, 평목이가 혀를 빼어 물고 어둠 속에서 불쑥 나오는 양이 보여서 머리가 쭈뼛하였다. 무서워서 어떻게 죽나 하는 생각이 나자 전신에 소름이 끼쳤다.

이때에 달례가 벽을 향하고 그린 듯이 섰던 몸을 돌려서 오른 무릎을 꿇고 왼편 무릎을 세우고 그 위에 두 손을 단정히 놓고 앉아 잠깐 모례를 치떠보고 고부슴하게 고개를 숙이며 옥을 굴리는 듯한 목소리로,

"모례 아손 마마, 죄 많은 이몸이 무슨 면목으로 마마를 대하여 무슨 염의로 말씀을 여쭈오리까. 다만 목을 늘여서 죽이시기를 바라는 일밖에 없사오나, 당초에 이몸이 조신 대사를 유혹한 것이옵고 조신 대사가 이몸에 먼저 손을 대인 것은 아니오니 그것만은 알아줍소서. 우리 나라 법에 남편 있는 계집이 딴남진을 하는 것은 죽일 죄라 하옵고, 또 비록 불의라 하여도 십유여 년 남편이라고 부르던 조신 대사가 이제 이몸 때문에 죽게 되었사온데 이몸 혼자 세상에 살아 있을 염치도 없사옵고, 또 아손 마마께서 자비심을 베푸시와서 저 어린 것들을 거두어 주신다 하오시니 더욱이 황감하올뿐더러, 죽더라도 마음에 걸리는 일 하나도 없사오며, 또 평생에 남편으로 섬기기를 언약하고도 배반한 이 죄인이, 마지막 길을 떠날 때에 아손 마마의

칼에 이 죄 많은 몸을 벗어나면 저생에서 받는 죄도 가벼울 것 같사오니, 제발 아손의 허리에 차신 칼로 이 목을 베어줍소사."
하고 두 손으로 방바닥을 짚고 가만히 몸을 앞으로 굽히며 옥과 같이 흰 목을 모례의 앞에 늘인다.
 조신은 달례의 그 말, 그 태도에 감복하였다.
 '달례는 도저히 나 같은 범부의 짝은 아니다. 저 사람이 나와 같이 십여 년을 동거한 것은 무슨 이상한 인연이거나, 그렇지 아니하면 무슨 장난이다.'
 이렇게 생각하고 한 끝으로는 아깝고 한 끝으로는 부끄럽고 또 한 끝으로는 대견도 하였다. 그러나 이제 와서는 이 인연도 장난도 꿈도 다 끝이라고 생각하면 한없이 아쉽고 슬펐다. 도저히 이 대견한 인연을 일각이라도 더 늘릴 수가 없다고 생각하면 하염없음을 금할 수 없었다.
 '아아, 그립고도 귀여운 내 달례.'
하고 조신은 달례의 검은 머리쪽을 애틋하게 바라보았다.
 말없이 달례의 하소연을 듣고 있던 모례는 눈을 번쩍 뜨며,
 "달례, 잘 생각하였소. 바로 생각하였소. 진실로 내 칼에 죽는 것이 소원이오? 마음에 아무 거리낌도 없고 말에 아무 거짓도 없소?"
하고 달례를 향하여 물었다.
 "천만에 말씀이셔라. 본래 믿지 못할 달례오나 세상을 떠나는 이몸의 마지막 하소연이오니 터럭끝만한 거짓도 없는 것을 고대로 믿어 줍소사."
하는 달례의 음성에는 조금 떨림이 있었으나 분명하고도 힘이 있었다.
 모례는 벌떡 일어나 한 걸음 달례의 앞으로 다가서며,
 "진정 소원이 그러하거든, 일찍 세세 생생에 부부 되기를 언약한 옛정을 생각하여 이몸이 지옥에 떨어지는 일이 있더라도 달례의 소원을 이루어 드리리다."
하고 왼편 손으로 금으로 아로새긴 칼집을 잡고 오른손으로 칼자루를 쥐기 잠시 주저하는 듯하더니, 번개가 번쩍하며 시퍼런 칼날이 공중에 걸려 있었다.

"달례, 눈을 들어 이 칼을 보오."
하고 모례는 칼을 한 번 춤을 추이니 스르릉하고 칼이 울었다.
달례는 고개를 들어서 칼을 치어다보았다.
"칼을 보았소."
하고 달례는 다시 고개를 늘인다.
"칼이 무섭지 아니한가?"
하는 모례의 말에 달례는,
"무서울 줄이 있사오리까. 그 칼날이 한 찰나라도 빨리 내살을 버히는 맛을 보고 싶소이다."
하고 그린 듯하였다.
"모례는 마지막으로 달례에게 수유를 주오. 이 세상에 대한 애착과 모든 인연을 다 끊고 마음이 가장 깨끗하고 고요해진 때에, 인제 죽어도 아무 부족함이 전연 없고 물과 같이 마음이 된 때에 손을 드시오. 그때에 내 칼이 떨어지리다."
조신이나 달보고나 다 눈이 둥그레지고, 검보고 거울보고는 달보고의 손을 부여잡고 죽은 듯이 있었다.
세 번이나 숨을 쉬었을까 하는 동안이 지나간 뒤에 달례는 가볍게 자기 오른손을 들었다.
번쩍하고 칼날이 빛날 때에는 조신도 달보고도 손으로 눈을 가리고 땅에 엎드려서 한참 아무 소리도 없었다.
조신은 무서운 광경을 예상하면서 고개를 들었다. 그러나 놀랐다. 달례의 머리쪽이 썽둥 잘라지고 뒷덜미에 한 치 길이만큼 실오리만한 피가 흐르고 있었다.
모례의 칼은 벌써 칼집에 있었다.
조신은 이것이 무슨 뜻인지를 알았다. 머리쪽을 자른 것은 승이 되란 말이요, 목에 살을 잠깐 베어서 피를 내인 것은 이것으로 죽이는 것을 대신한다는 뜻이었다. 그 어떻게, 그렇게 모례의 검술이 용할까 하고 탄복하였다.

조신은 유쾌하다 하리만큼 가벼운 마음으로 포승을 지고 잡혀가서 옥에 매인 사람이 되었다.

중생이 사는 곳에 죄가 있어서 나라가 있는 곳에 옥이 있었다. 왕궁을 지을 때에는 옥도 아니 짓지 못하였다. 극락이 있으면 지옥이 있었다. 이것은 모두 중생의 탐욕이 그리는 그림이었다.

옥은 어느 나라나 어느 고을이나 마찬가지로 어둡고 괴로운 곳이었다. 문은 검고 두껍고 담은 흉업고 높고 창은 작고 방은 겨울이면 춥고 여름이면 더워서 서늘하거나 따뜻함이 있을 수 없었다. 더할 수 없이 더러운 마음들이 이루는 세계이매, 그같이 더러웠다. 흙바닥은 오줌과 똥과 피와 고름으로 반죽이 되고 그 위에 때묻은 죄인들이 목에는 칼, 손에는 수갑, 발에는 고랑을 차고 미움과 원망과 슬픔과 절망의 숨을 쉬고 있었다. 어둠침침한 속에 허여멀끔한 여인 얼굴과 멀뚱멀뚱한 눈들이 번쩍거렸다. 쿨룩쿨룩 기침 소리와 끙끙 앓는 소리가 들렸다. 이 속에서 개벽 이래로 몇 천 몇 만의 사람이 죽어 나간 것이었다. 조신은 이러한 옥 속에 들어온 것이었다.

옥에서 주는 밥이 맛있고 배부를 리가 없어서 배는 늘 고팠다. 사람이 살 수 있는 곳 중에 가장 더럽고 괴로운 데가 옥인 모양으로, 사람이 먹는 것 중에 가장 맛없는 밥이 옥밥이었다. 배는 늘 고팠다. 목은 늘 말랐다. 늘 추웠다. 늘 아팠다. 늘 침침하고 늘 답답하였다.

그러나 조신은 이 속에서 기쁨을 찾기로 결심하였다. 이 생활을 수도하는 고행을 삼으려는 갸륵한 결심을 하였다. 조신은 오래 잊어버렸던 중의 생활을 다시 시작하였다. 그는 일심으로 진언을 외우고 염불을 하였다. 얻어들은 경 귀절도 생각하고 참선도 하였다. 이런 것은 과연 큰 효과가 있어서 조신은 날마다 날마다 제 법력이 늘어감을 느꼈다. 그 증거로는 마음이 편안하였다. 다른 죄수들이 다 짜증을 내고 악담을 하고 한숨을 쉬어도 조신은 점점 더 태연할 수가 있었다.

날마다 죄수는 들고 났다. 어떤 죄수는 끌려나갔다가 몹시 얻어맞고 축 늘어져서 다시 피에 젖은 옷에서 비린내를 뿜으면서 들어오기도 하나, 어떤 죄수는 나갔다가 다시 들어오지 아니하여서 '그 자리가 하루 이틀 비어 있는 일도 있었다. 이런 것은 무죄 백방이 되었거나, 죽은 것이라고 다른 죄수들이 생각하고는 그 자리를 다시금 돌아보는 것이다.

새로 들어오는 죄수는 살도 있고 기운도 있었다. 그는 먼저부터 있는 죄수들에게 여러 가지 세상 소식을 전하였다. 이것은 옥중에서는 가장 큰 낙이었다.

이 속에 들어오는 사람은 예나 이제나 다름이 없었다. 도적질하고 온 놈, 사람 때리고 온 놈, 또는 조신 모양으로 사람을 죽이고 온 놈, 남의 집에 불 싸놓고 붙들려 온 놈, 계집 때문에 잡힌 놈, 양반 욕보인 죄로 걸린 놈, 이 모양으로 가지 각색 죄명으로 온 놈들이었으나, 한 가지 모든 놈에 공통한 것은 저는 애매하다는 것이었다. 이를테면 사람은 죽였지마는, 그런 경우에는 아니 죽일 수 없었다든가, 불을 놓은 것은 사실이나 불놓인 놈의 소행이 더 나쁘다든가, 이 모양이어서 아무도 제가 잘못한 것이라고는 생각지 않는 모양이었다. 조신은 그런 평계를 들을 때마다 제 죄도 생각해 보았다.

'달례 같은 어여쁜 계집이 와서 매달리니 어떻게 뿌리쳐? 누구는 그런 경우에 가만둘까. 평목이 놈이 무리한 소리로 위협을 하니 어떻게 가만두어? 누구는 그놈을 안 죽여 버릴 테야?'

이 모양으로 생각하면 조신은 아무 죄도 없는 것 같았다.

'아뿔사!'

하고 조신은 흠칫하였다.

'평목이 놈이 나없는 틈에 내 딸에게 아니 내 아내에게 무례한 짓을 하려 했기 때문에 그놈을 죽였다고 했다면 그만 아냐? 분해, 분해!'

조신은 제가 대답 잘못한 것을 후회하였다.

'괜히 모두 불었다. 모례놈한테 속았다.'

이렇게 생각한 조신에게는 다시 마음의 평화는 없었다.

조신은 아직 판결은 아니 받고 있었다. 사실을 활활 다 자복하였건마는, 법의 판정에는 여러 가지 까다로운 절차가 많았다. 죄인이 자복을 하였더라도 그것을 그대로 다 믿는 것은 법이 아니다. 평목의 시체를 관원이 검시도 하여야 하고 동네 사람들의 증언도 들어야 한다. 이러한 사정으로 이 사건은 해가 넘어서 조신은 옥에서 한 설을 쇠었다.
  섣달 그믐날 밤 부중 여러 절에서는 딩딩 묵은 해를 보내는 인경이 울었다. 장방에 조신과 같이 갇힌 수십 명 죄수들이 잠을 못 이루고 눈을 감았다 떴다 하는 것이 등잔불 빛에 번쩍번쩍하였다. 그들은 모두 집을 생각하고 처자를 생각하고 있었다. 벽 틈으로는 찬바람이 휘휘 들어오고 바깥에서는 아마 눈보라가 벽에 부딪치는 소리가 쓰윽쓰윽하고 바다의 물결 소리 모양으로 들렸다.
  조신은 한 소리도 아니 놓치려는 듯이 인경 소리를 세고 있었다. 마침내 잉잉하는 울림을 남기고 인경 소리도 그쳤다. 방 어느 구석에선가 훌쩍훌쩍 느껴우는 소리가 들렸다.
  인경 소리에 가라앉았던 조신의 마음에는 다시 번뇌의 물결이 출렁거리기를 시작하였다.
  '어, 추워!'
하고 조신은 이를 악물고 주먹을 한 번 불끈 쥐었다.
  '죽기 싫어. 살고 싶어.'
  조신은 길게 한숨을 내쉬었다. 그러나 살아날 가망은 없었다. 조신의 눈앞에는 평목의 시신과 바랑이 나뜨고 원과 모례의 얼굴이 나왔다. 증거는 확실하다. 그리고 조신은 세 번 문초에 다 똑바로 자백하였다.
  '왜, 모른다고 뻗대지 못했어? 그렇지 않으면 평목에게 죄를 뒤집어씌우지를 아니했어? 에익, 고지식한 것!'
  스스로 저를 책망하고 원망하였다.
  한 번뇌에게 문을 열어주면 뭇 번뇌가 뒤따라 들어온다.
  '달례가 보고 싶다.'
  조신은 달례와 같이 살 때에 재미있고 즐겁던 여러 장면을 생각한다. 그 어여쁜 얼굴, 부드러운 살, 따뜻한 애정, 이런 것이 모두 견딜 수 없는 그리움을 가지고 또렷또렷이 나타난다. 그때에는 뜨뜻한 방에 뜨뜻한 금침이 있고 곁에는 달례의 부드럽고 향기로운 몸이 있었다.
  "으응."

하고 조신은 저도 모르는 결에 안간힘 쓰는 소리를 내었다.
 '어느 놈이 내게서 달례를 빼앗았니?'
하고 조신은 소리소리 치고 싶었다.
 조신에게서 달례를 빼앗은 것은 모례인 것만 같았다.
 '이놈아!'
하고 조신은 모례를 자빠드리고 가슴을 타고 앉아서 멱살을 꽉 내려누르고 싶었다.
 이렇게 생각하견 달례는 지금 모례의 품속에 안겨 있는 것 같았다. 모례의 칼에 머리쪽을 잘렸으니 필시 달례는 어느 절에 숨어서 제 복을 빌어주려니 하고 생각하던 것이 어리석은 것 같았다.
 '그렇다. 달례는 지금 모례의 집에 있다. 분명 모례의 집 안방에 있다. 달례는 곱게 단장을 하고 모례에게 아양을 떨고 있다.'
 조신의 눈에는 겹겹으로 수병풍을 두른 모례집 안방이 나오고 그 속에 모례와 달례가 주고받는 사랑의 광경이 환히 보였다.
 조신의 코에서는 불길같이 뜨거운 숨이 소리를 내이고 내뿜었다. 조신의 혼은 시퍼런 칼을 들고 모례의 집으로 달렸다. 쾅쾅 모례 집 대문을 부서져라 하고 두드렸다. 개가 콩콩 짖었다. 대문은 아니 열리매, 훌쩍 담을 뛰어넘었다. 모례집 안방 문을 와지끈하고 발길로 차서 깨뜨렸다. 모례는 칼을 빼어들고 마주나오고 달례는 몸을 움츠리고 울었다.
 조신은 꿈인지 생시인지 몰랐다.
 '아아, 무서운 질투의 불길. 천하의 무서운 것 중에 가장 무서운 것!'
 조신은 무서운 꿈을 깬 듯이 치를 떨었다. 못 한다. 이것이 옥중이 아니냐. 두 발은 고랑에 끼어 있고 두 손은 수갑에 잠겨 있다. 꿈은 나갈지언정 몸은 못 나간다.
 조신은 옥을 깨뜨리고라도 한 번 더 세상에 나가보고 싶었다. 다른 것을 보는 것이 아니라, 달례가 모례의 집에 있나 없나 그것이 알고 싶었다. 그러나 여러 날을 두고 백방으로 생각하여도 그것은 되지 않을 일이었다. 한 방에 혼자 있더라도 해볼 만하고, 또 죽을 죄인들끼리만 한방에 모여 있더라도 무슨 도리가 있을 것이다. 그러나 죄 무거운 사람, 가벼운 사람 뒤섞여서 둘씩 셋씩 한고랑을 채워놓고 그런 사람을 열 간통 장방에 수십 명이나 몰아넣었으니 꼼짝할 수가 없었다.

조신은 모든 것을 단념하고 처음 옥에 들어왔을 때 모양으로 주력과 참선으로 우선 마음을 편안하게 하고 내생 인연이나 지어보려 하였으나 탐애의 질투의 폭풍이 불어 일으키는 마음의 검은 물결을 어찌할 수가 없었다.

대보름도 지나고 지독한 입춘 추위도 다 지난 어떤 날, 조신은 장방에서 끌려나갔다. 왁살스러운 옥사장이 한 손으로 조신의 상투를 잡고 한손으로 덜미를 짚어서 발이 땅에 닿기가 어렵게 몰아쳤다. 조신은 오늘 또 무슨 문초를 하는가 보다, 이번에는 한번 버티어 보자 하고 기운을 내었다.

그러나 조신은 관정(官庭)으로 가는 것이 아님을 알고 발을 멈추며,
"관정으로 안 들어가고 어디로 가는 거요?"
하고 물었다.

옥사장은 조신의 꽁무니를 무릎으로 퍽 차며,
"어디는 어디야 수급대 터로 품삯 타러 가지. 잔말 말고 어서 가."
하고 더 사정없이 덜미를 누르고 머리채를 나꾸챈다.

"품삯이 무에요?"
조신은 그래도 묻는다.
"아따 한세상 수고한 품삯 몰라, 잘했다는 상급 말야."
하고 옥사장은 또 한번 아까보다 더 세게 항문께를 무릎으로 치받으니 눈에 불이 번쩍 나고 조신의 몸뚱이가 한 번 공중에 떴다가 떨어진다.

"아이쿠, 좀 인정을 두어 주우."
하고 조신은 끌려간다.

다른 옥사장 하나가,
"이놈아, 그렇게도 가는 데가 알고 싶어? 이놈아 양반댁 유부녀 후려내고 사람 죽였으면 마지막 가는 데가 어딘지 알 것 아냐. 그래도 모르겠거든 바로 일러줄까! 닭 채다가 붙들린 족제비 모양으로, 부엌 모퉁이 응달에 시래기 타래 모양으로 매어다는 데 말야, 여기를 이렇게."

하고 손길을 쫙 펴서 조신의 모가지를 엄지가락과 손길 새에 꽉 끼고 힘껏 툭 턱을 치받치니 조신은 고개가 젖혀지며 아래 윗니가 떡하고 마주친다. 그것이 우스워서 조신을 잡아가는 옥졸들이 하하하고 앙천 대소한다.

조신은 이제야 분명히 제가 가는 곳을 알았다. 그러고는 아이들에게 끌리기 싫다는 송아지 모양으로 두 발을 버티고 허릿힘을 쑥 빼어버리니 조신의 몸뚱이가 옥사장의 손에 잡힌 머리채에 대롱대롱 달렸다가 옥사장의 팔에 힘이 빠지니 땅바닥에 엉치가 퍽 떨어진다.

"안 갈 테야? 이럴 테야? 난장을 맞고야 일어날 테야?"
하고 옥사장들은 허리에 찼던 철편을 풀어 조신의 등덜미를 후려갈기며 끊어져라 빠져라 하고 끄대기를 나꾸챈다.

"아이구구."
하고 조신은 일어선다.

벌써 형장이 가까운 모양이어서 조신의 두리번거리는 눈에는 사람들이 보였다. 옥사장이 덜미를 덮어눌러서 몸이 기역자로 굽었기 때문에 사람들의 얼굴은 잘 안 보이고 아랫도리만 보였다. 그래도 혹시나 달례가 보이지나 아니하나 하고 연해 눈을 좌우로 굴렸다. 조신의 눈에는 거기 있는 사람들이 모두 달례인 것 같기도 하였으나 정말 달례는 보지 못하였다.

조신은 마침내 보고 싶은 달례도 보지 못하고, 하고 싶은 말도 하지 못하고, 눈을 싸매고, 뒷짐을 지고, 목에 올가미를 쓰고, 개어달려서 다리를 버둥버둥하였다.

"살려주오, 살려주오."
하고 소리를 질렀으나 제 귀에도 그 소리가 들리지 아니하였다.

숨이 꼭 막혀서 답답하였다. 차차 정신이 흐려졌다.
"무서워서 어떻게 죽나. 죽은 뒤에 무엇이 있나?"
하고 조신은 관세음보살을 염하면서 팔다리를 버둥거렸다.

"아이고, 나는 죽네, 관세음보살."
그러고는 조신은 정신이 아뜩하였다.
얼마나 지났는지,

"조신아, 이놈아, 조신아."
하고 꽁무니를 누가 차는 것을 조신은 감각하였다.
　조신은 눈을 번쩍 떴다.
　선잠을 깬 눈앞에는 낙산사 관음상이 빙그레 웃으시고, 고개를 돌리니 용선 노장이 턱춤을 추이면서 웃고 서 있었다.
　조신은 이때부터 일심으로 수도하여서 낙산사성이라는 네 명승 중에 한 분인 조신 대사가 되었다.

◈ 단편집

단 편

할 멈

"어야, 어야.'
하는 앞길로 나가는 상두꾼 소리를, 추석 준비로 놋그릇을 닦고 앉았던 할멈이 멀거니 듣다가 다루에 앉아 바느질하는 주인 아씨더러,
"아씨, 저게 무슨 소리유?"
하고 묻는다.
"상여 나가는 소리야.'
하고 고개도 안 들고 여전히 바늘을 옮기면서 대답한다.
"싸람 죽어 나가는 거유?"
할멈은 경상도 사투리로 사람을 싸람이라고 한다.
"그래."
할멈은 이빨 하나도 없이 두 볼이 옴쏙 쪼그라진 입을 옴질옴질하며 한참 머뭇머뭇하더니,
"아씨, 나 구경 나가보아요?"
한다. 아씨는 여전히 바느질을 하면서,
"가 보게그려."
한다. 할멈은 어저께 팔십오 전 주고 새로 사 준 고두 경제화를 조심조심해 신더니, 어린애 모양으로 중문으로 뛰어 나간다. '어야, 어야' 하는 상두꾼 의 구슬픈 소리가 들린다.
할멈의 뛰어 나가는 발자국 소리가 안 들리게 된 깨에 아씨는 고개를 돌

려 건넌방에서 책을 보고 있는 서방님더러,
"여보오."
하고 부른다.
　서방님은 책에서 눈도 안 떼고,
"응?"
한다.
"할멈이 어린애야."
하고 아씨는 깔깔 웃더니,
"글쎄, 상여 나가는 구경을 뛰어 나가는구려."
하고는, 또 하하 웃는다. 서방님은 웃지는 않으나, 책을 엎어놓고 궐련과 성냥과 재떨이를 들고 마루로 나오면서,
"시골 사람이라, 맘이 살아서……."
하고 성냥을 그어 궐련에 붙인다. 아씨는 그 말은 들은 체도 아니하고,
"글쎄 이것 봐. 그저껜가도 상여를 따라 가다가, 바로 저 순포막 앞에서 집에 오는 길을 잃었다는구려. 어쩌면 거기서 길을 잃소?"
　서방님은 마루 끝에 걸터앉아서 다리를 흔들더니, 아씨의 말에는 대답을 아니하고,
"여보, 저 할멈이 퍽 착하지?"
하고 물었다.
"착하고말고, 할멈은 참 좋은 사람이야. 시골서 늙어서 좀 어리석지마는, 일 잘하고 속이지 않고, 어쩌 믿어지고 정이 들어서 잘못해도 밉지가 않아요. ……그런데 추석 전에는 간대요, 집으로. 추워지면 서울서는 얼어 죽는다고, 시골 가서 따뜻한 방에서 아이들 누더기나 기워주고 있는 다고. 옷도 해주고, 어머니하고 안방에서 자고 이불도 준대도 아예 안 된대. 추석에는 꼭 가야 된다니. 월급을 더 주매도 돈도 쓸데없다는구려. 여보, 왜 그렇소? 여기 있으면 밥도 잘 먹고 돈도 벌련마는……."
　아씨는 할멈 간다는 것이 매우 걱정이 되고, 또 할멈 간다는 까닭을 알 수 없다는 듯이, 바늘을 옷에 꽂고 남편을 향하고 돌아 앉으면서 묻는다.

서방님도 매우 흥미있는 듯이,

"할멈이 간대?"

"응, 처음 올 적부터 추석에는 가노라고 그러더니, 요새에는 날마다 간대. 어저께는 며느리하고 딸하고 갖다준다고 은비녀를 사고 싶다고 그러기에, 야시에 데리고 가서, 비녀 한 개에 일원팔십 전이라고 했더니 그러면 스무 냥째 두 냥 없다고 이달 월급으로 비녀 두 개 사면, 원주까지 내려갈 노자도 못 남겠다고 그래, 한참이나 생각을 하더니 못 사겠다고 어서 가자고 그래서 왔어요. 어떻게 우스운지. 아마 은비녀 한 개에 십 전이나 이십 전이나 하는 줄 알았던게야."

하고 한참 멀거니 앉았더니, 감동 많은 듯한 낯으로,

"참 불쌍해, 즉도록 벌어서 그래도 딸 며느리 무엇 사다주겠다고……."

"아들은 무엇하누?"

"아들이 아주 못된 놈이래요. 일은 하기 싫어하고……. 글쎄 양식을 다 퍼내다가 팔아먹는다는구려. 그래 서울 올 때에도 아들더러는 간단 말도 안 하고 왔다는데……. 그러면서 한 이십 리나 오도톤 연방 뒤를 돌아보았다고, 혹시나 그 녀석이 따라오나 혹시나 그 녀석이 따라오나 하고 행여나 따라와서 '어머니 웬일이요, 갑시다' 하면 가려고 했노라고 그러다가, 하루 길을 다 와도 오는 기색이 없으니깐, 눈물이 나더래요……. 글쎄 어쩌면 자식이 그렇담, 자식도 다 쓸데없어!"

"그러면 집도 없겠구려?"

"집은 조그만 것 하나 있대요. 영감이 죽을 적에 사준 게라나. 그것도 그 녀석이 팔아먹였는지 모르지."

"영감이 죽을 적에 사주어?"

하고 서방님이 묻는다.

"응, 할멈이 서른다섯엔가 남편이 죽고, 그러고는 벌어 먹을 수가 없어서, 열 살 된 아들을 데리고 다른 영감헌테로 갔다나. 그 영감은 아들도 있고 먹을 것도 있는 사람인데, 죽을 적에 아들더러 할멈 집이나 한 간 장만해 주라고 유언을 해서, 그래서 조그마한 집을 하나 사주었다고."

하고, 아씨는 바느질 감을 뒤적거리며 말한다.
"그 영감네 집은 큰집이랄 적에는, 아마 첩으로 갔나 봅디다. 지금도 가면, 큰집에 가 있지요. 아들은 늘 오락하는데요, 그런다우."
하고 아씨는 할멈의 사투리를 용하게 흉내를 내며 웃는다. 서방님도 웃었다. 뒤꼍에서 마님이 장독대에 무슨 일이 생겼는지,
"할멈, 할멈!"
하고 부른다. 아씨는 웃으면서,
"할멈 구경갔어요."
하고 큰소리로 대답했다.
"구경? 무슨 구경."
여전히 마님은 안 보이고 소리만 들려온다.
"상여 나가는 구경갔어요."
하고 아씨는 또 소리를 높이하여 대답한다. 마님은 귀를 먹었다.
이윽고 마님은 지축 지축 부엌 문으로 나오면서,
"저거 또 길 잃어버리겠다. 상여 구경은 왜 그리 즐겨, 나간 지 오랬니?"
하고 손줄을 잡고 마루에 올라선다. 아씨는,
"길은 왜 잃어, 어머니도. 한 번이나 잃지, 두 번씩 잃어요?"
하고 웃는다. 이때에 할멈이 어슬렁어슬렁 들어온다. 마님은 웃으며,
"이번에는 길 안 잃었나?"
"안 잃었어요. 잃을까 봐 이번에는 따라가지 않고 앞에 서서 보았는데."
하고 희미한 순량한 듯한 눈을 껌벅껌벅하고 마당 한가운데 선다. 모두 소리를 내어 웃었다. 할멈도 영문도 모르고 웃는다. 마님은 오므라진 입으로 화로 불에 담배를 피우며,
"그래 장하던가?"
"예?"
하고 할멈은 무슨 소린지 모른다.
"아니, 상여 나는 게 장하던가 말이야."

"어디요. 사람도 얼마 안 되고 상제도 없는 것 같애. 메고 가는 사람들만 어니어니하구, 우는 사람도 없어요. 아마 불쌍한 사람인거야."
하고 할멈은 뒷마루 밑에 앉아 닦던 기명을 다시 잡는다.
"그거 어디 볼 만한가. 소여 대여에, 칠성 겹줄에, 상제가 죽 늘어서고 호상꾼들이 늘어서고, 그런 게라야 재미있지."
하고 마님이 할멈을 본다. 할멈은 '소여', '대여', '칠성 겹줄'이란 말은 알아듣지도 못하고,
"아무렇게 나가면 무엇허요? 가서 묻히면 썩어버릴 걸."
하고 대접굽을 북북 문지른다.
"그래도 사람의 맘이 그런가."
하고 마님은 꺼진 담뱃불을 없는 입김으로 다시 붙이면서,
"살아 한 번 죽어 한 번이라니, 죽어서도 잘 나가는게 좋지……. 내나 자네나 이제는 죽을 날도 몇 날 안 남았네. 안 그런가. 자네 몇 살이야?"
 할멈은 뚝뚝한 목소리로,
"예순다섯 살이야요."
하고 성난 듯이 대접굽을 더 힘껏 문지른다.
"예순다섯이라."
하고 마님은 담뱃대를 길게 뿜으면서,
"그래 자네는 죽어서 잘 나가고 싶은 생각 없나?"
"왜 없어요!"
하고 이번에는 요강을 닦으면서,
"그럴 맘이야 있지마는, 돈이 있어야지요. 우리 따위야 섬거적에나 앙이 묻히면 좋지요, 자식놈이 말이나 잘 들어주었으면 좋겠지요!"
한다. 모두 웃었다. 할멈도 웃는다. 아씨는 할멈을 의로하는 듯이,
"묻히기야 아무렇게나 묻히면 어떤가. 좋은 데로만 가면 그만이지."
한다.
"무얼 잘했다고 좋은 데로 가기를 바라요?"
하고 할멈은 물독에 가서 냉수를 한 그릇 퍼먹는다. 마님은 가만히 앉았더

니, 어느새에 담뱃대를 놓고,
"옴 지리지리 바으라 바다라 홈바따."
하고 염불 외며 손을 꼽는다. 아씨는 물끄러미 마님의 오물거리는 입을 쳐다보더니, 서방을 돌아보며 저것 보라는 눈짓 손짓을 한다. 서방님도 마님의 입을 보고, 할멈도 요강에 손을 넣은 채로 물끄러미 마님의 입을 쳐다본다. 파리 한 마리가 할멈의 눈에 붙으려다가 미끄러지는 듯이 달아난다. 아씨가 참다 못 하여 깔깔 웃는다. 할멈도 웃고 서방님도 웃었다. 마님은 졸다가 깨는 듯이 눈을 번쩍 뜨며 역시 웃는다. 아씨는 대굴대굴 굴면서,
"어머니, 어머니, 하하하하, 어머니, 옴 바다라 홈바따."
한다. 할멈은 열심으로,
"마님, 옴 바다라, 그거 하면 좋은 데로 가유?"
하고 묻는다. 마님은 몸을 돌려 앉으며,
"누가 아나요. 죽은 뒤에야 무엇이 있는지 없는지. 염불이나 모시면 좋다니 그러지."
한다.
"그러면 나도 좀 배워요? 우리야 정신이 있어야지요. 옴 바다라 함박당……."
할멈이 잘 안 돌아가는 혀로 한 번 불러 본다. 아씨가,
"아니야 할멈, 옴 바으라 바다라 홈바따. 자, 해보아요!"
한즉, 할멈은,
"옴 바으라 홈바탁."
하고 '바다라'를 잊어버렸다. 이번에는 마님이,
"옴 바으라 바다라 홈바따"
"에그, 우리는 못하겠어요. 자꾸 잊어버려서……."
하고 요강을 뽝뽝 문지른다.
"할멈 가지 말고 있게. 그러면 염불도 가르쳐주지. 응 그러게."
하고 마님이 진정으로 할멈을 달랜다.
"추워서 어떻게 있어요. 서울은 춥다는데."

하고 늘 하던, 추워서 못 있는다는 핑계를 한다. 아씨는 한 번 더 만류하느라고,

"이것 봐 할멈, 옷도 해주고 이불도 주고 할께, 가지 말아요 응, 할멈."
한다.

할멈은 간절한 만류를 얼른 거절하기 어려운 듯이 한참 머뭇머뭇하더니,

"그러면 추석 쇠어서 가지요."

한다. 할멈의 먼히 뜨고 있는 눈에는 그의 아들과 딸과 칠십 년간 고생은 하였건마는 정든 고향 산천이 비치는 듯하였다. 다시 크게 결심하는 듯한 어조로,

"그럼, 추석 지내서 가요."

한다.

모두 엄숙해졌다. 말이 없었다. 볕이 마당 가운데 간 것을 보고, 할멈은 부엌으로 들어간다. 근 칠십 년 동안에 많은 아이를 낳고, 쉴새 없이 많은 노동을 하여온 할멈은 불평한 빛 하나없이 아궁이 앞에 불을 지키고 앉았다.

가실(嘉實)

 때는 김 유신이 한창 들날리던 신라 말이다. 가을 볕이 째듯이 비치인 마당에는 벼 낟가리, 콩 낟가리, 모밀 낟가리들이 우뚝우뚝 섰다. 마당 한쪽에는 겨우내 때일 통나무더미가 있다. 그 나무더미 밑에 어떤 열예닐곱 살 된 예쁘고도 튼튼한 처녀가 통나무에 걸터앉아서 남쪽 한길을 바라보고 울고 있다. 이때에 어떤 젊은 농군 하나이 큰 도끼를 메고 마당으로 들어오다가, 처녀가 앉아 우는 것을 보고 우뚝 서며,
 "아기, 왜 울어요."
하고 은근한 목소리로 묻는다. 처녀는 깜짝 놀라는 듯이 한길을 바라보던 눈물 괸 눈으로 젊은 농군을 쳐다보고 가만히 일어나며,
 "나라에서 아버지를 부르신 게야요."
하고 치마 고름으로 눈물을 씻으며 우는 양을 감추려는 듯이 외면을 하고 돌아서니, 길게 땋아 늘인 검은 머리가 보인다.
 "나라에서 부르셔요?"
 "네, 내일 아침에 고을로 모이라고, 아까 관인이 와서 이르고 갔어요."
 젊은 농군은 무엇을 생각하는 것 같더니,
 "고구려 군사가 북한산성을 쳐들어온다더니, 그래 부르남."
하고 도끼를 거기 놓고 다른 집에를 갔다가 오더니,
 "여러 사람 불렀다는데요. 제길 하루나 편안할 날이 있어야지. 젊은 사람은 다 죽고, 이제는 늙은이까지 내다 죽이려나. 언제나 쌈을 아니하고 사는

세상이 온담."
하고 처녀의 느껴 우는 어깨를 바라본다. 처녀는 고개도 아니 돌리고,
"가실 씨는 안 뽑혔어요?"
하고 묻는다. 가실은 그 젊은 농군의 이름이다.
"명년 봄에야 나도 부르겠지요. 아직은 나이 한 살이 부족하니까 남겨놓은 게지요."
하고 팔짱을 끼고 한참 생각하더니,
"아버지는 어디 가셨소?"
한다.
"고을에 들어가셨어요. 원님한테 말이나 해본다고. 늙기도 하고, 몸에 병도 있고, 또 어린 딸자식밖에 없으니, 안 가게 해달라고 발괄이나 한다고, 그리고 아까 가셨어요. 이제는 오실 때가 되었는데……."
하고 또 한길을 바라본다.
"말하면 되나요! 나라에서 사정을 볼 줄 아나요!"
하고 도끼를 들고 나무더미에서 통나무를 내려 장작 패기를 시작한다. 처녀는 놀란 듯이 눈물에 젖은 눈을 둥그렇게 뜨면서,
"장작은 왜 패세요?"
하고 가실의 곁으로 한 걸음 가까이 간다.
"우리 장작을 막 다 패고 왔어요. 영감님이 힘이 드시겠기에 좀 패 드릴 양으로."
하고 뚝 부르걷은 시뻘건 두 팔을 머리 위에 잔뜩 높이 들었다가 '췌' 소리를 치며 내려치니, 쩍쩍 소리가 나며 통나무가 쪼개어져서 장작개비가 가로 세로 뛴다. 처녀는 우두커니 서서 가실의 곁에 그을은 허리가 굽혔다 폈다 하는 양과 시뻘건 두 팔뚝이 오르락내리락하는 것과 순식간에 자기 앞에 허연 장작더미가 쌓이는 것을 보고, 무슨 생각이 난 듯이 섰더니, 사립문으로 뛰어 들어간다. 처녀는 큰 사발에 뿌연 막걸리를 걸러가지고 나와서 가실이가 패던 토막을 다 패기를 기다려,
"술 한 잔 잡수셔요."

하고 사발을 두 손으로 받들어 가실에게 준다. 가실은 도끼를 나무통에 턱 박아놓고, 한 편 팔굽이로 이마에 맺힌 구슬땀을 씻으면서 한 편 팔로 사발을 받아 든다.

"웬 술이 있어요?"

하고 그 힘 있고도 유순한 눈으로 술을 물끄러미 들여다본다.

"콩 걷는 날 했던 술이 항아리 밑에 좀 남았기에 새로 물을 길어다가 걸렀어요. 아버지 잡수실 것 좀 남겨놓고……."

하고 치맛자락에 젖은 두 손을 씻으며 처녀는 만족한 듯이 빙그레 웃는다.

가실은 사발을 입에 대고 꿀꺽꿀꺽 단숨에 들이키더니 주먹으로 입을 씻으며 사발을 처녀에게 준다. 처녀는 사발을 받아 들고 가실을 물끄러미 보더니, 사립문으로 뛰어 들어가 부엌으로 들어간다. 가실은 처녀의 뛰어가는 양을 보고 들어간 부엌 문을 이윽히 보더니, 다시 도끼를 들어 장작을 팬다. 얼마만에 처녀가 치맛자락에 무엇을 싸가지고 뛰어 나와서 가실의 곁에 선다. 가실이 자기를 돌아보는 기회를 타서 처녀는,

"밤 잡수셔요. 내가 아람 주어다가 묻어두었던 것이야요."

하고 작은 손으로 줌이 버을게 한 줌 집어 가실을 주며,

"왕밤이야요!"

한다. 가실은 도끼를 자기 다리에 기대어 세워놓고, 이빨로 밤 껍데기를 벗긴다. 처녀도 입으로 껍데기를 벗겨 먹는다.

"아버지 오시네!"

하고 처녀가 치마에 쌌던 밤을 땅에 내버리고 한길로 마중 나간다. 가실은 고개를 돌려 한길을 내다보았다. 늙은 수양버들 그늘로 수염이 허옇게 세인 설 영감이 기운없이 걸어온다. 영감은 마당에 들어와 가실을 보고,

"장작 패 주었나?"

하고 감사한 낯빛을 보인다.

"네. 우리 것 다 패고……."

하고 수줍은 듯하면서도 만족한 듯한 웃음을 띠운다. 영감은 장작개비 하나를 깔고 앉아서 휘유 긴 한숨을 쉰다. 처녀는 어느새 부엌에 들어가서 술

사발을 들고 나와서,
"아버지, 술 잡수."
하고 아버지를 준다.
"응, 술이 남았든?"
하고 딸에게서 술 사발을 받으며,
"이 사람 한 잔 주지."
"한 사발 드렸어요. 아버지 잡술 것 남겨놓고."
하면서 처녀는 가실을 본다. 가실은,
"저는 잘 먹었습니다. 어서 잡수시우. 아직도 무엇을 하려면 더운데요."
하고 영감의 피곤한 듯한 얼굴을 본다. 영감은 쉬엄쉬엄 한 사발을 들이키고, 아랫입술로 윗수염 끝에 묻은 술을 빨아 들이면서 마당에 떨어진 밤을 집어 벗긴다. 처녀는 아버지가 오늘 고을 갔던 결과를 듣고 싶으나, 남의 앞이 되어서 묻지는 못하고 가실이가 물어주었으면 하고 기다린다. 가실도 그 눈치를 알고 자기도 영감 곁에 쭈그리고 앉으며,
"그래, 고을 갔었던 일은 잘 되었어요?"
하고 묻는다.
"안 된대. 내일 아침에는 떠나야 하겠네."
한참 말이 없다. 처녀는 그만 울음을 참지 못하여 치맛자락으로 얼굴을 싸고 돌아선다. 가실도 고개를 푹 수그린다. 영감도 고개를 수그렸다가 번쩍 들어 울고 돌아섰는 딸을 보며 가실더러,
"그렇지 않아도 내가 자네를 찾아보려고 했네."
하고 물끄러미 가실을 보더니,
"자네도 알거니와, 내가 떠나면 저 어린 것 혼자 남네그려. 저것이 불쌍해! 제 어멈은 어려서 죽고, 오라범들 다 전장에 나가 죽고…… 내가 이제 나가면 어떻게 살아 돌아오기를 바라나. 싸워 죽지 않으면 병들어 죽겠고, 병들어 죽지 아니하면 늙어 죽지 않겠나. 나도 스무 살에 군사에 뽑혀서 서른 살에야 집에 돌아오니, 부모 다 돌아가시고…… 그런 말은 해서 무엇하나. 아무려나 내가 이번 가면 살아 돌아올 리는 만무하고……. 저것이, 내

혈육이라고는 저것 하나밖에 안 남았네그려. 저것을 두고 가니, 내 마음이 어떻겠나."
하고 노인은 억지로 울음을 참는다. 처녀는 그만 장작더미에 쓰러져 운다. 가실도 운다.
　노인은 코를 풀고 소리를 가다듬어,
"그러나 다 팔짜니 어쩌나. ……내가 보니, 자네가 사람이 좋아! 그러니 내 딸을 자네 아내를 삼게. 그리고 이 집 가지고 벌어 먹고 살게. 논허구 밭허구 나무판허구 자네 두 식구가 잘 벌면 먹고 살 걱정은 없을 것이니, 그러게."
하고 일어나 장작더미에 쓰러져 우는 딸의 팔을 잡아 일으키며,
"아가, 들어가 저녁 지어라. 닭 한 마리 잡고, 반찬도 좀 많이 하고, 술도 걸러라. 가실이도 함께 저녁 먹고 마지막으로 이야기나 하게."
한다. 처녀는 일어나 두 손으로 눈물을 씻어가며 안으로 들어간다. 노인은 딸의 들어가는 양을 보고 돌아서서 다시 가실의 곁에 앉으며,
"가실이! 내 말대로 하려나?"
하고 손으로 가실의 땀에 젖은 등을 두드린다. 가실은 고개를 들어 노인을 쳐다보며 말하기 어려운 듯이 머뭇머뭇하더니, 간단하고도 힘있게,
"너무 황송합니다!"
할 뿐이다.
　노인은 일어나 가실의 곁에 놓인 도끼를 들어 통나무 한 토막을 패기 시작한다. 가실이가,
"제가 패겠습니다."
하는 것을
"가만 있게. 이게 다 마지막 해 보는 것일세."
하고,
"쒸, 쒸!"
하면서 팬다. 비록 늙었으나, 이전 하던 솜씨가 남았다. 가실이만큼 힘있게는 못 하여도 그보다 더 익숙하게 한다. 그 토막을 다 패어놓고, 도끼를

가실에게 주면서,

"에, 한참 장작을 팼더니, 기운이 나네."

하고 땀을 씻으면서,

"저 고개 넘어 논 두 마지기 안 있나. 그게 다 내 손으로 만든 겔세. 내가 이 가을에는 거기 새 흙을 좀 들여 펴고, 또 그 곁에 한 마지기 더 풀려고 했더니 못 하게 되었으니, 자네가 내일부터라도 하게. 그리고 저 소외양간은 집쪽으로 옮기게."

하고 아무 근심없는 듯이 벙글벙글 웃더니, 문득 무슨 근심이 생기는 모양으로,

"내가 혼인하는 것을 못 보고 가서 안 되었네마는, 이 벼나 다 타작을 하거든, 동네 사람들이나 청해서 좋은 날 받아서 잔치나 잘 하게."

하고는 퍽 언짢아하는 빛을 보인다. 가실은 다만 들을 따름이요, 아무 대답이 없다.

이튿날 새벽 첫 닭울이에 일어나서, 처녀는 절구에 쌀을 찧고 물을 길어 오고 닭을 잡아 밥을 지었다. 지난 밤에는 아버지의 솜옷 한 벌을 짓느라고 늦도록 바느질을 하다가, 아버지 곁에 누워서 잠깐 잠이 들었다가, 첫 닭의 소리에 깬 것이다. 아버지는 여러 번 곁에 누워 자는 딸을 만지면서 거의 한잠도 이루지 못하였다.

늙은 아버지와 어린 딸이 마주 앉아서 닭국에 밥을 말아 먹을 때에는 벌써 훤하게 동이 텄다. 해뜨기 전에 말 탄 관인이 활을 메고 칼을 번쩍거리며 '군사들 나라'고 외치며 돌아갔다. 처녀는 밥상도 안 치우고 아버지의 옷 보퉁이를 싸고 해진 버선 구멍을 막았다. 길 치장하기에 울 새도 없었다. 아버지는 딸이 짐 싸는 동안에 소물을 먹인다, 마당을 치운다, 아침마다 하는 일을 하고, 농사하던 연장과 소와 닭장과 곡식가리를 다 돌아보고, 딸이 늘 물 길러 다니는 우물 길에 풀까지 베어버렸다.

해가 떴다. 지붕에는 은가루 같은 서리가 왔다. 동네에서 우는 소리가 난다. 닭들은 아침 햇볕을 맞느라고 사방에서 울고, 개들이 쿵쿵 짖는다. 마침내 떠날 때가 되어서 아버지는 봇짐을 지고 마당에 내려서면서 우는 딸

의 머리를 쓰다듬고 뺨을 만져주었다. 그리고,
"아무 걱정 말아라. 가실이가 좋은 사람이니, 그 사람한테 시집가서 아들 딸 많이 낳고 잘 살아라. 남편 말 잘 듣고, 일 잘하고, 그래야 내 딸이다."
하고 대문을 나선다. 딸은 아버지의 소매에 매어달려 운다.
 이때에 앞 고개로 금빛 같은 햇빛을 등에 지고 어떤 커다란 사람이 뛰어넘어온다. 가실이다. 가실은 짚신 감발에 바지를 홀쭉하게 추켜 입고 조그마한 봇짐을 졌다. 대문 앞에 와서 노인께 절을 하면서,
"제가 대신 가겠습니다. 일 년이면 돌아온답니다."
한다. 그 얼굴에서는 김이 오른다.
"자네가 어떻게 가나?"
하고 노인은 놀래어 묻는다.
"이제 늙으신 이가 어떻게 전장에를 가십니까. 그래 어저께부터 내가 대신 가리라고 작정을 했습니다."
하고는, 또 절을 하고 뛰어 가려 한다. 처녀는 가실의 손을 잡으며,
"아버지 대신 전장에 가셔요?"
한다.
"네."
하고 가실은 처녀의 처든 얼굴을 내려다본다. 처녀는 눈물 묻은 얼굴을 가실의 가슴에 묻으며,
"그러면 가줍시오. 그 은혜는 내 몸이 죽기까지 갚겠습니다. 그러면 가줍시오."
하고 한 번 더 가실의 얼굴을 본다.
 노인은 가실의 결심을 휘지 못할 줄 알고, 자기가 졌던 옷짐을 가실에게 주며,
"자네 은혜는 내가 죽어도 못 잊겠네. 그러면 갔다가 속히 돌아오게. 나를 자네의 장인으로 믿게. 부디부디 잘 다녀 오게."
 이리하여 가실은 전장으로 나가게 되었다.
 고을에 들어가서 여러 백명 군사로 뽑힌 사람들과 함께 마병 수십 명에

끌리어 서울로 갔다. 가는 길에 여러 고을로서 군사로 뽑혀오는 사람들을 만나, 치술령을 넘어올 때에는 천 명이나 넘었다. 산 비탈에는 늙은이 부인네 아이들이 하얗게 늘어섰다가, 자기네 아버지나 아들이 지나가는 것을 보고는, 손으로 가리키고 부르며 발을 구르고 우짖는다.

 가실이가 서울 동문을 들어설 때에는 벌써 해가 서형산 마루에 올라 앉고, 팔백여덟이나 된다는 여러 절에서는 저녁 쇠북 소리가 둥둥 울려 나온다. 군사로 뽑혀 가는 사람들이 들어오는 것을 보려고 장안 사람들은 모두 길가에 나섰다. 먼 데 사람이 안 보일 만할 때에야 겨우 분황사 앞 영문에 다다랐다.

 가실은 장관의 점고를 닿고 방에 들어갔다. 열 간통이나 되는 큰 방안에 백 명이 넘는 사람들이 콩나물 모양으로 앉아서, 혹은 같은 고향에서 온 아는 사람들끼리, 혹은 모르는 사람들끼리 이야기들을 한다. 가실은 방 한편 구석에 우두커니 앉아서 나아가는 것이 무서운 듯한 생각과 그러나 명년 이때에 돌아오면 오래 그리워하던 사람을 아내로 삼아 재미있게 살 것을 생각하고는 혼자 기뻐한다.

 이윽고 어디서 풍류 소리가 울려온다. 사람들은 일어서서 창으로 내다본다. 서남편으로 환한 불빛이 보인다. 창에 붙어서 바라보던 사람 하나이,

 "저게 대궐이야, 상감님 계신 데야."

하는 소리를 듣고, '대궐 대궐' 하는 말만 듣고 보지는 못한 사람들은 일제히 그리로 밀려,

 "응, 어느 게 대궐이야?"

하고 사람들 틈으로 고개를 내어밀고 발을 벗디딘다.

 "저기 저 등불 많이 켜놓은 데가 대궐이야, 임해궁이야."

하고 누가 잘 아는 듯이 설명한다. 가실도 사람들 틈에 끼어서 내다보았다. 몇 천인지 모를 등불이 반딧불 모양으로 공중에 걸리고, 그 한가운데 쯤해서 커단 횃불 빛 같은 것도 보인다.

 "등불도 많이도 켜놓았다."

하는 이도 있고,

"저렇게 환하게 불을 켜놓고 타작을 했으면 좋겠네."
하는 이도 있고,
"거기다가 씨름을 한 판 차려놓았으면 좋겠네."
하는 이도 있다.
그 중에 서울서 오래 병정 노릇하던 사람 하나이 이 사람들의 무식한 소리를 비웃는 듯이,
"이 사람들, 그게 무슨 소린가. 지금 상감님이 만조 백관을 모으시고 연락을 배설한 것이야. 내일 용춘 장군, 유신 장군이 우리들을 거느리고 낭비성으로 간다고, 가서 승전해가지고 오라고 잔치하는 것이라네."
한다.
북소리, 피리 소리, 저소리, 쇠소리가 간간이 들려온다.
밝디밝은 구월 보름달이 둥그런 얼음짱 모양으로 남산 위에 걸리고, 반월성과 황룡사가 달빛 속에 큰 그림자 모양으로 보인다.
사람들은 하나씩 둘씩 창에서 떨어져서 구석구석에 목침을 베고 쓰러진다. 어떤 이는 벌써 종일 걸어온 노독에 코를 드렁드렁 곤다. 집을 버리고 처자를 버리고 논과 밭과 소를 떠나서 전장에 죽으러 나가는 어린 아이 같은 백성들이 팔 다리를 탕탕 둘러치며 코를 드렁드렁 골고 어제 떠난 집을 꿈꿀 때까지 가늘었다 굵었다 끊겼다 이었다하는 임해궁 대궐 풍악 소리는 달빛에 떠와서 창 틈으로 스며 들어왔다. 가실도 처음에는 한참 잠이 안 들었으나, 어제 종일 장작을 패고 오늘 종일 길을 걷던 노독에 동여가도 모르게 잠이 들었다.
달이 거의 서산에 걸린 때 사방 절에서 일제히 종소리가 울려오고, 그 중에 바로 영문 곁에서 치는 분황사 종소리는 곤해 자던 군사의 꿈을 모두 깨뜨려 놓고 말았다.
나발 소리, 주라 소리가 영문 안에 일어난다. 자던 군사들은 둥지를 흔들린 벌 모양으로 여러 방에서부터 쏟아져나와 마당에 모여 선다. 마당 한가운데는 활과 화살통이 산더미같이 쌓이고, 울긋불긋한 깃발이 등불빛에 나부낀다.

해뜨자 천여 명 군사가 제 일대로 남대문을 나서서 서를 향하고 떠났다. 말 탄 군사도 있고, 짐 실은 수레도 있다. 군사들은 모두 활과 살통을 메고 어떤 군사는 큰 창을 메었다. 가실도 큰 활과 살통을 메고 물들인 군복을 입었다. 어제까지 호미와 낫과 장작 패는 도끼를 들고 화평하게 살던 농부들은 하루 아침에 활을 메고 칼을 차고 사람을 죽이러 가는 군사로 변하였다.

"어디로 가는 모양이야?"

하고 가실의 뒤에 오는 한 사람이 누구더런지 모르게 묻는다.

"누가 아나. 끌고 가는 데로 따라가지."

하고 누군지 모르는 사람이 대답한다.

"백제 놈들이 또 쳐들어왔나?"

"이번에는 고구려 놈이라던가."

"그 망할 놈들은 농사나 해먹고 자빠졌지 왜 가만히 있는 사람들을 들쑤석거려서 못 견디게 굴어."

"글쎄나 말이지. 또 그놈들은 우리네 신라 사람들이 들쑤석거린다고 그러겠지."

이러한 말도 나오고, 또 어떤 때에는,

"글쎄, 우리는 무얼 먹겠다고 터덜거리고 가?"

"먹긴 뭘 먹어, 싸우러 가지."

"글쎄, 무엇 먹겠다고 싸워!"

한참 대답이 없더니 누가,

"누구든 갈 일이 있어서 가나. 가라고 그러니까 가지."

하고 성난 듯이 픽 웃는다. 이 말이 대단히 재미나는 모양으로 누가,

"우리더러 싸우러 가는 사람은 누구야? 아버지 말도 잘 안 들으려고 드는 우리더러?"

하고 더 크게 웃는다.

"참 누가 가라기에 가는 길이야?"

하고 누가 또 웃는다.

"안 가면 잡아다가 죽인다니 가지!"

이 말에 모두 '참 그렇다' 하는 듯이 아무 말들이 없다. 가실은, '나는 늙은 장인 대신 나가는 길이야.'
하고 생각하고 혼자 기뻤다.

이 모양으로 밤이면 한둔하고 낮이면 걸어 낯선 강을 건너 낯선 벌을 지나 어마어마한 큰 영을 넘어 이렁구렁 서울을 떠난 지 십여 일에 바다 같이 넓은 노돌나루를 건너 한양에 다다랐다. 그 동안에 도망한 사람, 도망하다가 붙들려 목을 잘려 죽은 사람, 강을 건너다가 물에 빠져 죽은 사람, 이럭저럭 다 줄어버리고 서울서 함께 떠난 천 명 군사 중에 노돌나루를 건넌 이는 육백 명이 다 차지 못하였다.

가실과 같이 온 군사가 노돌을 건너는 날은 삼각산으로서 하늬바람이 냅다 불고 좁쌀 같은 싸락눈이 펄펄 날렸다. 본래 한양에 있던 군사들은 모두 노닥노닥한 옷에 얼굴에 핏기 하나 없다. 그네들은 집에서 올 때에 가지고 온 옷도 다 입어 해어지고 까맣게 때 묻은 군복을 입고 덜덜 떨고 섰다. 새로 가실과 같이 온 군사들은 이 광경을 보고 모두 소름이 끼쳤다.

"왜 다들 저 꼴이야, 해골만 남았으니?"

"우리도 저 꼴이 될 모양인가."

"죽지 않아야 저 꼴이라도 되지."

이런 말들을 하며 모두 풀이 죽어서 섬거적 편 영문에 들어갔다.

이 날은 서울 군사들이 이십여 일이나 먼 길에 새로 왔다 하여, 소를 여러 마리 잡고 술을 많이 내어 큰 잔치를 베풀었다. 가끔 고구려 마병이 기웃기웃 모악재로 엿보고, 서울서 구원병은 오지 아니 하고, 그래서 이곳서 수자리 사는 군사들은 하루도 마음을 놓지 못하고 밤잠도 잘 자지 못하다가, 이번에 새 군사 오는 것을 보고 다들 기뻐하였다. 그 판에 오래 굶주렸던 창자에 쇠고기를 실컷 먹고 술을 마시니, 추운 것과 고향 그리운 것도 잊어버리고 모두 신이 나서 떠들고 논다. 가실도 술이 취하였다. 자기와 한 방에 있게 된 늙은 군사가 자기를 퍽 귀애해서 술도 많이 얻어주고 고기도 많이 얻어주었다. 그 늙은 군사는 이십 년이나 병정으로 있었고, 서울도 오래 있었으므로, 영문 일도 잘 알고, 퉁소도 불고, 소리도 하고, 춤을 출 줄 알며, 또 여러 번 전장에 나갔으므로 싸움도 우습게 여긴다. 한참 떠들다가 이 늙은 군사가 무릎 장단을 치며 소리 한 마디를 부른다. 그 사설은 이러하다.

"에헤야——산도 설그 물도 선데, 누구를 따라 예 왔는가."

이런 소리가 끝이 나니, 그 중에 한 오륙인 늙은 군사가 역시 무릎 장단을 치며,

"에헤야——요——임 따라 온 것도 아니로세, 구경 온 것도 아니로세, 용천검 드는 칼로 고구려 놈 사냥을 온 길일세, 에헤야——요."
하고 화답을 한다.

늙은 군사는 더 신이 나서 얼씬얼씬 어깨춤을 추어가며,

"에헤야——요——새로 온 군사야, 말 물어보자, 고향 산천은 어찌 된고, 부모 양친은 어찌 뢴고, 두고 온 처자도 잘 있더냐. 에헤야요."
하면, 다른 늙은 군사들도 또 어깨춤을 얼씬얼씬 추며,

"임 따라 온 것도 아니로세."
하고 아까 하던 후렴을 부른다.

다른 방에서 얼굴 붉은 군사들이 소리를 듣고 모여든다. 방이 터지게 모이고도 남아 싸락눈을 맞으면서 문 밖에 섰다. 소리하던 군사들은 더욱 흥이 나서 일어나 춤을 추는 이도 있고, 손으로 부르거든 다리를 쳐서 장단을 맞추는 이도 있다. 늙은 군사가 한 마디를 먹일 때마다 받는 사람이 늘어간다. 가실도 가만가만히 흉내를 내다가, 나중에 곡조를 배워 후렴하는 패에 참여하게 되었다.

늙은 군사는 일단 소리를 높여,

"에헤야요, 사냥을 가자, 사냥을 가, 날이 새거든 사냥을 가자. 모악재 넘어 임진강 건너 고구려 군사 사냥을 가자."

"에헤야요——, 임 따라 온 것도 아니로세, 구경 온 것도 아니로세, 용천검 잘 드는 칼로 고구려 왕의 머리를 베어 우리 대왕께 바치러 온 길일세."

"에헤야요, 인생 백 년이 꿈이로다. 어디서 와서 어디로 가. 오늘은 살아서 놀더라도, 내일 일은 뉘라 아나. 아마도 북한산 석비레 판에 살 맞아 죽은 혼이로구나. 에헤야요."
하고 모두 슬픈 듯한 목소리로 후렴을 부른다. 후렴이 끝나면, 일동은 꼼짝 아니하고 늙은 군사의 입만 바라본다. 늙은 군사의 주름 잡힌 얼굴에 흐트러진 백발이 천 줄기 만 줄기 함부로 늘어졌다. 여전히 얼씬얼씬 춤을 추며,
"에헤야요. 북한산 석비레 파지를 마라. 흩어진 백골을 건드릴라. 어즈버, 우리네도 한 번 아차 죽어지면 흩어진 백골이 되리로구나."
할 때에, 볕에 그을은 늙은 군사의 눈에서는 눈물이 번쩍번쩍한다. 후렴 받던 군사들은 후렴을 부르려다가 모두 목이 메어 울었다. 가실은 북받쳐 오르는 울음을 참다 못 하여 목을 놓아 울었다.
이때에 갑자기 영문 마당으로서 취군 나발 소리가 울려 온다. 군사들은 모두 깜짝 놀랐다. 그러나 누구나 다 알았다. 고구려 군사가 밤을 타서 한양성으로 쳐들어오는 것이다.
가실도 남들이 하는 모양으로 활과 살통을 메고 칼 하나를 들고 나섰다. 영문 마당에는 수천 명 군사가 길게길게 열을 지어 늘어섰는데, 앞에는 어떤 말 타고 기 든 장수가 기를 둘러가며 군사들에게 호령을 한다.
"지금 고구려 군사가 모악재로 쳐 넘어오니, 너희는 마주 나가 싸우되, 만일 고구려 군사가 쫓기거든 북한산 끝까지 따라 가라."
고 한다. 이때에 난데없는 화살 하나이 그 장수의 탄 말 귀를 스치고 날아온다. 수천 명 군사는 일제히 고함을 치고, 인왕산 모퉁이를 돌아 모악재를 향하고 달려 갔다.
새벽이 되어 촌가에 닭이 울 때에 군사들은 북한산 끝에 다다랐다. 고구려 군사는 죽은 사람과 말과 살 맞아 엎드러진 군사를 내버리고 낭비성으로 달아나고 말았다. 신라 군사 중에서도 이백여 명이 죽었고, 소리 메기던 늙은 군사도 어디 간지 보이지를 아니하였다. 가실은 그 이튿날 여기저기 찾아도 보고 물어도 보았으나, 아는 사람이 없었다.

이곳에 진 치고 있는 지 십여 일 후에 용춘 장군과 유신 장군이 거느린 8천 대군이 들어오기를 시작하였다. 신라 군사들은 모두 기운이 나서 이번 길에는 평양까지 들여치고야 만다고 팔을 뽐내었다.
 그러나 그렇게 마음대로 되지 아니하였다. 한 삼십 리 나가다는 한 오십 리 쫓겨 들어오기도 하고, 다시 한 칠십리 나가기도 하여, 한강과 임진강 사이로 오르락내리락하기에 봄이 오고 여름이 오고, 가을이 오고, 겨울이 오고, 또 봄이 왔다 가고, 여름이 왔다 가기를 여러 번 하였다. 그러는 동안에 늙어 죽고, 병나서 죽고, 활 맞아 칼 맞아 죽고, 도망하고, 도망하다가 붙들려 죽어, 군사는 점점 줄고, 군사가 줄면 몇십 리 물러가서 새 군사 오기를 기다리고, 새 군사가 오면 또 평양까지 짓쳐 들어가고야 만다고 한 백 리나 가다가 또 군사가 줄면 물러오고, 밤낮 이 모양으로 오르락내리락 되풀이를 하여 언제 싸움이 끝날 것 같지도 아니하다.
 일 년 만에 돌아간다고 떠나온 가실은 벌써 삼 년을 지내어도 돌아갈 길이 막연하였다. 새로 오는 군사들 편에 혹 고향 소식을 듣기는 하건마는 고향으로 소식을 전할 길은 없었다. 오는 사람은 있으되 가는 사람이 없으니, 어찌 소식을 전하랴.
 설씨 집 소식을 듣기는 삼 년째 되던 해 봄이었다. 노인은 여전히 건강하다는 말과 그 딸은 아직도 시집을 아니 가고 자기를 기다린다는 말을 들었다. 그러나 얼마 후에 새로 온 군사의 전하는 말을 들건대, 그곳 어느 양반과 혼인을 하기 되어 가을에 성례를 한다는 말이 있다고 한다. 가실은 이 말을 들을 때에 몹시 설었다. 그러나 돌아갈 길이 막연하니 어찌하랴. 삼 년 전에 서울서 같이 떠는 군사 중에 하나씩 둘씩 다 없어지고, 이제는 옛 얼굴을 볼 수가 없으니, 자기 생명도 풀잎에 이슬이 언제 스러질는지 믿을 수가 없다. 더욱이 이 가을에는 신라에서도 있는 힘을 다하고, 고구려에서도 있는 힘을 다하여 싸운다는데, 그때 통에는 암만해도 살아남을 것 같지도 아니하다. 군사들의 말이 고구려에는 나는 장수가 있어 눈에 보이지 아니하게 다닌다 하며, 이번에는 그 장수가 나온다 하니, 더욱 명년 봄은 살아서 구경할 것 같지도 아니하다.

삼 년제 되는 9월 보름께 낭비성을 쳐들어가라는 군령이 내렸다. 군사들은 모두 지리하고 집 생각이 나서 싸울 생각이 없었으나, 이번만 싸우고는 집으로 돌려보낸다는 바람에 죽으나 사나 마지막으로 싸워보자하고, 술과 고기를 잔뜩 먹고 나발을 불고 북을 치고 먼지를 날리며, 낭비성을 향하고 달려 들어갔다. 가실은 정신없이 일변 활을 쏘며 일변 칼을 두르며 앞으로 앞으로 나갔다. 낭비성에서는 화살이 빗발같이 쏟아져 달려가던 군사들이 하나씩 둘씩 벌떡벌떡 나가 자빠진다. 가실은 여러 번 죽어 넘어진 군사, 아직 채 죽지는 아니하고 피를 푹푹 뿜는 군사를 타고 넘어, 밟고 넘어, 그저 앞으로 달려 갔다. 천지가 모두 티끌이니, 지척을 분별할 수도 없고 천지가 모두 고각 함성이니 무슨 소리를 들을 수도 없다. 그저 가던 길이니, 앞으로 앞으로 나갈 뿐이다.

"씩."

하는 소리가 나며 화살 하나이 가실의 왼팔에 박힌다. 가실은 우뚝 서며 얼른 뽑아버렸다. 낭비성이 차차 가까워질수록 곁으로 날아 지나가는 화살이 점점 많아진다. 얼마 아니하여 언제 박히는 줄 모르게 살 하나가 가실의 오른편 다리에 박히어 가실은,

"아이고."

소리를 치고 자빠졌다. 가실은 죽을 힘을 다하여 다리에 박힌 살을 뽑았으나 팔 다리에서 피는 콸콸 쏟고, 아프기는 하고 기운이 빠져서 몸을 꼼짝할 수도 없었다. 사실은 옷으로 가까스로 상처를 막고 죽은 듯이 쓰러졌다. 신라 군사가 으악으악하며 자기 곁으로 뛰어 지나가는 것이 어렴풋이 보인다. 한참 있다가 무엇이 자기 다리를 잡아 쳐들기에 눈을 떠본즉, 어떤 고구려 군사 둘이 칼을 들고 서서 자기를 본다. 그 중에 한 군사가,

"이놈아, 안 죽었니?"

하고 발로 옆구리를 찼다.

"안 죽었다."

하고 가실은 그 군사들을 쳐다보며 대답한다. 다른 군사가 손에 들었던 칼로 가실의 가슴을 겨누면서,

"이놈, 이 신라 놈! 벌써 네 군사는 다 우리 손에 죽고, 몇 놈만 살아서 달아났다. 요놈 너도 이렇게 푹 찔러 죽일 테야."

하고 가실의 가슴을 찌르려 한다. 가실은 잠깐 기다리라 하는 듯이 손짓을 하며,

"얘, 너와 나와 무슨 원수 있니? 내가 네 아비를 때렸단 말이냐. 네 소를 훔쳤단 말이냐. 피차에 초면에 무슨 원수로 나를 죽이려 드니? 나도 늙은 부모와 젊은 아내가 있다. 내가 죽으면 그것들은 어찌잔 말이냐."

하는 말에, 군사 하나이 칼 든 군사의 팔을 붙들어 잠깐 참으라는 뜻을 보이며,

"이놈아, 그럼 왜 활을 메고 우리 나라에 들어왔어? 맨 몸으로 왔으면 닭 잡고 밥이라도 해 먹이지! 이놈아, 왜 활을 메고 와서 우리 사람들을 죽여! 너희 신라 놈들은 죄다 죽일 놈들이야. 괜히 가만히 있는 고구려를 들쑤석거려서 우리도 이렇게 전장에 나오게 만들고……."

가실은 의심스러운 듯이,

"고구려 놈들이 괜히 가만히 있는 신라를 들쑤석거린다는데!"

하였다.

"누가 그러든?"

하고 칼 든 군사가 성을 내며,

"우리 상감님 말씀이 신라 놈들이 먼저 흔단을 일으킨다는데."

가실은,

"우리 상감님 말씀에는 고구려 놈들이 가만히 안 있고 괜히 남을 들쑤석거린다는데."

한다. 세 사람은 말없이 서로 물끄러미 보고 섰다. 가실은 힘을 써서 일어나 앉았다. 목이 몹시 마르다. 그래 칼 든 군사더러,

"내가 목이 달라 죽겠으니, 물을 한 잔 다오."

한즉, 그 군사는 어쩔 줄 모르고 한참 어릿어릿하더니, 칼을 칼집에 꽂고, 가서 개천 물을 떠다준다. 가실은 꿀꺽꿀꺽 다 들이켰다. 그러고는 두 군사더러,

"너희들 나를 죽이지 말아라. 나도 오늘 종일 활을 쏘았으니, 너희 사람도 몇 명 맞아 죽었겠다마는, 내가 죽일 마음이 있어서 죽였니? 활을 주면서 쏘라니 쏘았지. 너희도 그렇지, 너흰들 무슨 까닭으로 괜히 사람을 푹푹 찔러 죽여."
하고 곁에 놓인 활을 당기어 꺾어버리며,
"자, 이러면 활 없이 맨 몸으로 너희 나라에 들어온 사람이 아니야."
하였다.
두 군사는 말없이 서로 마주 보더니,
"어떻게, 이놈을 살려?"
"글쎄, 죄다 죽이라고 그러는데……."
"살려주자……. 이놈의 말이 옳구나."
"글쎄, 사로잡아 왔다고 그럴까."
"응, 우리 이놈을 잡아다가 영문에 바치자, 죽이지 말고."
이리하여 두 군사는 가실을 부축하여 영문으로 잡아 들여다가 장수에게 바쳤다.
장수는 가실의 손과 얼굴이 무식한 농군인 것과 미미한 졸병에 지나지 못하는 것을 보고, 구태 죽일 필요도 없다 하여 장에 내다가 종으로 팔았다.
마침 어떤 늙은 농부가 가실을 사서 소 등에 올려 앉혀, 어떤 시골 촌으로 데려 갔다.
얼마만에 살 맞은 자리도 나아, 가실은 도끼를 메고 나무도 찍으러 다니고, 장작도 패고, 밤에는 새끼를 꼬고 신을 삼았다. 처음에는 신라놈 잡아 왔다고 모두 구경을 오고, 아이들도 따라 다니며 신라놈! '당나라 개!' 하고 놀려먹더니 차차 가실도 자기네와 꼭같은 사람인 것을 알게 되어, 일꾼들끼리도 서로 친구가 되고 말았다.
봄이 오면 거름을 져 내고 밭을 갈았다. 가실은 신라 사람이라 논농사를 잘하므로, 주인집 밭으로 논을 만들어, 둘째 해에는 벼를 많이 거두어, 맛난 쌀밥을 먹게 하였다 하여, 주인 노인은 가실을 종으로 대접하지 아니하고, 가족같이 대우하게 되고, 동네 사람들도 모두 가실을 청하여다가 논농사하는 법을 배웠다. 고구려에서는 거의 전쟁이 끊일 날이 없어 농사에 힘쓰지 아니하므로, 논밭이 다 황무하고, 또 그때까지는 논농사하는 이는 평양 근방밖에는 없었다.

이리하여 가실은 이 동네에만 이름이 날 뿐 아니라, 이웃 동네에까지 이름이 났다. 사람 좋고, 힘써 일 잘하고, 그중에도 논을 만드는 데는 선생이라 하여 칭찬이 드리웠다.

이렁구렁 또 삼 년이 지났다. 가실은 해매다 가을이 되면 주인 노인더러 놓아 보내주기를 청하였으나 주인은 본국에 돌아가면 도리어 생명이 위태하리라는 것을 핑계로 놓아주지를 아니하고, 또 지금 열여섯 살 되는 딸의 사위를 삼으려는 뜻을 가졌다. 원래 이 노인은 아들 형제를 다 전장에 보내고, 농사할 사람이 없어 가실을 종으로 사온 것인데, 가실이 있기 때문에 농사를 잘하여 집이 부유쾌졌고, 또 가실의 사람됨이 극히 진실하고 부지런하여, 족히 자기의 만년의 일생을 부탁할 만하다고 믿으므로, 아무리 하여서라도 사위를 삼아 본국에 돌아갈 생각을 끊게 하려 한 것이었다. 또 이 노인의 딸도 가실을 사모하였다. 그가 큰 도끼를 둘러메어 젖은 통나무를 패는 것과 소에게 한 바리나 될 만한 나뭇짐이나 곡식짐을 지는 것을 볼 때에 처녀는 가실을 사모하지 않을 수가 없었다.

가실은 다만 힘만 쓰는 사람이 아니요, 여러 가지 지혜와 재주도 있었다. 톱과 먹줄과 대패를 만들어다 두고, 여러 가지 기구도 만들고, 자기가 유숙할 사랑채도 짓고, 노인과 처녀의 나막신도 파주었다. 그 나막신이 아주 모양이 좋고 발이 편하다 하여, 노인은 처녀를 시켜서 들기름을 발라 터지지 않게 하였다. 또 농사하는 여가에는 쑥대로 발을 만들고 먹통을 만들어 붕어와 잔고기와 게를 잡아오면, 처녀가 앞 개천에 나가 말끔히 세말을 하여다가 풋고추를 두고 조려 먹었다. 노인은 이것을 썩 좋아하였다.

가실은 잠시도 가만히 있지를 아니하고 무엇이나 일을 하였다. 그래서 그 집은 늘 깨끗하고 없는 것이 없었다. 눈이 오기 전에 벌써 산더미같이 나무가 쌓이고 짚신과 미투리도 항상 쌓아두고 신었다. 지난 겨울에는 처녀가 처음 길쌈을 한다 하여 가실이가 종일 산으로 돌아다니면서 좋은 재목을 구하여다가 물레 같은 것과 베틀을 만들었다. 이것은 길쌈 많이 하는 신라 본이라, 고구려 것보다 훨씬 보기도 좋고 편리하였다. 이밖에도 가실이가 한 일이 많거니와, 그의 지혜와 재주는 동네 사람들도 다 탄복하였다. 그래서 가실은 온 동네에 없을 수 없는 사람이 되어, 무슨 어려운 일이 있으면 부인네나 아이들까지도 '가실이더러 좀 해달래야' 하게 되었다.

　가실이가 하는 것을 보고 동네 사람들도 새 잡는 기계와 고기 잡는 기계도 만드는 것이 한 재미가 되었다. 또 가실이가 부지런한 것이 동네 사람의 모범이 되었고, 말이 적으나 한 번 말하면 그것은 꼭 참말이요, 꼭 그 말대로 하는 것을 볼 때에 동네 사람들은 가실을 믿고 두려워하였다.

　그러나, 가실에게는 슬픔이 있다. 백년을 약속한 사람의 소식을 알 수 없고, 또 만날 기약이 망연하다. 그래서 주인더러 보내 달라고만 졸랐다. 하나, 일 년 일이 다 끝난 가을이 아니면 결코 보내 달란 말을 하지 아니하였다. 그러나 봄이 되어 농사를 시작할 때가 되면, 다시는 결코 간단 말을 하지 아니하였다. 그러나 금년──고향을 떠난 지 육 년이 되는 금년──열아홉 살에 떠나서 스물다섯 살이 된 금년에는 아무리 하여서라도 돌아가리라 하였다. 그래서 하루는 저녁을 먹고 나서 노인을 대하여,

"저를 금년에는 보내줍시오."

하였다. 노인은 깜짝 놀라는 듯이 돌아 앉으며,

"왜 또 간다고 그러나? 내가 지금 자네를 믿고 사네. 내 나이 벌써 칠십이야. 자네가 가면, 내가 어떻게 사나."

하는 노인의 말소리는 간절하고 떨린다. 곁에서 노파가 역시 떨리는 소리로,

"그렇고 말고. 영감이나 내나 장성한 아들 다 전장에 나가 죽고, 자네를 우연히 만나서 아들같이 믿고 사는데, 자네가 가면 늙은 것들이 어떻게 산단 말인가. 아예 그런 소리 말아요. 우리 양주가 죽거든 다 묻어놓고······."

하고, 곁에 앉은 딸의 머리를 쓸면서,

"이 애 데리고 아무 데나 자네 마음대로 가게그려. 이 딸 자식도 자네게만 맡기면 자네가 하늘 붙은 데를 데리고 가더라도 마음이 놓여!"

한다. 처녀는 부끄러운 듯이 슬며시 빠져 부엌으로 나가더니 큰 바가지에 삶은 밤을 퍼가지고 들어와서 방 한가운데 놓고, 어머니 등 뒤에 가 앉는다. 노파는,
"자, 가실이, 밤이나 먹게. 이게 안 좋은가. 자네도 부모도 없다니, 우리를 부모로 알고, 가속도 없다니, 이 애를 아내로 삼고, 그리고 벌어먹고 지내면 안 좋은가."
하고 밤을 집어 가실을 주며,
"자, 어서어서 먹어요. 이 애가 자네 준다고 삶은 것일세."
하고 딸을 등 뒤에서 끌어낸다.
"아니야요, 어머니도."
하고 딸은 고개를 숙인다. 가실은 밤을 벗겨 우선 노인 양주를 드리고 자기도 먹었다. 밤 껍질을 벗기는 가실의 손은 떨렸다. 진실로 가실은 어쩔 줄을 몰랐다. 만일 주인이 강제로 자기를 못 가게 한다 하면, 벌써 빠져 나가고 말았을 것이다. 그러나 이 불쌍한 세 식구가 자기를 믿고 사랑으로 매어 달릴 때에 그것은 차마 뿌리치기가 어려웠다. 가실은 힘이 센 것과 같이 정도 세다. 그러나 정이 센 것과 같이 의리도 세다. 정에 센지라 주인을 차마 뿌리치지도 못하거니와, 의리도 센지라 설씨의 딸에게 한 번 맺은 약속을 깨뜨리지 못한다. 가실이 연해 밤만 벗기고 대답이 없는 것을 보고 노인은,
"가실이, 우리 두 늙은이의 소원을 이루어 주게. 다시는 늙은 것의 가슴을 졸이게 하지 말게."
하고 노인은 손으로 가실의 등을 어루만진다. 노파와 딸은 근심스러운 눈으로 가실만 바라보고 있다.
가실은 굳은 결심을 얻은 듯이 고개를 번쩍 들어 노인을 보며,
"저도 두 어른을 부모로 알고 있습니다. 부모처럼 저를 사랑해 주시니 부모가 아닙니까."
하는 가실의 말소리는 깊은 감동으로 떨린다. 가실은 눈물 머금은 어조로,
"그러나 저는 육 년 전에 고향을 떠날 때에……."
하고 말을 뚝 끊더니, 다시 말을 이어,

"제 자랑 같아서 아직 말씀을 아니했습니다마는."
하고 자기가 설 영감이라는 노인 대신으로 전장에 나왔다는 말과, 일 년 후에 전장에서 돌아오면 그의 딸과 혼인하기를 약속했다는 말을 다 하고, 나중에,
"제가 무엇이 그리워 고향에를 가고 싶겠습니까. 백년을 맹세한 사람이 밤낮으로 나를 기다리고 있으니, 그러는 것이올시다."
하고 말을 끊을 때에, 가실의 눈에서는 굵은 눈물이 뚝뚝 떨어진다.
노인 양주는 가실이 하는 말을 들을 때에 더욱 가실의 심정이 착하고 아름다운 것을 찬탄하고, 가실의 눈물을 볼 때에는 노인 양주도 같이 울었다. 딸도 어머니의 등에 이마를 대고 울었다. 노인은 한 번 더 가실의 등을 어루만지며,
"자네는 하늘이 낸 사람일세. 과연 큰 사람일세. 어쩌면 남을 대신하여 죽을 자리에를 나간단 말인가. 옛말로는 우리 조상적에 그런 사람이 있었단 말도 들었지마는, 자네 같은 큰 사람은 칠십 평생에 처음 보네."
하고 칭찬하기를 말지 아니하다가,
"내 어찌 자네가 웃는 낯이 없고 늘 수심기가 있어 보이기에 그저 고향이 그리워 그러나 했더니, 자네 말을 듣고야 알겠네."
하고 혀를 찬다. 노파도 눈물 씻고 목이 메인 소리로,
"내 어째, 자네가 수척해 가기에 웬일인가 했더니, 그래서 그랬네그려."
하고 역시 혀를 찬다. 딸은 슬며시 일어나 나가더니, 건넌방에서 흑흑 느껴 우는 소리가 들린다.
이튿날 아침을 일찍 지어 먹고, 가실은 고국을 향하여 떠나기로 하였다. 노인 양주에게 세 번 절하여 하직하고, 삼 년 동안 정들인 동네의 동구로 나올 때에 노인은 손수 노자할 돈을 가실의 짐에 넣어주고, 노파는 의복과 삶은 닭을 싸서 들어다주며, 동네 사람들도 여러 가지 물건과 먹을 것을 싸다가 가실의 짐에 넣어주며, '부디 잘 가라'고, '죽기 전 한 번 만나자'고, 언짢은 얼굴로 작별하는 인사를 하며 동구 밖 강가까지 나온다. 가실은 '동네 어른들께 신세 많이 졌노라'고, '그러나 천여 리 먼 나라에 다시 올

길이 망연하다'고 손을 잡고는 석별의 인사를 하고, 손을 잡고는 또 석별의 인사를 하였다.
 나룻배에 오를 때에 노인은 뱃머리에서 서서 가실의 손을 잡고,
 "부디 잘 가게. 잘 가서 잘 살게. 이 늙은 것이 다시 보기야 어찌 바라겠나마는, 가보아서 설씨의 딸이 다른 집에 시집을 갔거든 내게로 돌아오게. 이제로부터 이태 동안은 딸을 시집보내지 아니하고 날마다 자네 돌아오기만 기다리겠네."
하며 눈물을 떨군다.
 가실도 눈물을 흘리며 다만,
 "네……. 아버지!"
할 따름이었다.
 차마 손을 놓지 못하여 한참 서로 잡고 울다가 마침내 배가 떠났다. 사공이 '어야, 어야' 하고 젓는 서슬에 파랗게 맑은 가을 강물에 잔 물결이 일며 배가 저쪽 언덕을 향하고 비스듬히 건너간다. 가실은 뒤를 돌아보며 떠나온 언덕에 모여선 수십 명 남녀를 향하고 손질을 하였다. 그 사람들도 잘 가라고 하면서 손을 두른다. 노인은 아직도 배 떠나던 자리에 서서 멀거니 가실을 바라보고 이따금 한마디씩 무슨 소리를 친다.
 가실은 배를 내려 한 번 더 저편에서 선 사람들을 향하여 손질을 하고 짐을 짊어져 지팡이를 끌면서, 서리 맞아 마른 풀 사이로 길을 찾아 동으로 동으로 향하고 간다. 가끔 뒤를 돌아보며 손을 둘렀다. 저쪽에서도 손을 두른다. 가실은 조그마한 산굽이를 돌아설 때에 마지막으로 두 팔을 높이들며 소리 높여,
 "잘 있으오!"
를 서너 번이나 외쳤다. 저편에서도 팔을 들고,
 "잘 가오!"
하는 소리가 모기 소리처럼 들린다. 가실은 마음으로 그 노인을 생각하면서 동으로 동으로 고국을 향하여 걸었다.

거룩한 이의 죽음

 깍깍하는 장독대 모퉁이 배나무에 앉아 우는 까치 소리에 깜짝 놀란 듯이, 한 손으로 북을 들고 한 손으로 바디집을 잡은 대로 창 중간에나 내려간 볕을 보고 김씨는,
"벌써 저녁때가 되었군!"
하며 멀거니 가늘게 된 도투마리를 보더니, 말코를 끄르고 베틀에서 내려온다.
"아직도 열 자나 남았겠는데."
하고 혼잣말로,
"저녁이나 지어 먹고 또 짜지."
하며, 마루로 나온다. 마당에는 대한 찬바람이 뒷산에 쌓인 마른 눈 가루를 날려다가 곱닿게 뿌려놓았다. 김씨는 마루 끝에 서서 눈을 감고 공손히 치마 앞에 손을 읍하면서,
"하느님, 우리 선생님을 도와주시옵소서. 모든 도인을 도와주시옵소서. 세월이 하도 분분하오니, 하느님께서는 도와주시옵소서. 선생님께서 이곳에 오신다 하오니, 아무 일이 없도록 도와주시옵소서. 어서 우리 무극 대도가 천하에 퍼져서, 포덕천하, 광제창생, 보국안민하게 하여 주시옵소서."
하고는 연하여 가는 목소리로,
"지기금지, 원위대강, 시천주 조화정, 영세불망 만사지."
 세 번을 외우더니, 번쩍 눈을 뜬다. 또 까치가 장독대 배나무 가지에 앉

아 깍깍하고 짖다가 바람결에 불려 떨어지는 듯이 날아간다.
 김씨는 무슨 크고 무서운 일을 앞에 당하는 듯한, 기다려지고도 조심성스러운 생각으로 가만히 안방문을 열었다. 아랫목에는 젖먹이 딸이 숨소리도 없이 잔다. 김씨는 가만가만히 그 옆으로 가서 허리를 굽혀 어린아기의 자는 얼굴을 보며, 또 눈을 감고 짧은 기도를 올린다. 어린아기를 충실하게 보호해 주시고, 자라서 도를 잘 닦는 사람이 되게 하여 달란 뜻이다. 그러고는 윗목 조그마한 항아리에서 됫박으로 쌀을 퍼내어 큰 바가지에 옮기고, 거기서 쌀 항아리 위에 놓였던 숟가락으로 세 술을 떠서 벽에 걸어놓은 두멍에 넣더니, 빙그레 웃으면서 또 한 술을 떠넣는다. 김씨는 이제부터 갓난이 몫으로 한 숟가락 더 뜨게 된 것이 기뻤다.
 김씨가 솥에 쌀을 일어 안치고 불을 살라 넣으렬 적에 남편 박대여가 수염에 허연 얼음을 달고 들어 오더니, 부엌 문으로 아내를 들여다보며 입이 얼어서 분명치 아니한 곡소리로,
 "여보, 선생님께서 오늘 밤에 오신다는구려. 거기서도 어떤 사람이 영문에 꽂아서 새벽에 떠나셨는데, 오늘 새벽에 하등집에 오셨다고, 그래서 오늘 해만 지면 거기서 떠나셔서 이리로 오신다고 기별이 왔소."
하며 토수 속이 넣었던 손으로 수염의 얼음을 땄다.
 김씨는 부지깽이를 놓고 일어나면서,
 "에그, 이 추운데 선생님께서 얼마나 고생이 되실까? 여기 오셔서나 아무 일도 없었으면 좋으련만."
하고 눈물이 핀다.
 "베틀은 낳았소?"
하는 남편의 말에 김씨는,
 "어떻게 낳아요. 아직도 열 자나 남았는데. 그대로 끊어버리지요. 그까짓 게 무엇이게. 이번에 척수를 좀 길게 잡아서 짠 것도 바지 저고리 한 벌은 되어요. 그걸로 선생님 옷이나 한 벌 지어 드리면 그만이지요……. 그런데 사랑은 다 발랐어요?"
 "바르느라고 했지마는, 불을 때 보아야."

"선생님은 안방에 계시게 하지요?"
하고 아내가 묻는다.

"글쎄, 함께 오실 이가 다섯 분이나 될 터인데……. 선생님과 해월 선생님은 건넌방을 내어드려서 계시게 하고, 다른 이들은 안방에 계시게 하고, 우리들이 아이들 데리고 사랑에 있게 하지."
하고 동의를 구하는 모양으로 눈물 괸 아내의 얼굴을 쳐다본다. 아내는 치마 고름으로 눈물을 씻더니,

"나도 그렇게 생각했어요. ……어떡허면 선생님을 좀 편히 계시도록 하나?"
하고 다시 불을 땐다.

남편은 안방으로 들어가 의관을 벗고 나오더니, 비를 들고 마당 쓸기를 시작한다. 섬돌 밑과 담 밑과 마루 밑까지 얼어 붙은 티검불을 빡빡 긁어가며 쓴다. 쓰는 대로 바람이 한 번 지나가면 또 눈가루를 갖다가 뿌린다. 마치 귀한 손님을 맞기 위하여 하늘이 이 가난한 집 마당에 옥가루를 뿌려주는 것 같았다.

대문 밖에서 쿵쿵하는 발자국 소리가 나더니, 여남은 살 된 총각 아이가 뻘겋게 언 주먹으로 두 눈에 눈물을 씻으며 무어라고 중얼거리면서 뛰어 들어와서, 동정을 구하는 듯이 부엌 문 밖에 가 선다. 불을 때던 어머니는,
"정식아, 너 왜 우느냐. 또 아이들이 무어라든?"
하며 일어나 아들의 머리에 묻은 눈가루를 떨어준다. 아들은 우는 소리로,
"또 그놈의 자식들이 응응응응, 동학장이라고 그래, 응응."
"그놈의 자식들이라고 그래선 못 쓴다. 그 아이들이라고 그래야지."
"그까짓놈의 자식들, 때려 죽일 테야. 남을 가지고 동학장이라고. 이제, 이제, 원님이 목 베어 죽인다고……. 깍정이놈의 자식들!"
하고 아들은 조그마한 주먹을 발끈 쥐어 내어 흔든다. 어머니는 측은한 듯이 아들을 끌어 들여 아궁이에 불을 쬐게 하면서,
"정식아, 그러면 어떠냐. 다른 아이들이 무에라고 하든지 너는 가만히 있으려무나. 너만 가만히 있으면 저희들도 그러다가 말지. 동학장이라면 어

떠냐, 동학장이니깐 동학장이라지. 동학장이가 좋은 말이다. 응, 이제 오늘 선생님이 오시면 너를 귀애해 주시구 복 빌어주시구 할 텐데, 무슨 걱정이야. 자, 들어가, 갓난이 깼나 보아라. 그러고 안방 깨끗이 치워라, 응." 하고 정식의 등을 두드린다.

정식은 어머니 말에 의로가 되었는지, 아무 말도 없이 안방으로 들어간다. 정식은 아직도 자는 갓난이 곁에 쭈그리고 앉아서 어린애 어르는 모양으로 혓바닥으로 두어 번 딱딱하더니, 자는 아기가 대답이 없으므로 가만히 일어나서 비를 찾아 방을 쓴다.

밤은 차차 깊어 간다. 바람은 자고 천기는 고요하다. 구름 한 점 볼 수 없는 하늘에는 초생달도 벌써 넘어가고, 별만 수없이 반짝거린다. 이 산골 몇 집 안 되는, 그것도 띠엄띠엄 떨어져 있는 눈에 쌓인 농가에서는 그도 설빔을 만드느라고 다듬이 소리들이 들리나, 깜박깜박하는 등잔 밑에는 짚세기 삼는 젊은 농부들이 담배를 피우고 웃고 떠들던 소리도 차차 줄어 간다. 총도 아니 낸 짚세기들을 차고 각각 자기 집으로 흩어지느라고 담뱃불들이 반짝거리고, 발자취 소리와 두런거리는 소리에 개들의 졸린 듯한 짖는 소리가 난다. 이윽고 조그마한 방문들이 혹은 남편을, 혹은 아들을 맞아들이는 소리가 그윽히 들리고, 천지가 다시 고요해지고 만다. 개들도 다시 부검지 속에 코를 박고 잠이 들었고, 반짝반짝하는 등잔불들도 하나씩 하나씩 눈을 감기 시작한다. 고요함이, 어두움이, 이 가엾은 생명들이 들어 조는 조그마한 보금자리들을 꼭 품에 껴안았다. 오직 죄없고 욕심없는 꿈들이 이 집에서 저 집으로 발자취도 없이 살금살금 다닐 뿐이다.

이때에 촌 중 맨 끝 산 밑에 앉은 박대여의 집에서만 불이 반짝거리고, 부엌에서 아름이 넘는 김이 무럭무럭 나온다. 저녁을 먹고 나서 아이들은 사랑에 재우고 내외는 안방 건넌방을 깨끗이 치우고, 거미줄과 먼지까지 떨어내고 때묻은 장판이 닳도록 걸레를 치고, 후끈후끈하게 불을 때이고 꼭꼭 쌓았던 이부자리를 있는 대로 내어 아랫목에 갈아 녹히고, 지금은 닭을 잡고 무를 삶고 쌀을 일어 안치고, 선생님 일행이 오기만 하면 곧 국밥을 지어 드릴 준비까지 다 하여 놓았다. 대여는 눈 묻은 나뭇단을 옆구리에

껴다가 부엌에 넣고 내외가 무슨 이야기를 두어 마디 하더니, 부엌문을 닫고 나와 안방으로 들어간다.
 안방 한가운데는 소반을 놓고, 백지를 깔고, 그 위에 새로 닦은 주발에 청수 한 그릇을 떠놓았다. 내외는 분주히 새 옷을 내어 갈아 입고, 의관을 정제하고, 청수상 앞에 북향으로 가지런히 앉아, 공손히 고개를 숙이고 이윽히 앉았더니, 남편이 고개를 들어 하늘을 우러러보며 떨리는 목소리로,
 "하느님! 우리 선생님을 도와주시옵소서. 우리 무극대도대덕이 천하에 퍼져서 포덕천하, 광제창생, 보국안민의 대원을 이루게 하시옵소서. 처음으로 우리 동방 조선을 밝히사, 이 후천 오만년 무극대도가 천하에 빛나게 하시옵소서. 지금 무지한 사람들이 이 무극대도를 훼방하고, 선생님을 지목하여 해하려 하오니, 하느님께서 우리 선생님을 도와주시옵소서."
할 때에, 김씨도 정성스럽게 여러 번 고개를 숙인다. 대여는 더욱 소리를 높이고 떨려,
 "하느님, 지금 선생님이 세상을 떠나시면 어리고 어린 동서불변 우리 무리들이 어찌하오리까. 될 수 있사옵거든 저와 같이 값없는 목숨을 선생님 대신으로 바치게 하여 주시옵소서. 저 같은 것은 죽더라도 그만이어니와, 우리 선생님을 보호하여 주시옵소서."
하고 말을 맺기 전에 목이 메고 눈물이 흐른다. 김씨도 마음 속으로,
 "우리 선생님을 보호하여 줍소서. 제 목숨으로 선생님 목숨을 대신하게 합소서."
하며 남편을 따라 운다. 한참 동안 말이 없고, 오직 두 내외의 가슴이 들먹거릴 때마다 새로 풀해 다린 옷이 바삭바삭 소리를 낼 뿐이다. 등잔불이 창틈 바람에 꺼질 듯 꺼질 듯하다가 바로 선다. 두 사람은 눈을 떴다. 눈물에 젖은 눈이 네 별 모양으로 맑은 빛을 발한다. 네 눈은 거울같이 차고 맑은 청수를 들여다본다. 청수는 몇 천 길인지 모르게 깊은 것 같다. 헤아릴 수 없는 천지의 신비를 간직한 것이다.
 두 입이 열리더니, 느리고 가는 목소리로,
 "지기금지 원위대강

시천주 조화정
　　　영세불망 만사지,
　　　지기금지……."

하고 울려 나온다. 남성과 여성이 합한 두 목소리가 높으락낮으락, 합하다가 갈렸다가, 끊일락이을락 영원히 끊일 때가 없을 것 같이 울려 나온다. 등잔불도 곡조를 맞추어 흔들리는 것 같고, 청수에도 곡조를 맞추어 사람의 눈으로는 알아볼 수 없는 가는 물결이 이는 듯한다.

　　"……시천주 조화정
　　　영세불망 만사지,
　　　지기금지 원위대강
　　　시천주 조화정……."

끝없는 주문의 소리가 끝없는 사슬을 이룬다. 이따금 주문 중에서 한 구절이 반향 모양으로 공중에서 울린다. 마치 멀리서 멀리서 울려오는 종소리의 여운(餘韻) 모양으로 어디선지 모르게 '시천주 조화정' 하고 울려올 때마다 내외는 외던 소리를 잠깐 쉬고 귀를 기울인다. 그러다가는 다시 아까보다도 더 소리를 가다듬고 더 마음을 엄숙히 하여,

　　"지기금지 원위대강
　　　시천주 조화정
　　　영세불망 만사지,
　　　지기금지……."

하고 소리를 합하여 왼다. 그러느라면 또 공중으로서, '지기금지 원위대강'하고 쟁쟁하게 울려온다. 내외는 다시 소리를 끊고 귀를 기울인다. 그러면 여전히 먼 곳에서 울려오는 종소리 여운 모양으로,

　　"지기금지 원위대강……."

하고 끊일락이을락 울려온다. 내외는 다시 소리를 가다듬어 외기를 시작한다. 외면 욀수록 공중으로서 울려오는 소리는 더욱 맑고 더욱 커진다.

　　졸던 천지는 두 내외의 깊고 깊은 정성으로 외는 주문 소리에 깨어, 그 주문에 화답하는 것이다. 하늘에 모든 별들과 땅에 모든 산천과 초목이 다

지금 고개를 숙이고 무릎을 굽혀 이 내외의 주문에 화답하는 것이다. 두 내외의 주문 외는 소리가 높아지면 높아지는 대로 낮아지면 낮아지는 대로 천지의 울리는 소리도 높으락낮으락 한다.

온 천지는 소리에 찼다——.

"지기금지 원위대강

시천주 조화정

영세불망 만사지."

온 천지는 이 소리로 찼다. 그리고 두 내외는 천지의 한복판에 우뚝 선 쌍기둥이다. 천지는 이 쌍기둥으로 버티어져 있다. 만생령이 이 쌍기둥의 버팀 밑에서 평안한 잠을 이룬 것이다. 그러나 그네는 그런 줄 모른다. 마치 어머니 품에 안겨 자는 아기가 어머니의 품이길래 이렇게 편한 줄을 모르는 것과 같다. 오늘 밤에 두 내외는 하느님이다. 하느님이 되어 천지를 다스리는 것이다.

두 내외의 입에서는 주문 외는 소리가 그쳤다. 눈은 반쯤 떠 어디를 바라보는지 모르게 바라보고 있다. 그 눈앞에는 천지가 환하게 보인다. 일월 성신이 보이고, 산천 초목이 보이고, 모든 짐승들이 보이고, 그리고는 만국만민이 도탄 중에 괴로워하는 양이 보이고, 사람들이 가난과 어두움과 허욕으로 서로 시기하고 질투하는 양이 보이고, 그 가운데 하얀 옷을 입은 어른이 우뚝 선 것이 보인다. 내외는 '선생님이시다!' 하며 고개를 숙였다.

두 내외는 다시 소리를 내어,

"포덕천하 광제창생 보국안민지대도,

무극대도대덕

지기금지 원위대강……."

하고 외기를 시작한다.

"꾀꼬요!"

하고 첫닭의 소리가 난다.

두 내외는 깜짝 놀란 듯이 일어났다. 대여는,

"오실 때가 되었으니, 나가보아야."

하고 문고리를 잡으며,
"나가서 볼 때오…… 아마 지금 동구에 들어오시겠소."
하며 밖으로 나간다. 김씨도 부엌으로 나가 아궁이에 불을 사르고 인적 나기만 기다려 이따금 귀를 기울인다. 마당에서 나는 인적 소리에 김씨는 부지깽이를 던지고 뛰어나왔다. 마루에 걸터앉아 눈 묻은 신발을 끄르는 이가 어두운데 보아도 분명히 선생님이다. 그 중키나 되는 키, 너름한 얼굴, 한 번밖에 뵈온 일이 없건마는 분명히 선생님이다. 이렇게 생각하고 김씨는 다시 부엌으로 들어갔다.
"선생님이 무사히 오시기는 오셨다."
하고 김씨는 한시름 놓은 듯한 가벼워진 마음으로 상을 보기 시작한다. 밥도 넘었고 국도 끓었다.
"여보, 들어와 선생님께 인사 드리고 나오오."
하는 부엌 문을 여는 남편의 말에, 김씨는 행주치마를 벗어 그것으로 손을 씻으면서,
"해월 선생님도 오셨어요?"
한다.
"해월 선생님은 다른 집으로 돌아오신다고 정 접주하고 김 접주, 또 박 접주 그렇게만 오셨어요. 다들 인사 하시오. 선생님은 뵈면 알지?"
하고 대여는 부엌 문에 비켜서 아내 올라올 길을 내면서 묻는다.
"그럼, 알고말고요."
한다. 대여가 앞서고, 김씨는 뒤를 따라 안방으로 들어왔다. 선생은 아랫목에, 다른 이들은 발치로 돌아앉았다. 모두 피곤한 모양이 보이나, 선생은 무엇을 생각하는 듯이 눈으로 정면을 바라보고 있다. 내외가 들어온 것을 보고 선생이 일어나고, 다른 사람들도 따라 일어난다. 김씨는 선생 앞에 엎드려 절을 드렸다. 선생도 마주 엎드려 절을 받았다. 다른 이와는 다만 상읍만 하고 각각 자리에 앉았다. 선생은 김씨더러 앉으라 하며,
"그렇게 신심이 독실하시고, 또 나를 위해서 그처럼 애를 쓰시니, 고맙소이다."

한다. 김씨는 다만 고개를 숙이고 마음 속으로 '선생님' 할 뿐이었다.
　선생님이 와서부터는 밤을 새어 외고 기도를 하고 틈틈이 선생의 가르침이 있고, 그러고는 해가 뜬 뒤에야 모두 잠을 잤다. 낮에도 자지 못하는 이는 오직 선생과 대여뿐이다. 선생은 제자들이 잠이 든 뒤에는 혼자 청수상 앞에 앉아서 무엇을 가만히 생각하였다. 대여는 양식과 나무를 구하여 들이느라고 거의 날마다 밖에 나갔다. 이렇게 기도로 밤을 새운 지 닷새 되던 날, 눈 많이 오는 밤이었다. 선생은 제자들을 데리고 주문을 외다가, 밤이 깊어 첫닭이 울 때가 멀지 아니한 듯할 때에 선생이 주문을 뚝 끊고,
　"저것을 보오!"
한다. 제자들도 주문을 읽기를 그치고, 선생이 보라는 데를 보았다. 네 제자는 일제히 몸을 흠칫하고 뒤로 물러앉으며 놀람과 무서움으로 말이 막혔다. 선생은 빙그레 웃으며,
　"그만 것을 보고 놀라오? 천지가 무너지더라도 움직이지 않도록 수심 정기를 하는 공부를 해야 되오! 장차 그대네는 저보다도 더욱 참혹하고 무서운 양을 볼 것이요. 또 몸소 당할 것이요. 창생을 건지는 일이 쉬운 줄 알지 마오! 선천 오만 년의 나라이 무너질 때에 천지가 희명하고 죄인과 의인의 피가 강물같이 흐를 것이요. 저 광경이 무엇인지를 보오."
하며 극히 엄숙한 낯빛으로 제자들을 본다. 김덕원이가 떨리는 소리로,
　"네, 못 볼 리가 있습니까. 운무가 자옥한 속에 사람들이 칼과 창으로 서로 찌르고 쫓고 물어 뜯어, 바로 그 피비린내가 코에 들어오는 것 같습니다. 저것 봅시오. 저 키 크고 뚱뚱한 한 사람이 어린아이를 거꾸로 들고 배를 가릅니다. 선생님 살려줍시오!"
하고 기절할 듯하다가 겨우 정신을 진정하는 모양이다.
　선생은 황망하여 하는 김덕원의 어깨를 손으로 만지며,
　"아아, 마음이 서지 못한 자여!"
하고 한탄하다가, 덕원이 정신을 진정하는 것을 보고 힘있는 목소리로,
　"저것이 이 세상이요, 서로 죽이는 것이. 사람들은 각각 몸에 창과 칼을 지니고 다니다가, 기회만 있으면 서로 죽이려는 것이 이 세상이요. 그대는

우리가 사는 이 나라와 동서양 모든 나라가 다 저 모양으로 서로 찌르고 찢는 양을 못 보았소. 그러나 그대네의 눈이 열리는 날은 천하 이르는 곳마다 저 광경을 알아볼 것이요. 아아, 가엾은 창생이여!"

하고 선생의 눈에는 눈물이 흐른다. 제자들도 무서움이 차차 변하여 세상을 위한 슬픔이 되어 선생을 따라 울었다.

"우리네가 울 열이 천하에 없거니와."

하고 선생은 눈물을 거두며,

"창생이 도탄 속에 든 것을 볼 때에는 통곡하지 아니할 수 없소. 이 창생을 보고 통곡할 줄을 모르는 이는 천성을 잃어버린 이요. 그대네는 무슨 일에나 놀라지도 말고, 겁내지도 말고, 두려워하지도 말되, 오직 창생을 위하여 울으시오. 이것은 성인의 마음이요."

"선생님!"

하고 박대여가 느끼는 목소리로,

"선생님! 저 창생이 왜 저렇게 서로 죽입니까. 어찌하면 저 창생을 구제합니까?"

한다.

"사람이 하늘을 잊어버린 까닭이요. 모든 사람이 다 높으신 하느님을 잊어버린 까닭이요. 악한 사람들이 정사를 잡아 백성을 악하게 인도하는 까닭이요. 그러므로 창생을 구제하는 길이 오직 하나이니, 곧 사람들에게 하늘을 깨닫게하는 것이요. 내가 이 세상에 온 것이 이 소리를 전하고 가르침을 주려 함이요. 그대네는 천하 만국 만민에게 이 소리를 전하여 그네를 구제할 첫 사람들이요······."

하고 이윽히 앞에 나타난 피 흘리는 광경을 노려보더니, 문득 노하는 빛을 발하고, 문득 슬픈 빛을 발하다가, 다시 화평한 낯빛이 되며,

"내가 세상을 떠날 날이 가까웠소. 포덕천하 광제창생의 오만년 무극대도를 그대네들에게 맡기고 가는 것이니, 그대네들은 하늘의 뜻을 어그리지 마시오!"

하고 창연한 빛을 보인다.

"선생님!"
하고 덕원이 선생의 팔을 잡으며,
"선생님께서 세상을 떠나시면 저희는 누구를 믿습니까. 저 불쌍한 창생을 건지시지 아니하고 선생님이 어떻게 가십니까. 내일이라도 선생님이 나서십시오. 우리 도인이 지금 만 명이 넘으니, 이 만 명을 거느리고 일어나면, 모든 탐관오리배를 다 없이하고 새 나라를 세울 것은 여반장입니다. 이제라도 곧 명령을 내리십시오. 그리하면……."
하고 김덕원은 자못 흥분하여 그 뚱뚱한 얼굴에 피가 오른다. 선생은 가만히 듣고 있더니, 덕원의 말을 막으며,
"때가 있소! 때가 있소! 아직은 그러할 때가 아니오!"
한다.
"그때가 언제 옵니까?"
하고 제자 중에 하나이 묻는다.
"그때는 아는 이가 없소. 다만 조선 방방곡곡이 하느님을 부르고 새 나라를 세우자는 우리가 굳게 뭉쳐 한덩어리가 되거든 그때가 가까워 온 줄 아시오. 그러나 사람들의 마음이 급급하여 그때가 이르기 전에 많이 경거망동을 하리라. 그것은 오직 인명만 많이 살해하고 하늘이 주시는 때를 더디게만 할 뿐이니, 그대네는 크게 삼가야 할 것이오. 장차 '때가 왔다 때가 왔다'하고 백성을 선동하는 자가 많이 나려니와 그래도 흔들리지 마시오. 장차 온 천하가 물 끓듯 하고 나라와 나라가 서로 싸우며 백성들이 일어나 서로 다투고 피를 흘리려니와, 그런 일을 보거든 때가 가까워 온 줄 아시오. 그러나 천하를 구제하는 것이 우리 조선에서 시작될 것이니 우리 동방 조선에 하늘을 부르는 소리가 방방곡곡에 들리고 큰 슬픔과 재앙이 임하여 백성이 물 끓듯 하며, 하늘을 부르는 소리가 뭉치어 한덩어리가 되거든 때가 이른 줄 아시오. 그때에 천시(天時)가 우리에게 있고, 지리(地利)가 우리에게 있고, 인화(人和)가 우리에게 있으니 우리의 큰 운수를 막을 자가 없을 것이오. 그대네는 그때를 바라고 기뻐하시오! 그때를 준비하느라고 도를 닦고 덕을 펴시오. 정성스럽게 주문 외는 한 소리가 천하 만민의 마음

을 한 번 흔들 것이오, 진실한 도인 하나 얻는 것이 천하를 구제하는 일에 가장 큰 공덕이 될 것이오!"
하며 선생은 더욱 소리를 가다듬어 제자들을 돌아보며,
"그대네의 맘 눈이 열리지 아니하였으니, 내가 말을 한들 무엇하겠소. 천하를 구제할 오만년 무극대도를 불로 이득할 줄로 알지 마오. 그대네가 성심수도할 양이면, 알지 못할 것이 무엇이며, 하지 못할 일이 무엇이겠소? 그대는 하느님이요, 천지를 지은 이도 하느님이요, 천지를 다스리는 이도 하느님이니, 하느님은 곧 나요, 그대네요. 아아, 성심수도하여 도성덕립하는 날에 모를 일이 무엇이며, 못할 일이 무엇이겠소? 이 일을 알았더면 요만한 나 한 몸이 간다고 무슨 근심이오?"
　제자들은 아무 말이 없다. 김덕원도 말이 없이 무엇을 생각하는 듯이 눈을 감았다. 아주 고요하다. 다만 등잔불이 춤을 추어 사람들의 그림자를 흔들 뿐이다. 새벽이 가까워 온 방안에 찬 김이 돈다. 선생과 제자 다섯 사람은 마치 부처 모양으로 움직임이 없다. 오직 그네의 눈들이 불같이 빛날 따름이다.
　이윽고 언제 시작되는지 모르게 주문 외기가 시작되었다. 그 소리는 아까보다 더욱 엄숙하고 신비하였다. 박대여의 소리는 우는 듯이 떨리고, 김덕원의 소리는 호령하는 듯하였다. 이때에 다섯 그릇 청수에는 얼음이 얼었고, 청수를 받쳐놓은 백지에는 광제창생, 보국안민의 여덟 자가 또렷또렷이 나타났다. 닭이 두 홰를 운 때에 해월이 왔다. 해월은 선생님께 인사를 드리기가 바쁘게,
　"선생님, 곧 피하셔야 하십니다. 대구 영장 정귀룡이가 삼십 명 나졸을 데리고 아침나절로 이곳에 올 겁니다. 대구 도인이 밤도와 와서 전하는 말씀인데, 잠시를 지체할 수가 없습니다."
한다. 모두 눈이 둥그레졌다. 선생은 해월더러 자기 곁에 앉으라 하며,
　"해월이 오기를 기다리고 있었소."
할 때에, 모든 제자들은 선생의 입에서 무슨 말이 나오는가 하고 숨도 못쉬고 무릎 걸음으로 한 걸음씩 선생 곁으로 다가 앉았다. 선생은 결심한 듯한

어조로 입을 열어,

"김덕원은 지금 떠나 전라도로 가시오. 가느라면 자연 알 도리가 있으니, 아까 한 말만 명심하고 전라도로 가시오. 가서 할 일은 장황하게 내가 말할 필요가 없으니, 오직 성, 경, 신으로 하느님의 시키시는 대로만 하시오."
하고 김덕원의 손을 잡으며,

"자, 이것이 이 세상의 이별이요. 그러나 하늘에서는 한 가지로 있을 것이니, 슬퍼 말고 곧 떠나시오!"
하며 김덕원을 일으킨다.

덕원은 일어서기는 하였으나 어쩔 줄 모르는 듯이,

"선생님! 선생님!"
하고 말이 막힌다.

선생은 김덕원의 등을 어루만지며,

"장황하게 말할 때가 아니요. 가라면 가시오. 창생을 구제하려는 무리의 행색이 마땅히 이러할 것이요. 자, 가시오!"
하고 문을 가리킨다. 김덕원은 눈물을 머금고 선생께 절한 뒤에 여러 제자들의 손을 잡고 문 밖으로 나간다. 모든 제자들의 얼굴에는 비창한 빛이 보인다. 다른 제자들도 다 이 모양으로 혹은 충청도로, 혹은 경기도로 떠나보내고, 나중에 해월의 손을 잡고,

"해월! 오만년 무극대도를 해월에게 맡기고 가오. 이것은 내 뜻이 아니라, 곧 하느님의 뜻이니, 전에 전한 말을 명심하시오. 그대의 할 일과 그대의 장래는 그대가 스스로 다 알 날이 있을 것이니, 아직 몸을 피하여 태백산으로 가시오. 무슨 부탁할 말이 있겠소마는, 북방에 우리 일할 인물이 많이 날 것을 명심하시오."
할 때에 닭이 자주 울기 시작한다. 선생은 해월의 등을 어루만지며,

"자, 때가 급하니, 어서 가시오. 내가 세상을 떠나기 전에 다시 만날 기회가 있을 것이오!"
하고 떠나기를 재촉한다.

해월은 눈물을 머금고,

"선생님! 한 번만 더 피하실 수 없습니까?"
하고 애걸하는 도양으로 선생의 얼굴을 쳐다본다. 선생은 적이 노하는 빛을 발하며,
"천명(天命)! 천명! 천명을 모르오? 어서 가시오!"
한다. 해월은 다시 말이 없이 선생께 절하고 대문을 나섰다.
 선생은 박대여를 불러 오늘 하루만 피하면 일이 없을 것이니, 아무 데로나 피하라 하고, 당신은 다시 짐에서 초를 내어 쌍불을 켜놓고 냉수로 목욕을 한 후에 청수상 앞에 앉아 잠자코 무엇을 생각한다.
 대여는 사랑에 나와 아내더러 선생의 하는 일과 말을 전하고 서로 붙들고 울다가, 가만가만히 안으로 들어와 창 밖에서 선생의 동정을 엿보았다. 선생은 그린 듯이 앉았다. 춤추는 쌍촛불에 선생의 여윈 얼굴이 해쓱하게 보이고, 가끔 길게 한숨 쉬는 소리가 들릴 뿐이다. 대여 내외는 참다 못하여 소리내어 울었다. 그러다가,
"천명, 천명, 때가 왔으니, 어서 피하오!"
하는 소리에, 대여는 창 밖에서 선생께 절하고 대문을 나섰다. 아직도 어둡다. 그러나 차마 멀리 가지 못하고 뒷산으로 올라갔다. 산 중턱을 다 오르지 못하여 동네에 개 짖는 소리가 나므로, 바위 뒤에 숨어 가만히 귀를 기울인즉, 사람들의 떠드는 소리가 나더니, 이윽고 자기 집에서 무어라고 지껄이고 욕설하는 소리가 들린다. 대여는 정신없이 눈 위에 펄썩 주저앉았다.
"아아, 선생님!"
하고 혼자 목이 메어 울었다.
 환하게 될 때에, 삼십 명 대구 영문 나졸들이 선생을 뒷짐을 지어 끌고 전후 좌우로 옹위하고 동구로 나가는 양이 보였다.
"천명, 천명!"
하고 선생의 하던 말을 외면서, 대여는 잡혀간 뒤를 따랐다.
 동학 선생이 어느 날 죽는다는 둥, 벌써 몰래 죽였다는 둥, 그런 것이 아니라 동학 선생이 조화를 부려 벌써 옥에서 나와서 뜬리로 달아났다는 둥,

또 이제 동학군들이 군사를 일으켜서 대구 감영으로 쳐들어 온다는 둥, 대구 백성들 간에는 정초부터 모여만 앉으면 이야기를 하게 되었다.

선생이 서울로 잡혀가던 길에 철종 대왕 국상이 나서 대구 영문으로 압송된 지가 벌써 두 달이나 넘었다. 이 두 달 동안에 대구 감영에는 이 일밖에 없는 듯하였다. 감사 서헌순(徐憲淳)은 이 일로 하여 잠을 못 잔 것도 여러 번이다. 조정에서는 나날이 독촉이 왔다. 그러나 스물두 번이나 혹독히 심문을 하여도 선생은 감사에게 만족한 대답을 하지 아니하므로, 감사는 어쩔 줄을 몰랐다.

처음에는 감사는 선생을 우습게 알았다. 동학이란 말을 못 들은 것은 아니었으나, 그 선생이란 아마 무슨 요술로 혹세무민이나 하는 자로만 알았으므로, 몇 번 호령이나 하고 형문깨나 때리면 굴복할 줄 알았던 것이, 여러 번 심문을 하면 할수록 동학 선생이라는 이가 결코 범인이 아닌 줄을 알았다. 그 범할 수 없는 위엄, 그 동하지 않는 신색과 태연한 태도, 이따금 추상같이 꾸짖는 소리, 그런 것을 보면 볼수록 감사는 점점 선생에게 대하여 무서운 생각이 나고 놀라는 생각이 났다. 이렇게 무엇이라고 형언할 수 없는 무서움이 있는 외에 이 사람을 죽여서 천벌이 없을까, 또 동학의 도당이 많다는데 몸에 해나 없을까 하는 제 몸에 대한 무서움이 있어서 이제는 심문하는 것조차 싫어지고 무서워졌다. 자다가도 여러 번 가위에 눌렸다.

더구나 오늘 심문에 그 요란하고 무서운 소리, 큰 산이 무너지는 듯도 하고 벼락을 치는 듯도 한 그 소리를 들을 때에는 정신이 아뜩하여져서, 아직까지도 가슴이 울렁울렁한다. 그게 무슨 소릴까. 형졸들은 그것이 죄인의 다리 부러지는 소리라 하였고, 또 그 다리 부러진 것과 거기서 피가 콸콸 솟던 것까지 눈으로 보기까지도 하였건마는, 그것이 다만 다리 부러진 소리 뿐이었을까. 아아, 무서운 소리!

그 소리보다도 그렇게 몹시 맞아 다리가 부러지건마는, 눈도 깜박하지 아니하고 태연히 감사를 쳐다보며,

"나는 무극대도를 천하에 펴서 창생을 구제하고자함이니, 이 도가 세상에 난 것은 하늘이 명하신 바요, 또 내가 이 몸을 도를 위하여 죽여 덕을 후

천 오만 년에 펴게 하는 것도 하늘이 명하신 바니, 공은 맘대로 하오!"
할 때에는 감사도 모골이 송연하여 등골에 얼음 냉수를 끼얹는 듯하였다.
 그래서 다시 심문할 생각이 없어서 옥에 내려 가두라 하고, 자기는 안으로 뛰어 들어가 자리에 누워 저녁도 굶고 지금까지 누웠다.
 밤은 깊었다. 초어스름에 시작한 비가 점점 큰비로 변하여 낙수 떨어지는 소리가 요란하고, 바람까지 일어 풍경 소리가 미친 듯하고, 문이 흔들리며 가끔 가다가 무서운 우레 소리와 함께 줄번개가 재우친다. 감사는 가만히 고개를 들어 무엇을 생각하는 듯 듣는 듯하더니, 방자를 불러 옥에 가서 동학 선생의 동정을 보고 오라 한다.
 방자가 나간 후에 감사는 일어나 서안을 대하여 앉았다. 그는 곰곰이 생각하였다. 그렇게 다리가 부러지고도 오늘도 태연히 앉았을까. 그렇게 피가 많이 나고 뼈가 부러졌으니, 아마 벌써 옥중에서 죽었을는지도 모를 것이다. 만일 아직도 살아 있다 하면, 그는 사람이 아니요 신이다. 그렇다 하면 내가 다시 그의 몸에 손을 대지 아니할 것이니 나는 내일로 곧 장계를 올려 벼슬을 버리고 서울로 가리라. 이러한 생각을 할 때에, 눈앞에 선생의 모양이 선히 나타난다. 부러진 다리에서 피가 철철 흐르면서도 태연한 태도로,
 "나는 무극대도를 천하에 펴, 창생을 건지려 함이니……."
하던 모양이 보일 때에 감사는 무서움을 못 이기어 소리를 질렀다. 이윽고 마루에서,
 "형리 아뢰오."
한다.
 "이리 들어오너라!"
하여 형리를 불러들여,
 "그래, 동학 선생이 살았느냐?"
 형리는 정신을 진정치 못하는 듯한 목소리로,
 "네, 동학 선생이 살았습니다. 상 사또의 분부를 듣자옵고 옥에 갔사옵더니 동학 선생이 촛불을 밝히고 단정히 앉아서 가만히 벽을 향하고 눈도 깜

짝 아니하고 앉았습니다.”
 감사는 눈이 둥그레지며,
“그래, 아까 다리 부러진 동학 선생이 아직 죽지 않고 앉았단 말이야?”
 형리는 더욱 고개를 숙이며,
“네, 촛불을 켜 놓고 가만히 앉았습니다. 그래 소인이 문을 열고 들어가 다리 상한 것이 과히 아프지나 않으냐고 묻사온즉, 동학 선생이 고개를 돌려 소인을 물끄러미 보며, 손으로 다리를 가리키옵기로, 그 다리를 보온즉, 분명히 뼈가 꺾어지고 피가 엉키었사옵고, 앉은 자리에는 피가 흘러 땅에 얼어붙어서 방석과 같이 되었습니다.”
 삼월 초열흘——갑자년 삼월 초열흘!
 대구 장대에는 사람이 백차일 친 듯이 모이었다. 대구 감영 사람들, 사방으로서 모여 들어온 동학하는 사람들. 동학 선생이 죽는 것을 볼 양으로 아침 일찍부터 모여들었다.
 날은 맑았다. 봄 안개가 먼 산을 둘렀으나, 해가 퍼지매 그것도 스러지고, 저녁 나절에는 바람이 일 것을 예언하는 바람꽃이 파랗게 산을 덮었을 뿐이다. 밤새도록 퍼부은 봄비에 땅은 흠씬 젖고, 하루 아침에 수없는 풀움이 뾰족뾰족 나왔고 먼저 나왔던 풀들은 못 알아보게 자랐다. 천지에는 봄 기운이 찼다. 종달이조차 벌써 떼를 지어 공중으로 오르락내리락 지저귄다.
 장대에 모인 사람들의 짚신과 미투리에는 검은 흙들이 묻었다. 어떤 사람은 두루마기를 걷어찼다. 먼 곳에서 온 듯한 늙은 도인들은 사람 없는 곳을 택하여 둘씩 셋씩 쭈그리고 앉아서 사람의 눈을 꺼리는 듯이 무슨 이야기들을 한다. 멋모르는 영감, 아이들은 공연히 좋아서 들뛰어 돌아다닌다. 그러나 차차 모여드는 사람들의 수효가 늘어갈수록 무엇이라고 말할 수 없는 불안한 기운이 사람들의 얼굴에 나타난다. 어떤 노인은 무엇을 다 아는 듯한 어조로,
“흥, 자네네들은 동학 선생이 죽을 줄 아나? 동학 선생이 어떻게 조화가 많은지 매를 맞아서 피가 흐르고 뼈가 부러졌다가도 조금만 있으면 피난 자

국도 없이 아문다네. 그런 조화를 가진 사람이 죽을 줄 아나?"

곁에 섰던 벙글벙글 웃는 청년이 그 노인의 말을 비웃는 듯이,

"제 아무리 조화가 있어도 그 커단 칼로 모가지를 치는 데야 안 죽을 장사가 있어요? 영감님은 빈대칼로 쳐도 돌아가실 걸."

하고 웃는다.

영감님이란 이는 노연 듯이,

"우리 같은 것이야 그렇지마는, 옛말 책에는 보면 안 그런가. 임진왜란에 김 덕령이도 만고 충신의 김덕령이라고 써놓아 준 뒤에야 목이 베어졌다네. 그러기 전에는 아무리 칼로 찍어도 까딱도 없었다고 아니했나. ……내 사위가 영문에 다니는데, 내 사위 말이 동학 선생은 사람이 아니라고 그러데. 그렇게 몹시 때려도 눈도 깜박 아니하고 감사를 똑바로 쳐다보고 앉아 맞는데, 감사가 도리어 고개를 돌리더래. 그나 그뿐인가. 때린 당장에는 피도 나지마는, 그 자리에서 나오기만 하면 글쎄 감쪽같이 된다네그려."

"그럼, 영감님도 동학장이가 되셨구려."

하고 다른 젊은 사람이 웃으며 묻는다.

"아니, 내야 늙은 것이 동학은 무엇하며 천주학은 무엇하겠나마는, 동학 선생이 사람인즉 그렇단 말이야. 그러니까 오늘도 아무리 목을 찍어도 안 죽으리란 말이야."

"그런데."

하고 촌에서 들어온 듯한 어떤 중늙은이가 곁에서 이 이야기를 듣다가 노인을 보고,

"그러면 그 동학 선생이라는 사람이 무슨 못 된 짓을 했나요? 왜 그렇게 조화있는 사람을 내다 죽이려나요?"

한다. 노인은 더욱 신이 나서,

"하, 당신이 모르는구려. 동학 선생이 제자가 여러 십만 명이래요. 지금 대구 감영에도 그 제자가 여러 만 명 와 있지요. 그러니까 역적질이나 할까 보아서 그러지요. 그래 감사가 동학 선생더러 너 나가서 제자들을 다 헤치고 이후랑 다시 제자도 모으지 말고 조화도 부리지 말고, 그러면 나라에

서도 너를 살려주시려고 하신다고, 그리고 달랬지요."
하며 노인은 자기의 모든 것을 잘 아는 것을 자랑하는 듯이 빙그레 웃는다. 이러한 이야기를 하는 동안에 사람들은 점점 이 노인 곁으로 모여든다. 노인은 더욱 신이 나서,

"그런데 여간한 사람 같으면, 매맞기가 무서워라도 네, 그리하오리다 하고 항복할 것 아니야. 그런데 이 사람은 없지, 없어. 조금도 굴하는 빛이 없단 말이야. 그러고는 꼿꼿이 나는 오만 년 대도를 펴느라고 나라를 바로 잡고 백성을 건지는 사람이로라고, 조금도 굴하는 빛이 없단 말이야요. 그래 내 사위도, 내 사위가 영문에 다니는데, 내 사위도 영문에서 나오면 동학 선생은 참 처음 보는 사람이라고, 암만해도 범상한 사람은 아니라고 노상 그러지요. 그리구……."

하고 노인은 무슨 말을 더 하려 할 때에, 어디서 '동학 선생 온다' 하는 소리가 들리며 수없는 사람들의 고개가 일제히 저쪽으로 향한다. 그 노인도 말을 끊고 그리로 향하였다.

벙거지에 전복 입은 군졸들이 벽제 소리를 치며 사람들을 헤치고 장대로 들어오더니, 뒤를 이어 어떤 중키나 되는 사람 하나이 목에 큰 칼을 쓰고 잔뜩 뒷짐 결박을 지고 나졸 네 명에게 끌리어 들어와 넓은 마당 한 복판에 놓인 등상 위에 걸터앉고, 얼마 있다가 다시 벽제 소리가 나며, 감사가 영장과 모든 아전들을 거느리고 마당에 들어와 동학 선생 앉은 데서 북으로 이십 보쯤하여 쳐 놓은 차일 속으로 들어간다. 사람들은 아무 소리도 없이 등상 위에 걸터앉은 큰 칼 쓴 사람과 차일 밑에 드나드는 사람들의 모양만 보고 있다.

해는 낮이 되었다. 나졸들의 벙거지에 붙인 주석 장식이 번쩍번쩍한다. 이윽고 난데없는 바람이 휙 지나가며 감사의 앉은 차일이 펄렁펄렁할 때에 몇 천 명인지 모를 사람들의 몸에는 오싹 소름이 끼쳤다.

차일 밑으로서 어떤 아전이 쑥 나오더니, 등상에 걸터앉은 선생 뒤 서너 보 가량에 큰 목패 하나이 서고, 거기는 큰 글자로 '동학 괴수 최제우' 라고 썼다.

아전들이 감사의 차일 밑으로서 뛰어 나오더니, 나졸을 시켜 선생의 목에 씌운 칼을 벗긴다. 칼이 벗겨지자, 선생이 가만히 고개를 들어 이윽히 하늘을 바라보더니, 다시 고개를 숙인다. 그러하는 동안에 뒷짐지었던 것도 끌러서 두 팔을 무릎 위에 늘이고 몸의 자세가 발라진다. 이렇게 선생의 칼을 벗기고 뒷짐을 끄르는 나졸들이나 그것을 시키는 아전들이나 모두 무슨 무서운 일을 하는 듯이 조심조심하며 이따금 선생의 얼굴을 헐끗헐끗 볼 뿐이요, 피차에 아무 말도 없다. 선생은 무엇으로 만들어놓은 사람 모양으로 사람들이 자기 몸을 어떻게 하는 대로 그대로 가만히 있다. 오직 그의 눈만이 어딘지 모르는 먼 곳을 바라는 듯하다. 입은 바싹 다물었다. 얼굴은 오랜 동안 옥중의 고초와 출혈로 하얗게 되었다. 오직 그의 가늘지 아니한 검은 상투 끝만이 그가 아직 늙지 아니한 건장한 사람인 것을 보인다. 흐트러진 머리카락이 하얀 이마에 늘어진 것이 극히 처량하게 보인다. 부러진 왼다리, 바짓가랑이에 묻은 피가 먼 곳에서도 분명히 보인다.

감사의 차일 밑으로서 또 어떤 한 아전이 뛰어 나오더니 무어라고 길게 외친다. 수없는 사람의 무리는 그 외치는 소리 편으로 고개를 돌렸다. 감사의 차일 곁으로서 어떤 웃통 벌거벗은 시커먼 사람이 상투 바람으로 작두날을 반달 모양으로 휘어놓은 듯한 커다란 칼을 어깨에 둘러메고 껑충껑충 뛰어서 선생의 앞을 지나 선생 뒤 나무패 밑에 가서 칼을 짚고 선다. 사람들은 그 시커먼 사람이 메고 뛰는 칼날이 번쩍번쩍하는 양을 볼 때에 모두 한 걸음씩 뒤로 물러섰다. 아까 이야기하던 노인은 눈을 가리고 돌아섰다. 사람들 속에서 어디선지 모르게 소리를 내어 우는 소리가 난다. 사람들의 눈은 그 우는 소리로 향하였으나, 어디서 우는지 몰랐다.

또 한 번 바람결이 휙 지나가며 선생의 이마에 늘어진 머리카락이 나부낀다. 웃통 벗고 큰 칼 든 사람은 추운 듯이 몸을 흔들며 칼을 한 번 들었다 놓는다. 선생은 한 번 더 고개를 들어 하늘을 우러러보고, 먼 산을 둘러보고, 에워싼 수없는 사람들을 둘러보고, 마침내 곁에 선 나졸들을 둘러보더니, 몸을 조금 움직여 자세를 바르게 하고 처음과 같이 고개를 정면으로 향하고는 그린 듯이 앉았다. 모여선 사람들 중에서 또 울음소리와 '선생님,

선생님!' 하는 소리가 난다. 선생은 그 소리 나는 데로 고개를 돌릴 듯하더니, 도로 가만히 앉았다.

감사의 차일 밑으로서 감사와 영장과 기타 이십 명이나 되는 사람들이 나오더니, 감사를 가운데 세우고 그 좌우로 읍하고 둘러선다. 감사가 그 중에 한 사람을 불러 무어라고 몇 마디 말을 하더니, 그 사람이 빠른 걸음으로 선생의 앞에 와서 글을 낭독하는 듯한 어조로,

"죄인 동학 괴수 최○○ 듣거라. 네 요망한 소리로 사문을 어지리고 도당을 모아 인심을 요란하니, 네 죄 만 번 죽어도 마땅하거니와, 이제 금상 전하의 백성을 사랑하시는 깊은 은덕으로 한 번 더 개과천선할 길을 주노니, 이제라도 네 도당을 다 흩어 양민이 되게 하고, 다시 혹세무민하는 언행을 아니하기를 맹세하면, 네 목숨을 살려주신다고 상사또께서 분부하옵신다!"

하고 소리를 높여 닷자를 길게 뽑는다. 선생은 말이 없다. 아전은 대답을 기다리는 듯이 이윽히 선생의 얼굴을 바라보고 섰더니, 그 입이 열릴 듯 하지 아니함을 보고,

"만일 이러한 은덕을 받지 아니하면, 저 칼로 네 목을 베어 만민에게 보인답신다."

하고 또 잠깐 대답을 기다리는 듯이 선생의 얼굴을 바라보더니, 입이 열릴 것 같지 아니함을 보고, 아까 올 때와 같이 빠른 걸음으로 감사의 앞에 돌아서서, 고개를 숙이고 읍하고 무어라 아뢴다. 감사는 잠깐 눈살을 찌푸리더니, 오른팔을 들어 무슨 군호를 한다. 그 아전이 감사의 군호를 받아 무어라고 길게 외치니, 선생 곁에 있던 십여 명 나졸이 일제히 고개를 숙이며, '예에이' 하고 소리를 합하여 외친다. 그 중에 나졸 하나이 백지 한 조각과 냉수 한 사발을 들고 와 백지를 선생의 얼굴에 대고 입에 냉수를 물어 뿜으려 할 적에 선생은 손을 들었다.

선생의 마지막 청을 들어 나졸이 냉수 한 그릇을 새로 떠왔다. 선생은 등상에서 일어나 흙 위에 백지 한 장을 깔고, 그 위에 냉수 한 그릇을 놓고, 가만히 흙 위에 꿇어앉더니, 눈을 감고 손을 읍하고 한참이나 무엇을 생각

하는 듯이 있다. 돌아선 사람들 중에도 선생 모양으로 꿇어앉은 이가 여기 저기 보이며, 어디선지 모르게 떨리는 목소리로,

"포덕천하 광제창생 보국안민지 무극대도대덕
지기금지 원위대강
시천주 조화정
영세불망 만사지."

하는 소리가 울려온다. 선생은 일어나 한 번 더 사람들을 휘 둘러보고 등상에 앉는다. 칼든 자 칼을 둘러메고 뚜벅뚜벅 세 걸음을 걸어나와 선생의 왼편에 서더니,

"웨에이."

하는 소리에 칼을 번쩍 거리 위에 높이 든다. 햇빛이 칼날에 비치어 흰 무지개가 선다.

"선생님! 선생님!"

하는 통곡성이 사면에서 일어난다.

사랑에 주렸던 이들

　형과 서로 떠난 지가 벌써 팔 년이로구려. 그 금요일 밤에 Y목사 집에서 내가 그처럼 수치스러운 심문을 받을 때에, 나를 가장 사랑하고 가장 믿어 주던 형은 동정이 그득한 눈으로 내게서 '아니요!' 하는 힘있는 대답을 기다리신 줄을 내가 잘 알았소. 아마 그 자리에 모여 앉았던 사람들 중에는 형 한 사람을 제하고는 모두 내가 죄가 있기를 원하였겠지요. 그 김씨야 말할 것도 없거니와 그렇게 순후한 Y목사까지도 꼭 내게 있기를 바랐고 '죽일 놈!' 하고 속으로 나를 미워하였을 것이외다.
　그러나 내가 마침내,
　"여러분 나는 죄인이외다. 모든 허물이 다 내게 있소이다!"
하고 내 죄를 자백할 때에 지금까지 내가 애매한 줄만 믿고 있던 형이,
　"에끼! 네가 그런 추한 놈인 줄을 몰랐다."
하고 발길로 나를 걷어찬 형의 심사를 나는 잘 알고 또 눈물이 흐르도록 고맙게 생각하오. 만일 나를 그처럼 깊이 사랑해 주지 아니하였던들 형이 그처럼 괴로워하고 성을 내었을 리가 없을 것이요.
　그때에 목사는 가장 동정이 많은 낯으로 내 손목을 잡으며,
　"박군! 회개하시오, 회개하시오."
하고 나를 위하여 기도까지 하여 주었지마는 그보다도 형의 발길에 걷어 채인 것이 더욱 고마웠소이다.
　나는 그 길로 그 누명을 뒤집어 쓰고 동경을 떠났소이다. 떠나는 길에 한

번만 형을 보고 갈 양으로 몇 번이나 형의 집 앞에서 오락가락하였을까. 그러다가도 문소리가 나면 혹 형이 나오지나 아니하는가 하여 몇 번이나 몸을 숨겼을까. 늦은 가을 동경의 유명한 궂은 비가 부슬거리는 그 침침한 골목에서 살어서 영원히 이 세상을 하직하는 나의 행색이 얼마나 가련하였을까. 더욱이 사랑하는 형제 남매와 이 주년이나 친 동기와 다름없이 지내다가 마침내 내가 형과 및 형의 매씨에게 대하여 감히 못 할 더러운 죄를 지었다는 누명을 쓰고 제가 있던 집에 다시 발도 들여놓지 못하고 어슬렁어슬렁 떠나가는 내 심사가 얼마나 가련하였을까! 형아, 아마 형은 상상하리라고 믿는다. 또 만일 그때에 내가 정말 죄인이 아니요, 진실로 애매한 사람이었다 하면 더욱 나의 심사가 얼마나 하였을까. 형아, 이 말에 놀라지 말라.

내가 떠날 때에도 형의 얼굴도 보지 아니하고, 또 떠난 뒤에도 팔 년 동안 형에게 아무 소식도 아니 보내다가 지금에 새삼스럽게 이 편지를 쓰는 것은 결코 팔 년 전 묵은 일을 끄집어내어 구태 내가 애매했던 것을 변명하고 또 내가 한 조그마한 선(?)을 자랑하고자 함은 아니요. 내게는 그러한 생각은 털끝만치도 없었고, 나 혼자도 아무쪼록 그런 생각은 말아버리리라 하여 거의 다 잊어버리고 있소이다.

그런데 이상한 사건이 하나 내게 생겨서 그 사건이 나로 하여금 나의 지난 일을 새롭게 생각나게 하고, 또 나로 하여금 형에게 이 편지를 쓰게 하는 것이외다.

그러나 이 이야기를 하자면 자연 내게 관한 이야기도 아니 나올 수가 없으니까, 그때 그 사람과 나와의 관계가 어떠하였으며 또 사건이 있은 이래로 내가 지금까지에 어떠한 경로를 밟고 살아왔는지, 이런 것도 지금 이 사건을 이야기하는데 필요한 한도에서 될 수 있는 대로 그 사건에 관계하였던 여러 사람들의 명예에 관치 아니할 만큼 말하지 아니할 수 없소이다. 만일 이 말이 형에게 새로운 괴로움이 된다 하면 심히 미안한 일이니 용서하시기를 바라오.

내가 형의 매씨를 사랑하였던 것은 사실이지요. 그것은 형과 한집에 있게 된 때부터라 하기보담, 기실 서울서 중학교에 다닐 때부터지요. 형과 형의 매씨가 동경으로 떠난 뒤에 나는 마치 얼음 세계에 혼자만 내버림이 된 사람과 같아서 며칠 동안은 먹지도 못하고 자지도 못하고 어찌할 줄을 몰랐소이다. 형도 아시는 바에 내가 좀처럼 눈물을 흘린다든가, 남에게 약한 모양을 보이는 일이 없는 사람이지마는 그때에는 참으로 마치 젖 떨어진 어린아이와 같은 약하고 의지할 데 없고 가엾음을 깨달았소이다.

　진정으로 말하면, 이때에야 내가 비로소 매씨를 사랑한다 함을 깨달았고, 매씨가 없이는 내가 살아갈 것 같지 아니함을 깨달았소이다. 내가 갑자기 법률을 배운다는 목적을 변하여 신학을 배우기로 한 것도 그 때문이외다.

　"신학? 어찌해서?"
하고 형은 의심하시겠지요. 그것은 다 까닭이 있다오. 형과 매씨가 동경으로 떠나시느라고 나를 불러서 저녁을 먹을 때에 매씨가 나를 향하여,
　"어찌 목사가 되실 것 같아요——아 참, 목사가 되시지요."
하고 웃은 일이 있는 것을 아마 형께서는 잊으셨겠지마는 나는 그 말을 잊을 수가 없었소이다. 아마 그 말을 한 당자인 매씨도 별로 깊은 생각이 없이 농담삼아 한 말이겠지요. 아마 내가 나이에 비겨서는 좀 묵직해 보이고 말이 적고 뚝하고 그래서 청년의 쾌활함이 없는 나의 기질을 비웃은 뜻인지도 모르지요.——아마 그렇겠지요마는 그때의 나로는 매씨의 그 말 한마디로 일생의 목적을 정하지 아니치 못하였소이다. 그래서 그 자리에서 나는,
　'네, 나의 사랑하는 이여! 나는 신학을 배워 일생에 당신이 사랑하시는 하느님의 복음을 전하는 목사가 되리다.'
하고 속으로 결심하면서 가만히 매씨를 바라보았더니, 매씨도 나를 마주 보아주시기로 나는,
　'응, 내 결심이 감응이 되어 아마 그것에 찬성하는 뜻을 표하는 것이다.'
이렇게만 작정하였었소이다.
　내가 퍽 어리석은 녀석이지요.——무척 못난 녀석이지요. 그렇지마는

지금 와서 그런 소리를 하면 무엇하오?

　아무려나 이 모양으로 신학을 공부하기로 하고 동경으로 갈 결심을 한 것이오. 그리고 나서 내가 학비 주시는 은인을 움직이는 일이며 교회 여러 직분들의 추천을 얻노라고 얼마나 고심을 하였는지, 그것도 형께서는 짐작하시겠지요. 어쨌으나 이 모양으로 고심 참담하게 경영한 결과로 동경에도 가게 되고, C학원 신학부에도 입학을 하게 되고, 그보다도 더욱 행복되게 형네와 함께 있게도 되었소이다.

　아아 그렇게 된 때――내가 학교에 입학까지 하여 놓고 형의 집으로 막 이삿짐을 다 나르고 처음 형의 집에서 형과 매씨와 같이 식탁을 대할 때에――아아 그때에 내가 얼마나 기뻤겠소? 얼마나 행복되었겠소? 이때로부터 나는 더운 날이나 추운 날이나 눈이 오거나 비가 오거나 거의 십 리나 되는 학교에 터덜터덜 걸어다니는 것도 힘드는 줄을 몰랐고, 또 밤을 세워 공부하는 것도 고생되는 줄을 몰랐소이다. 그리고 어찌하면 내가 눈과 같이 희고 깨끗한 사람이 되고 복음을 위하여 불덩어리와 같이 뜨거운 사람이 될까, 어찌하면 내가 복음을 위하여 구주 예수와 같이 십자가에 달려 죄 많은 세상을 위하여 사죄와 축복을 구하는 기도를 드리고 피를 흘리는 사람이 될까. 그때에 매씨가 먼 빛에서라도 내가 십자가에 달린 것을 보아만 주면 나의 일생의 소원은 달한 것이라고 생각하였지요.

　나는 일찍 매씨를 내 것을 만들자――내 아내를 삼자――이러한 생각을 한 일은 없었소. 이런 말을 한대야 믿어줄 사람이 없겠지요.

　"에끼, 너같이 더러운 놈이!"
하고 내 낯바닥에 침을 탁 뱉을 터이지요. 형은 안 그러시겠어요――아마 형께서는 내 말을 믿으시겠지요. 그러나 안 믿겠거든 안 믿으셔도 좋소.

　나는 오직 매씨가 이 세상에 있다 하는 그의 존재의 의식만으로 기뻤고, 또 그가 나와 가까운 곳에 있다 하면 더욱 기뻤고, 만일 그의 가슴 속에 나라는 기억이 한 자리를 차지하리라 하면, 더할 수 없이 기뻤지요. 그러나 나는 하느님 앞에서 장담하거니와, 일찍 털끝만한 육욕을 가지고 매씨를 대하여 본 일이 없었소이다.

나는 그때에는 벌써 스물넷이나 된 사람이 아니었소? 나는 부모없이 자라난 불쌍한 아이라 일찍이 혼인도 할 새가 없었고 서울서 중학교에 다닐 때에도 남들은 계집애들을 따라도 다니고, 딸려도 다녔지마는, 나같이 돈도 없고 여자들의 맘을 끌 만한 풍채도 없고, 또 끈적끈적하게 여학생들의 발뒤꿈치를 따라 다닐 만한 뱃심도 없었고 또 매씨를 만나기까지는 여자라는 것이 그렇게 내 호기심을 끌지도 아니하였었지마는 동경에 가서 한두 해를 지낸 뒤에는 점점 가슴 속에 무엇이 비인 듯한 생각을 깨달았고 길가에 서나 전차 속에서 젊은 여자를 대할 때에는 말하기도 부끄러운 어떤 충동이 일어나는 일도 있었지마는 매씨에게 대하여서는 털끝만치도 그러한 생각을 가져 본 일이 없었소이다.
　나는 성경 구절을 그대로 실행하노라고 여자를 볼 때에 음욕이 나면, 나는 당장에 내 손으로 내 몸을 꼬집기도 하고 내 입술과 내 혀 끝을 피가 나도록 물기도 하였소이다. 자기 전 냉수욕이 정욕을 막는다는 말을 듣고 나는 곧 앞마당 우물에서 형이 다 잠든 때에 냉수욕을 시작한 것을 형도 모르시지는 아니하리다. 어떤 날에는 그것으로도 부족하여, 나는 그 추운 방에서 불을 끄고 혼자 꿇어 앉아서 밤을 새워 기도한 일도 몇 번인지 모르며, 그러다가 내가 독한 감기를 들어 형에게 폐를 끼친 것도 여러 번이었지요.
　그때에 내 생활에 뛰어든 것이 김씨 아니오? 기숙사에서 위병이 생기고 신경 쇠약이 생기고 입맛이 떨어졌다 하여 형의 집에 두어주기를 간절히 구하는 듯한 말을 주일날 예배당에서 돌아오는 길에는 반드시 하였고 그러다가는 우리와 함께 저녁을 먹으면서, '김치만 먹어도 살 것 같아요' '국맛조차 다른걸요' '이렇게 한 달만 먹으면 살 것 같은데요' 이러한 말을 수없이 하고는 흔히 늦은 뒤에야, '아이구 가야겠는걸' '또 가야지' 이러한 소리를 하며 시계를 이 분에 한 번씩 삼 분에 한 번씩이나 보고는 넣고 넣고는 보다가, 열 시가 땅 친 뒤에야 가기 싫은 길을 억지로 가는 사람 모양으로 기숙사로 들어 가지를 아니하였소?
　그때에 형도 그에게 심히 동정을 하는 듯이 그러나 내가 미안한 듯이, "글쎄, 그거 안 되었구려—— 허지만 우리 집에야 방이 있어야지."

하지 아니하였소?

　나는 애초부터 김씨가 마음에 안 들었소. 어째 고 젠 체하고 착한 체하고 교회를 위하여 세상을 위하여 밤낮 근심이나 하는 체하고 게다가 남한테 학비 얻어서 공부하는 처지에 양복이나 일복이나 쏙 빠지게 차리고 다니고 예배당에서는 목사보다도 자기가 교회의 주인인 듯이 깝죽거리고, 게다가 얼굴에는 항상 기름이 짜르르 흐르고 손가락 끝이 톡톡 불어 터지도록 혈색이 좋으면서도 신경 쇠약이니, 소화 불량이니 불맷증이니 하고 금시에 죽을 사람같이 떠드는 것이 내 마음에 들지 아니하였고, 더구나 그가 나이로 말하면 나와 어상반한 처지건서 나보다 학급이 두엇 위라 하여 가장 선배인 체하는 것이 내 비위를 돕시 거슬렸소.

　형께서도 그 사람을 그렇게 좋아하지 아니하신 줄은 내가 잘 알지요. 그럴 뿐 아니라——이것은 지금도 말하기가 부끄러운 일이지마는——김씨가 온다는 것이 내게는 심히 불쾌하였소. 어째 김씨가 자주 놀러 오는 것이나, 또 동정을 구하는 듯하는 말을 자주 하는 것이나 조 같이 와 있고 싶어 하는 것이나 모두 김씨가 매씨에게 무슨 뜻을 둔 것만 같아 보여서 그것이 내게는 더 할 수 없이 불쾌하였소. 우스운 일이지요. 내가 매씨에게 무슨 상관이야요? 하지마는 김씨가 매씨를 가까이하는 것이 마치 거룩한 무엇을 더럽히는 듯하여 억제할 수 없는 불쾌감을 가지었소.

　그러나 나는 혼자 뉘우쳤지요——밤새도록 회개하는 기도를 드렸지요. 아아 왜 내가 김씨를 미워할까. 왜 나혼자라도 그의 험담을 하였을까.

　나는 성경 구절을 폈다.

　'옛 사람에게 하신 말씀을 너희가 들었나니, 살인하지 말라, 누구든지 살인하면 심판을 받게 되리라 하였으나, 오직 나는 너희에게 이르노니 형제에게 노여워하는 자마다 재판을 받고, 또 형제를 미련한 놈이라 하는 자는 마땅히 공회에 잡히고, 또 미친 놈이라 하는 자는 지옥 불에 들어가게 되리라.' (마태복음 4장 21-23)

　이것을 생각하고 나는 가슴을 두드리고 뉘우쳤지요.

　'아아 내가 죄를 짓는 것이다.——내가 김씨를 미워하고 미련한 놈이라

하고 미친 놈이라 하는 것이다. 나의 이 죄를 하느님도 용서하시지 아니할 것이요. 내가 사랑하는 이도 용서하시지 아니할 것이다.'

이 모양으로 나는 정성으로 기도를 드려 마침내 김씨를 미워하고 질투하는 마음이 없어지도록 기도를 하였소. 그러다가 식전에 형이 일어나기를 기다려,

"내가 김씨하고 같이 있기를 원하오."
하고 그와 같이 있기를 허락하였지요.

그러고는 그날 종일 나는 기쁜 마음으로 지냈고 또 채플 시간에 김씨를 만나서 전에 없이 반갑게 손을 잡았소. 그랬더니 김씨도 반가운 듯이 손을 잡아주었고, 그가 서양 사람식으로 내 어깨에 손을 올려놓는 것도 이날에는 아니꼽지를 아니하고 도리어 반가웠소이다. 그래서 나는 마치 그날 하루 동안에 갑자기 내 인격이 높아지는 듯하고 내 영혼이 아주 깨끗하여지는 듯하여 그날 밤 (그것이 내가 그 방에 혼자 있기로는 마지막이었소. 바로 그 이튿날 김씨가 그 많은 트렁크를 가지고 옮아오지 않았소)에 나는 일생에 처음 경험하는 만족을 가지고 감사의 기도를 드렸소이다. 그리고 극히 화평하게 잠이 들었소이다.

김씨와 한방에 있게 된 때에 나는 선배에게 대한 예로 남창을 향한 자리를 그에게 주고 나는 낮에도 침침한 동벽을 향하여 책상을 놓았소이다. 나는 마음 한편 구석에서 일어나는 그에게 대한 반항심을 누르고 누르며 내 힘껏 그에게 공손하게 했지요. 그렇지마는 형도 아는 대로 내가 워낙 말이 없소? 게다가 얼굴조차 천생으로 이 모양으로 뚱하게 생겨먹었으니 어디 남의 마음을 흡족하도록 해줄 줄이야 알아요?

김씨가 나와 같이 있게 된 후로 얼마 동안은 별 재미도 없이 그렇다고 별 고통도 없이 지내왔지마는, 한 달 지나 두 달 지나 하는 동안에 나는 김씨의 행동이 심히 수상함을 깨달았소이다. 그것은 다름이 아니요, 자다가 깨어 본즉 곁에 있어야 할 김씨가 어디를 나가버리고 만 것이외다. 나는 얼른 직각하였지마는,

'아뿔사 내가 왜 남에게 좋지 못한 생각을 하나?'

사랑에 주렸던 이들 319

하고 꾹 눌러버렸지요. 그러나 잠은 들지 아니하여 이윽히 기다리노라면 그가 가만히 문을 열고 들어와서는 자리 위에 한참 앉아서 무슨 심란한 일이 있는 듯이 한참 동안 한숨을 쉬다가는 가만히 이불을 들고 사르르 들어가서는 곧 잠이 들기나 한 듯이 코를 골지요.
 이런 일이 두 넌 세 번 될수록 나는 도저히 내 마음 속에 일어나는 의심을 누를 길이 없어서 하루 저녁은 가만히 잠이 아니 들고 기다리고 있노라니 김씨가,
 "여보시우, 여보시우."
 두어 번 불러 브더니, 그래도 대답없는 것을 보고는 고개를 들먹하고 내 얼굴을 들여다보며,
 "미스터 박, 미스터 박."
하고 또 두어 번 깬 사람이면 듣고, 자는 사람이면 안 깰이 만한 목소리로 부르지요.
 나는 그 소리를 다 들으면서도 자는 체하는 것이 죄스러웠으나, 이 사람이 밤마다 내게다 이런 수단을 썼겠구나 할 때에는 김씨가 밉기도 하고 더럽기도 하고 가즌스럽기도 하여 못 들은 체하고 있었소. 그랬더니 아니나 다를까, 김씨가 슬며시 일어나더니 책상 위를 더듬어서 빗을 내어 머리를 빗는 모양이지요. 그리고는 가만히 일어나서 다시 한 번 내 편을 바라보고는 살그머니 문을 열고 사뿐사뿐 부엌 쪽으로 걸어가는 소리가 들리오.
 나의 귀는 그 사뿐사뿐 걸어가는 발자취를 따라가다가, 그 소리가 뚝 끊기고는 미닫이가 열리는 소리가 나는 것을 들었소. 그것은 분명히 매씨의 방이요.
 아아, 나의 의심은 마침내 참이 되고 말았구려. 그가 밤마다 살그머니 자리에서 빠져 나간 것이 매씨의 방으로 간 것이라고 생각할 때에 나의 코에서는 불길이 확확 내뿜었소. 나는 기둥에다 내 머리를 부딪치어 부숴버리고도 싶고, 이빨도 혓바닥을 물어 끊고도 싶고, 방바닥에서 발버둥을 치며 데굴데굴 굴고도 싶었소이다.
 나는 전후를 잊어버리고 벌떡 일어나 김씨가 하는 모양으로 가만히 문을

열고 사뿐사뿐 걸어서 부엌 곁에 붙은 매씨의 방으로 갔소. 가서 창에다 귀를 대고 가만히 엿들을 때에 나는 불길 같은 숨에 창이 펄렁거리지나 아니할까 하고, 고개를 뒤로 돌렸소이다. 그러나 나는 점점 정신을 잃어버리고 나의 다리가 벌벌 떨림을 깨달으면서 열병 들린 사람 모양으로 미닫이를 직 열고 매씨의 방으로 뛰어 들어가서 어두운 중에 이것이 김씨로구나 하는 데를 어림하고 꽉 타눌렀더니 그것은 김씨가 아니요 매씨외다.

나는 기겁을 하고 벌떡 일어나서 방 한편 구석으로 비켜 서는 판에 전등이 번쩍 켜지며 김씨가 뛰어 들어와,

"이 사람! 이게 무슨 일이요?"

하고 내 팔을 꽉 붙들고 매씨는 크게 놀란 듯이 방 한편 구석에 쪼그리고 앉아서 나를 바라보며 웁니다. 그때에 나는 매씨에게 대한 모든 존경과 사랑이 다 부서지어 버리고 마치 나의 심히 소중한 물건을 훔치어다가 없애버린 행실 나쁜 고양이처럼 보였어요. 그러기 때문에 내가 미친 듯이 달겨들면서 매씨를 발길로 차서 굴린 것이외다.

이리하여 형이 잠을 깨어 나오고 김씨가 형을 향하여 극히 침착하고도 심히 근심되는 태도로 내가 먼저 매씨 방에 들어간 것과 매씨의 소리를 듣고 자기가 뛰어 나와 나를 붙든 것과 그렇지 아니하였더면 매씨가 봉변을 하였을 것과, 며칠 전부터도 나의 매씨에게 대한 행동이 수상하더란 말을 아주 참스럽게 고하였소.

나는 김씨의 거짓말을 들을 때에, 하도 어이가 없어서 다만 그 자리에서 뛰어 나와 내 방에 엎드리어 울었을 뿐이요. 김씨의 말을 반박하려고도 아니하고 나의 행동을 변명하려고도 아니하였소이다.

그 이튿날 김씨가 교회 직분의 한 사람으로 검사격이 되고 형과 기타 몇 사람이 증인과 배석이 되고 목사가 판사격이 되어서 나를 심판할 때에도 나는 '변명 아니하는' 태도를 취하였소.

목사가,

"당신이 ○○씨 방에 들어 갔었소?"

하길래 나는 사실대로,

"네, 들어갔었소."
하였고, 또 목사가,
"좋지 못한 마음을 품고 들어갔었소?"
하길래 나는 내가 음욕을 품지 아니하였던 것만 생각하고 처음에는,
"아니요!"
하고 부인하였으나 다시 생각해 본즉, 내가 그 방에 들어갈 때에 김씨를 미워하는 마음과 매씨에게 대하여 일종의 질투를 가진 것이 사실이요, 또 그것이 '좋지 못한 마음'인 것이 분명하길래 나는 다시,
"네, 나는 좋지 못한 마음을 품고 들어갔소."
하였고 또 목사가,
"그러면 당신의 죄를 자복하시오?"
하길래 나는 김을 미워한 것이나, 매씨를 놀라게 한 것이나, 또 발길로 찬 것이나, 모두 나의 죄인 것을 알므로,
"네, 나는 나의 죄를 자복하오."
하였고, 또 목사가,
"죄를 지은 것이 오직 당신뿐이요? 또는 다른 사람도 같이 지었소?"
하길래 처음에 그 뜻을 잘 알아듣지 못하였으나 마침내 이것이 매씨와 김씨에게 관한 말인 줄을 깨닫고 나는,
"여러분, 나는 죄인이외다. 모든 허물이 다 내게 있소이다!"
하고 소리를 지른 것이외다.

물론 모든 죄는 다 내게 있었다. 내가 왜 이 더러운 이름을 매씨와 김씨에게 씌우랴 나는 내게 책임있는 죄나 자복하고 상당한 벌만 받았으면 그만이다. 내가 매씨와 김씨의 공이나 죄를 간섭할 권리를 어디서 얻었을까. 만일 그네게는 무슨 죄가 있다 하면 그것을 자복하는 것이나 그것에 상당한 벌을 당하는 것이나 모두 그들의 자유일 것이요. 비록 자기네의 죄가 있고 그 죄를 아는 다른 사람이 발설 아니하는 것을 고맙게 여겨 가장 깨끗한 사람인 체하고 고개를 들고 교회에서 명예로운 직분의 명의를 가지는 것도 다 그들의 자유이지요.

이렇게 생각한 까닭에, 나는 모든 허물을 걸머지고 일생의 희망도 목적도 다 집어 던지고, 산 송장이 되어 동경을 떠났소이다.
　그로부터 팔 년간 내가 어떻게 지내었는가, 그 이야기를 어떻게 이루 다 하며 또 한들 무슨 소용이 있소. 다만 나는 나의 받은 교육도 다 내어버리고 오직 빨가벗은 몸뚱이 하나로 온갖 노동을 다하여 가며 내 땀을 흘려 벌어 먹고 살아 왔다는 것과 그러하는 동안에 일생에 오직 하나인 친구인 형의 소식을 알아보고 형의 이름과 사업이 점점 높아 가는 것을 보고 기뻐하였다는 것과, 매씨가 마침내 김씨일래 일생을 그르친 것과, 김씨가 교묘하게도 아직까지 '선인' 노릇을 하고 있는 것을 슬퍼하고 놀랄 뿐이지요.
　그러나 사랑하는 형아, 나를 위하여 결코 슬퍼하지 말기를 바라오. 나는 인제는 결코 불행한 사람이 아니요. 지금 내가 이 편지를 쓰고 있는 곁에 나를 사랑해 주는 아내가 내가 쓰는 이 편지를 보고 눈물로써 동정하여 주오. 비록 조그마하지마는 나는 지금 내 집에서 내 아내로 더불어 사오. 내가 온종일 나의 조그마한 가정을 위하여 노역을 하고 돌아오면 나의 아내는 밥을 지어놓고 찌개 그릇을 화롯가에 놓은 채 나를 기다리고 있어주오. 나는 가난하외다.
　그러나 나의 정직한 노동이 나에게 밥을 주고 나의 사랑하고 불쌍한 아내에게 즐거움을 주기에는 넉넉하외다. 그러니까 형이여, 결코 나를 불쌍하다고 말으시오. 나는 인제는 행복된 사람이외다. 내가 왜 팔 년 만에 사랑하는 형에게 이 편지를 쓰나——그것은 내가 행복되게 되었다 하는 기쁨을 형에게 알리려 함이요. 그러니까 형은 이 편지를 보고 기뻐해 주시오.
　그러나 형이여! 처음에 약속한 바와 같이 이 편지를 쓰는 것은 결코 내 말을 쓰려는 것이 아니요. 내 말을 쓴 것은 내가 인제 하려는 다른 말의 예비가 되는 까닭이요.
　아아 내 말을 쓰기에도 나의 가슴이 아팠소. 읽는 형의 가슴도 마땅히 아프려든 하물며 내 가슴이야 얼마나 아프겠소? 그러나 장차 말하려는 아픈 이야기에 비하면 내 이야기 같은 것은 한 웃음거리에 지나지 못하오. 아아 세상에는 이렇게 슬픈 일도 있을까요.

나는 죄나 있어서 받은 벌이요——나는 김씨를 미워하였고 또 매씨에게 대하여 비록 잠시 동안이라도 질투와 증오의 감정을 품었었소. 예수의 눈으로 보면 이것이 얼마나 큰 죄요? 그러한 큰 죄를 짓고 팔 년 동안 지옥의 고생을 다하였다 하더라도 나는 조금도 원망할 것도 없고 부족해 할 것도 없소이다. 그러할 뿐더러 이러한 큰 죄를 짓고도 팔 년의 벌로 용서함을 받고 오늘날과 같은 행복을 얻으니 도리어 감사와 기쁨이 있을 뿐이외다. 그러하건마는 아무 죄도 없는——정말 털 끝만한 죄도 없는 연약하고 불쌍한 영혼이 내가 받은 것보다도 몇십 배 더 되는 고난을 받았다 하면, 그것이 얼마나 슬픈 일이겠소? 지금 내가 하려는 말이 바로 그러한 일이요, 또 여태껏 지리하게 내 이야기를 쓴 것도 기실은 이 말을 쓰고자 함이외다.

　나는 어디를 가든지 무슨 일을 하든지 주의 가르침을 지어버리지 아니하려고 전력을 다짐하였건마는 칠 년째 잡히던 때부터 점점 마음속에 일종의 적막과 슬픔을 느끼게 되었소. 그 적막과 슬픔은 하느님께 기도를 드리는 것만으로는 위로할 수 없음을 깨달을 때에 나는 일변 놀라기도 하고 슬프기도 하였소. 나는 나의 믿음이 흔들리는 것이나 아닌가, 내가 옳지 못한 유혹을 받는 것이나 아닌가 하여 한 번은 사흘 동안을 정하고 마니산 꼭대기에 올라가 금식 기도를 드렸소. 나는 예수께서 사십 일 사십 야를 광야에서 금식 기도하시다가 마침내 모든 유혹을 이기어버리신 것을 본 받아 언제까지든지 내가 모든 유혹을 이기어버릴 때까지 결코 산에서 내려오지 아니하기를 결심하였소.

　그때는 마침 음력 구월 보름께라 산에 나뭇잎과 풀조차 다 말라버리고, 벌레 소리까지 끊어지고 마니산 제천단에 갈바람이 획획 소리를 내고 지나갈 때요. 낮에는 끝없는 바다를 바라고 밤에는 별이 반짝이는 하늘을 바라고 기도를 하였소이다. 피곤하여져서 잠깐 동안 잠이 들었다가 깨어나면, 동천에는 붉은 새벽 빛이요, 내 몸에는 하얀 서리였었소.

　그러나 형아! 하느님께서는 잠깐 동안 나를 버리시었소.

　나의 몸의 추움과 마음의 추움은 하느님의 손으로는 더워지지 아니할 듯하였소. 하느님은 너무도 높이 계신 것 같고 너무도 멀리 계신 것 같고, 너무도 내가 가까이 하기에는 엄하고 완전하신 것 같아서 나와 같이 죄많고 불완전한 '사람의 살'이 그리워지었소.
　'사람의 살!' 사람의 살이 따뜻함이 내 몸에 닿으면 이 찬바람과 찬서리에 꽁꽁 언 내 몸은 금시에 풀려질 것 같았소. 만일 그때에 마니산 머리에 어떤 사람이 있었던들――그 사람이 아무리 변변치 못한 사람이라도――비록 그 사람이 반쯤 썩어진 문둥병자이라도, 만일 사람만 있었던들, 나는 '아, 사람이여!'하고 달려들어 껴안고 흑흑 느껴 울었을 것이오. 생각해 보시오――내가 칠 년의 긴 세월을 누구를 사랑했으며 누구의 사랑을 받았겠소. 혈혈한 단신으로 오직 하느님의 손에 달려 걸어온 것이오. 그러다가 나는 마침내 아주 사람을 떠나 산 꼭대기에 올라 사흘을 지내니 내가 사람을 그리워하는 것도 마땅한 일이 아니오.
　그래서 나는 사흘 동안 굶은 배를 안고 기운없는 팔 다리로 간신히 기어 산을 내려왔소. 산을 내려오니 골목골목이 사람의 집이로구려. 저녁 연기가 나는 사람의 집이로구려. 사람의 소리가 나고 아이들이 지껄이는 소리가 나는 사람의 집이로구려. 비록 오막살이 단간집이라도 저 속에는 따뜻한 아랫목도 있고 김 오르는 솥도 있고 따뜻한 사랑도 있겠지요.
　"저기다, 저기다! 내가 찾는 곳이 저 아랫목이요, 저 사랑이다!"
　나는 이렇게 외치고 촌가로 뛰어들어 갔소이다. 그러나 그 집들에는 모두 주인이 있다. 그 아랫목은 주인이 앉고 남지 못하고 그 사랑은 주인이 안기고 남지 못한다. 그 많은 저녁 연기 나는 집에 내 몸이 들어갈 곳은 하나도 없구려.
　이래서 내가 따뜻한 사람의 품을 찾노라는 것이 창기의 집이었소. '창기의 집' 내가 어떻게나 미워하던 곳이요? 어떻게나 저주하던 곳이요? 그러나 형아. 나 같은 사람이 따뜻한 사람의 품을 찾을 때에 거기밖에 갈 곳이 어디요?
　일 원짜리 지전 두 장이 젊은 여자 하나를 나에게 주었소. 그 여자도 사람이요. 다른 모든 여자와 같이 피도 있고 눈물도 있고 영혼도 있소, 따뜻한 사랑도 있는 꼭같은 사람이요,――나는 그들도 나와 꼭같은 사람인 것을 발견하였소. 내가 그날 밤에 만난 그 여자가 내게 이러한 진리를 가르쳐 준 것이오. ──사람은 다 꼭같은 사람이라는.

그 여자는 나를 위하여 자리를 깔아주었고 때묻은 내 의복은 차곡차곡 개켜 주었고 내 몸에 신열이 있다 하여 수건에 냉수를 묻혀 머리도 식혀주었소. 이것이 내가 세상에 나온 뒤로 처음 당하는 남의 사랑이오.

이리하여 나는 마치 첫사랑에 취한 사람 모양으로 그 여자를 사랑하였소. 이 모양으로 두 달은 꿈같이 지나버렸소.

그러나 사랑에는 돈이 드오. 좋은 집 처녀를 사랑하기에나 창기를 사랑하기에나 돈이 들기는 마찬가지요. 나 같은 노동자는 이 사랑하는 창기를 자주 만날 힘도 없었소.

하루는 나는 저금 통장을 마지막으로 떨어 나의 애인을 찾아갔소. 나는 이 날을 마지막으로 나의 회포를 다 말해볼 양으로 소주 한 병을 사서 으슥한 곳에서 병처로 들이키고 먹을 줄 모르는 술이 반이나 취하여서 비틀 걸음으로 그 집에를 찾아간 것이오.

"아이, 왜 약주를 잡수시었어?"

하고 그는 나를 나와 맞았소.

"이 신산한 세상을 취하지도 않고야 어떻게나 지나오──아아, 하느님이시여 나를 영원히 취하여 깨지 말게 하소서."

하고 방바닥에 쓰러지었소.

얼마를 정신없이 자다가 눈을 떠본즉 그는 자기의 무릎 위에 나의 머리를 올려 놓고 연병 찬 수건으로 내 이마를 식혀주오. 나는 그의 손을 잡으며,

"고맙소이다──나는 금시 죽어도 한이 없소이다. 나도 인제는 이 세상에 와서 사람의 사랑까지도 맛보았으니, 더 바랄 것이 무엇이겠소? 나는 인제는 이 세상에 남아 있어서 더 볼 일도 없고, 또 세상이 나 같은 사람을 만류할 까닭도 없으니 나는 훨훨 달아나고 말겠소."

하고 금할 수 없어 눈물을 흘렸소. 진정 나는 죽을 길밖에 없었소이다. 나는 이미 하느님의 신용을 잃어버렸고 인생으로 사업을 이룬다는 이상조차 잃어버렸고, 나의 마지막의 복인 이 창기라는 여자까지도 다시 만날 길이

어렵게 되었소. 나는 그 동안에 저금하였던 것도 모두 없애버렸고 사흘 벌어 이 원을 저축하는 일도 인제는 어렵게 되었소. 겨울이 될수록 일자리는 줄고 용은 늘고 또 칠 년 남은 고생스러운 노동 생활에 나의 청춘의 정력도 다 소모되고 말았소.

나는 마지막으로 그를 만나 그와 작별의 인사를 하고는 그 길로 나가 축항의 얼음 구덩이에나, 어디나 닥치는 대로 죽어버릴 작정이었소. 그랬던 것이 먹은 술이 너무 힘을 내어서 그만 여태까지 잠이 들었던 것이오.

잠을 깨어 보니, 마치 자기가 맡았던 중대한 임무를 잊어버린 듯하여 벌떡 일어났소.

"여보세요, 웬 약주를 그리 잡수세요? 주무시면서도 우시던데."
하고 그는 차 한 잔을 따라 나에게 주오. 창은 찬바람에 소리를 내고 떠는데 화로에는 숯불이 이글이글 하오. 그는 말을 이어,

"왜 그런 숭한 말씀을 하셔요? 세상을 버리고 가기는 어디를 가요? 어딜 갈 데가 있나요? 이 세상 말고 다른 데 갈 데가 있었으면 나 같은 사람은 벌써 가버리고 말았게요. 나 같은 사람도 할 수가 없어서 이 세상에 살고 있는데 당신 같으신 사내 양반이야 왜 그런 생각을 하셔요? 세상이 괴롭기도 하지마는 또 그럭저럭 살아가노라면 그래도 산 보람이 있는 것 같아요."

그는 이렇게 말하고 모든 것을 다 깨달았다 하는 눈으로 나를 물끄러미 바라보오. 내가 여태껏 이 여자와 만난 것이 수십 차가 되지마는 오늘 모양으로 이렇게 길게 이야기를 한 것은 서너 번 밖에 못 되오. 그것은 사 원을 내어야 하룻밤을 그와 나와 단둘이만 같이 지낼 수 있으되, 이 원만으로는 한 시간밖에 같이 있을 수 없었던 까닭이요. 그는 하룻밤에도 나와 같은 이 원짜리 남자를 둘이나 셋 많으면 사오 인까지도 맡지 아니하면 안 되기 때문이요.

나는 점점 그 여자가 결코 범상한 창기가 아닌 것을 깨달았소. 그래서 두어 번이나 그의 내력을 물었으나 그는 웃을 뿐이오, 대답이 없었소. 그도 나를 보통 노동자와는 다르게 보았던지 한두 번 나의 과거를 물었으나 나

역시 나의 쓰라린 과거를 그에게 말하기를 원치 아니하였소. 그랬더니 지금 그의 눈을 보니 그 눈 속에는 말할 수 없는 무엇이 숨어 있는 듯하오. 원래 유순하게 생긴 여자지마는 그 눈이 더욱 유순하오. 나는 불현듯이 여자의 과거에 누를 수 없는 흥미를 가지게 되었소. 이 여자의 내력을 듣고 또 이 여자의 지금 품고 있는 생각을 들어 그가 나의 저승길의 동무가 될 만하거든, 같이 정사를 하리라 하는 생각이 났소. '정사!' 이 생각이 내 가슴 속에 따뜻한 빛을 던지는 듯하였소.

그래서 나는 담배를 피워 물고 그더러 그 내력을 말하기를 청하였소. 그런즉 그는 여전히 웃으며,

"당신부터 먼저 말씀하셔요!"

하고. 그래서 나는,

"내 과거? 말하지요. 나는 여태껏 아무에게도 내 과거를 말한 데가 없소. 그러나 나는 세상을 버리기 전에 세상에 남아 있는 당신에게는 말을 하고 싶었소. 그러면 말하지요. 내가 말을 하면 꼭 당신 말도 하지요?

하고 다짐을 받은즉 그는,

"그러지요."

하고 지금까지의 냉랭한 태도가 변하여 깊은 흥미를 가진 듯한 태도를 취하오.

나는 나의 과거를 말하였소. 부모없이 자라나던 이야기, 서울서 공부하던 이야기, 동경으로 가던 이야기, 어떤 여자의 말을 따라 목사가 될 목적으로 신학교에 입학하던 이야기까지는 극히 평범하였거니와 매씨와 나와의 관계, 김씨와 매씨와 나와의 관계, 형과 나와의 관계와 그날 밤 일이며 목사 앞에서 재판을 당하던 이야기와 내가 늦은 가을, 궂은 비 오는 밤에 형의 집을 바라만 보고 동경을 떠나던 이야기들 할 때에는 아직도 술이 채 깨지 아니하고 자기 전 흥분이 채 식지 아니한 나는 심히 흥분하였소. 내가 칠 년 동안 대판으로 구주 탄광으로 부산으로 목포로 군산으로 마침내 이곳 인천으로 돌아다니며 부랑하는 노동자의 생활을 하던 것과 나중의 두 달 전에 마니산 꼭대기에서 금식 기도를 하다가 따뜻한 사람의 살이 그리워 도로

세상으로 내려오던 이야기를 할 때에는 그의 눈에 차차 이슬이 맺히고 마침내 그것이 눈물 방울이 되어 흐르다가, 내가 인제는 죽어버릴 길밖에 없다 하고 말이 끝날 때에는, 그는 방바닥에 엎드려 흑흑 느껴가며 울기를 시작하오. 그가 어떻게나 슬피 우는지 나는 도리어 '공연한 이야기를 하였다' 하는 미안한 마음이 생겨서 그의 들먹거리는 등을 어루만지며,
"울지 마오, 내가 쓸데없는 말을 했구려."
하였소. 그러나 그런 말을 하는 나도 아니 울지는 못하였소.
 둘이 한바탕 울다가 눈물에 붉게 된 얼굴을 마주 볼 때에는 그는 나의 수십 년 동안 같이 살아온 지극히 사랑하고 친한 사람같이 보였소. 그에게도 내가 그렇게 보이는지, 그는 눈도 깜빡 아니하고 마음을 네게 허한다 하는 눈으로 나를 바라보고 앉았더니,
"나도 당신께서 무슨 까닭이 있는 어른으로 알았어요. 암만해도 예사 사람은 아니다, 무슨 깊은 비밀이 있는 어른이다, 그렇게 생각했어요. 그렇지만 어쩌면 그렇게도 나와 정지가 꼭 같으십니까——어쩌면 그렇게도 같을까요."
하고 감개 무량한 듯이 그의 이야기를 시작한다.

李光洙의 문학세계
― 참된 人情의 意味 探索 ―

― 文學評論家 ― 宋 夏 燮

1

　춘원 이광수와 그의 작품, 그리고 그의 사상과 종교 등에 관한 논의는 이미 연구사를 이룰 정도로 방대하고, 이 시간에도 그에 대한 연구를 추진하고 있는 사람이 아마도 상당수에 이를 것이다. 가위 우리 나라에서는 최대 최고의 작가라 하지 않을 수 없다.
　그는 논설, 시, 시조, 소설, 수필, 희곡, 평론, 이른바 문필의 모든 분야에 걸쳐 많은 양의 작품을 남기었다. 그가 살아온 역정 또한 파란만장하여 어려서 부모를 여의고, 10대 초반에 동학에 관여하여 일본 유학을 하였으며, 우리 근대 문학의 초기에 선구적이면서 독보적인 자리에 서서 작품 활동을 하였을 뿐만 아니라, 한때는 홍사단에 들어 잃어버린 나라의 운명을 가슴 아파하면서 조국 독립의 길에 진력하다가 옥살이를 하기도 했고, 말년에는 창씨개명을 하고 일제의 앞에 서서 학병권유 연설을 하는 등 그가 사랑한다던 조국에 죄지은 바 되어 민족반역자로 다시 옥살이를 하기도 했다. 따라서 그에 대한 평가도 긍정과 부정의 극과 극에 놓인 바 되고 있다.

어려서부터 시나 소설을 좋아하여 그의 작품을 만나 한껏 감동에 젖어 있다가, 그에 대하여 선배 학자들이 써놓은 글을 통해 그의 생애를 알면서 실망에 젖어본 사람이 얼마나 많은가. 실제로 아직 사회에 대하여 낯설었던 어린 시절, 순수하기만 했던 소년기, 그의 《무정》이나 《흙》 그리고 《사랑》이나 《마의태자》 《단종애사》 등을 밤새워 읽으면서 그 작품 속의 주인공이 되어 함께 울었던 사람이 좀 자라서 사회물정을 알고, 다시 읽었을 때 그 이야기들이 우리의 실제 삶과는 많이 동떨어져 있음을 발견하고 당황했던 사람도 많았으리라. 그러면서도 저 가슴 밑바닥에서는 우리 인간이 그러한 심성 속에 살 수만 있다면 얼마나 좋을 것인가 하는 이상을 한 번쯤은 생각했으리라.
　주요한은 춘원이 "한국 신문학의 아버지로서의 지위는 누구나 이론이 없고, 그것만으로 그의 사상의 위치는 부동이다"라고 했고, 그의 작품에 대하여 부정적인 평가를 했던 박영희도 "조선에서 문학운동(유치하나마)에 첫사람이었던 것은 부정할 수 없는 사실이다"라고 했다. 이는 춘원이 우리 근대문학의 출발에 있어서 첫자리에 선 선구자라는 것을 잘 말하여주고 있다. 문학사에서 어느 운동의 첫사람이라고 하는 것은 커다란 의미를 지니는 것이다. 그리고 근대문학 출발기의 우리 현실이 어쩌면 우리들 소년기의 심성과 비슷한 정서들을 가지고 있었던 것으로 생각해 볼 수는 없을 것인가. 그래서 우리가 소년기에 그의 소설에 밤을 새웠던 것과 마찬가지로 당시의 많은 어른들이 그의 소설을 읽고 흥분하고 감동하며, 웃고 울었던 것은 아니었을까?
　또 한 가지, 옛날 어느 할아버지께서 남겨 놓은 그림이 좋아서 소중하게 간직했었는데 어느 날 갑자기 그 할아버지가 사회에 커다란 오류를 남긴 분이라는 것을 알았을 때, 그 그림의 아름다움이 바로 사라지는 것이 아닌 것과 마찬가지로 작가와 작품을 연계해서 곧바로 작품의 가치를 평가하는 것이 반드시 옳은 것으로만 생각할 수는 없다고 본다. 물론

보다 구체적인 의미를 가지는 언어로 형상화한 문학의 경우와 다소 추상적인 색과 선을 이용한 그림을 동일하게 비교할 수는 없다고 하겠지만 예술이라는 의미에서는 그렇다.

그런 의미에서 춘원의 작품들 가운데 《유정》과 《꿈》을 감상한다는 것은 깊은 의미를 가진다.

2

춘원만큼 다양한 소설작품을 남긴 작가도 흔치 않다. 더구나 근대문학의 출발기에 그처럼 여러 분야에서 소재를 찾았다는 것도 놀랍다. 단편이 있는가 하면, 중편에 해당하는 것이 있고, 장편 또한 상당량이다. 사랑의 문제를 다룬 것이 있는가 하면, 농촌 등 사회 문제를 부각시킨 것도 있고, 종교에 관심을 두고 쓴 소설이 있는가 하면, 역사의 문제를 다룬 작품도 많다. 신소설이 장편 위주일 때, 《어린 희생》이나 단편 《무정》(춘원의 작품 가운데에는 단편 《무정》이 있고, 장편 《무정》이 있다.) 같은 작품을 처음으로 창작했는가 하면, 서간체 소설이나 일기체 소설을 남기기도 했다. 뿐만 아니라 그가 1917년 〈매일신보〉에 연재한 《무정》은 현대문학으로 넘어오는 최초의 장편소설로 평가되고 있다.

이처럼 다양한 소설을 남기었지만 소설의 기저를 이루는 특성은 정적 자각으로 보는 견해가 많다. 그는 일찍 부모를 여의었기 때문에 무엇보다도 정의 굶주림에 시달리었을 것임은 쉽게 이해할 수 있다. 송민호는 춘원 초기 작품의 주제를 "情的 自覺과 民族意識"이라고 주장하고 절정기의 애정소설이나 역사소설, 말년의 종교적인 소설도 초기의 이 주제를 중심으로 한 습작의 결실이라고 지적했다.

그 스스로도 "人은 實로 情的 動物이라 情이 廢한 곳에는 權威가 無하고 義理가 無하고 知識이 無하고 道德, 健康, 名譽, 羞恥, 死生이 無하

나니 嗚呼라. 情의 威여. 情의 力이여. 人類 最上權力을 握하였도다"라 하여, 情이 인간의 삶에 있어 최상의 가치임을 주장하고 있다. 그의 소설 여기저기에 배어 있는 사상은 한마디로 이 정의 참다운 가치를 어떻게 구현하느냐에 놓여 있다. 이 정이 이성에 닿으면 애정이요, 어머니에 이르면 모정이요, 아버지와 사이에는 부정이며, 민족에 이르면 민족애요, 인류에 이르면 인류애, 즉 휴머니티가 되는 것이다. 그 가운데 가장 기초가 되는 정은 무엇일까. 애정에서 비롯되는 것이 아닐까. 그래서 그는 《사랑》이나 《무정》《유정》 같은 애정 소설을 쓰고 있는 것이 아닌가.

그러나 그는 참다운 애정은 육체적인 데 있는 것이 아니고 그것을 뛰어 넘은 정신적인 곳에 있다고 믿는다. 《사랑》에 일관되게 배어 있는 사상은 육체적인 사랑을 초월한 정신적인 사랑이다. 정신적인 사랑을 위하여 육체의 모든 것을 희생할 수 있는 사랑이 참다운 사랑이라는 것이다. 그러한 순애보의 하나가 바로 《유정》이다.

이 작품은 1933년 〈조선일보〉에 연재되었다. 그는 서문에서 "나는 인생 생활을 움직이는 힘 중에 가장 힘있는 것이 인정인 것을 믿습니다. 그리고 인생을 높게 하고 깨끗하게 하는 것도 인정인 것을 믿습니다"라고 하고 "최석이라는 지위 있고 명망 있고, 양심 날카로운 중년 남자와 남정임이라는 마음 깨끗하고 몸 아름다운 젊은 여자와의 사랑으로부터 생기는 인정의 슬픈 이야기를 써보자는 것이 이 《유정》이라는 소설입니다"라고 말하고 있다.

이야기는 소설 화자인 Y가 전문학교 교수였다가 여학교 교장이 되어 있는 친구 최석(崔晳)으로부터 최후의 편지를 받는 것으로 시작된다. 그 편지의 내용이 이 작품의 대부분을 이룬다고 할 수 있다. 최석은 그러니까 춘원이 서문에서 지적한 지위 있고, 명망 있고, 양심 날카로운 중년 남자이다. 최석은 중국에서 박은식, 강유위 등과 교류하면서 비분강개한 글을 쓰다 기미년 전 관헌에 체포되어 복역 중 죽은 친구, 남백파의 처와 8세된 딸 정임을 맡아 조선에 데려와 돌본다. 최석 역시 기미년 사건으로 옥에 갔다 3년 만에 돌아오니 남백파의 처 역시 병사하고 정임이 혼자되어 이 어린애를 집에 데려다 딸처럼 키운다. 이 정임이가 바로 서문에서 밝힌 마음 깨끗하고 몸 아름다운 젊은 여자이다.

최석이 정임을 기른 것은 순수한 인정에서였다. 딸을 기르듯 정성을 다하여 기르는데 최석의 처와 친딸 순임은, 학교 성적이 뛰어나고 미모인 정임을 시기하고 질투함으로 이들 사이의 인정을 방해한다. 정임은 자기 생명의 은인인 최석을 연령을 초월하여 사랑하게 되고 최석 역시 육욕을 초월하여 사랑을 느낀다. 그러나 이들의 사랑은 순수한 인정적 사랑이다. 여기에 방해자인 처와 친딸이 등장하여 이들의 오해와 모함으로 최석은 직장을 그만두고 러시아로 최후의 길을 떠났는데 그곳 바이칼 호수 있는 곳에서 편지를 보내온 것이다.

결국 이 긴긴 편지를 통하여 오해는 풀리고 결핵으로 죽음 직전에 있는 정임과 순임, 그리고 소설 화자 Y가 러시아로 찾아갔으나 최석은 정임을 보지 못하고 죽으며 정임 역시 그곳을 지키겠다고 남았으나 죽었을 것으로 여운을 남긴 비극적 결말의 이야기이다.

얼핏 가정소설로 볼 수도 있다. 한 사람의 가장이, 불행하게 된 친구의 딸을 맡아 기르는데 이 둘 사이에 순수한 인정적 사랑이 싹텄으나 처와 친딸이 시기와 질투의 방해자로 등장하여 가정적 비극을 연출하는 이야기로 볼 수도 있다. 또 깨끗한 인정적 사랑이 여인들의 시기와 질투로 비극적인 사랑을 만들게 된다는 시기와 질투에 대한 경종으로 볼 수도 있을 것이다. 그러나 이 작품은 가정적 요건이나 시기와 질투는 최석과 정임의 순수한 인정적 사랑, 육체를 초월한 정신적 사랑을 형상화시키는 데 있어 하나의 보조적 역할을 하고 있을 따름이라는 것을 보아야 한다.

이 작품은 모든 사랑이 처음에는 순수한 인정에서 출발한다는 것을 말하고 있다. 그러나 이러한 사랑을 제대로 이해하지 못하는 인간 사회의 여러 요인들에 의하여 비극에 이름을 지적하고 있다. 하지만 작가가 이 야기하고자 하는 저의는 이러한 요인들은 온당치 못한 것이고, 순수한 사랑이 아름답다는 것을 말하려 한 것으로 볼 수 있다. 이것은 이상주의 일 뿐이다. 다시 송민호는 "애정을 통한 자아 각성으로 시작되어 민족의 식으로 발전하고 이상주의로 끝마친 작가"가 춘원이라 했는데 그 마지막 단계 작품, 즉 이상주의적 작품으로 《유정》이 남은 것이라 할 수 있다.

오늘날 관능적 사랑만이, 본성적 욕구를 충족시켜주는 사랑만이, 참 사랑인 것처럼 인식되어 성적 문란을 야기하고, 도덕적으로 커다란 문제를 안게 된 시점에서 《유정》에서의 사랑은 하나의 정신적 교과서로 읽힐 필요를 느낀다.

또 한 가지, 소설 화자 Y나 최석이 모두 검찰에 검거되어 옥살이를 한 경험이 있다는 것과, 최석이 중국에 가서 만난 장군, 그리고 러시아에서 만난 두 명의 연인, 이런 것들을 춘원이 민족의식 같은 것을 잊지 않고 작품 속에 반영하고자 한 잔영으로 기억하는 것도 중요하리라 본다. 단지 이러한 의식이 소설적 의미를 더하지 못하고 있음이 안타깝다 하겠다.

3

춘원의 이러한 초월적 의지는 그의 종교적 사유와 무관하지 않다. 그는 기독교와 불교에 다 같이 상당한 관심을 가지었다. 특히 불교적인 작품이 많았는데, 李和珩은 〈춘원소설에 나타난 불교사상〉이라는 글에서 "《사랑》과 《粥壓記》, 《無明》에는 〈法華經〉의 사상이 지배적이며, 《世祖大王》에는 〈華嚴經〉의 사상, 《元曉大師》에는 〈楞嚴經〉의 사상이 각각 지배적인 영향을 끼치고 있다. 한편, 《異次頓의 死》 같은 작품은 전혀 불경의 구절을 인용하고 있지 않으나 주제로 볼 때, 순교적인 사상이 확실하다."고 하였다.
　《꿈》은 삼국유사 권3. 〈洛山二大聖 觀音 正趣 調信〉의 설화를 기본으로 해서 씌어진 소설이다. 낙산사의 건립 설화에서부터 이 사찰에 얽힌 설화를 소개하고 있는데, 조신이 태수의 딸을 흠모하여 관세음보살에 빌다가 깜박 잠이 들었는데 꿈 속에 그리던 태수의 딸이 나타나 같이 결혼하기를 원하여 50년을 살면서 자녀 다섯을 두었으나 지극히 가빈하고 육신이 늙어서 볼품없이 된 데다, 15세 된 큰 아이가 얼어죽고, 둘째가 밥 얻으러 갔다가 개에 물리는 사건이 일어나자 그 부인이 헤어지기를 원해 아이 둘씩을 나누어 헤어지는 찰라 꿈에서 깨어나 인생의 의미를 깨닫는다는 다분히 불교적 설교의 이야기이다.
　이미 몽자류 소설에 대하여는 많은 연구들이 있어서 설명을 생략하거니와 우리 설화 사상 둔헌 기록으로는 초기의 것으로 춘원이 이에 관심을 가지고 작품화했다는 데 의미를 두어야 할 것이다. 옛 문헌에서 소설적 가능성이 있는 설화를 놓치지 않고 소설을 기도했다는 것은 그가 문학을 여기로 했다고는 하나 얼마나 그 의식 속에 소설을 생각하고 있었는가를 말하여 주는 것으로 볼 수 있다.
　이 설화에 평목과 용선 화상, 화랑 모례 등 구체적인 인물을 설정하고, 꿈속에서의 이야기를 설화에서보다 더 실감이 나도록 구성함으로써 설화의 소설적 성장의 한 면모를 제시하고 있다. 설화에서는 늙고 병들고 가난하여 스스로 헤어져 인생의 의미를 자신이 깨닫도록 했으나, 소설에서는 여인의 약혼자를 설정하여 대립적 사건 구조를 만들고 사건 진행의 긴장을 더함으로써 소설적 기능을 충분히 살리고 있다.
　이 작품 역시 《유정》에서와 마찬가지로 현실적 욕망을 뛰어넘어서야 인생의 참 의미가 있으며 구도의 경지를 찾을 수 있음을 말한 것으로 결국 이상적 세계의 실현에 대한 그의 사상을 일관성 있게 표현한 것으로 볼 수 있다.

결국 춘원은 세속적인 의미에서의 욕망이나 명예, 행복 등을 뛰어넘은 초월의 세계에 참다운 진리의 세계가 있다고 믿고, 그러한 낭만적 상상으로 문학의 길을 걷고자 했던 것 같은데 그가 살아온 시대적 환경은 그를 그렇게 하도록 놓아두질 않았다고 할 수 있다. 그것을 신념적으로 극복하지 못하고, 타협하고 실패한 나약한 인간적인 모습을 지닌 채 그의 작품은 여전히 많은 논의의 대상이 되고 있다. 그러나 그 자체가 우리에게는 커다란 교훈이 되고 있는 것은 아닐까.

이광수(李光洙) 연보

1892년 평안북도 정주군 길산면에서 이종원(42세)과 3취 부인 충주 김씨(23세)를 부모로 하여 전주 이씨 문중의 5대 장손으로 태어나다.
1902년 8월, 부모 모두 돌레라로 사망하여 일시에 3남매가 고아가 되다.
1903년 동학에 입도하여 박찬명 대령집에 기숙하며, 동경과 서울로부터 오는 문서를 베껴 배포하는 심부름을 하다.
1905년 일진회(천도교)의 유학생 9명 중에 선발되어 도일하다.
1908년 명치학원 급우 山岐俊父의 권유로 톨스토이어 심취. 홍명희의 소개로 육당 최남선(19세)을 알게 되다.
1910년 향리의 오산학교 교주 남강 이승훈의 초청으로 동교의 교원이 되다. 7월 백혜순과 결혼.
1913년 한·만 국경을 넘다. 상해에서 홍명희·문일평·조용은·송상순 등과 동거하다.
1914년 최남선 주재로 창간된 〈청춘〉에 참여.
1916년 와세다 대학 문학부 철학과에 입학하다. 〈매일신보〉로부터 신년 소설 청탁을 받고 구고(舊稿) 중의 박영채에 관한 것을 정리하여 《무정》이라 함.
1917년 〈학지광〉 편집위원. 두 번째 장편 《개척자》를 〈매일신보〉에 연재.
1919년 〈조선청년독립단 선언서〉 기초. 조동우·주요한의 협력으로 〈독립신문〉의 사장 겸 편집국장에 취임.
1921년 허영숙과 정식으로 결혼.
1924년 〈동아일코〉 연재 사설 〈민족적 경륜〉이 물의를 일으켜 일시 퇴사하다. 김동인·김소월·김안서·전영택·주요한 등과 함께 영대(靈臺) 동인이 되다.
1926년 양주동과 문학관에 관하여 처음으로 지상 논쟁을 하다. 동아일보사 편집국장에 취임함.

1928년 〈동아일보〉에 《단종애사》 연재.
1929년 《3인 시가집》(춘원·주요한·김동환)을 삼천리사에서 간행.
1931년 이갑을 모델로 《무명씨전》을 〈동광〉에 연재함.
1932년 계몽문학의 대표작 《흙》을 〈동아일보〉에 연재하다.
1933년 조선일보사 부사장에 취임. 장편 《유정》을 〈조선일보〉에 연재하다.
1937년 동우회 사건으로 김윤경·박현환·신윤국 등과 함께 종로서에 유치되다.
1938년 단편 《무명》과 전작 장편 《사랑》의 집필에 착수함.
1939년 《세종대왕》 집필에 착수. 김동인·박영희·임학수의 소위 '북지황군위문'에 협력함으로써 친일의 제일보를 내딛다. 친일 문학단체인 조선문인협회 회장이 되다.
1940년 香山光郞으로 창씨개명.
1942년 장편 《원효대사》를 〈매일신보〉에 연재. 제1회 대동아문학자대회(동경)에 유진오·박영희와 함께 참가함.
1943년 이성근·최남선과 함께 조선인 학생의 학병 권유차 동경을 다녀오다.
1946년 돌베개를 베어온 탓으로 안면신경마비와 고혈압으로 고생하다. 광동 중학교에서 영어와 작문을 가르치다.
1947년 홍사단의 청함을 받아 사릉으로 돌아와 전기 《도산 안창호》 집필에 착수.
1949년 반민법에 걸려 육당과 함께 서대문 형무소에 수감되다. 이상협의 청탁으로 《사랑의 동명왕》 집필을 시작.
1950년 유작 《운명》을 집필. 공산군에게 납북되어 사망.

당신을 영원한 감동의 세계로 안내할

完訳版 世界 名作100選

1	누구를 위하여 종은 울리나		E. 헤밍웨이
2	폭풍의 언덕		에밀리 브론테
3	그리스 로마신화		T. 불핀치
4	보바리 부인		플로베리
5	인간 조건		A. 말로
6	생의 한가운데		루이제 린저
7	분노의 포도		존 스타인 벡
8	제인 에어		샤일럿 브론테
9	25時		게오르규
10	무기여 잘 있거라		E. 헤밍웨이
11	성		프란시스 카프카
12	변신 / 심판		프란시스 카프카
13	지와 사랑		H. 헤세
14 15	인간의 굴레 I II		S. 모옴
16	적과 흑		스탕달
17	테 스		T. 하디
18	부 활		톨스토이
19 20	바람과 함께 사라지다 I II		마가렛 미첼
21	개선문		레마르크
22 23 24	전쟁과 평화 I II III		톨스토이
25	백 경		허먼 멜빌
26	죄와 벌		도스토예프스키
27 28	안나 카레니나 I II		톨스토이
29	닥터 지바고		보리스파스테르나크
30 31	카라마조프가의 형제 I II		도스토예프스키
32	마지막 잎새		O. 헨리
33	채털리부인의 사랑		D. H. 로렌스
34	파우스트		괴 테
35	데카메론		보카치오
36	에덴의 동쪽		존 스타인 벡
37	신 곡		단 테
38 39 40	장 크리스토프 I II III		R. 롤랑
41	마 음		나쓰메 소세키
42	전원교향곡·배덕자·좁은문		A. 지드
43 44 45	레 미제라블		빅토르 위고
46	여자의 일생·목걸이		모파상
47	빙 점 48 (속)빙 점		미우라 아야꼬
49	크눌프·데미안		H. 헤세
50	페스트·이방인		A. 카뮈
51 52 53	대 지 I II III		펄 벅

Ⓤ 일신서적출판사

121-110 서울·마포구 신수동 177-3호
공급처·☎ 703-3001~6, FAX. 703-3009

당신을 영원한 감동의 세계로 안내할

完訳版 世界 名作100選

번호	제목	저자
54	안네의 일기	안네 프랑크
55	달과 6펜스	서머셋 모음
56	나 나	에밀 졸라
57	목로주점	에밀 졸라
58	골짜기의 백합(外)	오노레 드 발자크
59 60	마의 산 I II	도스토예프스키
61 62	악 령 I II	도스토예프스키
63 64	백 치 I II	도스토예프스키
65 66	돈키호테 I II	세르반테스
67	미 성 년	도스토예프스키
68 69 70	몽테크리스토백작 I II III	알렉상드르 뒤마
71	인간의 대지(外)	생텍쥐페리
72 73	양철북 I II	G. 그라스
74 75	삼총사 I II	알렉상드르 뒤마
76	크리스마스 캐럴	찰스 디킨스
77	수레바퀴 밑에서(外)	헤르만 헤세
78	셰익스피어의 4대 비극	셰익스피어
79 80	쿠오 바디스 I II	솅키에비치
81	동물농장·1984년	조지 오웰
82	도리안 그레이의 초상	오스카 와일드
83	오만과 편견	제인 오스틴
84	설 국	가와바타 야스나리
85	일리아드	호메로스
86	오디세이아	호메로스
87	실락원	J. 밀턴
88	나의 라임오렌지나무	바스콘셀로스
89	서부전선 이상없다	E. 레마르크
90	주홍글씨	A. 호돈
91 92 93	아라비안 나이트	
94	말테의 수기(外)	R. M. 릴케
95	춘 희	알렉상드르 뒤마
96	사랑의 기술	에리히 프롬
97	타인의 피	시몬느 보브와르
98	전락·추방과 왕국	A. 카뮈
99	첫사랑·아버지와 아들	투르게네프
100	아Q정전·광인일기	루 쉰
101 102	아메리카의 비극	드라이저
103	어머니	고리키
104	금색야차(장한몽)	오자키 고요
105 106	암병동 I II	솔제니친

일신서적출판사

121-110 서울·마포구 신수동 177-3호
공급처: ☎ 703-3001~6, FAX. 703-3009

유정・꿈

- 저 자 / 이 광 수
- 발행자 / 남　　　용
- 발행소 / 一信書籍出版社

주 소 : 121-110 서울 마포구 신수동 177-3
등 록 : 1969. 9. 12. No. 10-70
전 화 : 703-3001~6
FAX : 703-3009
ⓒ ILSIN PUBLISHING Co. 1995.

ISBN 89-366-1647-1　　값 10,000원